Sunflower

Sunflower

Sunflower

太陽花 03

驀然回首

Sunflower

生智出版社◎發行

第二十九章

　　天空漆黑無比，先前中威在趙家燃起的引信，造成多大的爆炸。趙靖絕望地離去，秀女和士芬窩在屋子的各一角哭泣著，中威則被士元趕出了趙家大門，這場大聲的謾罵稍稍安靜了下來。士元斜靠在牆壁邊，看不清臥房裡的妻子亮亮，事情沒有因為暴風雨席捲過後的靜止而又把一切回復沈澱下來，他一想到她肚子裡有著自己妹婿陳中威的孩子，內心的憤怒讓他變成一頭猛獸。

　　亮亮也沒想到中威會一口氣說出婆婆秀女與小姑士芬對她所做的惡行，即使冒著公公趙靖有可能中風的危險，中威還是口不擇言的道出秀女為了防止她懷孕，偷偷對她進行的結紮手術、士芬害她出車禍，而上次的綁架差點令她喪命的事情全是秀女一手策畫的。甚至……她肚子裡已經懷有他的孩子。

　　亮亮想到此刻，看著屋裡的結婚照片，只是一陣諷刺，如果士元能多保護她一點，如果士元能多有擔當一些，這些事情或許就不會發生了。亮亮搖了搖頭，紅了眼眶繼續收拾著東西。

　　不安穩的一夜過後，亮亮收拾好自己的東西，慢慢要步出這個令她傷心的地方。在她門外蹲坐著痛苦的士元看著亮亮手上的行李，眨了眨蒼涼而微弱的眼睛，難過的叫喚著她。

　　「亮亮……這麼晚了你……你要去哪裡啊？」

　　亮亮不理會士元，逕自往前走著。

　　「亮亮，你還沒回答我啊！這麼晚了你要去哪裡？」士元連忙起身阻止著繼續前進的亮亮。

　　「我要離開這裡。」亮亮的臉龐沒有一絲光。

　　「回你媽家啊？好啊，那你什麼時候回來，我去接你。」

　　士元當著沒事一樣，雖然他知道他們已經回不到最初的簡單。

　　「我不會再回來了。明白嗎？我現在走出去，離開趙家，我就永遠

不會再回來了。」亮亮看著這個她曾深愛的男人，破釜沉舟地說。

「那我怎麼辦？」士元難以置信地睜大眼，呼吸也急促了起來。

亮亮看著士元絲毫沒改變的自私心態，放下行李，沉重的說著。

「士元，我不能再管你怎麼辦了，從今以後，我們就是各過各的日子，懂嗎？」

「這……這樣是要跟我離婚的意思嗎？」士元感到一股血液直衝腦門的震撼。

「是……」亮亮虛弱的說著。

「為什麼？」士元拚命地搖著頭，拒絕接受這樣的安排。

「趙士元，在發生那麼多事情之後，你還要問我為什麼嗎？」亮亮覺得任何言語已是多餘。

7

「告訴我為什麼？」士元大吼著。

「因為我們的愛情已經死了，你不明白嗎？」亮亮眼中充滿憤怒的淚水。

「我們可以重新開始啊，亮亮，你說過的，全世界都放棄我的時候，你永遠都不會放棄我的！」士元拉著亮亮，想把她帶進懷中恣意疼她，刻意躲掉她眼中堅定的決絕。

「是，我曾經以為……只要我不放棄，我們的愛情就永遠不會死，可是我錯了……」亮亮沒有掙扎，卻像根枯槁的殘枝，哀怨的看著士元，「我給過你好多次的機會，那麼多次，一次又一次，我期望你像個男人，有副肩膀，站出來替我說話，保護我，可是你沒有……」亮亮沒有表情的面容上，淚水自然湧出，不需力氣，「在我們的婚姻裡，我像個自己跟空氣拔河的傻瓜，使不上力，又不停的跌倒，跌得鼻青臉腫的，一身都是傷。」

「不會了，不會了，亮亮，以後都不會了。」士元趕忙回著，他也悔不當初，他現在願意完完全全的補償她，他實在無法接受分離。

亮亮聞言擦去臉上的淚水，定定的瞧著士元。「是不會了，我不會再給你機會了，我再也不會給你機會了，我要給我自己跟我的孩子機會。」

「亮亮……你是說……你是說你真的……你真的跟……」士元說不出，亮亮接了下去。

「跟他發生關係，並且懷了孩子。」

亮亮不修飾的話，直揭士元心中一直想逃避的醜聞，他痛苦的垂下頭。

「你怎麼可以……」他扭曲著臉，突然搖晃起亮亮，「你怎麼可以……你怎麼可以……怎麼可以跟他上床懷孕？今天晚上你所說的一切，難道不是試探，不是只是……」

「不是！是真的！我真的懷了中威的孩子。」亮亮無所畏懼地大聲說道。

「汪子亮！你們當我趙士元是白癡還是笨蛋的欺負我啊？你們在床上耳鬢廝磨的時候，你們在相互擁抱的時候，是不是在心裡笑話我啊？笑我是個大傻瓜，笑我什麼都不知道就戴了綠帽子！你怎麼這麼賤？汪子亮，你怎麼這麼賤啊？」士元忍不住心中的妒火，失去理智，一掌揮在亮亮的臉上，把亮亮打倒在地。

士元鼓跳的心和窒扼的屏息逼迫他走進狂暴而晦暗的次元裡。

亮亮驚呼一聲，「士元！不要傷害我，不要傷害我，不要……」亮亮摸著自己的肚子，這是她目前還願意懷抱的希望。

「你還護著他，你還護著他的種，」士元對天一邊笑一邊哭喊著，跪了下來。「你不知道你傷我有多深，傷得我有多重…我雖然懦弱，我雖然逃避，但是我從來不曾主動傷害過你，每一次逃避，每一次懦弱，在我心裡面，總是對你有著更多的自責和心疼，我是痛苦的……可是……在你心裡面……」士元掩著臉，「你早就已經放棄我了，你怎麼可以…你怎麼可以這麼殘忍？你出手怎麼可以這麼重，要置我於死地，你怎麼可以跟他發生關係，你怎麼可以……」

亮亮看著痛苦萬分的士元，慢慢走向他，手欲搭上他顫抖的肩膀。

「士元……」

「要走啦？」士芬尖銳的聲音響起，亮亮拭去臉上的殘跡，恢復堅強。

士芬盯著亮亮的行李，繼續說著。「是時候了，按照計畫，就是該在這時候走的吧？你這個皮箱，早就整理好了，是不是？」士芬氣得踢著亮亮的行李，行李箱打開，裡面東西散了一地，士芬看見裡面的補品，臉色驚訝。

「他也給你買補品？一模一樣的，一模一樣的！」士芬怒火中燒，「趙士元，你看看啊，你自己看看，你老婆肚子裡懷的孩子是別人的種，別人在餵養，別人在關心啊！」

士元撇過頭去，他的屈辱被士芬說得清清楚楚，士芬不放過地走向亮亮，惡狠狠的眼神直瞪著她。「你是什麼玩意兒？你憑什麼跟我吃相同的東西！」

「憑我跟你一樣是孕婦，憑我孩子的父親關心我。」亮亮理直氣壯的面對士芬。

「他是神經病！你不管跟誰生的孩子都是神經病！不管他吃什麼餵什麼，他都是神經病！」士芬抓狂地尖叫起來。

匡噹一聲，士元將士芬遞給他的補品摔在地上，大吼著。

「趙士芬，你閉嘴啦！」

氣憤難平的士元，抓住亮亮的手臂，用力掐緊。「你不准走，你哪兒都不准去！你說我不像個男人，沒有主見，沒有擔當，現在我就做給你看，他在外面等你嗎？在哪裡？診所？還是家裡？沒關係，他等不到你了，因為你沒有辦法從趙家出去跟他會合。」

「士元……你要做什麼？」看著士元兇狠的眼神，亮亮心裡有些害怕。

「趙士芬，把家裡的鎖鍊給我找出來！」士元一說完，就拉著亮亮進房間裡，亮亮掙扎著，士元將門一關把亮亮推在床上。

「我不會讓你走的，我會盡可能二十四小時盯著你，分分秒秒的盯著你，亮亮……你永遠都不能夠離開趙家。」

「士元？」亮亮拉著士元的手，「我求你……我求求你不要這樣，放我走……」

士元將亮亮的手甩開，眼早已發紅的失去理智。

「你已經不愛我了……」亮亮低著頭說出了殘忍的話語。

「我不愛你？」士元難過的哼了一聲，哭笑著，「我在心裡在身體上為你守貞，對你忠誠，你說我不愛你？你說我不愛你？」

「好……好！我就不愛你了！就不愛你了！」士元的臉轉為冷冰，「那就不愛了嘛！」士元笑中帶淚，多容易，只要心死一點，不要有溫度，不要有溫暖，像得了失憶症一樣，快樂和甜蜜……就統統忘記了……

亮亮知道士元內心受著打擊，但是先前她落的淚早已不只這些，如今他不也是在享受著報復的快感，他自己必須承受著所有的侮辱，亮亮慢慢站起身走到士元身後，「士元……我知道你生氣憤怒，但是我們真的沒有感情了，不要再彼此折磨了，讓我們好聚好散……」

「不散！」士元轉身瞪著亮亮，什麼叫折磨？只丟下一句我不愛你就要離去，就不是對他的折磨嗎？

「我一輩子也不會跟你散！你的心，我留不住，你的人，你們的孩子，我一輩子留在身邊！」

士元的話像嚴峻的法官，宣判死刑般的摧毀亮亮的請求，她癱軟在床邊，哭泣著。

士元看著痛苦的亮亮，心更痛了。

「有那麼難過嗎？你有沒有聽過心碎的聲音？心……破碎了……」士元一把將亮亮壓進他的懷裡，貼著他的胸膛，哭吼著，「你聽聽看我心破碎的聲音，你聽聽看～」

中威在亮亮的家門前，怎樣也等不到亮亮，心裡焦急，看看腕上的錶，應該回來了才對啊……中威再度檢視自己的手機……有訊號啊，卻不見亮亮來電。

中威靠著車門，不知道到底發生了什麼事情。

而另一頭的亮亮，早已累得睡在床上，在一旁的士元，輕輕的將被子蓋在亮亮身上，他看著亮亮，撫摸著她的頭髮，吻了上去，亮亮熟睡著的臉孔緩緩的呼吸聲和以往一樣，和以往躺在他身邊的妻子一樣。

他心裡想著，不愛很難，沒有心，沒有溫度，沒有感覺，很難的。他無法接受亮亮今天所說的話，他願意改變的，只要亮亮再給他一次機會，他真的會改變的。

中威在亮亮家門外等了一夜，天都亮了，他迷迷糊糊的被上學的孩子聲吵醒，還不見亮亮，他慌張的按著汪家的門鈴。

「誰啊？」妍秋的聲音在裡頭響起。

「汪媽媽～」中威強忍住拍門的衝動。

聽到中威的聲音，妍秋趕忙出去開門，拉著中威就要進廚房嘗嘗她新做的滷味。

「來……幫我嘗嘗那個……」妍秋的興致很高，沒發現中威焦急的神態。

「亮亮有沒有回來？」

「亮亮？沒有啊，她不是在趙家嗎？糟了！我的牛肉，我忘了關小火了……」

妍秋只記著她爐上的牛肉，完全不理會中威。

「汪媽媽……」中威像熱鍋上的螞蟻，毫無頭緒。「亮亮還沒有回來？沒有打電話回來……她去哪裡了？她在哪裡？」妍秋根本沒將中威的話聽進去，全神貫注的攪著鍋裡的料理，中威管不了那許多了，拿著電話就往廚房裡衝。

「汪媽媽……」

「中威，你來幫我嘗嘗。」妍秋舀起一塊牛肉要中威嘗嘗看，卻被中威打翻，中威把電話塞給妍秋，要妍秋趕快打給亮亮，妍秋一臉疑惑的看著中威。

「怎麼啦？發生了什麼事？中威，你告訴我，亮亮發生了什麼事？」

「沒事……」中威發現自己嚇到妍秋了，趕忙安撫著，「亮亮沒發生事情，你只要現在打個電話到趙家找亮亮，拜託你。」

「我要跟她說什麼？我要跟亮亮說什麼？」妍秋猶如身墜五里霧中。

「你放心，你只要找到亮亮，我來跟她說。」中威半催著妍秋。

「好，我……我打，你說。」

妍秋打了電話過去，本來在睡覺的亮亮被鈴聲給吵醒了，想開門卻發現門已經被鐵鍊鎖上，只好不斷拍打著門，叫著士元。

士元並不想理會任何事情，就讓電話一直響著，沒人接電話，妍秋在一頭也開始有點著急了。

此時秀女下樓來，看著兩眼無神的士元坐在門口，像個獄卒守著亮亮，搖了搖頭，接起了電話。

「喂，你找哪位啊？」

妍秋聽到秀女的聲音有些怯生生的說，「喂……我找亮亮……」

「宋妍秋！」秀女一聽到妍秋的聲音，分貝就提高了，亮亮聽到了是母親打來的電話，扯著喉嚨大叫著。

「媽～媽～救我～你們放我出去～」亮亮拍打著門，怎樣拉扯著門就是不開。

「你確定你是找你女兒，不是找我老公？」

妍秋聽著秀女諷刺的話語，有些生氣的說。

「我找亮亮！我找我女兒！」

「她不在啊，不在家啊。」

中威也聽到秀女說的話了，但是他對妍秋點著頭表示亮亮一定在。

「她在，她就是在！」妍秋對秀女說著。

「你神經病啊？我說她不在你聽不懂啊！」

「那……她去哪裡啦？」

「我怎麼知道她去哪裡啊？你……」

秀女話還沒說完，就被士元接過去。

「叫陳中威來說話。」士元沉聲道。

妍秋亂了手腳，「中威……他……士元，那個亮亮她……」

「叫陳中威來聽電話！」士元大吼的聲音中威聽到了，他接過電話。

「我找亮亮，請亮亮聽電話！」中威清了清喉嚨對士元說。

士元一聽中威的聲音馬上紅了眼，「陳中威！你永遠……永遠都不能夠跟亮亮說話，她是我老婆，否則我就殺了她！」

「趙士元！」中威怒喝士元膽敢傷害亮亮。

「你聽清楚，不是殺了你，是殺了她！」士元再次重申，說完就把電話掛斷，中威此刻更加心急如焚，他擔心著亮亮的安危。

亮亮在房裡也聽到了士元所說的，絕望的坐倒在地上，哭泣著。

中威覺得事態嚴重，他想來想去只想出了個下策，跑去求他的丈人，士元的父親，請他阻止士元瘋狂的行徑。

「趙先生，我拜託你……」

好話歹話說盡之後，趙靖動也不動的坐著，中威不斷求著他，趙靖好一會兒才開了口。

「從我們認識的第一天開始，從士芬的朋友成為我的女婿，你永遠都稱呼我趙先生，你不認為我是你的岳父，你打從心底排斥你和趙士芬的關係，你壓根兒沒想過你們兩個會長久，所以連那一聲岳父爸爸都省了。」

「我……」面對趙靖的舊話重提，中威一時間難以應對。

「我為什麼要幫你？我們之間毫無關係，我只是趙先生啊，對你而言，跟王先生李先生沒什麼兩樣。」趙靖抽著他的煙斗看向窗外。

「你要幫的是亮亮，他是您的……」中威接話道。

趙靖突然站起身，看著中威。「她是我的媳婦吧，她是我兒子的老婆吧，你要我幫著湊合你跟我媳婦兒？」

「不！她是汪漢文的女兒，她是你的故人之後，她是你看著長大的亮亮……」

中威動之以情地說道，趙家只有趙靖還是個理講得通情打得動的人。

「夠了！」趙靖一拍桌，咬牙說著，「你們永遠知道我的弱點，知道我心軟重感情，永遠要用溫情打動我牽制我，我老婆是手段卑劣，我女兒的確是用了心機，可是我做錯了什麼了？」趙靖說到激動處，悲痛的看著中威，「你們彼此爾虞我詐，有哪一個人顧及到我的心情我的尊

13

嚴啊?」

　　中威低下頭去,心情複雜。

　　「你們的懷孕是報復吧?聯手起來報復蔡秀女、趙士芬、趙士元他們三個是吧?你們有沒有想過那三個是我趙某人的親人,是趙先生的親人,你們這一巴掌是打在我的臉上!」

　　中威知道趙靖所受的傷害,可是他不得不替亮亮的處境辯護。

　　「可是亮亮她受的傷害太深了,她……」

　　對趙靖而言這些不是理由,他顫抖地對中威說,「她可以告訴我啊!她不是叫我一聲爸爸嗎?我不是從小看著她長大的趙叔叔嗎?她為什麼不告訴我呢?」趙靖覺得荒謬極了。「你們口口聲聲說你們是受害者,我告訴你,我才是,我才是!」

　　趙靖越說越心痛,「我的妻子兒女讓我蒙羞,我的女婿媳婦兒欺負我!我趙靖才是受害者!」

　　中威眼見態度強硬的趙靖是無法被說服了。

　　「對不起,趙先生,我很抱歉。」他對趙靖鞠了個躬,其實在他心裡是很感念趙靖對亮亮無私的愛與照顧的,若不是……若不是趙士芬的關係,他會完全從裡到外地敬愛這位長者。

　　「無所謂了,趙先生也好,趙叔叔也罷,反正每一種身分對你們來說都是不存在也都不重要,只有在妍秋的眼裡,我趙靖始終如一,趙靖是存在的。」趙靖感傷的說著,「你愛亮亮,你們兩個相愛,你們可以聯手進行你們的計畫,那你就自己去救她吧!是你們自己各自背叛了自己的婚姻,一切的後果應該由你們自己來負責。」

　　語畢趙靖就要離開。

　　「趙先生……趙先生……」中威在後頭喚著。

　　趙靖停下腳步,語重心長的說了一句話,「十字架這麼好背的嗎?」就離去了。

　　中威看著趙靖離去的背影,如今他也只有這個辦法可以救出亮亮了,親自上門去,雖然他知道會有一些暴烈的場面發生,但是亮亮現在也只能倚靠他了,他不是趙士元,他可以面對這一切,做亮亮的肩膀。

夕陽西下，秀女費心的煮了一些補湯，正在裝盛著。士元看見走過去，把那碗補湯接了來直往亮亮的房間走去。

「趙士元，那我給趙士芬補的呀！」

不管母親的叫喚，士元冷漠的背對秀女，秀女知道士元還在氣著她。

士元進屋去，把湯放好，拿出了剛剛買的補品奶粉，放在桌上，走向亮亮，用著命令的口吻。

「喝湯。」

亮亮站在窗前，遙望著遠方，不理會。

他受不了亮亮冷漠的態度，硬是將她拉了過來按在椅子上，舀起一瓢湯要餵她。

亮亮用力一推，將整碗補湯都打翻。

士元不管又拿起藥，要亮亮吃，亮亮倔強的緊閉著嘴，就是不吃。士元手使著勁硬掰開亮亮的嘴，將藥片硬塞進亮亮的嘴裡，灌入一大口水，亮亮來不及反應，猛嗆地全吐了出來，士元終於火大了，抓起亮亮。

「你不是愛他嗎？你不是愛你們的孩子嗎？他買的是補品，我買的是毒藥？你可惡……你可惡！」士元手一舉，一巴掌就要落下。

亮亮瞪視著士元，不畏不懼，士元手舉得半天高，緩緩放下。

「好，你不吃不喝，要跟你的孩子一起殉情是不是？你作夢！你想死，我也不會讓你為了他死！」士元看著面無表情的亮亮，那樣冰冷，「你看著我，你看著我！我不會成全你們的，你敢以趙太太的身分懷孕，我就敢認這個野種，他會生在趙家，養在趙家，趙家給他什麼待遇他都得受！在法律上，我趙士元就是他的父親，你想做母親是吧？好啊，我讓你做啊！」

亮亮此時開始惶恐著自己孩子的命運，士元看出亮亮的擔憂繼續說著，「現在你想放棄了嗎？不行，我不准！」

他已經失去理智了，此時門鈴響了，中威在外頭叫喊著。

　　亮亮聽到中威的聲音，急著想掙脫士元，士元一股氣正沒地方出，正好陳中威來了，士元把亮亮推倒在床上，在門上鎖好鍊子，打開大門，瞪視著陳中威。

　　「要來看誰？」他狠狠地擋住門口。

　　「趙士元！」中威強自克制摺倒他的衝動，「我今天來的主要目的是亮亮跟孩子，不是跟你打架。」

　　「孩子？誰的孩子？」這話在士元聽來只是刺耳。

　　「讓亮亮出來跟我見面！」中威要求道。

　　士元嗤笑，「你是誰啊？救美英雄？塔裡面沒有美人，只有我趙士元的老婆。」

　　「你們不可以任意把一個人囚禁起來！」中威怒氣騰騰地說。

　　「我們可以！」士元揚起下巴，「就憑我是汪子亮的正牌老公。」

　　「你……」

　　「我們當然可以！我老婆懷孕了，那是我們趙家的第一個孫子，我們都要好好注意好好照顧，所以你剛剛用錯詞了，那不叫囚禁，那叫照顧！」

　　「她不希望你們照顧。」

　　「那她就不要懷孕！」士元強詞奪理，令中威十分無奈與氣憤。

　　「人家在趙家千辛萬苦懷了孩子，趙家就有義務好好的照顧她，之前你不是也曾經義正辭嚴的指責過我們嗎？說我們沒有好好照顧亮亮，OK！我們錯了，我們會改正，從現在開始，我們會好好照顧亮亮，好好照顧她的孩子，他們會留在趙家，一輩子受到照顧。」

　　「趙士元，你不覺得你很卑鄙很可恥嗎？」中威對士元強奪人所愛並且完全忽視亮亮感受的作風，感到荒唐憤怒。

　　「會比通姦更可恥嗎？」士元恨恨地說，「那屋子裡住著兩個孕婦，一個是你陳中威的老婆，她已經懷了你的孩子，你是怎麼對她的？不聞不問，睡在她的身邊，心在別人老婆身上你不可恥？」

　　「我從來沒有愛過趙士芬，我是被強迫被設計跟她結婚的！」這是他一輩子的羞辱，不希望再聽人提及他跟趙士芬的婚姻關係了。

「我跟亮亮不是，」士元強逞著威風道，「我們的婚姻是出於自主，我們是彼此相愛才會結婚的，請你把這個順序給搞清楚，她是在你被迫結婚之前，就已經嫁給了我，她如果對你有情，為什麼不會嫁給你，卻選擇了我呢？」

中威被說得低下頭去。

「而且，還是她向我求婚的，憑什麼要你陳中威來打抱不平啊？」士元又補上一句。

中威沈重地回答，「是因為她做錯了決定、看錯了人，是你辜負她，帶給她太多痛苦。換言之，你們趙家對不起亮亮。」

「是她、是我，是我跟她對不對？那就讓我們自己解決，干你陳中威什麼事啊？你對你的婚姻不滿意，你去解決你的問題，憑什麼要你插手管我的家務事？」士元不斷重申著身分問題，逼中威打退堂鼓，要他好自為之。

「因為亮亮懷了我的孩子！」

中威脫口而出的這句話令士元更加惱怒。

「不，你錯了！趙太太怎麼可能會懷陳先生的孩子呢？我們沒有離婚，我們沒有避孕，所以我老婆肚子裡的孩子當然是我趙士元的。」

中威聽士元竟說出這樣牽強離譜的話嘆了口氣道，「趙士元，你沒有這個邪惡的本質，不需要用意氣之爭的方式來解決事情，現在亮亮懷孕了，是一個需要照顧的孕婦，她沒有像士芬那樣幸福，有一個無微不至的母親照顧她……」

「不用你擔心！」士元走向中威，直盯著他，「她有一個無微不至的先生。」

「你們把她……你們不讓她出門不跟媽媽見面，連聽個電話都不可以，趙士元，你明明知道的，她最關心的就是母親。」中威指責道，限制人的自由法律也不允許。

「託你之福啊，」士元雙手環胸，皮笑肉不笑地，「她的母親現在不會沒有人照顧了不是嗎？你替天行道，讓我父親能夠理所當然義無反顧的走到宋妍秋的身邊。」憤怒讓士元將新仇舊恨全加在中威身上。

「趙士元，」中威倒抽了口氣，「你不覺得你做錯事情了嗎？我說的每件事都是真的。」難道他覺得亮亮要為自己在趙家受的苦全權負責？

「你說的是真的，我們是錯的，但是這並不表示，你們有權利用更大的錯誤報復我！」士元憤怒的一拳打在牆上，「趙士芬設計你，於是你們就可以來設計我？」

「那是因為你們先剝奪了她懷孕的權利！」

「所以就輪到你有權利讓她懷孕？」

「因為你不想當……」

「我想啦！我想當父親，當個現成的父親，有人要剝奪我的權利，我不會答應的。」

中威看著牛一樣固執的士元，搖搖頭，咬牙切齒地說。「你會後悔的，趙士元，你在親手製造一個悲劇。」

「不會的，」士元反唇相稽，「我會有一個很和樂的家，有個老婆，有個……兒子或是女兒，我不知道。下回我帶我老婆產檢的時候，可以順便做做超音波，我會是個好父親的，你會看得到。可惜呀……」

他吹了吹紅腫的拳頭，回過身眼睛直勾勾的望著中威。

「你只能夠在旁邊『看』，看一輩子。」

士元的話像響雷轟著中威的腦子，從向來與世無爭的士元眼裡，他竟然看見類似憎恨的某種成分。

中威和亮亮只隔了一道牆，卻像隔了千里之遠。

第三十章

天色已入夜，秀女擦著頭上的汗，手邊還來回地燙著衣服。

士芬輕輕走進母親房裡，給媽媽倒了一杯熱茶。

「媽，你還沒睡呀？」邊說邊把茶擱在化妝桌上。

「要你爸在啊，肯定說你在問廢話。當然沒睡啦，睡了你跟誰說話啊？真是。」秀女把衣服的褶痕拉緊，用力熨平。

「媽，別燙了，」士芬看媽媽使勁的手上已經有幾點小斑點，心裡有點傷感。

「你看你爸爸，老土喔，哪有人襯衫非得要燙出六條線，這要送到洗衣店去，人家還嫌煩呢。」秀女邊說邊笑，聽起來不像抱怨，倒有點寵溺的懷念。

「媽，不要燙了好不好？」士芬知道秀女難過著父親的出走，裝作沒事的模樣更令人看了難受。

「你看，麻料襯衫啊，哪有人麻料也要這麼燙的，麻料不都穿自然皺嗎，他老先生硬是不行。」

「媽，別燙了。」

「唉呀，還沒燙完啊。」

「別燙了！好不好！」士芬要秀女醒醒，將衣服拿走。

「ㄟ～你不要弄亂，我剛燙好的呀，你爸要穿啊～」秀女焦急的忙從士芬手裡搶下來。

士芬抓著母親，搖晃著。

「媽，不准燙了！你燙的再好再挺他也不會回來了！」士芬忍不住打斷媽媽的一切幻想，真的捨不得，媽一心一意的對爸，爸呢？

秀女此時終於放聲哭泣了起來，士芬將母親擁入懷裡。

「媽，媽……他不要這個家了，爸不要我們了……有人現在會幫他燙好衣服，招呼他吃的穿的，人家……」

「我不准！我就是不准，他是我的老公啊，他的食衣住行，我不准讓別人去招呼他！」秀女紅著雙眼，就是不肯看清事實。「她就是會唱歌，她哪裡有我懂得趙靖啊。趙靖每次買新衣服回來都要先下過水，所有扣子都要再縫一次，趙靖一輩子不穿白皮鞋，不穿花襪子，不吃芹菜的，她哪裡懂！」秀女激動的說，她花了幾十年的青春瞭解的趙靖，說什麼也不能拱手讓人。

「她不需要知道這些，她只要懂得愛爸爸。」

「我也愛他一輩子了。」秀女悶悶的吐出一句。

「媽，他不愛你的時候，你的懂都是應該的，他愛她……只要一點點瞭解，都是貼心的。」

「不公平啊，不公平啊，瞭解？瞭解是什麼啊？我都跟他共同生活了大半輩子，他就是沒良心！遠的香近的臭，得不到就是好的，真是沒良心啊……」秀女喃喃的說，臉上像被痛打過一拳一樣的扭曲，受不了打擊的緩緩坐在床邊，這一切，難道就是她半生婚姻的結果嗎，她不甘願。

「媽，你別難過，那就讓他們在一起，越近越臭啊，或許……或許你跟爸之間有了距離，他就會知道你的好了，就算他現在一時鬼迷了心竅，等他們在一起時間久了，他就會受不了她的，有誰能忍受跟一個瘋子長久在一起呢？」士芬恨恨的說。

「可是，士芬，我怕呀，我怕他真的給那隻鬼迷了心竅啦，我怕啊～」

「不怕，媽，爸……爸會回來的。」

士芬現在也只能這樣安慰著母親，雖然她心中也害怕著，父親或許就這樣一去不回了。

而離開趙家的趙靖這些天頂著一頭火熱的太陽，到處尋找著他夢想落腳的地方。抹抹一額頭的汗，從來沒有拿過報紙一間間的打電話找房子，雖然辛苦，可是心裡是扎扎實實的快樂。終於找到一間價位以及地點都看起來不錯的地方，他馬上撥了電話過去。和房東問了關於租店面的事情，雙方都滿意的有了初步的交涉。

而事情一辦妥之後，趙靖就興匆匆地拉著妍秋去看那個他千挑萬選的店面。

　　「你要拉我上哪去啊？」妍秋一頭霧水傻氣的問。

　　「走啦走啦，去了就知道了。」趙靖想給妍秋一個驚喜。

　　「不行啦，家裡沒人哪。」妍秋心裡還掛念著。

　　「走了吧，老太太。」趙靖笑咪咪的拉著她，直覺妍秋也會喜歡那裡的。

　　「你才老咧！」妍秋斜他一眼，好笑又好氣的看著孩子性的趙靖。

　　終於到了租來的店面。

　　「你看，進去看看。」

　　妍秋看著裡面的擺設，臉上的微笑全看在趙靖的眼裡。

　　「牛肉麵？」妍秋摸了摸門口放的招牌，看著趙靖。

　　「牛肉麵！」趙靖點了點頭，像是實現了承諾擺著驕傲的模樣。

　　妍秋抹抹眼角，感覺有點濕濕的。

　　「怎麼啦？妍秋？你不喜歡是不是？沒關係，我們再找。」

　　「我喜歡，誰說我不喜歡。」

　　「你喜歡？那怎麼……」

　　「就是太喜歡了嘛，人家哭也不行啊。」妍秋語氣裡帶著點少女的任性。

　　「行行行，只要你喜歡什麼都行。來……坐下。你看你把我嚇壞了。怎麼喜歡了還掉眼淚呢？」趙靖拿起手帕，輕輕替她抹淚。

　　「趙靖～我喜歡，可是我怕呀……」妍秋幽幽的說。

　　「怕？怕什麼？告訴我啊。」

　　「我怕好多事啊。」

　　「那你一件一件的告訴我，頭一件？」像哄孩子一樣，趙靖有無限的耐心。

　　「我……我有病，你知道的，這兒啊。」妍秋指指自己的太陽穴，帶著點不好意思。

　　「沒有事，不過就是有點恍惚嘛，哪一個人上了年紀不恍惚的。」

趙靖牽著妍秋的手,在他眼裡妍秋的善良溫柔才是他所重視的。

「神經病耶,神經病能做事嗎?」神經病,神經病,大家不都是這樣喊她的嗎?

「ㄟ～我們當初可是說好的,你不能不管我唷,你要是不管我,那我可慘了,我現在一文不名的……」趙靖嚇唬她,他知道,人要被需要才會懂得珍惜自己。

「好……你不怕你不怕嘛,管你我管你就是了。不怕。」看見趙靖癟著嘴,一副要哭要哭的模樣,妍秋反而慌的安慰著。

趙靖覺得好笑的抓起妍秋的手,繼續問著。

「好,那第二件呢?怕什麼?」

妍秋看了看外面。

「這是哪啊?這麼多年來我也沒獨自出過門,我一點也不認得啊。」她怯生生的說。

「喔,這啊,再單純不過了,這裡是個住宅區,前面有個學校,鄰居都很和善,往後有我在,你要是不認得路,我可以去接你啊,想到哪去,我也都可以陪著你。」

「是嗎?你都在?」妍秋一臉驚喜,真的嗎,從此以後她可以有人保護,不必擔心那些要傷害她的人。

「都在,我就住在這,我睡在裡邊。」趙靖指指裡邊的一個小房間。

「你睡這?你不回家去啦?」妍秋輕輕撐眉。

「往後這就是我家了。」

妍秋突然一臉有些害怕的模樣。

「我……我要回去了。」

「妍秋!妍秋～怎麼啦?剛才還好好的。」

「你老婆嘛,她……她好兇哦。你要是不回家睡,到時候她知道了又要罵我跟亮亮了,她又會打我,又會欺負亮亮的,我不要……」妍秋依稀又想起被打的那天,雙手遮臉,從指縫間偷偷看著趙靖。

「妍秋,不要怕,往後我不會容許任何人欺負你的,誰要是敢動你

一根汗毛，我就跟他拚老命。」趙靖摟住她，秀女太過分，可是到今天他也不想再多說，他要用行動證明，往後的日子有他為伴。

「是嗎？可以嗎？」

「以後也別再問『可以嗎』這三個字了，只要有我趙靖在的一天，你要做任何事情都可以。」

「那……我可以見亮亮嗎？亮亮會回來嗎？趙靖，我想亮亮啊，她答應過我的，等我把小娃的毛衣圍巾帽子襪子啊都打好了以後，她就會回來的。可是我現在都打好了，也沒看見她回來啊。我知道亮亮不會騙我的，可是我每天等啊盼啊的，就是沒看見她，不打電話回來，也不接我的電話耶。趙靖，我怕呀，我怕……我怕她會……跟漢文小敏一樣，也不見了。」

妍秋說著眼眶裡又蒙上一層淚霧，「我常想，我還是不要愛她了吧，每一個我愛的人，都會離開我，那如果我不愛她了，她就會回來了，可是……不行啊，我就是愛她，想她啊，小娃的東西我都打好了，怎麼……怎麼她也不見了呢？」她悶悶的說。

趙靖聽了妍秋像是孩子般的一席話，若有所思的沉默著。

＊＊＊＊＊＊＊＊＊＊＊＊＊＊＊＊＊＊＊＊＊＊＊＊＊＊＊＊

趙靖拿著這用了幾十年的鑰匙打開陌生的家門，這幾十年來他到底怎麼過的，為什麼住在這家門裡的每一個人他都那麼陌生，做得出這種事情的人到底有怎樣的心呢，他居然跟他們生活了幾十年……趙靖只覺得這一切像夢一樣，沒想到他的半輩子裡，竟有自己如此陌生的時刻。

「趙靖……你回來啦？我天天……趙士芬天天都在問爸爸呢，她很想念你呀，趙士芬知道她自己錯了，她很自責呀……」沒想到會看到趙靖的秀女，壓抑住一肚子不滿，迎上前來，雖然是拿女兒當幌子，其實自己也是十分思念趙靖。

趙靖不理會秀女的殷勤，直往幽禁亮亮的房間去。

「把門打開來，現在！」看了門上的鎖鍊，趙靖壓抑過的聲音有種

悶悶的吼。

「我……我沒鑰匙啊，鑰匙在趙士元那啊。」秀女見到趙靖慍怒的臉，竟又是爲了汪家的人，肚裡又有一股火的扯著謊。

「把門打開來，你以爲現在是什麼時代了？你以爲這是什麼地方？居然把人家關起來，這裡不是牢房不是看守所，也不是私設的刑堂，這裡是趙家！」

聽到這句話，又是一句護著亮亮他們家的話，秀女本來隱生的恐懼都被憤怒迎頭趕上，她忍不住調高了音量。

「你也知道這是你家啊？離開的時候說走就走，頭也不回，這會兒回來了，倒不是爲了趙家人，而是爲了人家汪家女兒啊，這要在以前，像這種懷了別人野種的女人，不被亂石打死，也被浸豬籠沉到河裡去啦！」

「蔡秀女，我發覺有病的是你耶，你有偏執狂！你有神經病！女兒使壞你由著她，兒子發瘋你也由著她！不但溺愛他們，自己還帶頭無法無天！」趙靖此時也顧不得什麼尊重，既然蔡秀女不懂得自重，他又何必一直看在她是孩子的母親份上而有所顧慮呢。

「這是我家啊。」秀女咬牙切齒著。

「你們知不知道你們這樣做是犯法的？這叫作妨礙人身自由，到時候真正被關起來的會是你們三個，不，還有士芬肚子裡面那一個！他們要吃牢飯你知道嗎？」震怒之下，趙靖不僅話越說越重，連自己的外孫都算進一份。

「你準備把她關多久？一輩子嗎？過不了幾個月她也要生了，在哪生？就在這小屋子裡？萬一有個三長兩短誰負責？你啊？這可是殺人罪唷～把門打開！打開！」趙靖看秀女不理會，便開始猛烈的撞門。

「趙靖，好啦，你別這樣啦。」秀女怕他撞痛了自己的手，趙靖還有著心臟病呢，秀女急得想要拉開他。

「走開！」趙靖甩開秀女，不開門他就繼續撞著門。

「趙靖，好啦，我拿鑰匙啦！你幹嘛啊？爲了別人家的女兒你自己老命也不顧啦？」

秀女看趙靖不動如山的堅持，只好拿了鑰匙開門。

亮亮窩在房間的一角，趙靖走了進去。

「亮亮？」

亮亮只是虛弱的抬起頭，瑟縮在一角不語。她簡直被這連日來的禁閉嚇傻了，趙靖滿臉愧疚的走過去，輕輕擁抱她的肩膀。

亮亮一見趙靖，淚水就止不住的滑落。

一路上猛力奔馳，趙靖只想趕快把亮亮帶到安全的地方，讓她好生休養一下，第一個念頭跑過就是還算舒適的俱樂部。

「爸，我……」亮亮張嘴不知想說什麼。

「趙士元今天到台中開會。」趙靖知道她還在怕士元。

「你先梳洗乾淨了，再到我辦公室來找我。」他輕輕的打開俱樂部套房的門，給亮亮一點空間平息下來。

簡單的梳洗過，換了一套臨時從趙家抓出的衣服，亮亮整個人神清氣爽了不少，走進趙靖的辦公室裡。

「爸。」她輕輕喊一聲，這一切都不是趙靖的錯，趙靖也全不知情，所以亮亮對他是絲毫無怨言的，說起來，他還是救了自己的人呢。

「桌上有枇杷膏熱水，喝一點，你的喉嚨會舒服點。」聽到亮亮瘖啞的嗓音，原本的輕柔甜美似乎都被恐懼所吞食，他不由得也放軟了音調體貼亮亮。

亮亮乖乖的拿起桌上的枇杷膏水喝了。

「你可以回去看你媽了，你可以走了，你已經自由了，至於你跟趙士元陳中威之間那種錯綜複雜的關係，你們自己去解決吧。」趙靖嘆了口氣，這一切來龍去脈，叫他不知怎麼再繼續用長輩的身分來公平處理，或許最好的方式就是讓他們自己面對吧。

「爸……謝謝你。」沈思一會，亮亮才輕聲說。

「不用謝我，我不是在幫我的媳婦，我幫的是汪漢文的女兒汪子亮，是漢文的女兒。」他趙靖這一輩子，真的是注定欠汪家太多了。

「爸……」

「以後也不用這樣稱呼我了，這樣叫只會讓我更難堪。」發生了這

麼多事情，趙靖實在無法消化。

「爸，我……」

「一個男人會被誰稱爲父親呢？」趙靖不由得繼續說下去，眼裡熱了起來。

「他的兒女？他的媳婦？可是你還會繼續當我的媳婦嗎？不會啦。既然如此，那又何必在口頭上保有這份溫情呢？趕快回去看你媽吧，她很想你，士元那邊我會幫你跟他說清楚的。」

「爸，對不起，一開始……一開始我並不想這樣，我希望能跟士元好好過日子。」這是真心話，哪個女人不想有安定的婚姻生活，在披上婚紗那刻，誰不是夢想有一個自己的王子，在城堡裡開展幸福快樂的日子呢。

「呵呵……一開始？現在究竟距離一開始有多久啦？你們的婚姻從頭到尾不超過兩年耶，這麼短暫的時間就已經支離破碎了，真正的一開始不是從你們結婚開始，是從你們認識的那一天開始，我就苦口婆心的勸你要三思，可是你非嫁給他不可。」

亮亮低下頭去，想起趙靖當時的規勸，她的確沒聽進去。

「唉～婚姻不是賭博啊，不能靠手氣的，你經營過嗎？如果你把一年多的忍耐當作經營的話，我只能說你經營不善，你把大家弄得全盤皆輸，沒有贏家。」趙靖試著公平的說，當女人的確是比男人辛苦吧，男人要征服世界，可是女人家卻要面對最困難的征服，征服一個男人的心。

「爸，他們的作爲你都看到了，我還能怎麼做？」亮亮實在也累了。

「你可以贏得更漂亮，你可以贏得更光明磊落，沒有人說話能夠比你更大聲的，就像你所說的，他們的作爲很卑鄙，可是爲什麼要輸在最後一著？爲什麼要輸在恨跟報復的念頭上？」他趙靖這輩子也是在大小戰役裡槍林彈雨過的，他不是不懂人的慾望和人性，可是這七情六慾只是害慘了不懂得自我控制的年輕人。

「唉～你母親這一輩子，從來沒想過要爭取什麼，卻讓人想給她一

切，她是這麼的愛你，你覺得你現在可以很坦然的回去面對她嗎？」趙靖說完就閉上了眼，讓亮亮自己深思。

亮亮邊走出俱樂部的大門，邊默默的落淚了。

她還能去哪？亮亮當然第一個地方就想到回家。可是在走進家門的途中，她就看到了慈祥的媽媽手上滿是毛線團，看起來正專心一致的鉤織著手上快完工的小毛衣，亮亮幾乎要從媽媽溫柔如水的眼波裡愧疚的融化。

她此刻真的沒辦法坦然面對母親嗎？想轉身離去時，偏偏妍秋已經瞄到亮亮。

「亮亮？你回來啦？」妍秋忙拉著亮亮到眼前仔細的看著，「真好，我就知道你不會騙我的，亮亮守信用，媽也守信用唷，你來，看看，媽答應你的都有做到哦，你看這件小毛衣多可愛啊，這個小帽子，這個小襪子，可不可愛啊？將來你可要告訴他，這些都是外婆幫他打的唷～」妍秋像孩子似的拿出手上的小織品歡樂的炫耀著，額頭沁出了點薄汗。

「亮亮，你怎麼啦？不開心啊？」注意到亮亮臉上難為的笑容，妍秋以為自己哪裡又錯了忙問著。

「沒有，沒事。」亮亮安撫母親。

「有，你開不開心媽一看就知道。對了，士元怎麼沒跟你一塊回來？又吵嘴啦？這士元也真是奇怪，就快當爸爸了還這麼孩子氣，你現在懷著他的孩子是趙家的孫子耶，還這麼不讓你……」妍秋自己猜測著，眼睛還瞄著手上的小毛衣。

「媽……」亮亮欲言又止。

「怎麼啦？亮亮？到底怎麼啦？」

「我要跟士元離婚了。」亮亮告訴媽媽自己的決定，至於中間曲折的過程就沒有必要讓她擔心了。

「離……離婚？這……這怎麼可以啊？你……你懷孕了耶，馬上就要有你的孩子了耶，怎麼可以輕易說離婚呢？有了孩子，就表示你們是有感情的，怎麼可以在這個時候說離婚呢？」妍秋是知道亮亮和士元最

近相處得不太好，但也沒想到事態竟如此嚴重。

「媽，我們之間已經沒有感情了。」她要怎麼跟媽媽承認，肚子裡的其實是中威的孩子呢？

「胡說，沒有感情哪來的孩子啊？其實……其實士元也滿好的嘛，他也不錯呀，只是個性上孩子氣了點，等將來你們自己生下了孩子，他當了爸爸，他就會長大啦。」妍秋天真的勸著亮亮。

「孩子不是他的。」亮亮一鼓作氣的說，就算今天她能接受了，士元也不可能接受，哪個男人可以對這種事情忍氣吞聲呢？

「你說什麼？」妍秋驚嚇的把織物都掉在地上了，也沒有察覺。

「孩子……孩子不是他的，是……是中威的。」

妍秋聽了大為震驚地看著亮亮，一句話也說不出口，良久，只是把掉在地上的小毛衣拿進屋內。

「媽～」亮亮追了上去。

「媽？」

「你嫁給了士元，可是卻替中威懷了孩子。」妍秋再難過也沒有的說，臉上有著難以接受的不堪。

「媽，你聽我說，有很多事情你不知道。」亮亮知道傳統的媽媽是不可能接受自己的行為的，這也是她一直不想讓媽媽知道的原因。

「可是我知道一個女人不能讓她的丈夫蒙羞，我是這麼教你的嗎？我教你可以對丈夫不貞可以對丈夫不忠誠？亮亮，你爸爸在天上看著呢，他不會罵你，罵的是我，沒把他的寶貝女兒教好……」說到此，妍秋的淚珠撲簌簌的落下。

「媽……原諒我，原諒我……」亮亮急的哭了，她沒想到，如果有一天事情爆發了，的確是會有人覺得她這個敗德的婦人家教卑劣，何況是深愛自己的母親。

「我不原諒……我不原諒你！我這是為誰忙？我氣我自己可不可以？我對不起你爸爸！我氣我自己可不可以！」

妍秋發了狂的將毛線衣扯掉，亮亮哀求的望著母親。

「媽～你不是愛他的嗎？你不是愛我的孩子嗎？」亮亮一把抱住母

親。

「亮亮啊～我更愛你呀～我更愛你呀～傻孩子……你這樣要怎麼辦呢？你有沒有想過你年紀輕輕的一個女人，帶著父不詳的孩子，那個陳中威，他是結婚有老婆的，將來你們母子要怎麼辦？」

妍秋看著亮亮，怎麼會比她這個老糊塗還要更傻的做出這等糊塗事來。

「十年，二十年？那種苦，沒有人能夠比我更瞭解的，我還是個寡婦呢，帶著可是名正言順我先生留下來的孩子，可是你呢？偷情的孩子，誰會祝福你？誰會同情你？人家會怎麼看你跟孩子啊？」妍秋想到自己女兒要面對的種種以後，簡直是苦痛的流下眼淚。

「媽，我不在乎人家怎麼看我，我只在乎你，我只在乎你怎麼看我……我知道你愛我，所以……所以我不敢欺騙你，我不忍心隱瞞你，不管這個孩子的父親是誰，但是他都是我生的，都是亮亮的孩子，他要叫你一聲外婆，要叫小敏舅舅，這是永遠不會改變的……你如果愛我……難道你就不能愛他嗎？」

「這事趙靖已經知道了？」

亮亮不說話，沈默的點了點頭。

「亮亮……我在他面前驕傲了一輩子，他百般求我，他老婆上門來羞辱我，我都問心無愧，我的頭還是抬得高高的，可是亮亮，你今天……你今天……你讓我再也驕傲不起來……再也抬不起頭來，你傷我……比他們打我還痛啊……」妍秋淚流滿面，頭不禁沈沈的埋入雙手。

「媽……媽……對不起，對不起……」亮亮擁抱著媽媽，兩人只是靜靜的流著淚，內心百感交集。

＊＊＊＊＊＊＊＊＊＊＊＊＊＊＊＊＊＊＊＊＊＊＊＊＊＊＊

士元一回家就發現媽媽把亮亮給放出來，他勃然大怒。

「為什麼把她放走？為什麼把她放走！我千交代萬囑咐，跟你說一定要看好她的！」

「你爸都來踹門了，我能不放她呀？看著你爸對著門又踹又踢的，你叫我怎麼辦嘛？」

「你就讓他踹，他踹不開是會殺了你不成啊？」士元怒極了，他根本不管秀女身陷怎樣的境地。

「他是不會殺了我啦，他會氣死他自己啊，你要讓我看他氣死在我面前啊？」

「怕他氣死？怕他氣死當初你們就不會做那種事了！」士元早被恨和復仇蒙蔽了對母親原有的順從，只是覺得秀女和士芬的行徑太讓他寒心。

「你……敢買通醫生、敢製造假車禍、敢找人去打亮亮，那個時候你們心裡就不會在乎爸爸會不會被氣死？他今天真的被氣死了，也是因為你們，是因為你們！」

秀女猛地打了士元一巴掌。

「趙士元，你居然敢這樣跟我說話？」

秀女抖著身體，看著眼前自己疼在手心的兒子，心痛極了。

「今天你爸爸要是有什麼三長兩短，都是因為你，因為你去招惹那神經病宋妍秋的女兒！才會把我們家搞得天翻地覆！你現在害得我老公沒了，黑鍋也背盡了，壞人我也做了！連你妹妹都被那個小狐狸精給害慘了！」秀女一口氣連珠炮說道，她已經受夠了趙靖的怒火，難不成連自己兒子的氣也要悶受。

「我愛她，我愛她……」士元整個人崩潰的說，跌坐在沙發上頭。

「兒子啊，那個爛女人你有什麼好愛的啊？她給你戴綠帽啊，她懷了別人的孩子啦！」

「對，我就是愛她……除了愛，我還有更多的虧欠，她會懷了別人的孩子，就是因為我們不讓她懷。我們答應她，然後又欺騙了她，是我對不起她，我要留住亮亮，我要亮亮在身邊一輩子，沒有人可以從我身邊把亮亮帶走，就算爸爸也不行！」士元發了狂似的說完便衝了出去。

「趙士元啊～」秀女在後頭的叫聲，被士元耳邊呼嘯而過的風聲掩蓋過去了。

衝到俱樂部，士元毫不猶豫地就衝入父親的辦公室內。

「你說過的，就算親如父子也有各自的人生，你爲什麼要左右我的人生？」他劈頭對趙靖就是這句話。

「這段扭曲的愛情就是你人生的全部？」趙靖早料想到士元會瘋狂的責備自己，他可憐的兒子已經被愛恨佔據。

「扭不扭曲我自己決定！她是我老婆！」

趙靖站起身，怒視著士元，他到底什麼時候才會長大？

「你老婆在趙家受到非人的待遇！」

「你不是早在心裡脫離趙家了嗎？你不是頭也不回的離開了我們了嗎？那麼在趙家屋簷底下發生什麼事，什麼人受到什麼待遇，干你什麼事？」趙士元瘋狂了，連一向懼怕的父親，他也口不擇言了。

「我聽進去了你的話，我們是該有各自的生活，你要走，你要回到宋妍秋身邊，我們都沒有干涉你，但是相同的，我所要的人生也請你尊重，就算做不到認同也請你不要干涉，尤其是……尤其是爲了宋妍秋吧，你是爲了她才把亮亮從家裡帶走，你不覺得你太自私了嗎？心疼那女人思女心切，卻不顧到我的想法！」

趙靖聽得出士元口氣裡的冷哼和反諷，把他一把拉過來。

「你過來，這張椅子你坐坐看，在你的人生裡除了愛情、佔有、報復就沒別的了？你的人生裡沒有事業、沒有義務、沒有榮譽？這張椅子這個位置我坐了二十年，你有沒有想過也該換你來坐坐看？」

「爸，我……」士元想起身。

「坐下！才坐不到半分鐘就想離開了憑什麼？我足足坐了二十年，才讓你們可以自由自在的四處閒走！」趙靖深深地看著士元，「現在我不坐了，你坐，放我自由！」說完趙靖就要離開。

「你不要走。」士元拉住了父親，他害怕著。

趙靖回頭看著士元，語重心長的說著。

「你非坐不可！就是因爲你的自由、任性、懦弱、逃避，才讓你失去亮亮的，她對你有過希望，是你自己放棄了你們的婚姻。你愛她嗎？做給她看，不要像一個閒人一樣，每天無所事事的只知道把老婆關在家

裡，像個男人，一個男人沒有事業、沒有企圖心，就沒有一切。」

「有了一切沒有了她又有什麼意思？」士元如鬥敗的猛獅般垂頭喪氣，沒有亮亮，他做什麼都打不起精神。

「最起碼你有尊嚴！不要說我心裡只有宋妍秋，親情和愛情是不能放在同一個天平上相提並論的，我心裡面有著最多的還是你們，一個父親即使對子女再怎麼失望，也不會絕望。」他輕輕的撫摸著兒子的頭髮，士元青春期後就快速抽高，他已經有好多年沒有這樣輕輕的摸著兒子的頭。

「我要離開你們了，但是我已經在進行股權的轉讓，血濃於水啊，士元，我再怎麼賞識汪子荃，我愛的還是你。」言下之意，他是真的老了，該把這一切放手給年輕人打拚了。

「爸……你……你這是什麼意思啊？」士元迷惑的問。

「我放棄一切，我把所有的股權留給你了，從此刻開始，你就是飛達的新老闆，你要替爸爸替趙家，安安穩穩的把這個位子坐好，在這個位子上所做的每一個決定，都攸關著幾百個員工的生計，關係著趙氏的形象。每一個決策都必須是深思熟慮，一步都不能錯。」

「士元，愛情不是人生的全部啊，請你證明一件事，虎父無犬子。」這一刻，他不是責備，是請求，他真的很希望看到兒子爭氣的持守趙家。

「爸，你去哪裡啊？」

「坐下，坐好，坐直。」趙靖回頭一笑，做了個手勢要士元坐穩，轉身就離去了。

士元在父親的辦公室裡，撫著頭，第一次意識到自己身為趙家長子所背負的責任，偏偏又在他心理受創最嚴重的時刻，他覺得自己的頭似乎要爆炸了。

＊＊＊＊＊＊＊＊＊＊＊＊＊＊＊＊＊＊＊＊＊＊＊＊＊＊＊＊

剛吃完晚飯，亮亮來到廚房想幫媽媽洗碗，妍秋看起來還是不能諒

解，一張素臉清清淡淡的沒什麼表情。

「媽，我來洗就好了，媽～」

妍秋默默的放下碗離去，連看亮亮一眼都沒有，亮亮心裡難過著。

洗完了碗，亮亮倒了杯茶給妍秋。

「媽，喝杯熱茶。」

妍秋看了一眼亮亮，什麼也沒說起身到房裡去。

「媽～媽，不要不理我，你說過……亮亮只有媽媽，媽媽也只有亮亮，全世界的人都可以不理我，你不可以……你不要好不好？」亮亮委屈著小臉，淚水就要哭出了。

「媽，你如果覺得我做錯，你可以打我可以罵我……但是你不要不理我……我需要媽媽，請你祝福我們，我跟中威……我們相愛。」亮亮鼓起勇氣接著說。

「一件錯誤的事情可以被祝福嗎？唉～今天我人雖然恍惚，可是我心裡清楚的知道，趙靖等了我一輩子愛了我一輩子，我可以理直氣壯的請求你們祝福我嗎？不可以的，因為那是錯的，不可以被祝福的，今天你是趙士元的妻子，卻懷了別人的孩子，你希望我這個做母親的祝福你？」妍秋只是背對著亮亮，覺得自己好無力，也好無能。

電鈴在這時急促的響了起來，一定是中威，亮亮知道。

可是妍秋像什麼也聽不到，只接著說：

「亮亮，在你結婚的那一天，我哭了，我開心的哭了，因為我和天上的漢文衷心的祝福我們的寶貝女兒幸福，亮亮，如果你真的希望有個孩子，為什麼不跟你的丈夫懷？如果這個孩子是你跟趙士元懷的，我想全世界的人都會祝福你們，可是為什麼？為什麼？」

中威在門外喚著亮亮的聲音傳進了屋裡，妍秋搖了搖頭，不再說話。

亮亮趕忙起身去開門，一臉倉卒的跟中威說。

「中威……你快走，你快走。我媽知道了她很傷心很難過，我怎麼可以讓她傷心，你快走，快走！」

「讓他進來！」妍秋不知何時來到房門外，很輕的說了一句。

中威和亮亮四目交接，兩人都有點不知所措，一走進房，中威就先說了句。

「汪媽媽，對不起。」

「你也知道你做錯了？所以自己不敢打電話，利用我打電話給亮亮？這就是見不得光的感情，讓每一個人都變得很醜陋。有一天趙士芬是不是也會找上門來打我女兒呢？她可以打得理直氣壯的，因為我女兒懷了她丈夫的孩子？」妍秋此時的目光犀利清晰，這兩個孩子，沒有一個她不疼入心的，所以發生這樣的事，她也比任何人更傷心難過，兩個好端端的孩子，偏偏一起犯了再大也沒有的錯。

「不！汪媽媽，我沒有要利用你替我傳話。是……是那個時候亮亮被軟禁，趙士元把她關在房間裡折磨她，我擔心她安危才請你為我打電話的。」中威解釋道。

「很多事情亮亮怕你擔心受不了刺激，她不敢告訴你，可是……她不快樂，她非常不快樂，是，我們不應該發生關係，你知道嗎？亮亮多麼渴望做母親，可是他們……他們瞞著她為她做了結紮！」中威忍不住說出事情的真相。

「他們？他們是誰？趙靖他……」妍秋臉色發白，看著亮亮，心疼著。

「除了趙叔叔之外大家都知道，趙士元更明白，他甚至瞞著她，所以亮亮絕望了，對他絕望了。」中威趕緊說道。

「他們替亮亮結紮？他們……太欺負人了！」妍秋聽到這話也很氣，心軟了些。

「是後來亮亮碰到醫生，才知道這件事情，亮亮恨，所以她……我們……」中威講不下去。

「媽，我愛中威，我希望有個孩子……」亮亮知道自己錯了，她的確是對士元不忠，可是她實在受夠了趙家母女的欺負，還有士元的默許，才會……

「汪媽媽，不要再怪亮亮了，她真的在趙家受了很多委屈，她不敢告訴你，她怕你難過。」

「中威，我女兒說她愛你，你呢？你愛亮亮嗎？」妍秋只想確定這件事情。

中威憐愛的看了亮亮一眼，毫不遲疑，「我愛她，我真的愛她，汪媽媽，亮亮不醜陋，她沒有丟汪家的臉，她知道士芬懷孕後，甚至瞞著我她懷孕的事實，她寧願自己生養孩子，也不要破壞我的家庭。」中威說起這些，內心還是有所感懷。

妍秋走向亮亮，輕輕摸摸女兒的臉。媽媽的溫柔，讓亮亮流下了柔軟的淚水，原來世界上最大的力量，不是武器也不是軍隊，是柔軟的母愛。

「是，這是亮亮，是我們汪家的女兒，會傷心，可以憤怒，但是厚道，」妍秋看著這張小臉，多像她也多像漢文，她相信她的女兒，是一個厚道的人。

「媽……」亮亮圈住妍秋，她多麼害怕母親從此就不再像這樣看著她。

「是，是我們汪家的女兒。」妍秋又哭又笑，成了淚人兒。

中威也忍不住擦擦眼角，妍秋對中威點了點頭，輕拍著亮亮，不再對他們有所責怪。她知道中威這次來，一定是有許多話要跟亮亮說，她慢慢走回房裡，給小倆口留點空間講話。

在自己的房裡，她拿出被自己扯開的毛線衣，又開始打了起來。

亮亮看在眼裡，也知道媽媽原諒她了，輕撫著微隆的小腹，欣喜的淚水慢慢滑落。

亮亮和中威肩並肩地走在公園裡，兩人無語地走了一小段路，終究中威忍不住啟口。

「為什麼？亮亮，為什麼你不能嫁給我？」

「中威，你看見我媽的反應了。孩子她接受了，不論她怎麼生我的氣，遲早她都會接受孩子的。那是因為她聽見你說的那一句話，亮亮寧願自己生養孩子，也不願意破壞我的家庭，你懂嗎？是這一句話讓她安心的。」自己的媽媽，她還不瞭解嗎？

「亮亮，我說這句話不是要讓她安心，而是在陳述一個事實。」中

威好無奈，他最心愛的女人，懷著他最期待的孩子，怎麼能讓他們流落在外。

「她要的就是這個事實，她知道我受委屈能體諒我想要孩子，但是她不允許我變成一個破壞別人家庭的第三者，你懂嗎？」亮亮很落寞的坐在公園的石椅上，眼神看著遠方。

「我媽媽，表面上看起來很溫馴柔順，骨子裡她是很驕傲的，她說了，這就是汪家的女兒。」媽媽在講這話時眼裡的光澤，是來自於驕傲自己的女兒和自己一樣有所堅持。

「亮亮，難道汪家的女兒不需要愛？」

「汪家的女兒不能自私的去得到愛，不要不以為然，她就是這樣，她知道趙叔叔愛她一輩子了，但是她不因為她自己的孤獨無助，要趙叔叔離開他的家庭，她就是一個典範樹在那裡一輩子！」亮亮嘆口氣，媽媽的寂寞她還不懂嗎，媽媽已經忍受了幾十年，她怎麼能連忍都不忍。

「難道你要效法她一輩子嗎？這多荒謬啊！」中威焦急得不得了，亮亮聽起來就是要帶著她的孩子走掉了。

「我不覺得荒謬！你不知道……當我媽媽她對我說……亮亮……你讓我的頭再也抬不起來了……你知道我有多麼自責、有多麼羞愧！」亮亮急切的搖搖頭，她不能再傷害母親了。

「亮亮，趙家那三個人更應該感到自責感到羞愧的。」

「這個能比嗎？我們可以跟更不堪更惡劣的人比嗎？做人只可以跟好的比，怎麼可以跟壞的比呢？」亮亮心裡感到矛盾，她比誰都想和中威在一起，可是……

「我們不要再這樣爭吵下去了好不好？趙士芬都沒有簽字同意跟你離婚，更何況我認為她一輩子都不會同意！你有什麼條件跟我談結婚呢？」

「亮亮，我愛你！」中威看她這樣煩悶，忍不住更想要說服她。

「對！你愛我……這就夠了……對我們而言這就夠了，你可以愛我。像趙靖愛我媽一輩子是一樣的，但她不允許她的女兒背負著第三者的罪名，汪子亮不可以破壞別人的家庭！」

「我不要這個家庭可不可以！」中威急了。「當初我要跟她離婚你不贊成……」

「在這『當初』之前她已經懷孕了！」

「可是離了就是離了！之前跟現在有什麼差別呢？」中威不管他們到底用著多清高的邏輯處事，他只知道不要再失去亮亮。

「你知道有什麼差別的，你知道有了孩子有什麼差別的，不然你為什麼會答應趙靖留下來呢？」亮亮目光炯炯，裡面有多少無奈與感嘆。

「我不知道你已經懷孕了，亮亮，現在有了孩子不一樣，剛剛你是這麼說的，不是嗎？」

「亮亮……亮亮……」中威一把抱住了亮亮，心中滿懷著不捨。

「我們不要再吵架了好不好？經過了這麼多曲折痛苦委屈，我們才能這麼大聲的說出彼此相愛這句話，我們不要吵架了好不好？不要用這種聲音吵架了，好嗎？」

亮亮在中威的懷抱裡姿態也漸漸放軟了，她是真的愛眼前這個男人，也真心想陪他度過很長遠的時光，如果可以的話。

亮亮慢慢抽離開來，眼睛閃閃地望著中威，堅強的說。

「我知道你愛我，這就夠了，在人生每個重要的關口，你都可以陪著我一路走，可以看著我生下孩子，看著孩子長大，這就夠了。」亮亮摸著中威的臉，像是在道別。

「亮亮……亮亮……」眼前亮亮被路燈照著的臉龐包圍著清冷的光芒，中威痛苦地跌坐在地上，雙手緊抱住難過欲裂的頭。

「為什麼？為什麼會變成這樣子？明明回頭有路好走，為什麼要擠上不歸路呢？明明我們兩個的婚姻都不幸福，可以分別結束，讓相愛的兩個人在一起，亮亮，你告訴我為什麼？為什麼？」中威又困惑又傷心，其實亮亮的話他都懂，他只是好難去接受。

「因為我不能讓我媽傷心，我不能讓她臨老在趙叔叔的面前矮半截，我不能……我不能讓她失去尊嚴，她是多麼的驕傲啊。」

「你知道嗎？亮亮……你比你母親更驕傲，你覺得你是太陽，永遠是一顆日正當中的太陽，你只要照亮他們給他們溫暖給他們光，不要讓

他們有陰影，可是……這樣的驕傲多悲哀，你永遠要照亮別人爲別人而活……」中威覺得自己快要忍不住淚了。

「不是別人！她是我媽，我愛她！」亮亮不懂中威爲何不能體會。

中威搖著頭，繼續哀怨的說著。

「不只是她，之前你愛過趙士元所以你會傷心，你愛過孩子你會忍耐，你愛小敏你會難過，你會爲你愛的每一個人犧牲感覺，爲他們而活，然後抱怨老天看不到你，老天怎麼看得到你？你自己都看不到你自己！」

亮亮的犧牲，在中威眼裡看來，只是注定一輩子做個日全蝕的太陽。

「我……」亮亮看著中威，無法回答。

「但是我告訴你，我這輩子愛你是愛定了，我跟趙士芬的婚也離定了，我等你，你媽喜歡驕傲的讓趙靖等，我也成全你這份驕傲。」中威的表情變得堅毅，彷彿下了什麼決定。

中威一說完不等亮亮回答就快步離去，他不要再讓亮亮的淚水打動自己，更怕的是自己也要跟亮亮一樣哭了。

亮亮不知該怎麼辦，望著天上的一輪明月，覺得人生的路，好長好長，當人，好難好難。

＊＊＊＊＊＊＊＊＊＊＊＊＊＊＊＊＊＊＊＊＊＊＊＊＊＊

士元坐在辦公室裡，幾天了，他還坐不太慣，爸爸坐這位置坐了半輩子，他拿起父親擺在桌上的全家福，若有所思的看著，裡面全家人笑得好開心，就父親板著一張臉孔，那張他從小熟悉到大的嚴肅面容，誰知道背後深埋著多少的辛苦與壓抑。

士元回憶拉到過往，沒有察覺子荃已推門而入。

「董……董事長不在啊？」子荃看到士元，奇怪著坐在位子上的不是趙靖而是士元。

「找他有事嗎？」士元瞧著眼前這個在董事會上囂張對待他母親的

子荃，口氣與目光透著不歡迎的暗示。

「公事，幾件預算要董事長蓋章，沒關係，我可以先……」子荃揮揮手，沒什麼事的表情。

「拿給我看看吧。」士元放下手上的相框說。

「是公務組的核算表，不急，等董事長回來再處理好了。」子荃轉身要走，絲毫不把士元放在眼裡。

「他不會回來了，拿過來我看看。」士元不甘示弱命令式的說著。

「董事長他？他的行程裡沒有說要出國考察啊。」子荃的表情很詫異。

「他是沒有出國考察，有人說他出國考察了嗎？公事可以讓我看了吧？」士元懶得解釋那麼多。

「董事長去哪裡了？爲什麼他不會回來了呢？」子荃隱隱有了不好的預感。

「ㄟ！你好像很緊張，這麼在乎董事長在不在回不回來的。」士元嘲諷的笑了一下。

「他是企業的領導人。」

「曾經是，現在不是了。」士元站起身，捏了捏坐得有點僵硬的肩頭，繼續說著。

「按公司章程，他沒有重大疏失，任期未滿，不能夠解去董事長的職務，所以他還是趙董事長，但是，那是虛位董事長，趙董事長，我爸爸，已經把他百分之九十九的股權轉讓給我了，他只保留那百分之一，以維持董事資格，以免造成業務執行上的困擾。」既然汪子荃這麼想知道，他當然可以解釋給他聽，看看他一陣青一陣白的臉色，也是很有趣。

「你知道這代表什麼意思嗎？第一，這代表飛達企業現在的執行董事長是我，第二，這代表下一次的董事會改選我有絕對權利支持誰或不支持誰進入董事會。」士元走到子荃身邊，他要將子荃臉上的表情瞧個清楚。

「這第三……就代表你汪子荃翻臉翻得太早，得意忘形抱錯了大

腿，後悔嗎？不過像你這麼精明的人，應該會要求看文件的吧，有，我父親都準備好了等著你來查，就像上次你在股東大會上所說的，一切過程合法。」士元話說完就拉開一格抽屜，做了個邀請的手勢。

子荃心裡震驚得不得了，轉身就要要離去。

「站住！預算表呢？不是要董事長簽名的嗎？拿過來。」

子荃回頭將預算表交給士元，眼神裡看得出在隱忍著欲發的情緒。

「捨不得啊？從現在開始，有很多你捨不得的東西都得交出來，好了，你下去吧，有事我會叫你的。」

子荃離去甩門。

「可惡！可惡！他真的放棄一切！他真的一無所有！SHIT！可惡！」子荃氣紅了眼，在辦公室門口發著抖喃喃自語著，沒注意到逐漸走近的秀女。

「是可惡啊～可憐啊你汪子荃，經營了半天全都白費工夫了，人家跟你玩遊戲呢，這趙靖還是聰明的，血濃於水啊，這趙氏當然會留給他兒子的啊。那你怎麼辦呢？現在當不當狗啦？不過這沒差啊，反正是條狗嘛，換誰養不都一樣啊？不一樣哦，這狗是忠心的，還是你要夾著尾巴繼續當忠心耿耿的狗，跟著那已經一無所有的趙董事長呢？」秀女抓準了機會，不忘將上次所受的屈辱討回來。

「不是，你不是特地為了嘲諷我而來的吧，不是這樣，你有求於我。」子荃武裝起自己，對秀女冷哼一聲。

「趙靖放棄一切走了他會上哪去了呢？不就是上我媽那去了嘛，你現在應該比以前更害怕了，親情，事業，都再也拴不住他了，他現在什麼都不要了，就只要我媽一個人了。」

「這件事我們談過了。」她冷淡的說。

「對，可是你還沒回答我，考慮得怎麼樣？我一直沒等到蔡家的人來跟我談股份的事情，是作罷了嗎？OK，那就算了，那就讓有情人終成眷屬好了，我反正沒什麼損失。」

子荃豁出去了，反正每年幾百萬的紅利，可以讓他在美國過得很舒服，汪家兩個女人就交給趙靖去負責吧。

「過兩天你到律師樓去，我們再來談細節。」秀女被子荃抓住弱點，還是必須妥協，有點被逼急了。

「可是汪子荃，我不相信你啊，就算你拿了我的好處，你也照樣會背叛我啊。」

「為什麼？我為什麼要為了一個一無所有的人而背叛你呢？背叛你，對我沒有好處啊，趙太太，不要懷疑，我已經沒有身段了，我甚至在你面前攤開我自己，我們的利益是相結合的，你該相信我，記住一點，背叛你對我沒有好處，嗯？」子荃知道秀女上鉤了，她最受不了的就是趙太太地位易主。

「宋妍秋不會成為趙太太？」秀女重申一遍子荃保證能做到的。

「不會，不准！窮老頭有什麼好嫁的？你是永遠的趙靖夫人，趙氏老闆娘，嗯？」子荃知道自己的王牌在哪，只要這個笨女人還在一日，他就可以利用她的愚蠢獲得自己的利益。

「好，我就相信你這一次。」

「ㄟ？我們的協議不只這樣吧，宋妍秋不能嫁給趙靖，汪子亮也不能跟趙士元離婚，你忘了嗎？」

「你是真不知道還是假不知道啊？趙靖為什麼要走？他為什麼連趙士芬都不顧啦？你真以為完完全全是為了你們家那隻老狐狸精啊？去問汪子亮，看她做了什麼好事，可以讓趙靖鐵了心放棄了這一切，是啊，是你那個親妹妹替你斷了在趙氏的一條路。我真不知道該恨她呢還是該謝謝她，替我趕走了你這條豺狼。」想到亮亮肚子裡懷的是中威的孩子，這件事不僅是士元丟臉，趙家也是整個蒙羞啦。

「她到底做了什麼？」子荃還不知情的問。

「哼～你自己回去問她，齷齪事我說不出口。」秀女說完轉身就走。

子荃可沒忘記這件事，一回家他馬上質問亮亮。

「汪子亮，你做了什麼？你做了什麼？」

「哥！你這麼大聲幹什麼？」

「為什麼姓蔡的女人會說你齷齪！？」

亮亮一聽明白了，惡人先告狀。

「蔡秀女為什麼去找你？如果她覺得我齷齪她恨我，可以直接來找我，為什麼是去找你呢？她為什麼會跟你對上話？」

「你先回答我的問題！」

「不，你先回答我的問題，」

「因為我是汪家的長子，汪家唯一的男人！長兄如父，人家如果受了委屈當然會先來找我！」子荃隨便編了藉口。

「她們母女會受委屈？會吃虧？」亮亮才不相信。

「趙士芬害我差一點撞死，蔡秀女找人打我打媽媽，她甚至……甚至找密醫把我結紮了，讓我一輩子不能懷孕！」要說就說，理虧的不是只有她汪子亮。

「結紮？你是說你不能夠懷孕了？」子荃挑高眉，這可不行啊。

「我可以，被我識破了，我可以懷孕，而且我已經懷孕了。」

「GOOD！你還是可以懷孕，而且你也懷孕了。那為什麼……」

「我懷了中威的孩子。」亮亮平靜的說。

「你說什麼？」亮亮的話簡直壞了子荃的大計。

「我懷了陳中威的孩子，他們不讓我當母親，我偏要懷給他們看！」亮亮理直氣壯的認為子荃也會站在她這邊，畢竟這不是他教她的嗎？敵人越是狠，就越是要笑。

「你是豬！」子荃大叫的反應，讓亮亮嚇了一跳。

「你是一條豬……汪子亮，你蠢啊，你比豬還蠢，你怎麼會笨到去懷陳中威的孩子？白癡！你是白癡啊～」子荃聽了快瘋掉了，到底是怎樣，他還不瞭解嗎，懷中威的孩子怎麼會值錢呢。

「汪子荃！你這麼激動幹什麼啊？不都是你教我的嗎？以惡制惡，除惡務盡，這些都是你教我的。」

「我有教你去跟陳中威上床懷孕嗎？SHIT！既然可以懷孕，你為什麼不懷趙家的孩子？」怎麼有這麼笨的女人，如果是趙士元的孩子，這孩子就可光明正大繼承趙家。

「因為我不愛他！」

「你眞是蠢啊！」愛，什麼是愛，錢才是貨眞價實的。

「爲什麼這樣叫蠢？跟不相愛的人懷孕這叫聰明嗎？」

「你可以不愛趙士元！可是你要愛趙氏企業，你要愛飛達集團！你要愛趙家！」汪子荃大喊。

「我不愛錢，那些都是你汪子荃愛的。」

「FINE，那你現在要到了什麼？陳中威嗎？你作夢！愛情嗎？那是個屁！你現在眞的眞的什麼都沒有了，除了一身的難堪，你只要到了一個私生子，一個笑話，一個屈辱的代名詞！」汪子荃大笑著，不要在他面前裝清高。

亮亮上前憤怒的打了子荃一巴掌，打完的手火辣辣抖著。

「你敢羞辱我的孩子！」

子荃一把就抓起亮亮往牆壁摔去，雙眼怒睜，看起來像一頭幾近發狂的野獸。

「我警告過你哨，汪子亮！我最痛恨別人甩我耳光！我會揍你，我可以揍死你！」一連串意外打亂了子荃的步調，他已經快失去耐性與理智了。

「你打啊！你用什麼身分打我？眞的是如父的長兄嗎？」亮亮知道子荃是壞的，但不曉得他竟如此壞，失望的喊道。

子荃慢慢放下緊握的拳頭，努力克制著。

「長兄？也就是說跟小敏一樣，是我這個孩子的舅舅，爲什麼小敏舅舅可以這麼疼愛他，而子荃舅舅卻要這樣羞辱他？」亮亮繼續說著，她絕不容許自己的孩子遭到侮辱，即使還沒出生也是一樣。

「是你先羞辱他！是你給了他這麼難堪的身分！」一個私生子會比較快樂嗎？子荃眞想一拳就這麼揮下，或許還可以打醒亮亮這種癡人說夢的心態。

「我的孩子不會因爲他不是趙家的孫子而覺得難堪！覺得難堪的是你！」

亮亮指著子荃，終究他還是爲了他自己。

「你因爲做不成趙家孫子的舅舅，不能大聲說話，將會失去許多既

得以及將得的利益，所以你惱羞成怒，所以你覺得難堪！」

「不要跟我唱高調！你就是一個LOSER～失敗者！」子荃不屑亮亮的指責。

亮亮站穩了腳步，挺直著身體，定定地瞧著眼前這個比陌生人還陌生的哥哥。

「我不是個失敗者，我不是，我們的媽媽也不是。我們活得很驕傲，真正的失敗者，是不能做自己的主人。所有的成功所有的榮耀，都要掌握在別人手中，讓別人施捨，這種人才是失敗者！」

子荃揚起一抹輕蔑的笑容，披上剛脫下的西裝外套，又出門去了，他可不想和一群瘋了的人相處在同一個空間裡，遲早他也會被他們的愚蠢給逼瘋了。

而亮亮看著子荃離去的背影，適應兄妹間漸行漸遠的情感。

第三十一章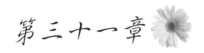

　　一早趙靖打掃著店面，妍秋突然出現在門口。趙靖一看到妍秋，心情登時輕快了許多。

　　「你坐在這好不好？別過來，我正在刷地呢，坐一會兒啊，很快就好。」他拉開椅子給妍秋坐下，「我們妍秋現在可不得了啦，會自己坐車過來了，認得路啦？還說什麼都不會呢，這會兒就過來監督我了。你放心，我做事你滿意啊。」

　　「我幫你一起做好了，兩個人做事快一點嘛。」妍秋想要起身幫忙趙靖。

　　「別……待會閃到腰啦～不……坐下來……來，這樣子吧，我在這刷地，你唱歌給我聽，好不好？」趙靖把她按在椅子上，捨不得讓她做勞力，只要妍秋在他身邊他就滿足了。

　　妍秋順從的點點頭，悠悠地唱起了動聽的歌曲。

　　「情人山～高高的情人山～常在我身旁～」她唱得相當投入認真，讓趙靖也自然而然地跟著妍秋一起唱和了起來，妍秋看著趙靖忽然就低頭不唱了。

　　「怎麼啦？妍秋？怎麼啦？想漢文啊？還是……」趙靖停下手邊的工作關切地問。

　　「剛剛是亮亮送我過來的，她不敢進來，她說她對不起你。」妍秋看著門邊低低地說。

　　「你都知道了？」

　　「趙靖，我也對不起你呀，我沒把女兒給教好。」妍秋滿懷歉意地說。

　　「你這麼說是在罵我了，是啊，我是沒把兒子給教好啊，我兒子女兒都沒教好，老婆也沒管好，是我對不起你們啊，我還對不起漢文呢。」趙靖嘆口氣說，最近受到的打擊真是太大了，他知道自己家中暗

潮汹湧，但沒料到實情竟是那麼地令他難堪。

「趙靖……趙靖，事情怎麼會變成這樣呢？」妍秋無語問蒼天。

「妍秋，兒孫自有兒孫福，我們都盡了責任，孩子們自己相處不來，誰也沒有辦法，婚姻啊，半點勉強不得的，好啦～別煩惱啦，倒是要替我們這個店取個名是真的，你想我們要取個什麼名字好啊？」趙靖把煩心事兒拋在一邊，提了個振奮人心的話題。

「我是想到一個。」趙靖等不及妍秋開口，自己又興匆匆地說著，拿起筆就在紙上寫下一個老字。

趙靖心中原本想的是老伴兩個字，可妍秋不等他寫完，就把筆接了過去，寫下朋友兩個字，淺笑著把筆擱在桌上。

「老朋友啊？」趙靖看了看，心中有點失落，但旋即又展開笑容。

「老朋友牛肉麵，也好，也好，老朋友就老朋友吧，人老了有朋友相伴，也是挺幸福的一件事。」

「趙靖，回家去吧，回你老婆身邊去吧。」妍秋忽然說。

不解妍秋話裡意思的趙靖，心裡急著忙問。

「你又拒絕我，又要不管我不理我了，永遠要把我從你身邊趕走，我們不都已經說好了嗎？我原來還準備要取名叫老伴兒，你說要老朋友那就老朋友吧，為什麼還要趕我走呢？我又沒做錯什麼。」趙靖像個撒嬌的孩子不依地說。

「不是你錯，是我們，我跟亮亮，亮亮對不起士元，我也不能把你從你老婆身邊搶走啊，我不能讓汪家的兩個女人被別人罵成是外遇的第三者啊。」

妍秋總是遵守著她自己的道德觀，也不論自己是否吃虧，趙靖不知該如何說妍秋，她總是有苦自己吞老替別人想。

「跟你一點關係也沒有啊，兩碼子事嘛，橋歸橋，路歸路，孩子們的事不能讓你還擔責任啊！誰說你是外遇的第三者啦？外頭遇見的是外遇，我們是嗎？你老早就在我心裡面了，妍秋你不是外遇！」趙靖說什麼都不想再錯過妍秋了。

「可……可是我破壞了你的家庭啊。」妍秋耿耿於懷。

「一個家如果它磐石穩固誰也破壞不了，如果他們對亮亮好一點，亮亮會離開趙家嗎？一棵樹如果它的根都爛掉了，你還指望它開花結果啊？自己都枯萎凋零了，還能夠庇蔭子孫讓後代在樹下乘涼啊？這就是我現在的心情，我要是再不離開再不自救，我整個人就要枯萎了。」趙靖誠實地說出內心的感覺，那個家使他窒息，也對亮亮的行為表示早已經諒解的態度。

「妍秋，不要離開我好不好？救救我，不要趕我走嘛～」

看臉色凝重的妍秋，趙靖開始耍賴著。

「光陰似箭，好友漸凋零……」妍秋喃喃地說。

「我們可以不要凋零啊，妍秋，可以的，沒錯，我們是老了，可是我們可以快樂的老，不要太多，每天一點點一點點，小小的快樂，小小的希望，我們的後半輩子就充滿了快樂和希望了……」趙靖比手畫腳地訴說對未來的想望，他期盼十五年了。

「於是我們很自私，把每天的快樂和希望建築在別人的痛苦和絕望上，趙靖，有人歡樂就有人哭啊，我怎麼快樂得起來呢？」妍秋想到亮亮再想到秀女，她就是不能心安地接受趙靖的感情。

「妍秋，你想想我好不好？想想我啊，你要是離開我，我也會痛苦也會絕望也會哭的。你看看我，我都老了，頭髮都白了一大半了，只有你在我身邊的時候，我的心還是活著的，你想想我嘛～妍秋。」趙靖拉著妍秋的手臂。

「那你答應我，不准跟你老婆離婚，讓她永遠做趙靖的太太，這是我唯一的請求，我能為她做的也只有這個。」妍秋看著趙靖，認真的說著。

「妍秋，你怎麼那麼傻啊，她只要一日是我老婆，她就可以一日名正言順的來欺負你，蔡秀女不會放過你的。」趙靖想到秀女先前的瘋狂行為就替妍秋擔憂，他不想要她再為他受到殘忍的傷害。

「你才傻呢，人最大的平靜，就是自己在心裡放過自己，自己過得去，晚上睡覺才安穩啊，是不是？」妍秋輕描淡寫地。

「妍秋，其實我覺得你才是最有智慧的人，聰明又厚道。」趙靖又

嘆了口氣，他心疼妍秋寬待別人刻苦自己，他知道他是沒辦法說服她的。

「那你是答應我嘍？」妍秋確認道。

「答應。」趙靖無奈地苦笑。

「好……那去刷地去吧，我去給你泡杯茶，我記得明天要帶兩個保溫杯，還有一罐好茶，我記得你喜歡高山茶的是吧？」妍秋展開笑靨，溫婉地起身。

趙靖則看著紙上的老朋友三個字，心中五味雜陳。

傍晚拉上店的鐵門，趙靖和妍秋散步回家，一路上閒聊著，平平淡淡地讓趙靖覺得十分充實。

「趙靖，我們買些碗吧，不要用那些免洗碗了，一點也不精緻。」妍秋提議說。

「好，就依你，我們就去買一些精緻漂亮的碗。」趙靖笑著回應，多珍惜現在這樣的時光，只要妍秋在他身邊她說什麼都好。

「趙靖，你對我真好，什麼都依我。」

「人也真奇怪，越是什麼都不爭取越不想要的，你想給她的越多。」趙靖深深的看著妍秋。

「可是……你對我也從來什麼都不要求的，我也什麼都不能給你。」

「你還沒給我啊，從現在開始，我所有的快樂希望都得靠你給了，我謝謝你還來不及呢。」

妍秋看趙靖賴著她像個孩子的模樣，忍不住輕輕笑了。「待會要是見了亮亮可別罵她啊，我已經罵過她了，罵得可兇呢。」

「放心，你說什麼都好。」趙靖應允，就算妍秋不在場，他也不可能對亮亮兇。

兩人走到汪家門口門還沒開，子荃就把門給打開了。

「子荃？你在家啊？這幾天你不是都住俱樂部嗎？」心智清醒不少的妍秋，一直想和子荃好好聊聊，這時看到他是驚喜交集。

子荃看見趙靖倒是臉色一變，語氣帶著諷刺。

「這是汪家不是嗎？姓汪的回汪家很奇怪嗎？不是姓汪的人常在這

出現，那才奇怪吧。什麼陳啊、趙啊之類的。」他瞄了瞄趙靖一眼，失去趙氏企業董事長頭銜的趙靖，在他眼裡看來只是個糟老頭。

「公司裡很忙啊，工作壓力很大吧？」妍秋關心地問著好不容易才能見到的子荃。

「不，不忙，我們有一位英明的新領導者，在趙士元的帶領之下，我們有什麼可忙的，很輕鬆，我看我會越來越輕鬆的，你看好不好？我也跟你們一起去賣牛肉麵。」趙靖聽得出子荃在埋怨著他。

「不行，那很辛苦的⋯⋯」妍秋狀況外的連忙說著，子荃不耐的打斷。

「進去吧，在外面野了一天了，也不知道早點回家，寡婦門前是非多，你也不怕鄰居會說話啊？」子荃讓開身使門大開，手向裡一擺，示意妍秋趕快進去，若有意若無意地又瞥了趙靖一眼，目光冷森地讓趙靖感受到子荃現實的個性。

「趙靖，你也早點回去吧，路上開車要小心。」妍秋轉頭叮嚀趙靖。

「不要多管閒事，人家自己有家，該怎麼回家人家自個知道。」子荃沒好臉色地催促，趙靖看妍秋在面前，不好發作。

「妍秋，先進去休息吧，沒事兒。」趙靖說道，純粹要妍秋放心。

直到妍秋進到屋裡去，趙靖這才恢復一派威嚴地看著子荃。

「在你的眼裡我趙靖只能有兩種身分嗎？董事長跟人家？當我不再是董事長的時候，就連你家都不能來了嗎？」

「我剛剛說過了，寡婦門前是非多。」子荃虛應地笑。

「在我眼裡她不是寡婦！她是我的老朋友，如果我沒記錯的話，汪子荃，當初還是你在我辦公室裡懇求我，說你母親很孤單，需要關心需要溫暖需要友誼，叫我經常來看看她陪陪她，要我答應了你才願意留在台灣幫我的。」趙靖記得可清楚了。

「我不是幫了嗎？公私兩便，趙氏企業我幫你管事了，你的感情生活我也幫你找台階下了，讓你有名目可以順理成章的來見你的『老朋友』。我不是幫了嗎？」子荃瞇起眼強辯著。

「既然你自己也承認那是幫忙，爲什麼前後的態度判若兩人呢？」

「因爲你自己不幫你自己。」

「因爲我現在不是執行董事，不是大股東了，你認爲你跟錯人了，沒有靠山了。這麼說起來，你從來也不是在幫我嘛，你是在幫你自己。」

面對子荃虛僞的應對，趙靖也毫不客氣了。

「你以爲你是誰？溫莎公爵嗎？爲了愛情可以放棄江山？你爲什麼可以輕易放棄？江山裡有多少人等著你照顧。」子荃暗指著趙靖讓他現在在公司毫無地位，飽受士元的刁難。

「你吃飽了喝足了，拍拍手打個飽嗝自己談戀愛去了，你憑什麼可以放棄？」子荃繼續諷刺著。

「因爲江山是我打出來的，趙氏企業是我自己一手建立的，我有權利放棄，我難道沒有照顧到你嗎？汪子荃？你要實權我給你實權，你要保障，我借錢給你買下我趙靖的股份，就怕你付不出贈與稅，還自己掏腰包借錢給你來買，你要我怎麼照顧你？」趙靖鐵青著臉看著子荃，這才是他的眞面目吧！以前怪他趙靖看走眼了。

「那不過是九牛一毛啊。」子荃才不看在眼裡。

「所以你是嫌少了？那麼在你原來的計畫裡你想要多少？多少才夠呢？一整個趙氏嗎？你憑什麼？別忘了，你姓汪啊。」趙靖點醒他。

「我母親難道不值嗎？你不是可以爲了她放棄整個趙氏企業？我是她兒子……」子荃理所當然的理直氣壯。

「我懂了，原來你的如意算盤是這麼打的啊，你認爲……你希望我能帶著全部的家當來到你母親身邊，所以你千方百計的促成我和妍秋，然後你好順理成章的接收整個趙氏？即便到時候，叫你改名叫趙子荃你都願意？」趙靖這才認識子荃的野心，自己的糊塗，他自嘲地笑了。

「唉～我眞不知道該怎麼樣叫你，子荃嗎，我覺得噁心，叫汪子荃，又怕侮辱了汪漢文，你一點都不像汪家的人。」

「我謝謝你，我還沒有那麼瘋，更沒有那麼無恥。」子荃假意地對趙靖欠身行禮。

「最無恥的就是你！給我聽仔細了，不要以為你手上握有飛達百分之十八的股份，而我只有百分之一，你就敢不尊重我，就敢像剛才那樣對你母親頤指氣使！」趙靖挺了挺胸撂下重話，「你永遠不知道我手裡還有什麼，念在你是漢文的孩子份上，我教教你，不要低估你的對手，尊敬你的對手，這樣你才可以贏得更漂亮。」

趙靖一說完就轉身離去，留下若有所思的子荃暗暗思索著趙靖話中的含義，他還漏了什麼？趙靖還擁有什麼？子荃非要搞清楚不可。

而離去的趙靖，卻碰巧在麵店門口，看見在店旁徘徊著引頸望向店裡的亮亮，他出聲叫喚著亮亮。

亮亮回頭看見是趙靖，臉色有些難堪的不敢正視趙靖。

「我去麵店接媽媽，沒想到，你先送媽回來了。」亮亮隔著幾步路的距離對趙靖說。

「是啊，我怕她太累了，早點送她回來休息。你也早點回去吧。」趙靖把手插在大衣口袋說，眼裡透著關懷。

「亮亮……胎兒還好嗎？下次不要只送你媽到門口了，進來，趙叔叔永遠歡迎你。」趙靖知道亮亮每天都會送妍秋來麵店，也知道這麼多次她始終沒現身和他打聲招呼。亮亮介意的事情，趙靖都瞭解，不過那些紛紛擾擾的糾葛，對現在的他來說，已經風輕雲淡如過往雲煙了。

「爸……」亮亮有些感動的哽咽著。

「你看看你，你看看你，都知道叫爸爸了，還不敢進來？」趙靖拍著亮亮的背。

「對不起，我做錯事了，」亮亮連聲地抱歉。

「沒事沒事，做錯事了，進來認個錯就好啦，進來挨我一頓揍，總好過躲我一輩子吧。亮亮，好好照顧你媽，還有，千萬不要去激怒汪子荃，懂我的意思嗎？」趙靖交代著她，今天的子荃讓他見識到他翻臉和翻書一樣快的速度。

「我懂。」亮亮柔順地點頭。

「懂就好，雖說是防人之心不可無啊，可悲的是他是你的親兄弟，不過亮亮，你要記住，不管任何時候，不管我是你爸爸或是趙叔叔，我

永遠幫著你們，如果他太過分的話，讓我知道。」趙靖儼然還有著大家長的威儀。

「謝謝你。」亮亮欣慰地說，吸了吸鼻子。

「沒事兒，早點回去吧。盡量少讓子荃跟你媽單獨相處。」趙靖說，「亮亮！士元的本質是好的，求你多想想他的好處，我這不是爲了士芬……我是……」

「我知道，你愛士元。」亮亮很能理解趙靖的心情。

趙靖拍了拍亮亮，看著眼前瘦了些許的亮亮，由衷的希望她和士元的事情能有個好的結束。

✳✳✳✳✳✳✳✳✳✳✳✳✳✳✳✳✳✳✳✳✳✳✳✳✳✳✳

子荃手插在胸前，斜睨著秀女，看她一臉不情願的在律師樓簽了股權轉讓書給他。

「汪先生，請在這簽名。」律師指著紙上的一個空位說。

子荃工整的寫上了自己的名字，轉身對秀女笑了笑，秀女則嫌惡的避開了子荃的譏笑，起身就要離去。

「蔡女士，蔡女士！」子荃起身攔下秀女。

「你很喜歡擋路啊？這路是去你家的嗎？怎麼？連我都不准走啦？」秀女氣呼呼地說。

「別這樣，我們又不是仇人。」子荃裝模作樣道。

「你比仇人更可惡，能當我蔡秀女的仇人還得有點本事才行呢。你呀，本事是有了，偷拐搶騙的本事！」秀女嚥不下胸口的這口氣哼道。

「我知道你恨我，但是我覺得你那是在遷怒，你恨我因爲我是宋妍秋的兒子。」子荃推得一乾二淨。

「閉嘴啊！不准在我面前提到這個狐狸精的名字！」秀女怒瞪子荃，你眼瞎啦沒看到老娘心情不爽了，哪壺不開提哪壺啊。

「仔細想想，我真的有那麼不堪嗎？爲了你，我都跟趙靖翻臉了。」子荃虛情假意地說。

「爲了我？別在我面前搞兩邊討好這一套啦！」秀女心裡清楚，若不是爲了自己的利益，看你汪子荃會不會這麼做。

「我爲什麼要討好他？趙氏蔡氏你都算是我的老闆了，我討好他什麼啊？」子荃無辜地說，「趙靖現在都不回家了吧？不聯絡，手機不開，也不去公司，對不對？你允許他從你眼前消失啊？你是他名正言順的妻子耶，我帶你去找他，哪有說名正言順的老婆一天到晚找不到人，反而是隨隨便便的一個外遇可以見面，這到哪都說不通是不是？」子荃一口氣說的話全像是在幫著秀女抱不平，語氣平順得像是沒半句虛話。

「我們是盟友，不是敵人，想想看，宋妍秋的兒子和你站在同一邊，多愉快啊。走吧，我帶你去看他們現在在哪。」

秀女有些猶豫著，子荃卻殷勤地挽著秀女上車，暗自高興著這一次又讓他給解套了。

老朋友牛肉麵，趙靖正忙著在餐桌上放上花瓶，左看右看地調整著位置。

忙了半天還是拿不定主意。

「妍秋你來幫我看看，這花要擺在桌子的中間呢還是旁邊呢？我告訴你，這個花可不能隨便亂擺的，在餐飲管理裡有那個視覺效果。」趙靖一臉認眞的端詳著。

「在這方面你比我懂得多，你做決定就好了。」妍秋很是信任趙靖。

「話可不能這麼說，我們是合夥人，你也應該表示一下你自己的意見，請說請說。」趙靖想要妍秋有參與感，也享受著跟他一起工作的快樂。

「我說啊，這花有了，視覺效果也顧到了，挺講究的，那你有沒有想過，這些調味料放哪啊？你那鍋酸菜放哪啊？在餐飲管理學裡面有沒有教你們調味料該放哪個位置上，比較有視覺效果啊？」妍秋把腦海裡想到的都一古腦兒提出來。

「是啊……還有這些東西，我們怎麼……怎麼都忘了呢？」趙靖抓抓後腦勺又好氣又好笑。

「趙靖，我們賣的是水餃啊牛肉麵什麼的，客人來這除了看花，還有這個味覺，味覺效果也很重要吧，要讓客人吃得飽也很重要，你說對不對？」

「對，對，好吧，那把這些花收起來好了，什麼醬油、麻油、醋啊酸菜夯不啷當的擺上一桌，也別管什麼視覺效果了。」趙靖邊說邊要把花瓶收起。

「別別……別收啊，趙靖你說得對，這玫瑰花配牛肉麵有得吃又有得看，這就是咱們跟別人不一樣的地方啊。」妍秋看趙靖忙不迭地收起花，連忙阻止他的動作，似乎覺察剛剛的話拂逆了趙靖一片心，感到虧欠不已。

「妍秋，你是在諷刺我啊。」趙靖難為情地。

「趙靖，我這輩子沒諷刺過人，你懂得多又有經驗，做慣了大生意，小地方當然比較顧不到啦，現在這花照擺，至於擺哪？這視覺效果讓客人自己去調啊。」

趙靖拍了拍腦門，直讚妍秋說得對，手忙腳亂的又將花瓶擺上桌，愣頭愣腦的模樣，讓妍秋忍不住摀著嘴笑著，趙靖見妍秋笑得開心，也傻傻的笑了起來。

此時秀女出現在一旁，早將這一幕看在眼底，那樣的趙靖從未出現在她的婚姻裡，是那樣的陌生又遙遠。

「宋妍秋女士，我發現你是一個非常有管理天分的人才唷，好，本董事長現在就正式任命你為老朋友牛肉麵店的管理部經理。」趙靖假裝正經地說。

「經理？」妍秋當真的緊張了起來。

「兼大廚～可是薪水只有一份，部屬也只有一名，就是本董事長我，兼跑堂。哈哈哈哈～」趙靖開懷地笑了。

「討厭，嚇我呀你！」妍秋輕打了下趙靖，原來他是在哄她呢。

「膽子小啊？」趙靖逗她。

秀女躲在遠方看著，心裡難過極了。

「為什麼呢？為什麼她總是能令趙靖這麼開心呢？」

她看著趙靖溫柔的搭著妍秋肩膀，像老夫老妻般的相知相惜，胸中的妒火簡直快炸開來了。

「妍秋，坐……我跟你說件事兒，我說我們這個店啊，將來一定要有我們自己的制服，要有中心思想，還要有我們的店歌。」他換上更為認真的表情。

「店什麼？」妍秋沒聽清楚。

「店歌啊～就像校歌、隊歌、國歌一樣的嘛，那個就是代表我們的精神啊，每天早上我們把這個鐵門拉起來做生意的時候，全體員工……」

「全體員工？不就我們兩個嗎？」妍秋左右看著，趙靖清了清喉嚨繼續說著。

「對，我們倆，我們倆也是全體啊，我們倆就唱我們的店歌……」趙靖自信十足地說。

「賣牛肉麵還要唱歌啊？」妍秋真的不理解了。

「這關係到我們的士氣啊，很重要的！」

「好……唱歌……唱歌我還怕唱不過你啊，那請教大董事長，咱們這個大企業的牛肉麵店的店歌怎麼唱啊？」

「我都想好了，歌詞我也改過了，我先唱一遍給你聽，你要記好哦，將來我們是一起唱的喔。」趙靖寶氣十足地說。

「好，來。」妍秋坐下洗耳恭聽。

「聽好啊，要踏步，一二三，我現在要出征，我現在要出征，有伊人要同行，嘿！有伊人要同行，皆下來就改嘍～聽好嘍，你同行我歡迎，你同行我開心，哈囉～哈囉～哈囉～」

趙靖又唱又跳的，還把妍秋從椅子上拉起來一塊兒跳，秀女看見此情此景，內心絞痛，再也忍耐不住地站了出來。

妍秋被秀女突如其來的出現，嚇得停止了歌聲，趙靖莫名其妙地轉身，看見秀女因憤怒而脹紅的一張臉。

「很好聽啊，難怪你們是知音，原來都愛唱歌。」秀女拍拍手，聲音抖抖地酸著。

趙靖不想多說什麼，直接問著。「你來幹什麼？」

「我以趙太太的身分，來看看我老公的新事業啊，這老公開店，太太也該先知道。」秀女雙手抱胸大刺刺地環顧了一下店面。

「這個店跟你沒有任何關係！」趙靖擔心秀女又是來鬧場的。

「這個店的老闆總跟我有關係了吧，你是我老公不是嗎？」秀女逼視著趙靖，要他認清楚站在他面前的才是他名正言順的妻子。

「我們之間已經恩斷情絕了。」趙靖根本不吃秀女這一套，揮了揮手。

「是啊……是啊，我娘家待你趙靖起家的恩你是還完了，所以我們之間的情分也完了，可是義呢？夫妻之間除了恩情，難道連道義也沒了嗎？」秀女揚起嗓門說。

「我對你還不夠仁至義盡嗎？是你自己不仁不義在先，你自己不仁還要我重義？」趙靖背轉過身，好歹夫妻一場，多少難聽的話先前都說過了，他不想再重複了。

「趙靖！你憑什麼這麼說我？」秀女尖聲叫道。

「趙靖啊，不要這麼說話。」妍秋見秀女氣著，也在一旁委婉地勸道。

「你閉嘴呀，你誰呀，什麼東西！我們夫妻之間說話輪得到你插嘴呀？剋死了親生兒子和老公，你現在還勾引我老公……」秀女怒不可遏地斥責妍秋，恨不得把她撕成碎片。

「蔡秀女，請你出去，請你出去！你出去！」不等秀女罵完，趙靖頭疼地拉住秀女把她送往門邊。

「你放開我，你放開我！你再敢跟我動手，我嚷得全世界都知道，我讓你沒開幕之前就先丟人現眼！」秀女張牙舞爪地高聲喊叫，要全世界的人都知道這對姦夫淫婦正在合力把正室趕走。

「蔡秀女你到底要怎麼樣！我怕你躲著你都不行嗎？我告訴你，我什麼都不要了，我子然一身的離開，可以嗎？你羞辱妍秋是個瘋子神經病，人家犯了你了嗎？無緣無故仗著自己財大氣粗，叫人家搬家，把人家女兒給結紮了，還找人去打她？你跟趙士芬，你們母女兩個比瘋子神

經病還要嚴重！我告訴你，我不怕你嚷嚷，大不了我把門關上不做生意了，你走，立刻離開！」趙靖像掃瘟疫一樣地把秀女掃地出門，隨即把麵店大門關得緊緊的。

秀女在門外哭泣著，不論如何捶打著鐵門，那道門都像趙靖對她已經封閉的心，不為所動。

子荃一把扶住糊了一臉看到他又趕忙東擦西擦的秀女。

「想哭就哭出來吧，會舒服一點。」

「這麼邋遢，趙靖以前從來沒有這麼邋遢過的，以前他每天去上班，都得要穿上皮底皮面的鞋子，配著西裝領帶，你看他現在什麼都肯屈就了。」秀女也不顧面前是何人，徹底放聲大哭起來。

「看他現在跟誰在一起嘛～品味是穿給懂得欣賞的人看的，我媽……哪見過什麼世面，問她柴米油鹽醬醋茶她可能知道。好啦，不要哭了，為一個沒良心的人流眼淚何苦呢？」子荃拍拍秀女，體貼的安慰著。

「閉嘴，損你媽就行了，不准罵我們家趙靖！」秀女還在氣著。

子荃為了和秀女盡釋前嫌，仍耐著性子好言好語地哄著秀女。

心裡早就打定了主意，要好好的利用這次機會，再度爬起。

＊＊＊＊＊＊＊＊＊＊＊＊＊＊＊＊＊＊＊＊＊＊＊＊＊＊＊

這幾天下來的混亂，士芬已經有好幾天沒見著中威了，再怎樣的爭吵，在士芬心中中威還是佔了極重的分量。她早已決定要回到她和中威的家，雖然那樣冰冷，對士芬而言，中威畢竟還是屬於她的，在身分上在法律上，再說她可不放心中威沒在她眼前，說什麼也不能再製造機會給他和亮亮了。

士芬收拾好衣物，拖拉著行李就要離開娘家，卻在門口的玄關處，看見秀女正低著頭，努力的刷著一雙黑皮鞋，小心細膩的擦拭著。

「媽？」士芬輕輕叫喚了秀女一聲。

「我在幫你爸擦鞋呢。」秀女抬了抬頭，幾絲髮黏在冒著汗的額

前。

「ㄟ……你去哪啊？帶著皮箱。」

「我……我回家。」士芬有些忸怩地說。

「回家？你回哪個家啊？」

「回……我跟中威的家。」

「好，好，好啊，一個一個都走了，你們都走吧，全都走了吧。」秀女丟下刷子，先是趙靖走，現在女兒也要走了。

「媽，不要這樣子，我只是回去看看……」士芬跟母親低聲下氣著。

「看看？提著皮箱回去看看？看多久啊？你不會再回來了吧。」

「媽……」

「不要叫我了，生為父母者最大，我是你們的母親，看起來我最大，其實在你們趙家最卑微最不值得掛心，你們每一個人都可以為了自己說走就走，就從來沒有人想到可以為我留下來。」秀女開始歇斯底里了起來。

「媽～你不要這樣說，我愛你，我們都愛你的～我是愛你的……」士芬放開行李蹲下來抱住母親。

「士芬……士芬哪，你不愛媽媽，你不愛，你們都只愛愛情，為了愛情，你們都可以輕易的離開我，難道我不需要愛情嗎？我也需要啊！只是我一想到你們，我的愛情跟親情相比就微不足道了，如果我也可以像你們一樣，只為了自己，那所有會影響你父親對我的愛的事情，我是不會去做的！我不會為了你哥的懦弱，偷偷把他老婆結紮掉，更不會為了你的孩子要爸爸，找人去弄死汪子亮！這些我都做了……這些……會讓你爸爸恨我鄙視我離開我的事我都做啦！因為我愛你們，我把你們放在我的愛情前面。」秀女越說越痛心，越說越為自己的犧牲奉獻感到不值。

「媽，不要哭了，我們永遠都站在你這邊，我永遠愛你啊，媽～」士芬不忍母親如此失意的模樣，安慰著。

「那有什麼用？你還是要走啊，拎著皮箱就走人了。」

秀女幽幽地看著空蕩蕩的家。

「偌大一個家，轉眼之間就全都掏空了，你爸這會兒粗衣布褲，捲起袖子來跟人家一起唱歌賣麵，你哥哥說他恨我，他恨我什麼呢？我所做的一切都是為了他呀，這會兒他住到俱樂部去，連家都不回，現在連你都要離開我。」秀女跌坐在地上看著士芬，眼神空洞失去了原有的光彩。

「媽～你聽我說，我只是回去把事情處理好，我就會回來，從那次以後，我跟中威還沒見過面，我怎麼知道他跟汪子亮之間有沒有……」士芬急忙解釋。

「還是為了你自己，你們還是為了自己。」

秀女甩開士芬的手，像揮蒼蠅似地胡亂揮著手。

「走吧……你走……好好的去盯著他們，好好的照顧你自己。」

「媽……我……」士芬急得不知該如何安撫母親。

「你走吧，出去記得幫我把門帶上，家裡沒個男人，我會怕。」

士芬咬了咬唇，離去前看著母親輕輕地將門帶上。

而秀女看著士芬離去的背影，流下了心酸的眼淚。

＊＊＊＊＊＊＊＊＊＊＊＊＊＊＊＊＊＊＊＊＊＊＊＊＊

俱樂部裡，士元忙進忙出的見客戶，好不容易有個喘息機會，馬上又接著跟部屬談著最近一批經手的生意。忙碌的工作也許能讓他不要有多餘的時間，去回憶這些天令他傷心難過的事情，而且父親的出走，讓他身為趙家唯一繼承人，也必須扛起這個責任，可是繁雜的公務對他一個剛上任的新手來說，還是有些壓得喘不過氣。

「當初為什麼會選這家廠商的呢？」士元苦惱地皺緊眉頭，怎麼也想不起來，連部屬在說什麼都沒聽清。

「趙董……」部屬試著出聲喚他。

「我還不是趙董事長，我爸才是。我只是暫時代理他的職位而已，你叫我趙先生就可以了。」士元終於回神強打起精神說。

「趙先生，這個案子從當初比價設計招標審核，都是由汪總經理全程參與的，而趙董事長也是授權給他全權負責的。」部屬說。

「好，那你請汪總經理過來，我自己問個清楚。」

「他……他今天休假。」

「公司規定高級主管只能夠休一二四日，不能休三五六日，他為什麼可以休假？」

「趙先生，汪總經理從進公司到現在四個多月一直沒有休假，他幾乎天天都住在俱樂部裡面，這一次是他第一次休的假。」部屬小心翼翼地回答。

「好，那等他休完假請他來找我，好，你去忙吧。」士元擠出笑容，示意部屬可以先行離開。

他看了看手中的文件想起父親的話，愛情不是人生的全部，他必須證明一件事——虎父無犬子，也想起父親的期待，要穩穩地坐在這張椅子上。

「這位子真的是很難坐耶。」他拍了拍手把，喃喃自語。

而當士元又跌入他和亮亮的回憶時，門伊呀開了。

「哥……」士芬的聲音喚回了士元的想望。

「士芬，你怎麼來了？媽呢？」

士芬將秀女的狀況完全告訴士元，並且希望士元能主動回家陪陪母親。

「我不想回去那個家，我不想面對她。」士元直截了當地說。

「現在家裡只有媽一個人啊。」士芬有點著急地說。

「那你為什麼不留下來陪她？你為什麼要走？」士元反問她。

「我……我是嫁出去的女兒。」士芬跺了跺腳，何況現在她要穩固她和中威的婚姻關係，哪有餘力。

「都一樣，都一樣的，嫁的娶的，每一個人都想要逃跑。爸爸、我、亮亮，都一樣……有時候我在想，那是不是一幢受了詛咒的房子，裡面的婚姻都會破裂。」士元自我嘲諷地說，神情透著萬般無奈。

「那是心理作用！我不認為我的婚姻會破裂！」士芬決斷地說。

「那已經破裂了。」士元淡淡道，中威不在乎她的態度士芬難道不懂？還在期待著什麼嗎？

「你胡說！我不准你……」士芬氣呼呼地。

「我可以不說，但是你心裡比任何人都清楚……」士元希望士芬醒醒，趙家的人不需要如此可悲。

「他很好！有哪對夫妻不吵架？這些都只不過是婚姻過程中一點小小的考驗而已，我們會克服的，我跟中威，我們已經搬到新家住了，他用行動表示一個新的開始，我們會共同在新家迎接我們的孩子跟一個新的未來。」士芬大聲地說，誰敢破壞她計畫中的家庭她就要誰好看。

「是，你們有新的開始新的未來，所以就迫不及待的離開娘家不管媽媽了？然後要我常回去，為什麼我要常回去？我有新的未來嗎？」士元忿忿地說，總是這麼自私的。

「我只能夠把我的未來寄託在爸爸交給我的事業，俱樂部就是我的新家。」

「可是媽是最疼你的，媽做的一切都是為了你。沒錯，在某些事情上面來說，她也幫了我，但那些都是被動的配合，可是媽對你趙士元是真的不一樣的！可是你會感謝嗎？好處你要佔，責任你卻不敢扛！」士芬痛責士元，她恨他的心只容得下亮亮，卻沒有留一丁點兒位置給他的母親和家人，重點是為了亮亮這種偽善的人。

「我要扛什麼責任？我佔了什麼好處了？現在我的老婆懷了別人的孩子跑了，我老爸扔下一張椅子要我坐好，動輒幾百名員工的生計啊！我的婚姻問題沒解決，事業又讓我焦頭爛額，她不也是你媽嗎？你為什麼不留在娘家照顧她？反正你先生他已經不要你了！」士元受不了士芬的雙重標準及這些天累積的壓力，口不擇言的刺傷士芬。

「你……」士芬情緒又激動了起來，意識到自己是個不宜動怒的孕婦，只好恨恨地放下欲揮向士元的手。打開了門，就想離去，不想再多在這裡待上一秒鐘。

「士芬～好啦，我說錯了我跟你道歉，你懷了孕了不要這樣跑嘛～」知道自己傷害到妹妹的士元，在她身後叫著。

「趙士元，我今天來這裡找你不是爲了我自己，是爲了媽！你太久沒有回去，你知不知道媽現在是多麼孤單可憐的一個人，你知不知道！你知不知道！」士芬說完，就加快腳步地離去，士元跌坐回椅子上，無力又無奈。

而匆忙離去的士芬，卻突然一個不留神扭傷了腳，她撫著腳踝一臉痛苦。

而這一幕就那麼恰巧地被剛來到俱樂部的子荃撞見。

「你怎麼了？」他一個箭步上前扶起士芬。

「走開！拿開你的髒手！你走開！啊～好痛！」士芬才不准姓汪的碰到她一分一毫，可是扭傷的腳又讓她痛得站不住。

「來，我扶你。」子荃沒被她嚇退，還是緊緊扶著。

「走開！」士芬嫌惡地瞪了子荃一眼，子荃只是報以一個微笑，似乎絲毫不以爲意。

「趙小姐腳扭傷了，到醫護室請醫生來看一下。」子荃對一名路經的員工下達指示。

「你放開我啊！」士芬想掙脫他的攙扶。

「來，裡面坐。」子荃不由分說，將她拉進自己的辦公室。

「我的腳……」士芬呻吟著。

士芬坐下後，子荃馬上脫去她的鞋子，仔細地看著她的腳。

「你要幹嘛？不要碰我！」士芬拒絕他的好意，痛楚讓她更發起脾氣來了。

「你的腳扭傷了需要冰敷。」子荃推了推無框眼鏡，認眞的對她說。

「我不用你教我怎麼做，你什麼東西啊，你以爲有我們蔡家百分之五的乾股，你就可以跟我平起平坐了嗎？」士芬劈頭一陣罵，要給子荃一個下馬威。

「現在我是佛朗名歌俱樂部的總經理，在這裡發生的大大小小事情，我都要處理，不管是千金大小姐，或是一般的客人，都一樣。你不應該穿這樣的鞋。」子荃拎著士芬的高跟鞋，搖搖頭。「懷了孕還穿這

樣的鞋，剛剛要不是有我在，你是不是就從樓梯上摔下來了，萬一孩子流掉了……」

「你什麼意思？你諷刺我？」士芬的怒意絲毫沒有被減輕。

「你想太多了，換雙鞋子吧，最起碼你要懂得怎麼照顧自己和你的孩子啊。」子荃放下她的鞋，意味深長地看了她一眼後離去。

士芬的心波濤洶湧，但也只能乖乖地坐在椅子上，等候醫生過來診治。

＊＊＊＊＊＊＊＊＊＊＊＊＊＊＊＊＊＊＊＊＊＊＊＊＊＊＊

中威腳步緩慢的拖著，剛脫下外套，就聽見廚房傳來士芬的歌聲，還有陣陣食物的香氣。

「我煮了湯，本來打算是自己跟小寶寶一起補一補的。」士芬對中威笑著，又低頭摸了摸肚子，彷彿時時刻刻提醒著中威。

「小寶貝，你爸爸想我們唷，所以回來跟我們一起吃晚飯，知道你體重不足，所以要盯著你吃晚飯。」士芬將湯放好後，要中威也坐下一起吃。

「士芬～」中威看到她這樣子，心裡很不好受。

「小寶貝，開不開心啊？來，喝湯吧。」士芬不管，自顧自地餵自己喝了一口湯。

中威一點胃口也沒有，慢慢踱步走上樓去，他只想喘口氣。

一進臥室，卻看見裡面充滿了士芬的東西，連結婚照都擺上了。本想衝下去告訴士芬，他們的婚姻生活是不可能假裝幸福的，他們一點也不適合。

卻在經過一間房間時，發現裡面早已擺滿了寶寶的用品和一堆玩偶。

矛盾的中威摸了摸毛茸茸的熊玩偶，看著牆上笑得正開心的小BABY掛圖，內心痛苦又複雜，孩子是無辜的，中威除了嘆了一口長長的氣，只能任思緒糾葛著。

看著中威慢慢下樓的士芬，溫柔的輕喚著他。

「等你吃飯哪。」士芬擺好了兩副碗筷笑吟吟地。

「趙士芬，你……」中威氣結卻又不知能說什麼。

「所有我兒子的東西，她兒子也都有，我都替她準備了一份，有些東西是花錢就可以擁有的，有些東西是永遠永遠不能共有的，譬如父親。父親這個角色是不能替代不能共同擁有的。」

「你說的對，所以就請你帶著你為你兒子準備的這些東西，回你娘家待產，沒有人會跟你分享或是共有。」中威閉上眼，在兩個女人與孩子間他必須做一個決定，對這個心軟就是對那個絕情。

「是這樣的嗎？好啊，那請你先吃飯，我們再一起把東西收收一起回娘家。」

「趙士芬，你聽不懂我說的話嗎？」

「是你聽不懂我說的話，我已經說得夠清楚了，最不能被分享的就是父親這個角色，所以如果要走，當然是孩子的父親跟著我們一起走，要不然，也是我們一家三口一起留下來。」士芬用著自己的邏輯，不管實際狀況。

「我不愛你，你知道嗎？」中威再次重申著，要士芬醒醒。

「無所謂啊。」士芬聳聳肩。

「你為什麼不放過我呢？你為什麼要跟一個不愛你的人住在一起？用痛苦把大家綁在一起呢？」一個無愛的婚姻，幾乎逼瘋了他，他不懂趙士芬何以能堅持到如今。

「你不愛我，可是我愛你。我們是夫妻，理所當然要共同生活在一起，第二，不是痛苦把我們綁在一起，是生命。是一個新的生命，我們的孩子緊緊的把我們綁在一起。」

「我愛的是那個生命。」中威毫不留情要士芬面對現實，士芬卻硬是將孩子當作工具要脅中威。

「可以愛，但是不可以擁有，因為你已經喪失了資格。」

「你要怎麼樣才可以答應跟我離婚？」

中威的話語讓士芬的心四分五裂，佔有的慾望黏補著隙縫。

「等我把孩子生下來，等他長大懂事聽得懂你的話，然後你自己清清楚楚的告訴他，孩子，爸爸不愛你，爸爸愛的是另一個生命，他同意，我就會簽字離婚。」

「趙士芬，你是全世界最殘忍的母親，用自己的骨肉做工具。」士芬天方夜譚的條件，讓中威厲聲指責道。

「不！殘忍的是你，一樣是你的骨肉，你卻說你愛的是另一個，為什麼？我的孩子有哪點做錯？為什麼得不到他父親的愛？」士芬紅了眼，要中威捫心自問。

「你放過我，我會愛的。」兩個人的婚姻到此，殘留的只是痛苦，中威乞求著士芬。

「你這不也是在利用孩子作為工具嗎？我給你自由，你就給他愛，這是什麼邏輯啊？父愛可以談條件的嗎？」

「明明沒有愛，明明只有恨，還硬要延續這樣的婚姻，硬要把孩子扯進來，你口口聲聲說愛他，可偏偏要給他一個充滿恨的成長環境，這叫什麼愛！」中威覺得這一切荒謬至極。

「在我的字典裡沒有兩全其美這句話，尤其是感情更沒有，我只知道被逼急了，我寧可玉石俱焚。」士芬的臉龐扭曲著，「如果我趙士芬的孩子得不到一個完整的家，那……她的孩子也不可以有！」

「趙士芬你很可悲，你可悲又可惡！」中威看著眼前的士芬，如此自私。

「也許吧，但那又怎麼樣？最可悲的不會是我，君子報仇一輩子都不會晚！」士芬帶著淚笑說，「我不求眼前，不求三年五年，我用一輩子的時間跟她搏，搏她什麼呢？搏你陳中威？」士芬大笑了起來，搖了搖指頭。「不，我搏他孩子將來長大，對她的輕視不屑以及憤恨，我要聽她的孩子問她一句話，為什麼你跟士元爸爸結婚卻懷了姑爹的孩子，我要聽她怎麼回答，沒有任何羞辱比來自自己孩子的羞辱更難堪的。」

「就像你帶給你父親的羞辱，是一樣的。」

士芬的心緊了一下，她已經失去了父親的愛，但在愛情的這場爭奪戰裡她不能再輸了，頭馬上抬得老高瞪著中威。

「是，所以我在我父親面前只有愧疚，而她呢？汪子亮將來要如何在她孩子面前自處，要如何美化她外遇又出軌的行為？我等一個私生子痛苦的吶喊和質疑，等到那一天，汪子亮她還能繼續磊落嗎？不，她連頭都不敢抬，她的孩子幫我討回所有的公道，必要的時候，我會一五一十的告訴他，當初他的媽媽多可惡，只顧自己的男歡女愛，完全不顧他的痛苦！」士芬說著眼中閃現出光芒，快意恩仇的光芒，好像亮亮心碎痛苦的模樣已經呈現在面前。

「所以，你寧願犧牲兩個破碎的家庭，也要完成你報復的手段？」中威顫聲道，面前的這個女人真是個令人髮指的女人。

「沒有兩全其美，只有玉石俱焚，懂嗎？只有玉石俱焚！要毀大家一起毀！」士芬說完如此的毒咒，卻又馬上用另一種清朗的聲音，沒事般地坐下，對中威溫柔的說著。

「沒事，我們吃飯吧。」

中威覺得士芬才是個瘋子，拿起沙發上的外套，大步拂袖而去。

士芬一個人坐在餐桌前，鵝黃的餐桌燈照著一桌豐盛的菜，她費盡心思的去市場挑選的菜色，讓她忙了一晚上，下午扭傷的腳還在隱隱作痛。

士芬舉起了筷子，因心碎而顫抖的手，將一口口菜挾起往嘴裡塞，用力咀嚼著，像咀嚼著所有的憤怒與委屈一口吞下。

＊＊＊＊＊＊＊＊＊＊＊＊＊＊＊＊＊＊＊＊＊＊＊＊＊＊＊＊

士元離開辦公室後，慢慢將車開進自己的家門，想探望母親，卻又因母親先前的作為，心中對她還埋怨著。車子雖然已經停在家門口了，卻遲遲沒有預備好下車的心情。

「那天當著爸的面，媽把一切的責任都攬到她自己身上，說所有的事都是她做的，跟你跟我都無關，可是我們都知道，她做的這一切都是為了你趙士元，她為你解決了煩惱，好處你要佔，責任卻不敢扛？」士芬的話語言猶在耳，士元覺得母親再如何，的確也是護著自己的。

士元還是下了車，走近幾天未踏進的家門，停駐在窗前。

屋裡燈光依然通亮，卻不再熱鬧，只見母親一個人坐在麻將桌上打著牌，眼睛像是哭過了又哭的紅腫，嘴裡碎碎唸著喊著的都是父親的名字。

士元看了心酸，正想走進屋裡，卻又聽見秀女咒罵著汪家的每一個人，包括他的妻子亮亮，一句句惡毒的詛咒讓士元停下了腳步，看著母親蠻橫的側臉，只是讓他多想起了亮亮的委屈。

他留下了一封信塞在鐵窗的細縫，靜靜的離去。

＊＊＊＊＊＊＊＊＊＊＊＊＊＊＊＊＊＊＊＊＊＊＊＊＊＊＊

一大早，子荃就被秘書告知士元找他約談，子荃眼珠轉了轉，一邊思索著一邊走進了士元辦公室，發現士元坐在位子上面色凝重，他收起了平素和他稱兄道弟的笑臉。

「董事長找我？」

「昨天為什麼不在？高級主管可以隨便休假的嗎？」士元按著桌子，語氣裡充滿了責怪。

「有什麼重要的事？」子荃淡然以對。

「這一項開發案毫無意義，勞民又傷財。」士元把企畫書推到子荃面前。

「它是遠利重利，不是眼前的近利，它的意義和利益最多在五年之後會被完全看到。我記得趙前董事長說過，飛達企業要種樹讓後人乘涼，花五年的時間種一棵大樹，絕對是……」子荃清晰的分析著，準備娓娓道來。

「不要拿我爸來壓我，請你搞清楚，是他把事業傳給了我，現在我是董事長。」士元像在示威般不客氣地打斷子荃，子荃淺淺的笑了笑。

「那麼你不就更有義務完成他的心願？認養這塊兩公里長的海岸地，一直是趙前董事長努力在促成的事情，我們先花了一千萬，捐了座通往海邊的陸橋，又花錢蓋了防波堤，建了座海邊公園，這些……您不

用看，總計是六千八百六十二萬四千五百圓整。這還是可以列支的項目，不包括雜支、公關、交際、維修等費用。」

「好了，不用說，我都知道了。」士元知道子荃在跟他炫耀著他當初是多麼的受趙靖的賞識去執行這個企畫案，再度打斷了子荃，子荃有些諷刺地繼續說著。

「那當然，您是執行董事，您當然都知道，那麼我想您一定也明白。這個案子我們跟縣政府鄉公所都簽了合約，我們事先花錢認購了那塊地，然後再以鼓勵觀光開發政策的在地人身分，簽了這份合約。」子荃深深地看了士元一眼，「這是合約不能不認，否則除了毀約賠償外，飛達企業將永遠喪失再參與開發的權利，這些您一定都知道吧！」

士元為著自己狀況外的情形有些發窘，子荃見士元說不出話，順勢留了個台階給他下。「那麼，就請趙董事長再考慮一下，我隨時準備執行您最後的決定。」

說完子荃便先行告辭了。

看著子荃意氣風發的模樣，士元恨恨地打了一拳在皮製的沙發上，深深陷入其中。

滿心煩悶的士元覺得自己已經快被壓得喘不過氣了，於是跑去麵店找趙靖商討這件案子，妍秋看到士元，親切地請他坐下，泡茶給他喝。

趙靖見士元是為了公事上的事務來找他，一方面覺得欣慰，一方面也感嘆著士元先前的努力不夠，讓外人給看扁了。

趙靖開始分析開發案的頭尾始末，以及裡面所牽扯的專業層面，而一旁的妍秋則體貼的又是換茶水，又是遞上些小菜當點心。

士元一邊聽著父親的話，一邊看著趙靖和汪阿姨兩人互相無微不至的關心，對於父親的轉變，他臉上顯而易見的快樂，和一人獨坐在家中枯槁著臉的母親，簡直是天壤之別。

士元和父親道別後，自己仰望著天邊將落的夕陽，心裡覺得好複雜，他該替父親感到開心，還是該為母親感到不平呢？

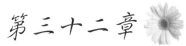

第三十二章

　　子荃看了看手上的錶，已經到了晚餐時間了，他看了看趙家豪華的別墅，只亮著一盞客廳的燈，心中打定主意往趙家走去。正巧門開著，子荃穿過了庭院，從落地窗看見秀女憔悴地抱著全家人照片的模樣。

　　子荃嘴角揚起一抹詭異的笑容，走向大廳的正門，正要敲門時，眼尖的在門口發現士元放的紙條，隨手打開來看。

　　上面寫著——

　　「媽，我回來過了，我來看你，我看到了，我也很傷心，可是我真的就是踏不進那一步，我知道你愛我，但是在這個屋子有太多傷心事讓我忘不了，對不起，也許我慢慢淡忘了，以前那個士元就會回來，媽，對不起。」

　　「忘不了就別忘了，踏出去了就別回來了，這還不簡單嗎？」子荃別有深意地自語道，收起信放進自己的衣服口袋裡。

　　敲了敲門。

　　「誰啊？」秀女帶著鼻音的聲音。

　　「趙夫人，是我。」

　　一聽到是子荃的聲音，秀女先是一驚，後又沒好氣的罵著。

　　「你來幹什麼啊？來看我笑話啊？我好得很，死不了。」

　　子荃卻不慍不火，話語裡充滿了體貼。

　　「好，您說好，那我就放心了，那您休息了，我不打擾您了。」

　　說完就作勢要走，冷不防門卻開了，秀女一個人在家裡寂寞得快無聊死了，有個人罵罵解悶也好。

　　子荃知道秀女不會出聲推開門主動要他留下，便自動進入趙家在屋裡轉了一圈，這種旁若無人的態度激怒了秀女。

　　「ㄟ！你幹什麼啊？」她出聲警告他的放肆，別忘了這個家還有女主人的。

「你剛剛的作法太危險了，完全是錯的，」子荃關上門反倒先訓誡起秀女，「家裡這麼大，真要有歹徒進來，你怎麼辦？下次有人敲門，你要問的時候，記得，電話帶在手上，真有什麼狀況，隨時打一一〇報警。還有不要跟送瓦斯的單獨在一起，要不就拿著電話站在門口，隨時準備逃命，隨時可以求救。」

「我不會……不會經常一個人在家的。」秀女被子荃連番關切的提醒弄得錯愕，但仍然倔強地挺直腰桿假裝冷酷地說。

「那最好，反正我也會常來，真有什麼事情，就等我在的時候交代我處理就可以了。」子荃輕描淡寫的表露他的好意。

「你？你……」秀女不懂他是什麼意思。

「吃晚餐的時間到了，今天我下廚我們吃義大利麵，嗯？」子荃象徵性地問問，事實上他已經脫下大衣捲起袖子了。

「你……你幹什麼呀你？」秀女覺得莫名其妙。

「你喜歡吃通心粉還是義大利麵？」子荃翻起袋子，他來之前早就準備好了。

「我都不愛，我討厭外國東西。」秀女擺著一張倔強的臉，畢竟汪子荃曾負過她。

「這點倒跟我媽媽挺像的，她啊，只認識牛肉麵，不認識義大利麵。」子荃笑了笑使出激將法。

「我沒她那麼土啊，我都認識，我就是不愛吃。」秀女趕忙辯駁，別把她和那個狐狸精擺在一塊兒。

「多少吃一點嘛，要不然，我做個湯，玉米濃湯，好不好？」子荃往廚房走去。

「義大利麵？哼！」秀女悻悻地在餐桌前坐下來。怪了，跟這汪子荃一吵嘴心裡倒是爽快多了，原先家裡孤寂淒清的意味也被沖淡不少。

子荃背著秀女，他必須再站好位置，受點小屈辱對曾離鄉背井孤單無援的他來說，根本不算什麼。

爐子上的水熱呼呼的燒著，子荃熟練地開始做起晚餐。

士元這時也從外面帶了晚餐回家看母親，卻見到秀女和子荃在庭院裡開心的玩著牌，子荃討母親歡心的故意把牌輸給秀女，這情景倒使士元看得有些呆了。

　　「還說不會玩，扮豬吃老虎。」子荃邊洗牌邊對秀女說。

　　「哼，扮豬吃老虎的是你那個媽，有她在，你家當一輩子輸不完。」秀女哼道，想到趙靖護著她的樣子呸呸呸連忙甩甩頭，不想那不愉快的回憶，破壞了眼前短暫的安寧。

　　「我向著誰，現在還不清楚嗎？其實我們兩個現在都可以算是被打入冷宮的人，何必你損我我損你呢？左手打右手，沒意思嘛。」子荃暗示著秀女，拉攏著彼此。

　　「呸！別自抬身價，誰跟你左右手的。」秀女不屑的說著。

　　「趙夫人，其實你現在心裡不平的只是一口氣，仔細想想，你是真的輸了這口氣嗎？一個丈夫算什麼？女人最重要的是兒子，宋妍秋的兒子現在站在你這邊耶，我是心甘情願千里迢迢跑來陪你吃飯，他只有兩個兒子，一個掛了，一個心向著你，趙夫人，您沒有輸啊。依我看啊，你還贏呢！」

　　士元看見子荃親暱的逐漸靠近母親，怕母親又昏了頭會相信子荃這個雙面人的話。

　　「汪子荃？你到我家幹什麼？」他大聲質問著。

　　突然看見士元出現的秀女，心裡開心嘴上卻酸著。

　　「他來陪我，陪我吃飯逗我開心，不像我自己的兒子女兒，利用完我了就把我一腳踹開啦，不管我死活的。」

　　「媽……」士元知道母親在生氣。

　　「今天晚了，改天吧。」子荃見好就收，站起身向秀女說著。

　　「改天，你還來啊？」士元不客氣地說，難道這汪子荃自以為很受歡迎嗎？

　　「既然董事長不喜歡我來這，那我就別來了，趙夫人，來，我們把帳算一算。」子荃掏出錢來要把牌局結束。

　　「我說別動就別動啊，還沒玩完呢！趙士元，你自己不回家不來看

你媽……」秀女見子荃要走了，想到家裡又要空蕩蕩地剩下她一人，連忙伸手按住子荃。

「我來過……」士元解釋。

「你來過？你當我瞎啦？我整天坐在那等著你們，也沒看你來過，哪天要是我在家裡死了也沒人知道！」秀女心裡委屈著，臉上盡是怒氣。

「媽，我……我回來過，我還留了一張字條給你。」士元情辭懇切地說。

「沒有字條！連一個電話都沒有！一聲也沒響過。」秀女斷然道，越想就越氣。

「媽，我真的回來過，真的留了字條給你的，現在它不見了，我也沒有辦法啊。」士元將手上的提袋放在秀女面前，一樣樣拿出東西，「我還買了晚餐給你呢，你最愛吃的哨子麵還有小菜。」

「真難得啊，記得我。」秀女嘴巴上雖然還在酸著，但畢竟還是疼兒子的，開心的表情早就掩不住，翻看著袋子裡的食物，卻只見到一份。

「怎麼只有一碗？你不陪我吃啊？」

「我不餓啊，我在爸那邊吃過水餃的。」

秀女一聽，將麵往垃圾桶裡一丟。

「媽～你這在幹什麼啊？」

「不回家陪我吃飯，到那瘋女人那裡吃她下的水餃？」

子荃在一旁看了冷笑著。

「媽！你在吼什麼？那又不是她的店！那是爸的……」

「那家店叫老朋友牛肉麵啊！你到那去跟他老朋友一起吃飯啊，你吃完了才想到你媽，我在你心裡到底排第幾順位啊？你可以經過你家不進來，留張屁字條就走人了，瘋女人那裡你去得倒挺勤快的，怎麼啊？存心氣死我啊？」秀女難以平靜下來，老公一心向著宋妍秋，這下把兒子也跟著拐跑了。宋妍秋就像她心頭上的一根針，痛著。

「媽，這……」士元覺得有理說不清。

「趙夫人，你也別這樣，士元他畢竟是有心的，要不然他也不會吃完了還記得給您帶消夜。」子荃突然岔出來打圓場。

「用不著你幫我說話！」士元心裡很是看不起子荃。

「你對人家吼什麼吼啊？你知道人家怎麼做的嗎？人家子荃那家店一步也沒踏進去過，就算車子停在巷子口他也沒進去看看啊！」秀女說，怎麼自己的親生骨肉還不如一個外人貼心哪。

「這代表什麼？他進不進去跟我有什麼關係呀？我爸在那邊啊。」

「你媽在這兒啊！」

「所以我才覺得他奇怪，不去陪自己的媽媽，卻來陪我媽幹嘛呢？」士元瞪著子荃，認定他一定別有用心。

「人家有原則，人家分得清楚是非曲直，他瞧不起他那個媽媽！」秀女諷刺的暗喻著，這會兒先幫子荃解釋起來了。

「對不起，我先走了，你們的話題讓我很難堪，SORRY，下次我不會再輕易上門打擾了，再見。」子荃有禮地向秀女鞠了個躬，隨即拿著公事包走人。

「ㄟ～子荃啊～」秀女在他身後呼喚著，見他已經開門走了，又聽見車子發動的聲音才絕望地哭泣。「這下好了吧，你把他趕走了你滿意了吧？」

秀女一把鼻涕一把眼淚的。

「媽……那個汪子荃他不是什麼好東西，爸都說要防著他啊。」士元看母親對子荃依賴甚深，憂心忡忡地說。

「我也知道他不是個好東西，我都活了大半輩子了，看人會看不準啊，可是我寂寞嘛。這半個月來你們哪個人管過我，要走，就全都走了。也只有今天晚上，家裡有個人氣在，有人來陪我吃吃飯，我也不過圖個有人陪我說說話，他還能圖我什麼？能取代你呀？你看你連家裡都不願回來啦～人家還寧願來陪我，陪我吃飯打牌不去看他媽，如果你是我你會不會趕他走啊？這個家……這麼大又這麼冷清，我……」秀女替自己感到可憐不值。

「媽～不要哭了～」

　　士元抱住母親，輕聲的安慰著。

　　「媽，好了，不哭了好不好？好啦！那……他讓你開心，那叫他常來陪你嘛。」

　　士元不忍母親再傷心下去，順從地說。

　　「其實我一點也不開心，我自己都有兒子呢，我幹嘛要別人的兒子陪。」秀女一把抱住士元，把所有委屈都發洩在他身上。

　　士元知道母親心中的怨，他再怎麼不能諒解秀女先前的作為，畢竟還是他的母親。士元輕輕的嘆了一口氣，安慰著還在哭泣的母親。

＊＊＊＊＊＊＊＊＊＊＊＊＊＊＊＊＊＊＊＊＊＊＊＊＊＊＊＊

　　妍秋緊張得有些坐立不安，她鼓起了好大的勇氣才敢打這通電話，約秀女出來談談。而秀女一進咖啡廳，就始終盯著窗外，緊繃著一張臉一語不發。

　　直到侍者送上兩杯冒著熱氣的咖啡，她終於忍不住了。

　　「你約我嗎？你敢約我呀？哼！這世界反了嗎？哪有一個名不正言不順的外遇約正室出來談判的啊，這年頭世界全都反了呀。」秀女氣沖沖地喝了口咖啡，猛然發現沒加奶精沒加糖差點噴出來。

　　「你誤會我的意思了，我不是約你出來談判的。」妍秋很婉轉地說。

　　「那你是請求囉？一樣意思，你免談！」秀女把杯子重重放下，碰一聲引來鄰座不少眼光。

　　「不是請求，我一無所求啊，」妍秋搖著頭，希望秀女能心平氣和的聽她說。

　　「不是談判不是請求，那你打電話叫我出來幹什麼啊？哦～看我笑話？想看我死了沒有？我告訴你，我好得很。」秀女倔強地依然神氣地說，「別以為沒有了趙靖，我就會活不下去，這會兒每天都有人上門找我吃飯打橋牌呢，這人你也很熟，而且還挺親的呢。是你的兒子汪子荃啊。」

「子荃？」妍秋蹙起了雙眉，秀女當妍秋在吃味，繼續得意的說著。

「唷，你這兒子可孝順了，天天逗我開心，這奇怪了，他不去孝順他媽卻天天來找我？這是為了什麼？會不會是他覺得這個媽給他丟人啊？」秀女越罵越順口，「對啦，這寡母啊對他死去的父親不忠，在外頭勾搭男人，這個人還是他認識的長輩啊，這讓他多難堪啊，所以才打心眼裡瞧不起他的媽媽，天天去孝順別人的母親。」

「我沒有對漢文不忠，更沒有勾引趙靖！」面對秀女的誣賴，妍秋清清楚楚問心無愧。

「那我請問你啊，我老公到哪去了呢？他的心到哪去了呢？我們家那百分之十八的股份到哪去啦？」秀女步步進逼道。

「你為什麼總要兇我？為什麼講話總是這麼難聽？為什麼動不動就可以動手打我罵我們家亮亮？明明找了醫生把我們家亮亮給結紮了，明明做錯事情的是你。」妍秋忍不住將此次要談的疑惑一古腦全說出來，不習慣大聲的她聲音還抖著。

秀女頓了頓，馬上又理直氣壯的回著。

「因為我吃了啞巴虧！打你，我打你怎麼樣啊？你那頓打白挨的啊？把你女兒給紮啦？你女兒要懷還是懷了，不要臉啊～紅杏出牆還懷了別人的孩子呢！我蔡秀女吃虧是吃虧在我嗓門大，是，你嫻靜啊，溫柔，不吭不響的就把我老公搶走了。你是隻不會叫的狗！」秀女拍了下桌子，引起旁人的側目。

她瞪著妍秋，恨啊！宋妍秋汪子亮你們母女倆都一個樣，得了男人的心還要裝無辜裝可憐，天打雷劈啊！

「我沒有搶你老公，我說的話你聽得懂聽不懂啊？你是嗓門大到把自己的耳朵都給震聾了是不是？」無法接受秀女說法的妍秋不知何來的勇氣，清晰地說著。「我今天約你來，只是要告訴你，趙靖永遠是你的先生，他不會跟你離婚的，我也不會答應他跟你離婚的，你大可以放心。」

「你不會答應？你不會『答應』，我跟我老公要不要離婚還要你宋

妍秋答應？恩准？」秀女內心那根最敏感的神經被妍秋的話給刺痛了。

「我不是那個意思……」妍秋想要解釋。

「我那天怎麼會沒有把你給打死啊！打死你我去坐牢，好過在這裡聽你耀武揚威，哼哼～不答應～你不答應？你誰呀你什麼東西呀！我跟趙靖的婚姻裡頭沒有你宋妍秋的位置啊！要我答應才稍稍有你一點容身之處，要不然你一邊涼快去！」秀女惡狠狠地說。

「但是我在趙靖的心裡有位置！」妍秋無懼地說。

秀女一怔，變了臉色。

「婚姻關係裡的位置不過是個角色，大風一吹，誰搶到了位置是立刻可以被取代的，可是心裡的位置不一樣，那是看不見也無從搶起的啊，就算人死了，斷了氣的刹那，心裡的位置屬於誰它就是屬於誰的，它會跟著它的靈魂到永遠永遠。」妍秋誠實說出她的體認。

「是啊，你重要啊，你好本事啊……趙靖就算死了都還惦記著你呢，你就不怕他跟汪漢文兩個人在天上為你打起來啦？」秀女不甘心地咒罵了起來。

「我不是來跟你搶位置的！」妍秋靠近秀女認真地看著她。

「別假惺惺啦，剛剛不是都說了？你在他心裡頭有位置的嗎？」秀女才不接受她的同情，管她是真心還是假意。

「我可以讓我身分名實相副，只要我願意只要我要求。」

「你說什麼？」秀女不敢相信妍秋竟然也會說出這樣具威脅性的話。

「但是我不會。」

「因為你不敢啊。」秀女鬆了一口氣，但仍要刻薄。

「因為我不忍心，因為我們都是女人，都是人家的妻子，我知道對一個女人來說妻子的身分多麼的可貴，多麼應該被珍惜，在我失去了漢文之後，我才深深體會妻子的位置是多麼的珍貴……」說到此，妍秋眼角有些濕潤。

「你有什麼好難過的？再怎麼樣，你的男人到死都還是愛著你的，而我，趙靖恨不得我早點死了算了省得礙眼。」秀女像被打落冷宮的妃

嬪哀怨地說。

「你明明知道趙靖不是這種人，我今天約你出來，是想告訴你，你永遠都是趙太太，也許我剛剛說話衝了點，但是趙太太這個位置是永遠不能被取代的。」妍秋告訴秀女要她放心，她絕不會取代她的地位。

「然後呢？你要跟我交換什麼啊？我是太太，你當情人？繞了半天你不就是要我承認要我默許你的身分嘍。」

「我跟你交換的是良心上的平安與救贖，我請求你以趙太太的身分好好過日子，不要再……」妍秋遲疑的看了看秀女還帶著猙獰的臉。

「不要什麼？不要沮喪？不要頹廢？不要等死，不要活不下去？我要活不下去你會良心不安嗎？你會嗎？」

「會！我會！因為我是老實人，所以我會老老實實告訴你，趙靖是喜歡我，但是我永遠無法取代你，我希望你想清楚這一點，也許過一陣子趙靖就回去了，我不會留住他霸住他不放，他永遠都是你的。」

妍秋說完，輕輕地推開椅子就離去了。

秀女定了定神，用小茶匙攪拌著面前的咖啡，心中想著原來她的日子怎麼個過法，對宋妍秋而言居然這麼重要？她瞇起了眼，覺得咖啡頓時美味了起來，心裡又有主意浮現了。

而趙靖在麵店裡，左等右等不知踱了幾百步打了多少通電話，才終於看見妍秋到來，他心急如焚地迎上前。

「唉呀～你跑哪去了，你跑哪去了嗎？」趙靖上上下下打量妍秋，怕她發生了什麼意外。

「我……我自己坐車嘛，坐著坐著就迷糊了，亂了方向了。」妍秋低低地說，將今天去找秀女的事完全隱瞞帶過。

「你看看你，你看看你，我說要去接你，你偏不要，非要自己來不可，自己又弄不清楚方向，我說你，你不聽話！」趙靖還在責備著妍秋，這一上午的等待不知白了他多少根頭髮。

「你說什麼啊？我都聽不到，再大聲點吧！」妍秋故意裝著糊塗。

「唉唷～你讓我擔心嘛～」

「這次我聽見了，好了嘛～多大年紀的人老扯著嗓門說話，來……

進來歇會。」妍秋把他拉進來坐下，「你看，這一早上，連個茶也沒泡上？」她起身就去沖茶。

「誰理我啊，自個兒開店門，自個兒唱店歌，自個兒做麵皮，自個兒洗盤子……」趙靖像個受委屈的小孩兒，口裡嘟嘟囔囔地。

「還自個兒生悶氣～好啦……別氣了，來，坐下來歇會喝口茶～」妍秋為他拿杯子注了熱茶，待趙靖啜起一口茶時，妍秋才突然問了一句。

「趙靖啊，咱們是老朋友吧？」

「是啊，怎麼著？」趙靖喝著茶一邊挑起眉眼。

「你聽我的話吧？」

「你別成天讓我擔心我就聽。」

「那成，你回去看看秀女好不好？你別吼啊，你再吼我又聽不見了。」妍秋有言在先。

「她又跑去找你了？她又跑去罵你了啊？」趙靖猛地放下杯子。

「沒有……她又不是神經病，幹嘛沒事亂罵人啊？」

「別跟我打馬虎眼，說，她是不是又去找你了？」趙靖清楚妍秋是有苦只往肚裡吞的人。

「你看你你又大聲了，不是說好我是董事長你是夥計的嗎？哪有夥計這樣跟董事長說話的，當心我扣……我扣你薪水喔。」妍秋故意板起臉威脅趙靖。

「店還沒正式開幕呢，哪來的薪水扣啊，你呀，我真拿你沒轍。」趙靖嘆了口氣，打從心底疼惜妍秋的善良。

「趙靖，她沒來找我，是我覺得你應該回去看看她，明明是老婆，你又這樣不聞不問的，叫我也不好過啊。」妍秋又說。

「與你無關嘛，再說她還要謝謝你呢，要不是你這麼堅持，我早就跟她離婚了！」趙靖說，不是開玩笑他真的想給妍秋一個名分。

「是嘛是嘛，那你就乾脆好人做到底，有空就回去陪陪她嘛。」妍秋順水推舟。

「我沒空！我草創初期有好多事情要忙，我……我沒時間。」趙靖

推託著。

「想要有時間就有時間啦，再大的事業，這晚上把店門拉上不就有時間了嗎？回去看看你女兒也好啊，她現在不是懷著你的外孫嗎？」

「她怎麼不來看我呢？肚子大了連路都不能走了？」

「你這脾氣發起來誰敢惹你啊，你是爸爸啊，回去看看她們好不好？趙靖～」

妍秋看趙靖不理睬，轉過頭去也生著悶氣。

趙靖哪受得了妍秋跟他僵著，突然握住妍秋的手，妍秋想掙脫但是掙脫不了。

「以後早上別再遲到了。」趙靖要求。

「你要回去看她們。」妍秋堅持。

「我一開店門就要看到你喔。」趙靖又要求。

「一個禮拜至少回去看她們四次。」妍秋又說。

「兩次。」

「三次！」

「成交。」

兩人把手牽在一起，情意濃濃地，趙靖嘴角的笑展開了。

＊＊＊＊＊＊＊＊＊＊＊＊＊＊＊＊＊＊＊＊＊＊＊＊＊＊＊＊＊

亮亮從一家氣派的辦公大樓走出來，這是今天面試的第三家了，得到的是同樣的回答：「汪小姐謝謝您，我們會再與您聯絡。」亮亮洩氣地揉掉手中的報紙丟在地上，一個男人撿了起來，是中威，亮亮一看快步離去，中威亦步亦趨地跟著。

「你要這樣跟我跟到什麼時候？」亮亮說話時並沒有回頭。

「永遠。」中威答。

「你累不累？幾乎我每天一出門，你就開始一路跟，你累不累？」亮亮加快腳步。

「你累不累？每天一大早拿著報紙，一家家公司的面試應徵，你累

不累？」中威只有跟得更緊。

「我靠我的能力找工作，我不累！」

「我的孩子累了，從今天早上七點鐘到十二點，你幾乎沒有好好的坐下來休息過，喝點水吃點東西。」

「那是我的自由！」

亮亮停下腳步，回頭對中威吼著。

「你沒有自由，要做母親，就沒有累了不休息、渴了不喝水、餓了不吃東西的自由。」

中威邊說邊強拉著亮亮到旁邊的餐廳用餐。

一坐下，就交代服務生端上幾樣對孕婦好的菜色。

亮亮悶著沒說話，中威卻嚴厲地盯著她，要她吃東西。

「吃啊，統統都要吃，吃不完不准走，先從魚開始吃。」

「中威……你也沒有吃啊。」亮亮看中威連筷子也沒拆。

中威只是喝了口水，並沒有回答。此時亮亮才注意到中威的下巴尖了，兩頰有些凹陷，嘴角還有些未刮的鬍子。

「你瘦了……」亮亮看著中威，幾天沒見的確憔悴了。

「我能不瘦嗎？每天一大早就跟你急行軍，跑完這家公司跑那家公司，那家公司不行又下一家。」中威揉揉眉心。

「我要找工作，我是一定要找工作的。你知道，我不可能再回趙氏。」亮亮咬著湯匙說。

「只有趙家可以靠嗎？你懷的是我的孩子啊，我會讓你們母子過不下去嗎？我照顧你們是天經地義……」中威義正詞嚴地說。

「小聲一點。」亮亮臉紅了起來。

中威倒是大方的幫亮亮切割著食物，挾了給亮亮。

「吃啊，吃啊。」

「我自己來。」亮亮接過手，看著亮亮刻意保持著距離，中威有些難過。

「亮亮，你不可以這樣對我，不聽我的電話不跟我見面，這樣對我不公平。早知道是這樣，當初在趙家何必把事情掀開來呢？如果不掀開

來，我還可以每天見到你，知道你過得好不好。」中威不平地說著，他怎能忍受心愛的女人避而不見。

「我遲早會離開趙家的。」亮亮深吸一口氣，那是一段不堪回首的日子。

「你要離開的是趙家而不是走出我的世界！」中威沈痛地說，他看出亮亮在閃躲他的關心、他的呵護，可是這一次，他一定要給她不由分說的愛。

用過午餐後，兩人出去散步，中威看起來很明顯地心浮氣躁。

「中威，你脾氣怎麼變得這麼壞？」亮亮不解的看著中威。

「我很煩你知道嗎？趙士芬像噩夢一樣，我不想看到她，可是我不能不看。我怕我不回家，她又像上次一樣開瓦斯把整幢大樓給燒了，我不能回診所，每個病人都知道我有個歇斯底里的老婆，唉～自己的老婆心理問題都輔導不了，我怎麼輔導別人！」中威像一隻鬥敗了的公雞般頹喪，亮亮看了怎麼可能不理會，她伸出手輕輕摸了中威的背。

「中威……」

「亮亮！最讓我心疼的是你，你拒絕了我，這會讓我抓狂，亮亮，我原本以為我們可以並肩作戰，可是沒有！亮亮！」中威幾近發狂的抓住亮亮的手，有什麼事比被迫與自己心愛的人隔離更痛苦呢？恐怕不多了吧！

「我的事業毀了，家庭不幸福，所有快樂的泉源都被隔絕了，我的人生希望在哪裡？你知道嗎？有時我在想，我是不是應該去看看心理醫生諮詢一下，讓人家告訴我該怎麼辦！」

「中威，你不要這樣子。」亮亮忍抑著，這些天不只有中威你一個人不好受啊。

「你可以幫我，只有你可以，只要你願意，我會振作起來，為了你，我願意！」

「幫你，我怎麼幫你呢？接你的電話，跟你見面，接受你的照顧？意思就是說，讓你包養？生下你的孩子繼續偷情？」亮亮絕不希望事情是這樣發展的，何況她答應過母親永遠是她心目中那個厚道的亮亮。

「我願意離婚，是你不願意的啊。你說的，就算我離婚你也不會嫁給我，只為了你那些可笑的驕傲，亮亮……」中威的情緒已在崩潰邊緣。

「不管我現在驕不驕傲，你離得成嗎？她會簽字嗎？就算我在愛情面前低頭，放棄一切的驕傲，但是我汪子亮這一生中只會接受三個男人照顧，我爸爸，我先生，我兒子。吃喝這三個男人我理直氣壯，其餘的免談……」亮亮憑著內心最後的一股堅持說出這些話，刻意避開中威灼熱的目光，她拒絕再當愛情的俘虜，人生的輸家。

中威不管，他炙熱的心就要爆炸開來了，他捧起亮亮的臉，強吻起來。

亮亮是多麼掙扎地才從中威的懷抱裡掙脫，喘吁吁的。

「亮亮……我不管，我不管你那些什麼驕傲的規矩，我只知道，我陳中威這一輩子就是要照顧我所愛的女人。」中威的話語讓亮亮差點落淚，她瞭解中威的心意是那樣真誠又執著。

中威再度把亮亮抱緊在懷中，讓她的臉孔貼著他的胸口，這一刻，兩人心靈相通、氣息與共，就算世界停止轉動，也無法改變他們對彼此的愛。

亮亮將雙手慢慢攀上中威的背脊，回抱住中威，聲音因感動而顫抖著。

「我們可以嗎？我們不會受詛咒嗎？」

中威搖著頭，即使有詛咒即使有災難，他也願意承受。

兩人緊緊相擁著，兩顆累了的心都需要從對方身上汲取愛情的溫度。

送亮亮回到家後，中威又趕回診所裡繼續下午的看診。

而原本的好心情，卻在一進門時被打亂了。

士芬在中威的診所，像發了狂似地撕碎病人的病歷，中威只見一臉鐵青的士芬以及滿地雪白的紙片。

「你不去診所，約好的病人來求診也見不到醫生，很好，醫院可以關門大吉了，這些病歷也可以不用了！」士芬說完，隨手又撕了一疊病

歷往空中一撒。

「二樓櫃子裡還有，你要不要找一下，把它們都撕了？」中威無力地關上門，不想隨士芬的挑釁起舞。

「你不去上班不去診所，是準備長期歇業休診嗎？沒關係，趙家養得起你……」

「趙士芬！你把我診所病歷撕了把我事業毀了，我都無所謂，今天如果我愛你，就算被你們趙家當狗養，我都不在乎，可是，現在我不愛你，我不願意接受你供養。我只要求離開，不要再用孩子威脅我，既然你們趙家誰都養得起，那就請便吧，你們帶回去養吧。」中威厭倦了被人捏在掌心隨時威脅恐嚇的感覺，尤其那人還是趙士芬。

「陳中威！你連自己的骨肉都可以棄之不顧嗎？」士芬聞言氣得停下了動作。

「因為你利用他來牽制我，我不喜歡這種感覺，骨肉親情，明明應該是天性，可是到了你趙士芬手裡，就變得醜陋！不要再提醒我親情的重要性，對不起，我不想聽，我覺得噁心。」

中威冷漠的態度讓士芬敏感起來。

「你今天又跟她見面了對不對？」士芬的臉猶如罩了層寒霜。

「對！」中威不打算隱瞞，當一個女人要發瘋時，一千個理由也擋不住。

「我嫂子好嗎？我的小外甥也好嗎？」士芬陰惻惻地說，突然間拔高了聲音狂笑道，「你可以不要事業、不要家庭，甚至不要我的孩子，但是陳中威你要不到汪子亮，相信我沒有這麼好的事。要結婚就結婚，要偷情就偷情，要離婚就離婚？我告訴你，哈哈……不可以！」

士芬說完，就當著中威的面按下了電話答錄機。

「媽……中威他每天都不回家，我大著肚子等，一等就等到大半夜。」中威一聽是士芬在哭訴。

「士芬，你別哭，怎麼會這樣子呢？」電話裡傳來中威母親遠在巴西那頭的聲音，中威心一驚。

「他……他有了外遇，還跟對方懷孕了。」士芬抽抽噎噎地說。

「什麼？那女的也懷孕了？那你們……」中威母親吃了一驚。

「媽，我是可以原諒中威一時的錯誤，可是那個女人家裡有神經病遺傳啊。」士芬得意地揚起了嘴角，聽哪她還特別強調了神經病三個字。

「你說什麼？神經病？」中威的父親接過了話筒顫抖地說。

「是啊，爸，那個女孩一家就出了兩個神經病，我好替中威擔心，萬一那個孩子他……」士芬楚楚可憐地說。

「好啦……士芬不要哭了，叫那個混帳東西回巴西來……」中威父親大吼道。

中威聽到此，氣得按掉答錄機一把抓住士芬。

「趙士芬！你怎麼這麼過分？」

「我說的哪點錯了，她是不是有遺傳基因？是不是有六分之一？你是不是不要這個家？我說的都是真的！」士芬在中威的掌控下，仍然咬牙切齒地怒瞪他，陳中威是你不瞭解我捍衛這個婚姻這個家的決心。

「那是我的事，我跟她我跟你之間的事，為什麼要傳回巴西讓我父母擔心？」中威搖晃著她。

「那關我父母什麼事？你可以把趙家屋頂都給掀了，把我父親氣得離家出走！還恬不知恥的要我父親出面把你的外遇給救回來！為什麼我不能讓你的父母知道你的所作所為呢？你讓我爸對我絕望，我也讓你父親嘗一嘗我爸爸當時的心情！」士芬奮力地吶喊，手還護著肚子。

「最後決定的是我！我決定我自己的人生。」中威重重地拽下她。

「可以，那你陳中威跟我又有什麼兩樣呢？我不顧我父親的高血壓，你不是也一樣不顧你父親的心臟病嗎？那通電話，我們還沒講完，你父親就心絞痛，你媽真害怕他心肌梗塞呢。」士芬像是沒事般地故意說著，手還整理著凌亂的衣衫。

「趙士芬，你……」中威伸出手就想一個耳光賞給她。

「你敢試試看！只有這個孩子是你父母認定的，他們還等著你帶我回巴西待產呢，你下得了手嗎？」士芬沒被他的氣勢嚇倒，反而直挺挺地站著昂頭道，「哼～想想你父親的心臟病吧，如果他氣死了，我怕你

連他最後一面都見不到啊。」

　　說完士芬就上樓去了，走到一半，回頭補充說，「你爸要你回電話給他，你很勇敢的不是嗎？拿出那天在我們家替天行道的一半勇氣就可以了。試試看，看看是你爸的身體好，還是我爸的身體好……」

　　中威舉起電話摔個稀爛，士芬微笑著走上樓去。

　　中威看著這個家，抓著頭坐在椅子上痛哭了起來。

✳✳✳✳✳✳✳✳✳✳✳✳✳✳✳✳✳✳✳✳✳✳✳✳✳✳✳

　　這天，天空放晴，亮亮正在庭院裡邊哼著歌邊曬著衣服。

　　「汪小姐，有快遞。」郵差嘹喨的聲音在外頭響了起來。

　　亮亮拿了印章應門簽收，邊打開包裝紙邊愉快地說。

　　「小朋友，我們來看看爸爸幫我們買什麼啊？」

　　一打開來看，裡面裝的卻是喪葬用的紙娃娃，並有塊牌位寫著汪子亮之子，亮亮慌的將東西打翻掉。一封信就從裡面掉了出來，亮亮抖著手拆開來看。

　　「這次我不會用匿名的方式了，沒臉見人的不是我，我躲什麼呢？汪子亮，這些東西預先送給你往生的小孩，不是上次那一個，是肚子裡這個，他活不下來的，因為他不被祝福他還被詛咒，我趙士芬願用十年的陽壽換他的早夭。」

　　亮亮看完將信揉成一團，身體還止不住地顫抖著。

✳✳✳✳✳✳✳✳✳✳✳✳✳✳✳✳✳✳✳✳✳✳✳✳✳✳✳

　　秀女提著大包小包，好不容易進了門，將東西一落地，就氣喘噓噓的坐在沙發上。士芬跟在後頭進了門，兩人剛從一家專門進口國外嬰兒用具的店購物回來，大包小包地讓兩人喘不過氣，但這種即將迎接新生命的喜悅是不需傭人幫忙分攤的。

　　「剛剛就該買那隻熊啊。」秀女還在叨唸著覺得真是買太少了。

「沒關係，媽，我們會不會買太多啦？」士芬數著手上的提袋，還有母親身邊的。

「不會啦，到時候你還會嫌不夠用啊。」秀女經驗老到地說。

秀女轉身要去倒杯水給士芬和自己喝時，卻冷不防地看見亮亮出現在身後。

「快快，快打電話報警，說家裡遭小偷了。」秀女大聲嚷嚷著，士芬倒是一臉氣定神閒地看著亮亮。

「東西送到啦？怎麼樣？喜不喜歡？我可是找人到葬儀社買最好的，貴死了呢。」秀女一頭霧水，士芬繼續笑容滿面地說，「不過沒有關係，我捨得，過兩天我再找人燒部電腦給他，還有什麼直排輪啦、電動玩具什麼的，他要什麼……」

士芬還想再說下去時，亮亮突然一個巴掌打下去。

「上次汪子荃侮辱我的孩子得到的也是這種待遇！你更可惡，你敢詛咒我的孩子。」

「你敢打我？」士芬摀著臉頰，不敢相信這是真的，汪子亮竟敢上她趙家來打人。

「你相信嗎？我想打你已經很久了，沒有感覺嗎，那表示不夠痛喔。」亮亮瞇起眼睛，又是一巴掌。

「你要死啦，你敢打趙士芬啊你！」秀女從錯愕中回神，趕上來抓住亮亮的手臂狠命狂打。

「媽，踢她肚子踢她肚子！」士芬在一旁叫道。

「汪子亮，你敢打我試試看！」秀女隨手抄起了身邊的東西，就要追打亮亮。

此時士元回家，目睹了雞飛狗跳的這一刻，連忙上前用他壯碩的身子護衛亮亮。

「士芬，媽，你們幹什麼啊？亮亮！」士元對秀女怒吼著，連忙轉身檢查著亮亮有沒有受傷。

「誰叫你這時候回來的？誰叫你回來的？」秀女快被氣瘋了。

「我的家為什麼我不能回來呀！」士元轉過頭忿忿地說，要是他晚

回來一步，亮亮不知又要被怎麼樣了。

「幸好現在是在我們家，不是在他們家，要不然又說我們上門打人啦，你自己親眼看見的，是她上門來打架的，可惜呀，趙靖不在這，沒有看見她那潑辣勁！」秀女一陣扭腕，忿忿地說著。

「對，是我上門來打人，我就是想上門來打人，趙士元，你回來的不是時候，早了點。」亮亮在士元身後冷冷地說。

「我回來太早？我再晚回來一秒鐘你就……」士元想到就心驚膽戰。

「我不怕！我什麼都不怕！」亮亮站了出來，以一種頂天立地的姿態，「要踢我肚子嗎？你踢呀，你踢呀！我告訴你，命中注定跟我有緣的孩子，你踢也踢不掉咒也咒不死！我再也不怕你們了，趙士芬你給我小心點，你敢再寄那些亂七八糟的東西你試試看！」亮亮被激起的母性，讓她無所懼，惡狠狠地看著士芬。

「十年陽壽算什麼？拚了命生下來的孩子，我汪子亮就算死，我也可以詛咒你。」

「你……」士芬對眼前這女子感到陌生，她真的是以前敢怒不敢言的汪子亮嗎？

「怕了嗎？這是影印本，正本我留著，知道我要做什麼嗎？」亮亮把信件在趙士芬面前一揚，旋即收了起來，「我要告狀，正本和那些東西我要拿去給你爸爸看，我要讓他知道你現在還是這麼壞！然後再拿去給中威看，讓他知道你詛咒他的孩子，我會流著眼淚，顫抖的聲音楚楚可憐的告訴他們這些事情，趙士芬，這些都是你教我的，我要以其人之道還治其人之身！」

亮亮說完，像風一樣的離去。

「亮亮……」士元不捨地追到門口。

「趙士元！」秀女恨恨地喊住沒用的兒子。

「你們在幹什麼？你們在幹什麼！你打她幹嘛你踢她肚子幹嘛，趙士芬～你為什麼要這麼做！」士元大惑不解地痛責秀女和士芬，為什麼這一家的女人都跟瘋了一樣地為難亮亮為難他呢？

「你瞎啦？她上門來打了趙士芬兩耳光你沒看到啊？」秀女齜牙咧嘴地戳了戳趙士元的腦袋，懷疑是他的心太偏還是眼歪了。

「她懷孕了，你們打她幹嘛啊？」士元爲亮亮大大地抱不平，他知道亮亮不是那種無理取鬧的人，事出必有因。

「廢話！就是因爲她懷了我老公的孩子，我才恨！你自己喜歡戴綠帽子，我趙士芬忍不下這口氣！我老公連事業都不要了，不要家庭不要孩子，就只要你老婆那個爛女人！我爲什麼不能修理她～」士芬理直氣壯地大聲說。

「好，那你告訴我你現在修理成功了嗎？」士元反問道。

「我……」士芬一時啞然。

「你有沒有發現，亮亮她現在真的變了，不……不是變了，是恢復她原來的性格了，以前的汪子亮就是這個樣子的，不要欺負她的家人，不要欺負她所愛的人，否則她就跟你們拚了！」士元眼中燃起回憶的光彩，以前多麼珍貴的以前，他就那樣地糟蹋了一段無可替代的感情，現在說什麼都來不及了。「以前她還愛著我，你們欺負她，她都忍了認了，現在她不愛我了，什麼都不在乎了……」

「沒出息啊，人家都不愛你了，你還護著她肚子裡的野種啊你！」秀女又氣又惱地說，懷疑兒子到底有沒有骨氣。

「她不愛我，可是我還愛著她啊！」士元自言自語地說，「她不愛我……我總不夠讓她再恨我吧……」

是的，他不能再毀壞自己在亮亮心目中的形象了，士元知道自己應該用一種成熟的心態去轉變他和亮亮的關係，他要再一次追回亮亮，他第一次這麼深愛認定的一個女人，他一定要再追回來。

＊＊＊＊＊＊＊＊＊＊＊＊＊＊＊＊＊＊＊＊＊＊＊＊＊＊＊＊

不知何時，亮亮走在住家附近的小公園裡，忘記自己是怎麼走到這兒的，看著一個小女孩正在盪鞦韆，而小女孩的臉孔是那樣熟悉，雖然不曾見過面……

亮亮走過去，微笑地看著小女孩天真像天使般的臉孔，小女孩開心的盪著，越盪越高。

「娃娃，危險啊，不要盪那麼高，好危險啊娃娃～」亮亮上前張開雙手想要保護小女孩，她卻消失在半空，亮亮趕忙回頭尋找著。

「媽媽～媽媽～」一聲聲的叫喊聲，亮亮看見小女孩站在公園的一角，抱著玩偶，對她叫著。

「娃娃，你……」亮亮覺得心裡怪怪的。

「媽媽，你為什麼不要我？為什麼不要我？媽媽不愛娃娃，媽媽不要我了……」小女孩噘著嘴一臉要哭的神情。

「媽媽愛你，媽媽愛娃娃……媽媽愛娃娃……娃娃？讓媽媽抱抱好不好？讓媽媽抱抱好不好？」亮亮的心全揪在一起了，怎麼會那麼痛啊？

「你不愛我，你只愛弟弟，你不要我，你不愛我……」小女孩哭了起來。

「娃娃……娃娃……讓媽媽抱抱，媽媽愛你……娃娃～媽愛你～」亮亮慌亂地也跟著開始痛哭，要抱住小女孩，卻怎麼抱也抱不住。

「亮亮？你怎麼了？」妍秋搖著滿身是汗的亮亮，亮亮才從夢中驚醒過來。

「是個女兒……我的娃娃是個小女兒……之前流掉那一個，我流掉了一個女兒，她不肯原諒我，媽……我的女兒她不肯原諒我，她怪我，她在怪我……」亮亮捉住母親的手，在她懷中泣不成聲。

「亮亮，你在胡說什麼啊？」妍秋心疼地撫摸女兒頭髮。

「媽，她好寂寞喔，她一個人在盪鞦韆，一個人在玩洋娃娃……媽，她會不會是要來帶走弟弟的？她說，這是弟弟，她是不是要來帶走他的？」

「亮亮，你在胡說什麼啊？」

「她在氣我她在怨我，她一個人好孤單好寂寞啊……娃娃～不要！媽媽愛你～不要帶走弟弟～天上有小敏舅舅，小敏舅舅會陪你玩。」一顆顆淚珠從亮亮的眼裡滾下，裡頭盛滿憂傷痛悔恐懼。

「亮亮，只是個噩夢，你不要這樣好不好？你到底怎麼了？」妍秋拍著亮亮的背。

「媽……我怕我留不住這個孩子。」亮亮痛苦地撫著肚子，想起士芬的詛咒，這是她拚了生命也要生下來的孩子啊。

「不……」妍秋連忙搖頭，表示這樣的話不會成為事實。

「我害怕……怕留不住身邊每一個我愛的人。」亮亮泣道。

「不！傻瓜，不許你這麼說，你是個好孩子，你會做母親的。媽的病……媽這個不好基因的遺傳病，拖累了你，亮亮，媽已經在補償在贖罪了，你不哭，不哭。」妍秋持續安慰著女兒。

「媽？你做了什麼？你又犧牲了什麼？」亮亮抬起臉焦急地問母親。

「沒有，我……我只是……我只是……不准趙靖跟他老婆離婚，蔡秀女安心，我也安心。」

「你是用你的幸福在跟我的幸福交換？你以為這樣做士元就會答應跟我離婚是不是？你這麼想的對不對？」

「傻瓜幸福不是籌碼，不能拿來交換，再說我也不覺得嫁給趙靖就能幸福啊。」妍秋坐到女兒身邊慈藹地說，「亮亮……對一個五十幾歲的女人來說，幸福是什麼？能安心過日子就是幸福，每天睜開眼睛，能夠看到孩子平平安安在跟前，就是幸福，可是你不一樣，你的人生還長，我們的幸福定義是不一樣的，如果你跟中威是真的相愛，就去爭取吧。」

「媽，你不反對我們啦？」亮亮靠在母親懷裡有一種虛幻的感覺。

「我不反對。我祝福你們，可是，亮亮，你聽清楚我的話嗎？你們要真的真心相愛唷。」妍秋十足認真地摟緊女兒。

「是，我們是，我們是真心相愛的。我們是，我們是。」亮亮熱烈地回抱母親發自肺腑的傾心吐意。

「我記得，你執意要嫁給士元的時候也是這麼說的。」

「媽……」

「亮亮，自己心裡的聲音只有自己最清楚，你到底要的是什麼？愛

的是誰？只有你自己最清楚，最近士元常到店裡來看他爸爸，他改變了很多，好像一夜之間長大了。」妍秋委婉地說，她不希望自己左右了女兒的決定。她只願亮亮快樂。

「媽，你原諒他了？」亮亮在母親懷裡問說。

「或許吧……那是因為我愛你呀，亮亮，畢竟那個陳中威他還沒有離婚，那母女倆的苦頭我是吃足了，我不希望再重蹈在你身上，亮亮，你答應我，不管將來你做任何選擇，都要三思都要懂得保護自己好嗎？」妍秋扶起亮亮的肩膀要她正視著她。

「媽，你快樂嗎？」亮亮眨巴著一雙大眼，看著妍秋。「你可以快樂，你有權利快樂，不必覺得自責罪惡。」

妍秋點點頭，她瞭解的，臉上透著幸福的微笑。

「我很快樂，漢文走了以後，我第一次覺得我是自由的，這讓我覺得很快樂。」

「我們一起努力。」亮亮握住母親溫暖的手，相互依靠著。

「我們一起努力，加油哦！」妍秋立刻回握女兒，這一刻的感動盡在不言中。

母女倆再度深深相擁在一起。

受到昨晚噩夢的影響，亮亮決定去墓園看先前為她無緣的孩子所設的牌位，一身黑衣素服手捧鮮花，她低首斂眉緩緩走到那熟悉的位置，卻見有人比她更早到了。

「士元……」亮亮半晌說不出話來。

「我來看我女兒。」士元摘下太陽眼鏡，眼眶濕濕地。

亮亮聽了心一陣酸，趕忙將手中的鮮花放在牌位前，眼淚還是止不住地又襲上了面頰。

士元輕拍了亮亮的肩膀，安慰著。

「她也到你夢裡了嗎？」亮亮帶著鼻音問著。

「沒有。」士元搖了搖頭。

「那你怎麼知道她是個女兒？」

「可能在我的心裡在我的潛意識裡就是希望她是個女兒吧，長得像

你個性也像你，你知道嗎？我爲我們的女兒取了個名字，叫作趙亮。」士元充滿感情地說。

「趙亮，多好！趙士元跟汪子亮的女兒，可以照亮趙家也可以照亮汪家，她一定會是個小太陽。」

士元的話讓亮亮情緒有些激動。

「士元，爲什麼不早點講出來呢？你愛孩子，你愛趙亮，爲什麼不早點講出來呢？」爲什麼人總是要到失去後才懂得珍惜懂得後悔呢？

「我講出來就可以留得住你嗎？」士元猛地拉住亮亮，像溺水的人突然抓住一線生機死也不放。

「亮亮，我們爲了她再努力一次好不好？再給趙亮的爸爸一次機會，趙亮一定希望她的爸爸媽媽在一起的，我們可以再懷再生，反正趙士元跟汪子亮就是會有一個孩子叫趙亮！」士元拚命爭取心愛的人留在身邊的機會。

「士元……」亮亮又讓他過分積極的舉動嚇住了。

「他……他不是女兒，是兒子也成，他的小名可以叫……叫小亮！對，亮亮生小亮……」士元沈浸在無垠的幻想中。

「士元！我肚子是懷了一個孩子，我懷了中威的孩子。」亮亮無奈一語點醒了他。

士元頹然的放手，表情苦楚地喃喃自語著。

「是……對呀，亮亮已經懷著一個孩子了，不是趙亮……」

「士元，我們之間已經過去了，不可能再……」

「不可能再回頭了嗎？」士元低下了頭，手插進口袋裡，背彎成一道懊喪的愁景。

「對……不可能再回頭了，那些傷害那些痛苦，我永遠也不願意再想起，我只希望生命重新來過，回到當年那個汪子亮，我們不曾認識……」亮亮咬牙說出殘忍的話，殘忍對一個還心存希望的人來說有時是好的。

「那才是不可能的！我們就是相遇了就是結婚了，我們之間就是有過趙亮的，回憶不可能用完的，因爲人活著就是會有感覺，愛的感覺，

痛的感覺，捨不得的感覺，它分分秒秒的存在著！」士元無法接受亮亮的說法，要他忘了過去忘了她。「亮亮……我們重新開始，你肚子裡的孩子，我認我要我愛他，他就叫趙亮，他重新照亮我們的婚姻好不好？不要搖頭，你不要搖頭，我會給趙亮一個家的，我會像他的父親……不，我就是他的父親，我愛他，亮亮，我求你。」

「士元，他不是趙亮，你不可以欺騙自己假裝他是，現在你認爲你可以，等到他一天天長大，你面對他的時候，你會看到什麼？你會想起誰？他會讓你回憶起些什麼？就是那種痛的被欺騙的感覺，他會分分秒秒的提醒你，那對你對我對孩子都是不公平的。」亮亮已經不是當初只會懷抱著夢想的女孩了，現實讓她飽經風霜的心，不是一時的感動激情可以溶化。

「對不起……」士元輕輕地說，再一次感受到絕望。

亮亮不願再多看士元如此傷心的模樣，她感到有些自責地想轉身離去。

「亮亮，我們的趙亮呢？你不在乎他的感覺了嗎？亮亮，我求你請你回來，亮亮，不要讓他姓陳，讓他做我的孩子好不好？我感激他，我贖罪～亮亮……」士元突然大聲道，力圖做最後的挽回。

亮亮卻堅定了步伐，不回頭的走遠。

一切就讓它像飄散在空氣裡的香煙一樣，慢慢散去吧。

＊＊＊＊＊＊＊＊＊＊＊＊＊＊＊＊＊＊＊＊＊＊＊＊＊＊＊＊＊

士元緊皺著眉頭，公文上密密麻麻的條例和圖表，使他煩躁。他撥了通電話，叫秘書請汪子荃進來找他。

「爲什麼一個字我都看不懂呢？」士元煩不勝煩的抓著頭。

「董事長，你找我？」子荃敲門後進來。

「這個是什麼意思？還有這個這個，這到底是什麼意思啊？」士元拿著一份公文一個頭兩個大。

「紅色是最急件，綠色是企畫部的年度開發案，要請董事長排定時

間開會聽簡報的。藍色呢是我們跟國外同盟的簽約細節，按照處理程序，先簽紅件，再叫秘書安排時間開會，至於簽約的細節，董事長請您詳閱了，因為跟上次我們討論的內容不一樣，相關的條件還要再議。」子荃稍微瞄了一眼便詳盡地解說道。

「為什麼要再議？既然簽訂草約，現在只是形式上再確認公證一下，為什麼還要再議？」

「因為你答應了日本代表，在我們雙方的旅遊套餐三個方案裡面，讓出溫泉之旅這個方案，所以只好再議啦。」

「我……我答應他們？」士元睜大了眼，他的印象中沒有這回事啊。

「是，你答應的。上個禮拜四跟日本人應酬的時候，您豪氣萬千的答應對方。您的豪爽大方，讓我們……讓您的企業年收入損失三千六百萬，而且你還跟對方保證，三年之內不會介入這個市場，也就是說，三年的總損失在一億元以上，這還不包括市場的成長率在內。」子荃表情凝重地說，他這人是不會跟錢開玩笑的。

「夠了！」士元拍桌而起，「我一定是喝醉了，我一定是喝醉了。」

「你是董事長，公司是你的，你有權利應酬，有權利喝醉，有權利做任何決定。」子荃無可奈何的說著，像是他曾盡過力阻止一樣。

「你！好……我爸以前在的時候他都怎麼做？他都不應酬的嗎？」為了公事，士元不得不妥協問著子荃。

「他幾乎天天有應酬，也難免會喝醉。」

「然後呢？」

「我跟令尊趙前董事長，我們是有默契的，行內的人都知道，趙董有一句話，喝酒我負責公事找汪總談，當然，喝酒歸喝酒，酒醒了之後，汪總決定的任何事情，還是要經過董事長的最後決定，這本來就是一種商業技巧，伙伴之間本來就是互相COVER，可惜這種微妙的關係，你是不會明白的，因為你從來沒把我當伙伴，你是老闆，賠了就賠了啊。」

「汪子荃，你在看我笑話。」士元有些惱怒的說著。

「WHY？我有什麼好處？我是跟孫中山過不去？還是每年少幾十萬紅利我很開心？」子荃聳聳肩，把即將發飆的士元看成紙老虎一般。

「你……」

「士元，我們曾經相處得很融洽，你也拜託我留在趙氏幫你分擔壓力。我請問你，我到底是哪裡做錯了，為什麼現在你對我會那麼不友善？」

「你在股東大會上翻臉得太快！」

「我有對你翻臉嗎？如果有，那也是為了你和我自己的妹妹翻臉，為了陳中威的事情，我差點揍他。你放心，我說差一點，反而我被她打了一巴掌。」子荃這會兒倒開始解釋起自己的委屈了，「這些我都沒有對你說過吧，衝著你曾經叫我一聲大舅子，我是真的把你當成好兄弟。」故意這樣說著的子荃，心裡卻想著是你趙士元不懂得珍惜我這塊寶貝的。

「亮亮……她真的為了陳中威打你？」士元懷疑地問著。

「所以現在我不是狗了，我是豬八戒，我裡外不是人。」子荃給自己一個無奈又尷尬的笑。

「對不起，子荃……」這下士元真的感到對子荃不好意思了。

「你愛亮亮，對不對？那就別離婚，永遠不要答應她。」子荃忽然斬釘截鐵地對士元說，像是支持士元要他堅定決心。

「可是她堅持……」

「那也不要現在鬆口，再等幾個月嘛，根據法律，婚姻關係中止之後半年內所生的子女，名義上歸前夫所有，到時候這個孩子的身分會很尷尬，看在這一點上，為孩子，亮亮不會輕舉妄動的，用時間換取空間，就算到時候你們真的離婚了，這個孩子名義上還是你趙士元的啊，你是父親，一個父親可以擁有很多權利，你可以要求監護權探視權，陳中威他一點辦法也沒有。」

「是嗎？可以這樣子的嗎？」士元在想，那不就是用心機對待亮亮了。

「當然，你一天不鬆口，這個孩子一天就是你的，就算他們要求驗

DNA吧，那更好，這個孩子就是你婚姻關係中的通姦證據，你進可攻退可守。」子荃很有把握地彷彿整齣戲已然照著劇本上演，而他就是編劇。

「你爲什麼要幫我？她是你妹妹耶！」

「因爲你叫我一聲大舅子啊，因爲你愛亮亮，OK？除非你不願意養這個孩子。」

「我願意，我當然願意啊。」

「那不就結了嗎？照我的辦法沒有錯的，事緩則圓，以後再說，嗯？」

「子荃，不好意思……我……」士元聽了子荃的獻計，眞的認爲以前他都錯怪子荃了。

「沒關係，我們是PARTNER啊，公事上我們是搭檔，私底下我們是親人，我們的關係牢不可破，那這些我帶走，我來處理。對了，晚上回家陪媽媽打麻將吧。她也會開心一點，記得，把士芬也找回來。」子荃親熱地搭上士元的肩膀，臉上是滿意到不能再滿意的神情。

第三十三章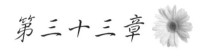

　　清閒的下午，寥寥幾個客人走後，妍秋看著屋外突發感嘆，思念起子荃，覺得對他很是虧欠。敏銳的趙靖察覺了，連忙過來慰問，倒反而讓妍秋央求趙靖在收攤後，要他回去趙家看看自己的一雙兒女和秀女，趙靖聽了卻是百般的不願意。但妍秋強硬的態度，讓趙靖看他再不答應，妍秋又要搞失蹤了，不得已只好硬著頭皮被妍秋拗著回去。

　　而趙家此時卻一家子圍坐著，歡樂的打著麻將，和樂融融的氣氛看不出先前秀女孤獨淒涼的氛圍。

　　「我都快輸到底啦。」士元抓著頭皮說，怎麼今晚的手氣硬是不佳啊。

　　「我也輸啦。」士芬嘟起嘴埋怨。

　　「所以你這胎注定生的是兒子，我聽人家說，懷的是兒子，桌上輸銀子。」子荃像是發現了新大陸一般笑著對士芬說。

　　「真的嗎？是兒子啊！」士芬一聽，眼睛睜得更大更圓了，嘴角也不由自主揚起弧線。

　　「以前還說媽重男輕女呢，現在聽到是兒子就樂成這樣子，」秀女半真半假地對士芬虧著。

　　「怎麼樣，真的是兒子，輸錢我也願意啊。」士芬可是理所當然地。

　　「喔，對了，士芬，我幫你買了兩雙平底鞋，你穿穿看。你大個肚子不要再穿高跟鞋了，穿穿看合不合腳，不合腳我再拿去換。」子荃從身下的袋子裡拿出兩個精緻的鞋盒遞給士芬。

　　「謝謝你。」士芬有些受寵若驚，但還是收下了。

　　「唉呀～還是子荃周到啊，是要注意啊。」秀女對子荃的貼心盛讚有加。

　　「子荃，那個……什麼樣的鞋子啊？我看看。在哪裡買的啊？」士

元想起了同樣有身孕的亮亮，湊過身體想看一看鞋的款式。

「ㄟ～別動啊，我連莊啊別鬧我啊。」秀女馬上出聲道，怕靠過來的兒子動到了她的牌。

「董事長夫人，連莊哦。」子荃笑嘻嘻地。

「九頭了！趙士元拿牌！」秀女威風八面。

「來，我幫你，你的。」子荃彎下身來替士芬除去腳上試穿的鞋子，重新裝入盒中再交給她。

「謝謝。」士芬謝著子荃的體貼，若中威也能如此就好了。

此時趙靖開著車子，和妍秋一起到了趙家大門。趙靖在車上遲疑著要不要下車，被妍秋趕著。

「你下車呀，你看你這人彆扭的咧，你笑什麼？」

「我笑啊，以前趙士元每天晚上在外頭玩，不愛回家，人家是視死如歸，他是視歸如死。現在好了咬到舌頭了，我現在是真的視歸如死了。」趙靖搖搖頭苦笑說。

「別亂說話，什麼死不死的，去去……下車……回家去。」妍秋不放棄遊說，手不斷揮著要趙靖下車。

「妍秋，我這可都是為了你唷～那你呢？」趙靖不忍妍秋失望，勉為其難打開車門。

「我在這聽歌啊打個盹啊，快進去啦～」妍秋推著趙靖。

趙靖打開了門，走在滿地落葉的庭院裡，還沒到家門，就聽到人打麻將的聲音。

趙靖當是秀女又找了牌搭子到家中打牌，搖搖頭就想轉身離去，卻突然聽到子荃的聲音。

「四萬！等一下，我胡了！」

趙靖不可思議的湊上前去，在窗口看見子荃和秀女他們一起歡樂的情景，覺得莫名其妙。

想起妍秋告訴他在她心裡頭她是很愛子荃的，希望子荃偶爾也能來探望探望她的話，更加覺得子荃的不孝，怒氣讓他開了門就是大聲一句。

「汪子荃!」

「趙靖,你回來啦?」秀女很錯愕,不過還是感到歡喜。

趙靖看也沒看秀女一眼,拉著子荃就往外走。

「趙叔叔……」子荃不明所以。

「趙靖啊,你拉著他去哪呀?趙靖?」秀女從牌桌上直起身呼叫。

「爸……子荃只是來陪我們湊搭子陪媽打牌的。」士元追上來解釋道。

「你自己的媽呢?要不要我提醒你你也有一個母親,放著自己的媽不看不陪,跑到這來陪人家的媽打牌逗樂子?」趙靖瞪著子荃,要不是為了妍秋,他才懶得跟這心機重城府深的小子有任何交集。

「哼~我以為你是迷途知返哪,結果你是為那女人抱不平啊,子荃才不要他那個瘋媽呢,他寧願自己從石頭縫裡蹦出來,也不要跟那一窩子瘋子有任何關係。」秀女氣呼呼地說,趙靖千百年不回家,一回家就是為了那個女人的事,怎能不令她為之氣結。

「媽,別說啦,難得爸回來,你不是盼著他……」士芬想勸母親先忍耐,留住爸才是重要。

「我盼什麼盼啊,我盼個鬼啊,我自己兒子女兒都在,別人兒子也天天來陪我,我希罕他?」秀女才不會在這時候放下身段。

「你天天來?你天天到這兒來陪她?」趙靖訝異地看著子荃。

「是啊,他不但天天來陪我,他還教我打橋牌還陪我打麻將呢,煮義大利麵給我吃。」秀女得意的更加說著。

「汪子荃……你母親天天在盼著你,希望你能多看她一眼,你就這麼吝嗇這麼殘忍的不給她一點溫情嗎?」趙靖眼裡的子荃變得現實無情的可怕,子荃將頭撇過一旁,不想回答。

「爸…宋阿姨擁有的關心和溫暖還不夠多嗎?你天天陪著她,亮亮也在家照顧她,現在你又替她抱不平?你不覺得你有點過分嗎?」士芬看不過去地說。

「我再怎麼關心,也取代不了她對親情的渴望!」趙靖說著子荃,要他對孝字有些認知。

「那她自己要檢討啦，為什麼自個兒生的兒子不要她，要別人！」秀女冷冷地在一旁澆趙靖的冷水。

「爸，你不覺得你的心眼也太偏了嗎？給她友情給她愛情，現在還替她拉攏親情，你……」士芬真是替自己的母親抱不平。

「因為我知道被親人背叛是一件多麼痛苦的事情，我嘗試過也領教過了……」趙靖難掩神色間的激動落寞，士芬說不出話，低著頭發窘。

「趙叔叔，我想您是太激動了些，這根本是一件小事，我想您忘了，趙汪兩家還是姻親呢。我是士元的大舅子，士芬也跟我自己的妹妹一樣，今天純粹是親戚間的聚會，有必要弄得這麼嚴重嗎？」子荃怎樣都有理由地幫著自己解釋，甚至這會兒當著趙家人的面又對趙靖客氣起來了。

「你有理，你還振振有詞，好，那你就留下來聚會吧，可是我告訴你，你母親就在門外的車上，本來我是希望你能夠去看一看她，但我想也不必了，在你這種人的眼裡，大概也沒有什麼窮親戚，哪怕是自己的母親！」

趙靖氣得拂袖離去。

「你怎麼這麼快下來啦？」妍秋愣愣地看著趙靖板著一張臉向她走來。

「以後不要再強迫我回來了，我再也不要回來啦！」

「怎麼回事啊？不是說好上去不吵架的嗎？」

「可憐可憐？可憐個屁！最可憐的……」

「子荃？」妍秋看見子荃跟在秀女的身後出現，有些驚訝他怎麼會出現在此。

「妍秋，走，我們回去吧。」趙靖拉住妍秋，天曉得這心地歹毒的兩個人會用什麼法子折辱妍秋。

「心急什麼啊？不是心疼人家看不到兒子嗎？宋妍秋，想看兒子啊，你看啊，我讓你看。」秀女不懷好意地逼近。

「子荃……」妍秋掙脫不開趙靖的手，向兒子投以渴望的眼光。

「子荃去呀，過去讓你媽看看啊，去啦，過去讓她看看。」秀女反

倒催促起子荃。

子荃有些不情願地走到妍秋面前，撥開妍秋想要觸摸他的手。

「你不是很討厭我的嗎？到處告狀說我兇你、虐待你，不是不讓你吃藥，就是不帶你看醫生的，你從來……也沒有眞正的喜歡過我，怎麼啦？突然之間我又成了心頭上的肉？不是小敏的替代品，不是那個大壞蛋？是汪子荃。」

妍秋眼神裡閃爍著淚水，她現在腦子是清楚些了，卻不曉得怎麼說起。

「唉呀～苦肉計啊也不曉得做給誰看的。」秀女在一旁敲邊鼓。

「子荃，每一個做母親的都是愛她的孩子的……」妍秋急得迸出這幾個字，心裡一直是有這大兒子的，她也想表達但卻拙於言詞。

「那爲什麼我到美國十五年你一次也沒看過我？爲什麼？一次也沒有！人家以爲我是孤兒是棄嬰是父母不要的，你就是這樣來愛我的嗎？用遺忘來愛我？」子荃此時責問著妍秋。

「因爲她病了！別人不知道你自己還不清楚嗎？要不是因爲這樣，她怎麼會狠心的讓你跟姑姑到美國去！」趙靖幫妍秋解釋著。

「病了，這一樣是生病，卻獨獨記得愛汪子亮汪子敏，卻忘了這個大兒子汪子荃啊。」秀女唯恐天下不亂地。

「你住口！關你什麼事啊？」趙靖斥道。

「子荃，過來！」秀女招招手要子荃過去她身邊，子荃聽話地走了過去，秀女得意的說著。「子荃哪，你那個媽哪知道啊，你打得一手好牌，煮得一手好菜，她呀～不知道！她的眼裡只有別的兒女，別人的男人～她哪裡知道啊，就算汪子敏死了……」

「蔡秀女！」趙靖氣得脹紅臉要秀女閉嘴。

「子荃，你剛回來的時候，也許我有排斥過你，可是，畢竟我是愛你的，我也想彌補，所以你叫我乖叫我聽話，我不都照做了嗎？」妍秋哀憐地看著子荃，希望他能瞭解，她是愛他的。

「是嗎？你這麼聽話，那好，我要你離開他，讓他回趙家，你聽嗎？」子荃佯作溫柔地，說出口的話卻無比狠毒。

「汪子荃……你簡直無恥到極點了，就因為我現在身無分文了，你就要你母親現在離開我？在此之前……」趙靖至此才完全看清子荃的真面目。

「在此之前怎麼樣？」

「在此之前你甚至希望我能夠給你母親一個名分！」趙靖震怒地說。

「你……」子荃一副受人栽贓的樣子。

「你拿著妍秋被打的照片來要脅我，說你要帶她回美國去，說句難聽一點的話，那百分之十八的股份就是用這種卑鄙的手段搶來的！」

「汪子荃，你……」秀女聽到，頓時覺得子荃玩兩面手法的行徑太可惡了。

「你相信嗎？你會相信嗎？有，只有一件事情是真的，我要帶我媽回美國是真的！我連機票都訂好了，那還不好嗎？讓他們離得遠遠的，是他不願意，他求我拜託我，他甚至願意借我錢讓我買股票，也要把我媽留下來，打人那一天我根本不在，我怎麼會知道呢？只有汪子亮在，她照的相，她告的狀，我氣不過，要帶我媽走，趙叔叔不願意！」子荃自有一套說辭唬得秀女一愣一愣。

「汪子荃……你……太可惡了！」趙靖對著子荃就是一拳，子荃閃避著，趙靖差點撲空跌倒。

「不要打了……」妍秋驚慌地想阻止兩人。

「你這小子，你混帳，你睜眼都能說瞎話！」趙靖心中對子荃人格的鄙視，使得他第一次顧不得妍秋的心情而頻頻出手。

「趙靖啊，好了啦！」秀女也急急忙忙地出聲勸阻，一個是丈夫，一個是她空虛寂寞時常來逗她開心的人，誰受傷都不好啊。

「我告訴你，你會有報應的！你會後悔的，你的行為天理不容！你真齷齪啊！人家是賣主求榮，你更卑劣，你是賣母求榮！」趙靖怒氣填膺地喝罵子荃。

「唷～那這種母親不要也罷啦！」看著趙靖還在護著妍秋，秀女此時又說起風涼話來。

「你閉嘴！」

「你要我怎麼尊敬你，人家的先生要回家，回他自己的家，你還不放心，還要這樣子看著，還要這樣子盯著？」子荃剛從地上爬起，擦了擦嘴角的血痕，對妍秋憤恨地說著。

趙靖又是一拳，不偏不倚地打在子荃的下巴上。

「子荃～」妍秋心疼地喊。

只見子荃將眼鏡摘下，惡狠狠的瞪著趙靖，這一筆帳他會連本帶利討回來。

一波三折的晚上好不容易告一段落，趙靖陪著妍秋回到家，一路上妍秋沒有說什麼，只是眉宇間籠罩著深深的陰影，就是這樣的她使趙靖倍感難過。

「妍秋……我剛才真的是氣不過啊，那個混帳東西這樣糟蹋你。」

「我不怪你，我只是難過，他是我兒子啊。」

妍秋脫下趙靖的外套進門，連再見都沒說一聲地關上了門。

趙靖佇立風中良久。

無語望著天空，長嘆起一口氣。

＊＊＊＊＊＊＊＊＊＊＊＊＊＊＊＊＊＊＊＊＊＊＊＊＊＊＊

這一天士元來看亮亮，還順便帶來了禮物，一雙平底鞋。

「來，走走看，看看合不合腳？怎麼樣？合腳吧？舒服嗎？孕婦就是應該穿這種鞋子，趙士芬也是這樣穿的。」士元幫亮亮穿上，看著她行走的輕盈模樣開心道。

誰知亮亮一聽，馬上把鞋子脫了下來，放到士元面前。

「亮亮，這不是她的鞋子，是你的鞋子。是我買給你的，我看士芬這樣穿，我看你肚子也大了，所以我才……」

「謝謝。」

「亮亮？亮亮！那你現在是什麼意思？謝謝我，然後把鞋子還我？」士元覺得好受傷。

「謝謝你士元，我很感謝你，但是我不能收，」亮亮平靜地說。

「為什麼？」士元問道，「因為我不是孩子的父親？」

「士元……我……」他這一開門見山反倒令亮亮覺得歉疚了。

「當然啦，或許你需要的不是我的關心，是陳中威的關心，但是他不關心你，他也不關心趙士芬！你們兩個都懷了他的孩子，他總該關心一邊吧！」士元不平地說。

「你覺得他應該怎麼關心我？他自己的婚姻已經夠讓他焦頭爛額了……」亮亮把頭轉開，她不想再去多談這個問題。

「那是他自己的問題！他不改善他自己的婚姻，卻來破壞我的……」

「是我拒絕他的關心的，我拒絕他一切經濟上的資助以及精神上的關懷，不要以為我離開趙家就是為了跟他在一起，士元，這是兩回事，我離開趙家是因為我對我們的婚姻絕望，我們的愛情已經死了，而且我承認我多少是有點恨你的。」

「你恨我？你說你恨我？亮亮，你真的恨我嗎？」士元的表情沒有失望，反而像是燃起一線生機地突然捉住亮亮的手緊握著，「亮亮，你恨我就表示你對我還有感覺，有多愛就有多恨，我們的愛情沒有死耶。它或許只是降溫了，但是它是可以重新被燃燒的，不，我不管，你現在就是趙太太！是趙太太就要我趙士元照顧，包括趙太太肚子裡面的孩子，都是我趙家的人啊，這個孩子就是禮物，我們不是一直向上帝要禮物的嗎？」

「是我，你並沒有。」亮亮糾正他。

「有，我有的，否則在我心裡不會出現趙亮這個名字的，亮亮，你有沒有想過，這個禮物是天賜的，他不是誰的孩子，他是老天爺的孩子，難怪，我對他特別有感情，特別有感覺……原來，他是老天爺要賜給我的禮物，太好了！我懂了！哈！」士元像是開竅了一般，興奮地自言自語。

「士元，認清現實，不管是不是禮物，我們都要離婚啊。」亮亮看著他的表情，還是決定告訴他自己的決定。

「好，我們可以離婚。」士元突然說。

「士元？」亮亮疑惑了，他居然會一口答應。

「如果你一定要這麼堅持我們就離婚吧，但是我有一個條件，這個孩子要是我的。」

「士元，曾經我們擁有過孩子，但是你不要，現在……現在這個孩子，他不是你的！」亮亮說，她認為士元提出的請求太瘋狂了。

「他是我的！我強烈清楚的感覺到他跟我的緣分！雖然在血緣上我跟他之間是毫無關係的，但是，但是在心靈上，我覺得跟他之間是相通的，我們彼此瞭解彼此關心，我覺得他就是我們曾經失去過的趙亮，現在他又回來了。」士元很堅持，「亮亮，如果你對我真的沒有感情了，我們就離婚吧。但請把他留給我吧，我要他來照亮我的人生。」

士元說完轉身離去，他要給亮亮思考的時間與空間。

亮亮看著士元送的平底鞋，摸了摸肚子，內心陷入天人的激戰當中。

亮亮把士元的要求說給中威聽，她需要中威的支持。

「為什麼要留給他？」中威站起身來，他再也沒聽過這樣荒謬的笑話了。

「他是我的孩子，為什麼要留在趙家？趙家會給他什麼待遇我是可以想像的，他們會鄙視他欺負他，我不允許我的孩子留在趙家。」

「中威，沒有人要把孩子留在趙家，」亮亮解釋道。

「那他是什麼意思？」

「他只是希望在名義上是趙家的孩子，戶籍落在趙家……」

「然後是趙士元的孩子？」中威問道。

「是，只是在名義上的。」亮亮再次強調。

「誰要這個名義！誰希罕這個名義！」中威嗤之以鼻，搞清楚是他陳中威的骨血憑什麼硬要跟姓趙的扯上關係，「明明是我的孩子，為什麼要姓趙，還說什麼趙亮，他憑什麼為我的孩子取名字，我的名字也取好了，我姓陳，他叫陳歡，永遠是個貼心的孩子，陳歡比趙亮好。」

「中威，你不要意氣用事。」亮亮咬著嘴唇。

「我沒有！我覺得他的提議很荒謬，哪有夫妻要離婚了，還要留下別人的孩子？這是陰謀，完全是個陰謀，他怕失去你，以後跟你毫無瓜葛，這是他陰謀！」中威越說越激動。

「趙士元不是這種人，他不會要心機，他沒有心眼……」亮亮替士元辯護著，卻讓中威十分吃味。

「你幫他說話。」

「我是在就事論事。」

「你根本就是在幫他！你對他餘情未了，你對你們的婚姻還抱有希望！」中威妒意升起。

「抱著希望我為什麼要跟他離婚？答應這個條件，是我離婚唯一的希望，我不懂為什麼你要扭曲我的希望？」亮亮說，竭力克制肩膀的顫抖，要不是這些日子以來太多淬煉使她變得堅強，恐怕又要淚流滿腮了。

「亮亮，我才是這個孩子的父親啊！」中威無奈地抓著亮亮的手臂懇求她。

「你能給他什麼？一個姓，還是一個家？你已經有一個名正言順承歡膝下的孩子，他叫陳歡，他是你跟趙士芬的孩子！」亮亮看著中威酸楚的說著。

中威一時啞口，說不出話。

中威慢慢把亮亮的手放開，痛苦的坐下，緊抓著頭。

「中威……對不起，我說錯話了，對不起。真的對不起……」亮亮在他面前蹲下，她是一時心急才說出環繞在她腦裡的話。

「亮亮……我有努力，我在努力，你相信我，我真的有在努力，我什麼都放棄了……」中威自掌中抬起布滿血絲的眼睛。

「我知道我知道……」亮亮摸摸他的頭，她都知道。

「我什麼也不在乎，亮亮……」中威哽咽道，握住亮亮的手，這就是他所能握有的全部了。

「我懂。」亮亮熱淚盈眶地點了點頭。

「你不懂，我知道你現在心裡對我有怨，你認為我不夠積極，不，

我不是這樣的，我努力在跟趙士芬談離婚，努力的想化解我父母對你的誤會……」

亮亮突然將手抽出來，面色淒苦地問著。

「你父母都知道了？他們不接納我？回答我！請你正面的回答我，不要像趙士元一樣！」

「他們不接受你，不接受你的母親，不接受孩子……」中威猶豫了一下痛苦地說。

「連孩子……你的孩子……他們都不接受？」

中威點了點頭，尤其在士芬打了通電話給了他們先入為主的觀念之後。

「你告訴了他們，關於我家的遺傳病嗎？」

「不，不是我說的。是趙士芬……把一切都告訴了我父母。」

「好……夠狠……夠狠……」亮亮喃喃道。

「我沒有想到她這樣做。」中威想把亮亮的頭擁進懷中，天哪他最不願眼前他愛的女人再受任何傷害了。

「不重要……」亮亮輕揮開中威的手，「今天就算她不說，你也應該讓你的家人知道，你不說，總有一天我也會說，因為我的家人不是做了什麼見不得人的事，他們只是生病了，需要人照顧，但是並不丟人！」亮亮清楚而堅決地說，「顯然的，趙士芬達到她的目的了，你的家人並不諒解，而且不能接納我們母子……」

「亮亮，我父親有心臟病，血壓也高，我……」中威不知道該怎麼說，才能解釋自己的處境又不傷害到亮亮。

「中威，我從來……從來就不會讓你為難，更不會讓你在親情之間做抉擇，有父親可以孝順，是一件很幸福的事。」亮亮說出她的心意，中威的家人不像蔡秀女一樣，所以她也不需要中威誓死保護來證明他對她的感情，那太累也太折騰人。

「亮亮，你可以等我嗎？」中威感謝著亮亮的體貼，但也希望亮亮不要放棄地祈求道。

「等到什麼時候？」

「等我陪她生完孩子，我……」

「中威，從現在開始，我將主宰我自己的生命，我的未來，不能建築在其他關係上。」亮亮打斷了中威的話，眼神清澈透明，散發著勇敢的光彩。

「你要幹什麼？」

「我要好好的想一想。不過有一點是可以確定的，我會是一個好母親，不管你們要不要離婚，要不要爭取孩子，姓趙姓陳都不重要，他，是我汪子亮的孩子，我懷他十個月，他跟我臍帶相連，我們會相親相愛一輩子。」

亮亮說完頭也不回的進了房間。

中威愣愣地看著她的身影，覺得亮亮似乎有些不一樣了，她變得勇敢又堅強，他應該替她高興，可是他會不會因此而失去她的依賴，甚至是她的愛呢？中威不敢再想下去。

中威身心疲累地拖著沉重的腳步回到家中，士芬正在試穿平底鞋，看到他回來，開心地舉起腳展示。

「你看，這雙鞋……」士芬希望他能走過來看，中威卻將東西丟在桌上就上樓了。

「喂～」

士芬氣得要把鞋子亂扔，突然想起子荃對她的關心，那麼體貼溫柔。

士芬淺淺笑了起來，看著中威上樓的身影，心裡唸著。

「哼！你有什麼了不起啊！你以為沒有人關心我啊！」

＊＊＊＊＊＊＊＊＊＊＊＊＊＊＊＊＊＊＊＊＊＊＊＊＊＊

士元跟亮亮約了在俱樂部談離婚的事，士元倒了一杯羊奶給亮亮，並扶亮亮在他對面坐下。

「士元，這份離婚協議書我不能簽。」亮亮說，把證書推到士元面前。

「爲什麼？」士元倒沒有太驚訝，只是挑了挑眉。

「上面寫著孩子歸你。」

「沒錯啊，這是我們當初講好的離婚條件不是嗎？」

「但那是名義上的啊。」

「所以我寫了，我有監護權而不只是探視權不是嗎？」

「那上面注明了每個月二十萬又是什麼意思呢？」亮亮指著證書上的某一條例。

「我養孩子的錢，我不管他形式上也好，名義上也好，他姓趙，法律上他就是我趙士元的孩子，我每個月給他二十萬當作他的生活費教育基金，我不曉得這有什麼好大驚小怪？」士元雙手交握放在膝頭上。

「但他不是你的孩子。」亮亮感激但她不想欠人情。

「那就算了。」士元將離婚協議書撕碎。

「士元，士元～」亮亮對他突如其來的舉動驚詫不已，但要攔阻已是來不及了。

「亮亮，永遠永遠把這個觀念丟掉，永遠，不要在孩子面前提出這件事情，因爲你不知道，這對一個孩子的傷害有多大。」士元站了起來把手按在桌上說。

「但我們已經結束了，我們已經結束了！」亮亮重複著，她不懂士元還想要求什麼呢。

「不，亮亮，我們剛開始，以前那個趙士元已經死了，現在在你面前的是一個新的趙士元，你不認識他，沒關係，我也不認識。不過我覺得，這個新朋友還滿不錯的，他很努力很勤勞很打拚，不再逃避，唯一和以前那個趙士元相同的是，他仍深愛著汪子亮。」士元放柔語氣，對亮亮說他的心爲亮亮牽動著。

「士元……我跟你說過的，你最適合的是亂世兒女情，凡是得不到的，要失去的有阻力有壓力，你都會特別想要。」亮亮黯然道，過去的記憶太深刻了，不是說忘記就能忘記。

「不！現在的我和以前不一樣了，所以我願意簽字，答應你離婚放你自由。」

「那為什麼不把自由給得徹底呢？」

「因為我愛你，我愛你肚子裡的孩子！」士元坦白道，「趙士芬是不會跟陳中威離婚的，那你要你的孩子以後怎麼辦？生下來以後怎麼辦？父不詳？歸到我的名下，一來，孩子的身分不尷尬，家長會的時候，他也有個父親可以出席，有我在，別人也不敢隨便欺負他。」

「好，名義上是你的孩子，你要保護他，要他姓趙都可以，但是每個月的二十萬……」亮亮無法理所當然地接受不是她丈夫的男人的奧援。

「既然是我的孩子，我當然要養啦，父親養兒子那不是天經地義的嗎？」士元看到亮亮不苟同的眼神，他低下頭頓了頓才補充道。

「是，我承認，多少……多少我是有些補償的心理……你為了我，受了那麼多那麼重的傷害，就算是贖罪吧，你給我一次機會贖罪好不好？你如果不希罕花我的錢，你可以全數幫孩子存起來，當作教育基金，這是士元爸爸替他準備的。」

亮亮看著士元，仍沒點頭。

「亮亮～我們就要離婚了，就要離婚了……我不會像士芬，不會像我媽一樣，在形式上折磨你一輩子，但是……但是……我並不是那麼瀟灑。」

他突然抱住了亮亮，急促地將心中的思念傾瀉而出。

「其實我好捨不得你，好捨不得你……所以我要放你自由，你懂嗎？但是我知道，我要先捨，我才會得。」亮亮在士元的懷裡，聽著感受著他的轉變。

「從現在開始你自由了。但是我要先通知你，會有一個新的趙士元重新來追求你，對，新的趙士元追求新的汪子亮。趙亮會幫我的，他是我的孩子。」士元忘我地看著亮亮，多希望這一刻一直持續下去。

亮亮動了動嘴唇，似乎還有什麼想說的，但畢竟是強忍了下來。

士元回到家中，告訴媽媽和妹妹他與亮亮離婚的事情，引起了一陣軒然大波。

秀女不敢置信地猛戳兒子的腦袋，士芬更是氣急攻心。

而當士元說出每個月還會給亮亮二十萬的生活費，更讓秀女一聽，傻了，接著一陣狂罵，這是什麼樣的附帶條件，這稱不上條件，這簡直是好處。

　　士元無法再跟母親和士芬溝通下去，不想再聽地往門外走出去，此時子荃正好來趙家拜訪，和士元擦肩而過。

　　「趙夫人，士芬。」他邊笑邊彎腰行禮。

　　秀女看了哼一聲走開，子荃現在又落入她的黑名單裡了。

　　「媽～」士芬把秀女喚住，秀女卻沒停下腳步直接上樓去了。

　　「怎麼了？」子荃看到秀女的態度轉變不解地問。

　　「你還敢來啊？不怕再被打啊？」士芬只知道子荃被父親打的事情，卻因為沒跟出門外沒聽到父親揭露子荃的行徑，自然也就不明白母親對他的不信任所由何來。

　　「我記得你今天要產檢，老劉今天休假，你一個人開車我又不放心，我充當一次司機吧，我陪你去。」子荃熱切又不失彬彬有禮地說。

　　「謝謝。」士芬靦腆地笑了，有人願意待她好，她歡喜都來不及又怎想得到拒絕呢。

　　到了婦產科，士芬進去裡頭做檢查，子荃翻著書籍在外頭等著。

　　「對不起，請問一下，這上面說剛出生三個月的嬰兒就可以喝果汁了，是真的嗎？」子荃拿著一本婦幼健康雜誌詢問在櫃台值班的護士。

　　「三個月還太早了。」護士對眼前這男人不免多看兩眼。

　　「那有沒有說剛生完的母親吃什麼對自己比較好？」子荃又問。

　　「麻油雞啊。」護士回答。

　　「那除了麻油雞還有沒有其他的……」

　　士芬出來看見子荃體貼的詢問，子荃也看到士芬出來了，連忙放下書迎上前去。

　　「怎麼樣？醫生怎麼說？」

　　「嗯，還好。」士芬用手撐腰淡淡回應。

　　「你先生對你很好耶，很關心你跟寶寶哦。」護士在後面對士芬說道，用著一種稱羨的口氣。讓士芬聽了紅著臉，不知該如何回答。

　　出了醫院，子荃士芬兩人走到了公園，一路上士芬很少開口說話，腳步不自覺加快。

　　「士芬……走慢一點。」子荃提醒道。

　　士芬若有所思，她看著眼前的子荃對自己微笑著，想起了中威，如果中威也能這樣對待她，她不會那樣用言語傷害他的。

　　子荃當然知道士芬的心思，慢慢走向士芬。

　　「對不起，造成你的困擾，剛才我想不認識也就沒有解釋太多了。」子荃有些尷尬地摸摸頭。

　　「不關你的事，是我自己……覺得很難堪。」士芬垂下眼瞼。

　　「你知道嗎？我曾經想過很多次，很多次，我盼望有一天能夠像其他孕婦一樣，有先生陪著一起產檢，一起上課，兩人有商有量，是自然生還是剖腹，喝什麼牌子的奶粉，在哪裡坐月子啦。」士芬寂寞地說，「唉～總而言之，就是尋常人家，尋常夫妻。」

　　「士芬……」

　　「不好意思，我這樣說好像我自己有多不尋常。」

　　「你是不尋常！」子荃突然握住士芬的手，士芬一驚，子荃握得更緊。

　　「全天下的媽媽，準媽媽，都應該是不尋常的，都應該是最偉大的，都應該是最被關愛的啊。」

　　士芬嚶嚶啜泣了起來。

　　「來，不要哭了，不要生個哭寶寶出來。」子荃拿出手帕替士芬擦去眼淚。

　　「我真的很想做一個快樂的母親，不管尋常或不尋常，那都不重要！快樂就好……」士芬抽抽噎噎地說，「一個快樂的母親……我連這一點小小卑微的心願都不能擁有。」

　　「士芬…我替汪子亮向你致上深深的歉意，對不起，真的對不起請你原諒。我妹妹對你做出這樣的事情，真是傷你太深太重！而我這個做哥哥的真是無能，我除了道歉之外，也無能為力，我不知道要做些什麼事情才能贖罪？」子荃痛心疾首地說，「陪打牌，陪產檢，逗開心，開

車接送，這些我都可以我都願意，因為我的媽媽跟我的妹妹都錯了，因為……因為你是不尋常的，因為你將要成為一個媽媽了。」

「子荃……」士芬哭倒在子荃懷裡，盡情依附著他身上能給她的安全感。

「好了，不哭了，要做一個快樂的媽媽不是嗎？不哭了……」子荃一手環著士芬，一手輕拍她的背脊，臉上浮現了詭異的笑容。

子荃送著士芬，兩人回到趙家，在客廳裡坐著聊天，士芬已經深深地信任子荃了，將士元與亮亮離婚的事情告訴子荃，也順便訴說著她與秀女心中的顧慮。

「就這樣，趙士元答應要簽字離婚，不但答應給她自由，他還每個月要出錢替她養小孩耶，」士芬一臉嫌惡地說著。

「他反而願意認這個孩子？」子荃問道。

「就是嘛，你說他蠢不蠢？」士芬不平地說。

「是蠢，難怪你媽會氣得抓狂。」子荃輕拍大腿若有所思。

「我媽最可憐，老公兒子的心都向著別的女人，她怎麼會不生氣呢？風光了一輩子，臨老……反而落得這樣子，真是……」士芬跟秀女倒是心連心。

「去，去請你媽下來。」子荃霍地挺直腰桿，容光煥發了起來，還推推士芬的手臂要她上樓去請秀女。

「我媽心情不好，我不敢去惹她。」士芬猶疑地說。

「去請她下來，我有事情跟她商量，可以讓她開心的事哦，你去請她下來就是了。」子荃催促著士芬。

為了幫士芬壯膽，子荃陪著她兩人一起到了秀女的房間，秀女對子荃還是很感冒，當然不給好臉色。

子荃不以為意開始解釋，「照理說該有的我都有了，大可以拍拍屁股一走了之，我為什麼要留下來聽你奚落呢？你反正瞧不起我，不可能再給我更多了，我何苦要繼續留下來當小丑？」

「子荃～」士芬拉拉他的衣袖，暗示他口氣不要那麼衝。

「我就是希望能夠替他們贖罪的。」子荃換上笑臉誠誠懇懇地說。

「媽，我們就先聽聽他怎麼說好不好？」士芬在旁幫腔。

「是誰教你隨隨便便上樓來的？下樓去等著。哼！」秀女揮揮手，趕子荃下去，但是聽得出來她的口氣已然鬆動不少。

下得樓來，子荃馬上把肚裡的盤算，一五一十地說給秀女和士芬聽。

「這……這……這真的可以這麼做呀？」士芬乍聽之下有些驚奇，但覺得可以一試。

「是啊，這可是會出人命的耶，萬一……」秀女想到就冒冷汗。

「所以我們要謹慎點。」子荃做了結論。

「這……阿彌陀佛呀～阿彌陀佛呀。你怎麼玩到我身上來了呢？這萬一弄假成真了，那我不就……天老爺呀，也不對呀！這該不會是你的陰謀吧？乘機把我除掉了，好……」秀女咬牙切齒地，彷彿汪子荃的計謀有著借刀殺人的危險。

「好怎麼樣呢？跑去賣牛肉麵嗎？還是跑去瘋人院當義工？」子荃說得再明白也不過了，這是互惠的計謀，他不會傷害秀女的。

「不要怕，有我在，我們仔仔細細好好計畫計畫，把每一個步驟都安排好，那就……」子荃成竹在胸地說。

「好吧，這真的是不能勉強，我本來還想說，既然他們不給我好日子過，兩個人高高興興的去賣麵！那為什麼我們要讓他們有好日子過呢？要難過，大家一起難過，誰也別想好過，而且，我太瞭解我媽的個性，如果真的按照我們的計畫行事，那她會愧疚死。不過既然您忌諱，那就算了，當我沒說過。」子荃存心說著，就看秀女甘不甘願放棄。

「ㄟ～我決定啦我們就這麼做！」秀女被逼急了，只好搏下去了。

「媽～你不怕啦？」士芬也對秀女心意改變之迅速感到詫異。

「我……我當然是怕啊，可是一想到能讓她不好過，我就不怕了。子荃，就照你說的這麼做。」秀女下定決心地拍拍子荃的肩膀，「子荃哪！你可要替我們好好計畫計畫。」

＊＊＊＊＊＊＊＊＊＊＊＊＊＊＊＊＊＊＊＊＊＊＊＊＊＊＊＊

　　士元和亮亮在律師樓，兩人肩並著肩，不像一般離婚的夫妻，有著爭吵以及冷漠，兩人臉上透著祥和，面對著桌上的一張離婚協議書。

　　士元拿出了口袋裡的鋼筆，先簽上了自己的名字，亮亮跟著也簽上了。

　　當兩人步出律師樓，士元突然放聲大笑起來。

　　「士元？」亮亮看向他，不解著。

　　「沒事。」士元聳聳肩。

　　「你……你真的沒事嗎？」

　　「沒事。我只是在想剛剛的對白，楊律師麻煩你了，而楊律師的回答著不會的應該的，應該的……應該什麼？應該離婚？結了婚應該要離婚的嗎？多滑稽啊？應該的……」士元自我解嘲地搖搖頭。

　　「人家只是隨口說，你不要想那麼多，我走了。」亮亮知道此刻說再多也無法安慰士元，不如盡在不言中。

　　「亮亮，抱一下好嗎？我拜託你……一個擁抱就可以了。」士元用幾近哀求的語氣。

　　亮亮走到士元身邊，輕輕靠在士元身上。

　　「對不起……對不起，士元。」

　　士元聽了竟然流下了眼淚。

　　「亮亮……他說錯了，不是應該的，我們不應該要離婚的，我那麼愛你啊，我是你的第一個男人，你怎麼可能忘了我，你怎麼……」

　　亮亮猛地把士元推開，她不能再給士元任何希望了，要不然士元會一直如此痛苦著，亮亮看了士元一眼，不說什麼的轉身快步小跑。

　　「亮亮，你怎麼可能忘了我……你不應該忘了我的。」士元一人留在原地痛苦地獨白，不過再深的悔恨也彌補不了裂成兩半的婚姻和一顆累累傷痕的心。

　　士元和亮亮簽下離婚協議書後，帶著他對亮亮的承諾，在事業上打

拚努力工作著，朝向一個成熟有肩膀的男人的路途前進。

而子荃全力的幫忙，也幫了士元許多，讓他漸漸瞭解公司的事務，兩人甚至一起合作將先前的開發案重新奪回手中。

這天晚上，兩人來到PUB爲多日來的辛苦慶功。

士元在PUB舉起了酒杯，向子荃乾了過去。

「乾杯！」

「乾杯！」

「爲勝利！」

「爲勝利！」

「你剛剛看到那幾個日本代表失望的嘴臉沒有？」士元饒有興味地說，想不到事業帶來的成功眞的使人迷醉。

「看到了，煮熟的鴨子飛了，幾億耶，我覺得他們回去可能會……切腹自殺！」子荃也樂不可支。

「別以爲我們是傻瓜，非要說我答應過。」士元說。

「要白紙黑字簽在合約上面的，那才算數啊。」子荃賊賊地補充。

「子荃啊這可要多謝你了，要不是你……」士元拍拍子荃肩膀，不經意地打了個酒嗝。

「喝酒喝酒……自己人不要說這些。」子荃推開士元的手，直要再舉杯。

「唉～說實在的，我現在才知道我爸以前眞的很累，他的位子眞的是不好坐啊，以前我眞的是太輕鬆嘍。」

子荃聽著士元講著，心裡卻想起趙靖說的。

「你永遠不知道我手裡還有什麼，念在你是漢文的孩子份上，我教教你，不要低估你的對手，尊敬你的對手，這樣你才可以贏得很漂亮。」

「以前的日子多好過，不用上班，也沒有責任，公司裡隨便開個差事……」士元半是好笑半是慚愧地說。

「呵……士元啊，你爸爸投資的相關事業應該很多，你可以選擇比較輕鬆的一間來負責，也許就不那麼辛苦了。他沒有其他事業嗎？」子

荃旁敲側擊地問。

「有啊。」士元答得乾脆。

「還有？」

「嗯，大部分都是掛名的，要不就是友情贊助小小的投資，再不然
……就是人家交叉投資，所以他最多的，可以說是百分之九十的資產都
在飛達。」

「也就是說他真的放棄一切啦？」子荃頓了頓笑說，「父業子承
嘛，你就認命吧，誰叫你是獨子，又是大股東。你就多辛苦一些。」

「士芬也有股份啊，她為什麼就可以什麼都不管？」士元有些不以
為然地說。

「你跟她計較啊，一來嘛她是嫁出去的女兒，二來她不過是小股，
等於每年從娘家拿些私房錢花花……」

「ㄟ！她可不是小股耶，按持股比例，她可是第二大股東啊。這
次，我爸同時把其他股東的股份給吃了下來，轉到士芬的名下。」

「我以為你爸爸是把他的百分之九十九的股權都轉移給你了。」子
荃挑了挑眉，終於給他探出來了。

「對呀，那只是他名下的，至於他吃下的其他股權，大部分都是給
了士芬了。」士元補充道，「所以囉，我們趙士芬她也是大股東。」

「連你妹妹也這麼計較啊？」子荃心不在焉的隨口說著。

「我才不計較股份的多寡呢，他大部分要給她我也不在乎，這麼累
又不自由有誰要幹啊？」士元喝了口悶酒，「我只是覺得，同樣都是姓
趙的，為什麼我就要這麼累，她就可以那麼輕鬆啊？」

「她大肚子，你又不能大肚子。」子荃笑說。

士元不說話了。

「怎麼了？想老婆了？」子荃用手搭著士元。

「子荃啊，我已經跟亮亮離婚了你知道嗎？」士元快快不樂地轉著
手裡的空酒杯。

「你還是沒有照我的方法。」

「我想算了，還是漂亮的放她自由吧，以後我還是要把她追回來

的。」

「漂亮，而且聰明，你把孩子的監護權簽在你那裡，我告訴你，兩相比較之下，亮亮很清楚的就會知道誰才是眞正愛她的人。」子荃用力拍了下士元，對他大加贊許。

「眞的嗎？」士元不敢肯定地問道。

「眞的啊，來，爲你的聰明乾杯。」子荃幫他倒滿酒，「來，不要放棄孩子。」

「我是眞的愛那孩子。」士元舉杯。

「GOOD，你有高尙的人格，來，乾杯！」子荃突然問道，「最近陳中威還是沒有對士芬好一點嗎？」

「沒有，那混帳！」士元一飲而盡。

子荃笑了笑，沒說什麼的繼續幫士元斟上一杯酒。

翌日，子荃手裡提著大包小包，按著士芬和中威家的門鈴。

士芬一開門，子荃就像個體貼的哥哥連番說著。

「看我給你帶了什麼來了，剛出爐的蛋塔，有蛋有鮮奶，雖然熱量高了點，但是你太瘦了，多點口福，寶寶也可以補一補。怎麼啦？不請我進去啊？不請我進去也要請蛋塔進去吧，冷了就不好吃嘍～」子荃滿臉笑意地。

士芬笑了起來，「好，來，請進啊。你先換拖鞋。」

「布置得很漂亮嘛。」子荃進入屋內，四下打量一陣後由衷稱讚。

「謝謝。」士芬點頭致意。

子荃進入廚房自動地端了盤子，將蛋塔裝盤後，請士芬坐下，像個傭人一樣服侍著她。

「來，坐下來吃點心。熱騰騰的蛋塔配上新鮮的牛奶，絕佳的組合！等一下，手要保持乾淨，如果把細菌吃到肚子裡，胎兒可受罪了。」子荃拿著面紙幫士芬擦了擦手。

「好了，可以吃了。」

子荃熟稔地張羅著，「怎麼樣？好不好吃？不要光吃喝點牛奶。」

幫士芬倒完了牛奶，又問。「對了，你們家浴室在哪裡？」

「在二樓。」

「好。」

子荃拿了防滑墊上樓，知道他是要放在浴室裡，怕她滑倒。

士芬看在眼裡十分感動，想起中威說他一輩子不愛她和孩子，心就絞痛，悄悄地落著淚。

子荃下樓看見士芬在擦著眼淚，故意問著。

「這麼難吃啊？吃到都掉眼淚了，那你還跟我說好吃？」

「好吃，真的好吃。」士芬胡亂擦著臉。

「真的呀？那好，從明天開始我每天給你送來，當然啦，也不能老吃一樣的，我們可以換換花樣，比如說小籠包蔥油餅豆漿，幾個月吃下來，說不定我們會破紀錄唷，生個超級寶寶。」子荃熱絡地說。

士芬聽子荃這樣說，不笑反而又哭了。

「好了，不要哭了，算我說錯話了，是你們不是我們，是你跟陳中威，我都語無倫次了。」子荃尷尬地打打自己嘴巴。

「你是說錯了，不是我們，也不是我跟陳中威，是我，是我一個人，這孩子是我一個人在養，一個人在關心，陳中威……他心裡根本沒有我們母子。」士芬傷心地低下頭。

「別哭了，他不管，你更要自己自立自強啊，為了孩子好。」

「一個女人在懷孕的時候還要自立自強，這是天下最可悲的事！懷孕耶，理所當然，要被關愛被照顧的時候，為什麼我還要自立自強自己照顧自己？賣菜的老婆也懷孕了，她說話比我還大聲，比皇后還神氣，我連賣菜的都不如，屁個自立自強啊！」

「好好好，不要激動，不自立自強，我們沒有那麼苦命，好不好？趙小姐。」子荃連忙安慰士芬的情緒。

「對不起，我太激動了。」士芬吸了吸鼻涕，自己都感到不好意思。

「別這麼見外，我很樂意聽你吐苦水的，其實士芬，你仔細想想，你沒有那麼苦命，你媽關心你，你哥也是關心你的，就連我……就連我

也很關心你，你哪裡苦命了？」子荃說，看到士芬沒什麼反應的樣子，「你不相信我關心你對不對？你在心裡還是防著我，也難怪啦，畢竟我是個外人，而且我還姓汪。」

「你為什麼要對我這麼好？不要說只是為了贖罪，我不相信只是為了這個理由。」士芬抬眼看向子荃。

「我很寂寞，一直很寂寞……我是長子卻看不到自己的妹妹，一隔十六年，我渴望親情我渴望家人，我也希望能夠像個大哥一樣照顧自己的弟妹，」子荃感嘆地說。

「你可以呀，雖然汪子敏走了，你還有汪子亮啊。」士芬說，提起亮亮的名字眉頭不自覺皺了一下。

「你覺得她像個妹妹嗎？她獨立堅強，又自認為是個溫暖的太陽，她需要被照顧？她肯被照顧？NO！她不屑，其實在她堅強獨立的另外一面就是剛愎自用又固執，她在汪家獨大了十六年，她眼中會有我這個哥哥嗎？說句難聽話，我對她所有的溫情，都像是拿熱臉去貼冷屁股，她比誰都驕傲。」子荃兩手一攤語畢還從鼻孔哼氣，表達對他唯一妹妹的不滿。

「我就知道，她比任何人都虛偽，就是沒有人肯相信我。」

「這要吃過她的虧的人才知道。」

「為什麼他們總不能認清她呢？士元，中威，他們都那麼愛她，我真的不明白耶，我自己的哥哥當著她，跟我像是有仇一樣。」士芬委屈地對著子荃像找到知己般抱怨著。

「你不覺得上帝有時候其實是很頑皮的嗎？他好像配錯對，像夫妻手足，常常都是這樣的。」子荃繼續意有所指地說著，「像我對你……就有一種很熟悉很親切的感覺，好像……好像你才是我妹妹一樣，需要被我保護。」子荃給士芬一個無奈的笑容，「記不記得我們第一次見面，在你們家吃飯啊，不知道為什麼，我就是想保護你，就是想替你打抱不平。其實……我應該保護我自己的妹妹才對，只是……我不知道，我說不上來。」

「可能真的是上帝開了玩笑，應該是你要做我哥才對的～」士芬也

無奈地笑說。

「ㄟ！那我可不敢娶汪子亮喔。」子荃舉起雙手作投降狀。

「哈哈～那我們家就天下太平了。」士芬被子荃的說辭逗得破涕為笑。

子荃此時想到時機成熟，突然握住士芬的手。

「士芬，那就請你把我當作你的兄弟吧。你會發現我會是個很好的大哥，因為我渴望有一個妹妹來照顧，已經渴望很久了，好嗎？」他看進士芬的眼底，試圖用最動人的聲音打動她。

士芬點了點頭，的確她需要一個真心地關懷她、對她好、替她與寶寶設想未來的人，從目前的情勢看來，子荃正是那不二人選，她要好好把握。

第三十四章

自此之後子荃一直陪在士芬身邊，陪她散步喝咖啡買東西娛樂，這天兩人又開心的在家裡看卡通錄影帶。

「你有沒有看見那個真的很好玩耶，我要喝羊奶。」士芬撒嬌的用腳踢了踢子荃，十分親暱的說著。

「來，羊奶。」子荃小心地把桌上的羊奶拿給士芬。

士芬喝了一口羊奶將杯子遞給子荃，又開心的大笑了起來。

「真的很可愛耶，你看他鼻子上面那樣好好玩唷。」士芬像個孩子一樣的指著電視裡的獅子樂不可支。

子荃陪笑著，盡心盡力地。

「子荃啊，我要蜜餞。」士芬微笑著轉頭向子荃說。

子荃將蜜餞遞給士芬，還細心地遞上一張衛生紙。

「啊，怎麼這樣啊，我不敢看了。」士芬拉高音量半掩住目光叫著。

「租這支帶子回來就是希望你生出一隻勇猛的小獅子，怎麼連看個卡通你也害怕啊？」子荃乘機向士芬調侃一番。

「完了完了，他們是不是要去咬他啊？子荃，你快幫我看啦，」士芬將目光移開電視，並緊拉住子荃的衣服，握住他的手。

「好，不怕不怕，我幫你看。」子荃摸摸士芬的頭。

士芬躲在子荃的懷裡，此時中威進門看見這一幕。

「子荃，你幫我看，我不敢啦。」士芬此時還握住子荃的手。

「陳先生回來了。」子荃毫不緊張的慢慢將還在他懷裡撒嬌的士芬扶起，看著中威帶著憤怒的臉。

「唷，真難得啊，大白天裡也能看到你陳先生出現在這兒，真是難得啊。」士芬倒是一臉不屑貌。

中威將兩人的舉動全看在眼裡，用力地甩上門關掉錄放影機，半句

話都沒說。

「我先告辭了。」子荃知道中威在下逐客令，面無表情起身走向門準備離開。

「ㄟ，等一下！他回來就回來，你幹嘛要走啊，留下來陪我看電視。」士芬使著大小姐脾氣起身追向子荃，並大聲說。但因起身太快差點絆到，子荃見狀馬上衝向前小心扶住。

「把你的手拿開！」中威怒目瞪著子荃，雖然他不在乎士芬，但他的孩子不需要子荃的髒手碰。

子荃不理會只顧著跟士芬叮嚀。

「我說把你的髒手拿開！」中威見子荃不理會，大聲怒喝。

「你在跟我說話啊？OK，SORRY！」子荃見狀將士芬扶穩後，迅速移開雙手。

「扶我，我站不穩，扶著我，你聽見沒有，扶著我！」士芬見中威生氣，更加要激怒他的命令著子荃。

「好……扶你，這樣可以了吧，大小姐？來，先坐下。」子荃面對士芬無常的性格也沒轍。

中威看了怒意陡生，迅速衝向子荃身旁，一把抓住子荃。

「誰叫你把手放在那裡的？誰叫你放的？」中威雙眼瞪著子荃怒吼。

壓抑不住的怒氣，讓他一拳向子荃打過去。

「我兒子在那裡，我兒子在那裡！誰叫你碰他的，你不配！」士芬看著失控的中威為了肚子裡的孩子，淺淺的笑了起來。

「你竟敢登堂入室！你無恥！你敢碰他，我兒子在那裡，你竟敢碰他！你下流你無恥，你給我滾！」失控的中威把子荃打倒在地。

「陳中威，住手～」被海扁的子荃對中威喊道。

中威卻像沒聽見似地將子荃打得稀哩嘩啦的，而一旁的士芬卻一點也不勸阻，只是摸著肚子，開心地笑著。

「媽，你沒看中威氣得那個樣子，簡直跟發了瘋似的。」士芬開心

的對秀女講著。

而一旁傷痕累累的子荃，撫著下巴正疼著呢。

「他根本就發瘋了，士芬，你不夠意思，你利用我！」子荃指著士芬，故意有點委屈的道。

「對不起嘛～對不起嘛～你是哥哥嘛～哥哥不是都要這麼當的？哪個哥哥沒有為妹妹打過架啊？」士芬嘴角掛著微笑向子荃陪不是。

「公平一點，為妹妹打架跟為妹妹挨打是不一樣的。今天哥哥我可是活生生的站在那兒為你挨打呀。」子荃嘴裡雖然還不停的唸著，但是帶著淺淺的笑意，他本來就是要演出這場苦肉計，和趙家一家人更拉近距離。

「好啦……那我記你大功一次。」士芬笑嘻嘻的向子荃說。

「那麼小氣，才記大功一次啊。」子荃故意癟著嘴。

「好了……你們呀，別再那哥兒啊妹啊的，話說清楚啊，你到底怎麼回事？」秀女見兩人玩了起來，也忍不住插嘴問了一句。

「就是士芬利用我讓中威吃醋了。」子荃連忙向秀女解釋說。

「吃醋？」秀女露出不可置信的神情。

「嗯！」子荃肯定的點了點頭。

「你說中威吃醋？那怎麼可能呢！」秀女還是不相信，她十分瞭解中威。

「怎麼不可能？這不就是證據嗎？中威看到子荃碰我，他就……」士芬想解釋，但語音未落卻發現自己說錯話了。

「碰你？你碰她做什麼呀？」秀女緊張的問道。

「大小姐你把話說清楚吧。我扶她，士芬差點滑倒，我看她站不穩，我去扶她。」子荃見狀趕忙幫士芬搭話。

「是啊，中威看到了，兩個人就打起來了嘛。」士芬跟著附和。

「唷～這個醋勁還挺大的呢～」秀女聽了兩人的言語後說。

「所以我多倒楣呢，幫他照顧老婆還要挨他的揍，又怕士芬心疼，我又不敢還手，躲的時候還要怕撞倒士芬。」此時子荃露出無辜的表情對秀女抱怨。

「好啦！好啦！你啊，剛剛士芬說啦，就記你大功一次啦，將來孩子生下來就認你做乾爹。」秀女連忙安慰子荃，心裡也爲女兒開心。

「千萬不要，千萬不要，這扶一下都挨頓揍了，眞當了乾爹，陳中威不拿刀捅我？算了，我惹不起。這倒是叫我聲叔叔，我就心滿意足了。」子荃仍舊不平，摸摸臉上的瘀青。

「好……不管叫你聲什麼，你是站在趙家這邊，趙媽媽心裡知道。唉唷～眞的是結結實實挨了幾拳啦你，來，搽搽藥。」秀女安慰的說，隨即轉頭從櫃子上拿了傷藥。

「既然要上，就上得誇張點吧。」子荃突然對秀女說了這句話。

「爲什麼呀？」此時秀女滿臉狐疑。

「都犧牲啦，就犧牲到底啦，到時候……」

子荃將計畫告訴趙氏母女，士芬聽了大爲開心親了子荃一下。秀女將兩人親暱的行爲看在眼裡總覺得怪異，但也不方便說什麼。

子荃上好藥之後就回到了汪家，很滿意的發現亮亮正好也在，一切就如他所計畫般地。

「哥，到底發生了什麼事啊？是誰把你打成這樣的？」亮亮急切的關心哥哥子荃。

「你眞的想知道就去問陳中威吧。」子荃裝著一臉怒氣，對亮亮說。

「是中威打的？不可能的……」亮亮露出驚疑的表情道。

「你既然不信就算了。」子荃轉頭想走。

「哥～那……那中威……中威他……」亮亮繼續問道。

子荃停下腳步，他就知道亮亮會問。

「你還在關心他？」子荃故意對亮亮生氣了。

「不是啦，我想你都被打成這樣了，那他……」

「他好得很，看在孩子的份上，我這個做舅舅的也不想太計較。」子荃說著，但接下的話語裡卻故意透露著玄機。

「可是人家不領情，人家在乎的可不是你肚子裡的這一個，你知道我們爲什麼打起來嗎？我們在他家打起來，爲了他老婆，趙士芬！」

亮亮一聽，心一緊，表情有些不自然，當然這些都看在子荃眼裡，他繼續誇張地說著。

「好笑吧，一個他口口聲聲不愛的女人，卻爲了她不分青紅皂白的跟我大打出手，只不過就是因爲趙士芬差點滑一跤，我去扶她一把，就扶一下耶，他就翻臉，狠狠的把我打了一頓！」子荃憤怒且拉高音量說，當然他隱瞞了中威的本意。

「不！我不相信，中威他自己是學心理的，他很好，他沒有暴力傾向。」亮亮道，看來亮亮與秀女一樣，都不敢相信中威的舉動。

「是嗎？那我這傷怎麼來的？那個趙士芬在旁邊看了可開心咧，爲她爭風吃醋像條瘋狗一樣，拉都拉不住。」

「是嗎？」亮亮雖然滿腹懷疑，心卻有些許動搖了。

「亮亮，你認爲陳中威愛你嗎？」子荃見亮亮已經受到他的影響，故意直言問道。

「對，我認爲他愛我，我們彼此相愛！」亮亮口氣有點遲疑。

「那看看我的傷吧，在乎，才會出手。很在乎，出手才會這麼重！你仔細想想他在乎誰？今天如果他對她沒感覺，我跟趙士芬就算是在床上被他抓到，他都不會在乎的，可見他還是愛著她的。」子荃義憤塡膺的向亮亮分析這一切。

「不～他不愛她，他們之間沒有感覺了，沒感情了。」亮亮大聲說道，隱約可見淚水的閃光在亮亮的眼眶打轉。

「不要傻了，亮亮！那是他騙你的，沒感情？那怎麼懷孩子？沒感情？你跟士元都可以離婚了，他爲什麼不離？他忌諱著什麼呢？」子荃繼續說下去。

「他忌諱他爸爸，他爸爸身體不好！」亮亮努力地相信著中威。

「那都是藉口，他父母遠在巴西，要離就離了，他們又能拿他怎麼樣呢？」子荃不以爲然，冷哼了一聲。

「趙士芬打電話到巴西了，他父母非常生氣……」亮亮再一次的解釋。

「這是陳中威單方面告訴你的吧，你不覺得很奇怪嗎？他究竟是怕

他父母生氣多一些還是愛你多一些？如果是愛你多一些，他又爲什麼會爲了他老婆跟我大打出手呢？你不覺得他的邏輯裡漏洞百出嗎？」子荃像是在打擊亮亮一樣，不斷的要亮亮接受他的說法。

「不要再說了……不要再說了……我不想聽，我不在乎，我不管他爲誰打架，我不在乎！」這時的亮亮也忍不住了，用力的搖頭，眼睛已泛紅。

子荃看著亮亮的眼淚差點就要奪眶而出了，又加把勁地說上一句。

「亮亮～回到士元身邊吧，他才是最愛你的，如果你們能夠重新開始，我相信最快樂的會是媽媽，媽媽快樂，你不也就快樂了嗎？」子荃溫柔地拍了拍亮亮的肩頭，就進房去了。

「爲什麼要騙我？爲什麼？……」

亮亮一人天旋地轉地坐在客廳裡，腦裡盡是不安，心中有許多的話想問中威。

＊＊＊＊＊＊＊＊＊＊＊＊＊＊＊＊＊＊＊＊＊＊＊＊＊＊＊＊

秀女端了一碗她剛燉好的補品，放在士芬面前給她補身體，士芬在餐桌上小心呼著氣喝著。

秀女邊看著士芬喝湯邊問起了心中的疑惑。

「你什麼時候跟汪子荃走得這麼近啊？他神不知鬼不覺的就登堂入室去了，還親熱的陪著你看錄影帶，你們這樣偷偷摸摸見面有多久啦？」秀女話語裡透著些許不滿。

「媽，什麼偷偷摸摸的啊？你在講什麼啊這麼難聽。」士芬裝作什麼都不知道的樣子。

「你這不叫偷偷摸摸的啊？連我都不知道哪，我可警告你呀，那個汪子荃壞得很啊，不是好東西啊。」秀女要士芬多加注意。

「媽～剛開始就屬你最喜歡他，我警告你，你都不聽，後來呢？又哭哭啼啼的說他是個壞東西，又要錢又要權，再後來呢？你跟那個壞東西又是吃飯又是打牌，兩個人玩得可開心呢，現在……現在又跑來警告

我，媽～他到底是個好東西還是壞東西啊？」士芬對母親的反覆有些諷刺，秀女聽了一時語塞。

「他就不是個東西啊，他是小丑！你以為我真的跟他盡釋前嫌啦，我呸！我想到我趙氏和蔡氏的股份啊……」秀女一臉不屑的罵著。

「我利用他可不可以啊？小丑嘛，不過就是在馬戲團裡竄來竄去，逗人開心解悶的嗎？說真的，我每一次看到他在我跟前，像隻哈巴狗似的逗我開心，我就得意呀，因為她是宋妍秋的兒子，我是在利用他啊！」

士芬聽秀女解釋著也訕笑了起來，順著母親的話接下去。

「懂啊，我也是在利用他啊，我利用他讓陳中威吃醋，我利用他讓陳中威重視我們母子的存在，我利用他……讓陳中威以後主動早點回家，否則，可又不知道有哪個男人的髒手放在他老婆的腰上呢。多好啊，今天要不是子荃在，即使中威提早回來了，可能不是又吵架就是冷眼相待吧，誰也不理誰，可是經過今天這一鬧，我老公為了我跟別的男人打架！我喜歡。」士芬把一切心裡的話告訴了她媽媽。

「趙士芬，你這樣不行的啦，小心玩過火啊你。」秀女警告的說。

「為什麼不行？你不也在利用嗎？」士芬反問道。

「我不一樣啊，我幾歲你幾歲啊，尺寸我可是會拿捏的，眼睛一瞄我就知道他心裡打什麼主意。」秀女怕女兒受到傷害擔心的提醒著，士芬卻不相信地笑著。

「是嗎？那你趙氏蔡氏的股份又怎麼跑到他名下啦？」

「你這孩子，真不知好歹，我是你媽～我難道會賴你啊，我還不是怕你會吃虧。」秀女擔憂的神情全寫在臉上。

「媽，我還能吃什麼虧呢，都已經是孕婦了，肚子也這麼大了，難道……難道還被他騙上床不成啊？」士芬直覺母親太過於緊張了。

「切！誰怕這個啊，我是怕你被汪子荃的虛情假意給騙得暈頭轉向啦，掏心掏肺去給人家！」秀女說再多還是要士芬多注意些。

「我……我哪有那麼笨啊。」士芬突然結巴了起來。

「你看看，說話都心虛了。這要在以前啊……」秀女蹙起雙眉盯著

士芬閃爍的眼睛。

「這要在以前我一點都不希罕！從小到大，圍繞在我身邊的溫暖太多了，我從來不知道被冷落是什麼滋味，可是現在我的世界全變了，最疼我的爸爸不理我，媽自己的煩惱也是一大堆，我的先生孩子的爸爸，對我也是不理不睬，汪子荃的溫暖，突然之間也變得分外可貴起來。」士芬若有所思的說。

「你看你呀，這才讓我害怕啊，萬一你……一個把持不住啊……」秀女還是再度提醒士芬。

「那又怎麼樣呢？反正陳中威也不在乎我，我把持不住他最開心！」士芬拉高了聲音說。

「對，到時候你沒抓到他跟汪子亮的把柄，反倒先讓人家抓住你跟汪子荃的把柄啦。以後人家要離婚你能不離呀？」秀女依舊苦口婆心，繼續說。

「好啦……你要學學我，你看我多聰明，照理說，你爸跟宋妍秋這樣不清不楚的，我大可以在外面交個男朋友回來氣氣你爸，我偏不！我就要行得正坐得端，永遠有個抓姦的特權，我就要讓他們提心吊膽睡不安穩，讓他們永遠名不正言不順！所以你要像我啊，知道嗎？」

士芬當然知道母親說的，只是她真的許久沒人讓她開心給她溫暖了，即使那有可能是一個建立在利益上的行為，但就當她花點錢買個自己喜歡的東西，也不為過吧，何況某些東西是花了錢也買不到的。士芬嘆了一口氣，滿臉哀愁的看著窗外。

＊＊＊＊＊＊＊＊＊＊＊＊＊＊＊＊＊＊＊＊＊＊＊＊＊＊＊

麵店裡，趙靖和妍秋經過一上午的整理，大致上已經快準備妥當了。兩人抹著汗稍作休息時，趙靖瞧著妍秋手指上參差不齊斷裂的指甲，執意要幫她好好修剪一下。

「痛啊，你到底看得見看不見啊？」妍秋有些害怕的喊著，在趙靖手裡的手顯得嬌小柔弱。

「看得見，看得見，」趙靖笑著妍秋特大的反應，根本還沒剪呢。

「你別剪太短，痛啊。」妍秋又叫道。

「好，我知道……你別亂動啊，你這樣動來動去的，一會兒剪到肉了我可不負責哦。」趙靖再次拿起指甲剪，將臉靠近她小心翼翼地剪著。

「別怕了，我會小心的，你看，不是好了嗎？這才乖嘛，怕什麼？」趙靖很有成就感的看著妍秋整齊的指甲說著。

「我……從來也沒讓人剪過指甲啊，不習慣啊，怎麼會不怕呢？」妍秋臉上帶著些許不好意思的說。

「妍秋啊，其實你心裡邊明白，就是把你整個人整個後半輩子都交給我，那都是最安全最不需要害怕的了。」看著妍秋惹人疼惜的模樣，趙靖突然有感而發。

「是啊，你是一個最值得信賴、最值得託付一生的人，所以秀女幸運啊，她嫁給你啦。」妍秋又故意提醒著趙靖。

「好啦，自個兒銼一銼！」

趙靖不想談這個話題，站起身進到店裡攪拌碎肉。

妍秋望著趙靖的背影，話語清晰地。

「趙靖，你對我的一片心，我知道，我都懂得，秀女是你的妻子，她永遠都是，而我們……我們就是老朋友好朋友嘛，我又不願意別人在背後曖昧的議論你，還把我當成是你……」妍秋話未講完，趙靖截斷了她的話。

「妍秋，你太在意人家眼裡面怎麼看、心裡面怎麼想、怎麼評斷，其實這些都很可笑，日子是咱們自己在過的，不是嗎？」趙靖轉過身認真地對妍秋說著。

「妍秋，你有沒有想過一件事，要是我明天就死了呢？你的好朋友老朋友趙靖，愛了你一輩子，明天就死了。」

「不准說，不准說了！」聽到趙靖這樣說，妍秋激動地站了起來。

可是趙靖不管，他要把話說完。

「你會不會後悔？就在今天。我死的前一天，你還這麼驕傲，跟我

還這麼生分，讓我帶著遺憾走。」

「你不會死的，你不會死的。」妍秋更激動了，眼睛也泛出淚光。

「我當然會，我老了……」趙靖露出哀愁。

「你不會！你不會！」妍秋一把抱住趙靖，緊緊地。

「你不會！你不會走你不會死的，因為……因為我不愛你，我不愛你！」口是心非的妍秋大聲的說。

「是嗎？」趙靖問。

「是啊，我愛了誰，誰就會走，就會離開我，我永遠留不住我愛的人……所以現在……現在我決定不愛你了，你就不會走，你就不會死了，不管是明天，後天，大後天，我只要一天不愛你，你就會長長久久的活下去，你不會走，你不會死的。」妍秋的意識是對趙靖真心的。

趙靖一臉欣喜地拍了拍妍秋。

「原來你是決定用不愛我來留住我，這倒挺特別的啊。」趙靖微笑著，滿是幸福。

妍秋擦了擦眼淚，瞪著趙靖。

「討厭，沒事淨說這些。」

「妍秋，記著一件事，人有旦夕禍福，說不定我明天真的就……」趙靖一臉嚴肅地看著妍秋。

「你還說！」妍秋微微一怒，轉過身背著趙靖。

「好……不說不說了，但是無論如何，你得替我好好守住這個店，那是我們的店，我要你好好的替我看著它。」趙靖轉移話題安慰著妍秋。

「我不管，這是你的店，你自己看，我又不懂，我只負責看著你，如果……如果你都不在了，那我還看什麼呀？」

「你會替我看著的。」趙靖很放心的說，他知道妍秋重視他們之間的情分。

「老朋友不是嗎？只有朋友才可以別人還不行呢！」

「你包不包水餃啊？後天就要開幕了，還不趕快來練練。想偷懶啊？」妍秋以命令的口氣結束這個話題。

「是，董事長！」趙靖行舉手禮，笑笑的大聲回答。

「你說我們這個開幕儀式要不要盛大隆重一點，找個人來剪綵好不好？」趙靖認真的對妍秋說。

「行啊，寄張帖子給總統吧，記得早點通知他。」妍秋也裝作很認真的樣子說。

「哈哈哈哈……」兩人都忍不住的大笑起來。

＊＊＊＊＊＊＊＊＊＊＊＊＊＊＊＊＊＊＊＊＊＊＊＊＊＊＊

亮亮下了車，點頭謝謝司機老劉，這是士元貼心的交代，要老劉特地載她去產檢或是買東西，亮亮心裡知道士元的體貼，但無奈兩人的緣分已薄，正有些感傷時，中威突然出現。

中威擰著眉，語氣有點兇地質問著亮亮。

「為什麼不糾正他？為什麼還要讓他叫你少奶奶？你跟趙士元已經簽字離婚了……」原來中威剛在一旁，聽見司機老劉對亮亮的稱謂依然是少奶奶，心中不悅。

「對，我們已經簽字離婚了，但是我們還沒有辦理戶籍的遷出和婚姻的註銷，所以我還是趙太太！」亮亮看見中威出現，想起子荃先前說的，也沒好氣的回應著。

「既然趙士元已經答應放你自由了，那麼你們為什麼還不趕快把所有手續辦理清楚？他根本還愛你嘛。」

「對！他還愛我，就像你對趙士芬還有感覺是一樣的，」亮亮兩眼直直的看著中威說。

「你說什麼？我對她有感覺？」中威不敢相信亮亮會這樣說，解釋著他如果對士芬有感覺也是厭煩憎惡的感覺。

「厭惡的是別人把手放在她身上吧？」亮亮的話酸酸的。

「亮亮，你……」中威急欲辯解，但亮亮不想聽地轉身要離去。

中威一把抓住亮亮的手，不讓她走。

「亮亮！你聽我解釋。」中威急了。

「放手！你放手！你有什麼好解釋？我問你汪子荃是不是被你打的？是不是因為他把手放在趙士芬身上，所以才挨打？」亮亮反問道。

「是，但是……」中威還沒說完亮亮就接著說，「那行了，跟我知道的是一樣的，你並沒有被誤會！你還有什麼好說的？在乎一個人才會為她動粗，這種感覺我體會過，你曾經也為了我跟趙士元打架是一樣的！」亮亮更加肯定她心裡認為的事實。

「不一樣！那是不一樣的！」中威急迫且焦慮的看著亮亮，怎麼會這樣扭曲他。

「有什麼不一樣？只不過吃醋的對象換了，從趙士元變成了汪子荃。」亮亮語氣冰冷得讓中威抓狂的怒吼了起來。

「我沒有在意我沒有吃醋，我只是討厭汪子荃的髒手放在她的肚子上！」

「我哥哥的手就是髒手？趙士芬又有多乾淨？她從裡到外都齷齪極了。」

「對，她齷齪！可是我的孩子是乾淨的！她肚子裡懷的是我的孩子，我不能忍受汪子荃那麼靠近那麼貼近他！」

「他？哪個他？是你的孩子？還是你老婆？」亮亮語氣由冰冷轉為嚴厲問道。

「亮亮，你不要這樣子好不好？你根本不是這樣的人。」別人可以不相信他，亮亮怎麼也這樣不信任他呢？

「現在我是了！你有沒有想過，我也是孕婦，我的賀爾蒙也在改變，我也有情緒，我也會生氣！同樣是孕婦，同樣是你的孩子，你要我去求士元無條件的離婚，可是自己卻為了一個口口聲聲說不愛沒有感覺的女人打架？」亮亮犀利的話語讓中威一時啞口。

「我看著汪子荃滿臉是傷的回來，我想到趙士芬洋洋得意的表情，我情何以堪？我該用什麼態度去替你解釋？」亮亮的臉漸漸哀傷了起來。

「根本不需要解釋，我愛的是孩子！」中威再次解釋他是為那孩子。

「那就繼續愛下去，就留在他身邊，寸步不離的盯著他，就不會有任何髒手放在他身上！」亮亮音量更加拉高了，圓大的雙眼蒙上了淚霧。

「亮亮……亮亮……我們不要再吵架了好不好？我們是歷經千辛萬苦走過來的。」中威知道亮亮的心情，緩和著語氣。

「走不下去了，不是嗎？現在你不能忍受你不喜歡的人貼近他，以後你不能忍受的手越來越多，你不能忍受看不到孩子，你不能忍受趙士芬的教育方式！你更不能忍受你的孩子叫別人爸爸！這些都是問題……以後只會越來越嚴重……一輩子受他的牽制，這種路，我們還走得下去嗎？」亮亮的指責更加嚴厲，未來在她眼裡看來是那麼的漫長見不著光，眼中的淚水也潰堤了。

亮亮的委屈中威都看在眼裡，放在心裡，他何嘗不希望早點陪伴在亮亮身邊，未來的路兩人攜手並進。

他牽起亮亮的手，擁入他懷中。

「你陪我，亮亮，你陪在我身邊，有你在，我會有勇氣克服的。」中威是多麼需要亮亮去支撐著他，她是他現在唯一對人生還有希望的源頭。

「不會的，讓我陪在你身邊也是沒有用的，你永遠都會覺得你對那一邊抱有愧疚。」亮亮掩淚說著。

看著亮亮還執意受著子荃的影響，中威突然迸出一句。

「去，去把你的護照找出來。」

「你要我的護照幹什麼？」亮亮淚眼汪汪不解地看著中威。

「我們離開，離開台灣。」中威一臉認真，他真的想要遠離這一切了。

「你爸媽不接納我……」亮亮擔心的說。

「不去巴西，去美國。」

而此時子荃正好在巷口往家的方向走來，看見兩人親暱的靠在一起，正想出聲喝止他們的行為時，卻因聽見中威的這一句話，先不作聲地躲在一旁繼續聽著。

「去美國？」亮亮訝異著。

「對，美國，我陪著你直到孩子平安生下來。亮亮……在那裡我們重新開始，同心協力，一定可以把日子過下去的。亮亮，不要再猶豫了，我再也受不了這種折磨了。」中威要給亮亮和他自己一個新的未來。

「把護照找出來，我們明天就走。」中威十分果決的說著。

「不要明天，不要明天，明天我媽的店就要開幕了，我……我不知道怎麼跟我媽說，太倉卒了，我什麼都沒有準備……我……」面對如此突然，亮亮不知所措了起來。

「什麼也不需要準備，只要靜悄悄的帶著隨身的行李，等汪媽媽的店開幕之後，我們就走，你媽是愛你的，她會諒解你的。」中威眼神帶著溫暖，投射向亮亮。

「我們這樣……算私奔嗎？」亮亮從沒想過事情會演變成這種局面。

「我就不信有情人成不了眷屬。」中威賭下了這口氣，不過他們渾然不知子荃在後詭詐的看著這一幕。

子荃悄悄地離去，馬上打了電話告訴士芬他們的計畫，士芬又氣又急，子荃忙叫士芬照著他的話去做，不要慌張。

於是士芬趕忙回到家中將中威的護照找了出來，一把火給燒了。

士芬看著燃燒的紙張，心中的恨也一股湧上燒得熱烈。

果然不出一會兒，中威回到了家，悶著頭翻找著護照。

士芬在一旁假寐著暗想，陳中威啊！你就算找上天去，看你能不能找出個鬼來。

「趙士芬，你翻過我東西嗎？趙士芬！」中威把士芬給搖醒。

「怎麼啦？有什麼事嗎？你把我跟孩子都吵醒了。」士芬彷彿啥都不知道的問說。

「回答我有沒有！」中威凌厲的問道。

「沒有～」士芬假惺惺的打了一個呵欠。

「你說謊！」中威瞪視著士芬，他早就看透眼前這個城府深沉的女

人了。

「你不相信那我也沒有辦法了，掉了什麼自己找吧，我也掉了老公，都找不回來呢。」士芬一臉冷冷的嘲諷。

「趙士芬！」中威緊握著拳頭，卻無法再多說。

此時中威手機響了，中威忙下樓去接，士芬也偷偷跟在後頭。

「好了，不哭了不哭了，亮亮，不哭了，好，我馬上過來，我立刻過來，電話裡講不方便，我馬上過來。」中威小聲的安撫電話那頭因要離開母親而不安哭泣的亮亮。

掛了電話，抓了外套就要往門外去時，士芬冷冷的聲音在中威背後傳了過來。

「東西找到了？是掉在外面吧，真巧，我老公也掉在外面哪～汪家家門口應該貼個賊窩！好提醒大家這對母女有多無恥。」士芬舞弄她的毒舌，針對中威訕笑譏諷。

「汪家裡面只有一個人是無恥，是你的好朋友汪子荃。」中威頭也不回地抬高音量說著。

「你……」士芬見狀摸著肚子，緩緩的說。

「爸爸要走咧，可以讓他走嗎？不可以哦，我也這麼覺得呢，那好，我們就讓他一輩子都走不了。」此話中威聽來有如凜冽冰錐刺骨，但他牙一咬還是快速離去。

中威一進汪家，就見亮亮哭紅的雙眼，向他表示著並不想走，兩人再度陷入天人交戰之中。

「我不能走！我捨不得媽媽，我不能丟下她。你知道我媽會有多難過嗎？」亮亮掩面而泣。

「你已經告訴她了？」中威一面安慰亮亮一面說。

「我沒有說，可是我怎麼可以這麼自私，我怎麼可以欺騙她呢？我連我跟士元離婚的事情都不敢告訴她……白天我還要求士元要在開幕的時候跟我一塊兒出席，晚上……晚上我就這樣不告而別……我媽一定會崩潰的……她會毀在我手上的……」亮亮心裡對母親的不捨縈繞不歇。

「亮亮……」中威語氣盡是無奈，他知道亮亮是一個孝順的女兒。

「我不能丟下媽媽，我不能！媽媽只有我，我也只有媽媽。」

「不哭不哭，亮亮不哭，亮亮乖，不哭，你就要做媽媽了，不要激動，不要傷到孩子，亮亮，你愛媽媽對不對？你愛她，她也愛你，她當然希望你快樂，否則她會更痛苦，對不對？現在這種情形再僵下去，亮亮不快樂，我們大家都不快樂。孩子尤其可憐，頂著別人的姓，獨自生活在母親身邊，我們這才叫自私，對不對？」中威試圖讓亮亮冷靜。

「可是我捨不得媽媽嘛⋯⋯」亮亮搖頭。

「我們沒有說不要她，只是暫時的離別，我們一到美國安頓好了，就把她接過去，你生孩子還要靠她坐月子呢，別人你放心嗎？我可不放心。」中威慢慢的告訴亮亮他的想法。

「我生孩子，媽媽就會在我身邊了嗎？」亮亮聽見如此，頓時安心了。

「那當然，這是規定，每個女人生孩子，產房外只准有兩個人，一個是先生一個是母親。」

「真的嗎？美國都是這樣規定的啊？」

亮亮再次確認地問著。

中威點了點頭，親了亮亮的額頭。

「傻亮亮，虧你長得一臉聰明相，我是逗你的。」中威輕輕的捏亮亮的鼻子。

「我只相信你嘛⋯⋯」亮亮也柔柔的說。

中威承諾著亮亮，一定會將妍秋接過去，等事情平息之後，他們還是有機會再回台灣生活的，聽了中威如此說，亮亮才止住了淚水。

「亮亮⋯⋯你先去，我⋯⋯我隨後就到。」突然中威嚴肅了起來。

「為什麼？為什麼是我自己先去？你要去哪裡？你不陪我了嗎？」亮亮也緊張的問說。

「亮亮，你冷靜，你聽我說，我護照不見了，我回家怎麼找也找不到，可是我機票已經訂好了，亮亮，你先去，我叫美國朋友接機，你放心，我在台灣直接辦手續，一補好，我馬上就到，到美國跟你會合。」

「不～我不去！我不要一個人去！要走大家一起走，要不都別走，

大家都留在台灣。」亮亮不捨，她擔心會有變故。

「那大家都沒有希望了，然後在彼此的指責埋怨中，我們的愛情就死了，這不是我們要的，對不對？」中威勸說亮亮。

「產房外，要有先生和母親，一個也不能少，是嗎？」亮亮又問了一次。

「對，一個也不會少。」中威點點頭，給了亮亮承諾。

「好，我們美國見。」亮亮見中威如此肯定，終於點頭答應了。

兩人相擁著，心中祈求著明天的此時，兩人真的就能獲得自由的一片天。

＊＊＊＊＊＊＊＊＊＊＊＊＊＊＊＊＊＊＊＊＊＊＊＊＊

士元辦公桌上堆了一堆文件，士元翻都沒翻地先開始聯絡起花店，今天父親的牛肉麵店就要開幕了，他當然要先打點好一些門面，讓開幕儀式風風光光的。

更何況，他還要以妍秋女婿的身分出現，和亮亮一起參加開幕典禮，這一點也是最令他感到開心的。

而子荃拿了一份公文正走了進來，士元一掛上電話，就掩不住臉上的喜悅問著子荃。

「我穿這樣可以吧？」士元一面整理領子一面笑著。

「人家店開幕你穿那麼帥幹嘛？」

「不是啦，今天……今天我要跟我老婆一起出席。」士元洋溢著幸福。

「亮亮？」子荃問。

「我還有別的老婆嗎？」士元反問，覺得子荃的反應才好笑。

「可是你們不是已經簽字了？」

「是啊，字是簽了，不過她願意給我這個機會跟她公開露面，我覺得滿好的。」士元繼續整理他的衣服。

「士元，你知道你老婆今天出席完開幕典禮之後，就要跟陳中威去

美國了嗎？」子荃嘆了口氣，對士元說出了爆炸性的一句話。

士元停止了動作，不可置信地看著中威，沒聽清楚似地。

「他們要帶著孩子，三個人一起到美國重新開始。不過好在你們只是簽字，還沒有辦理遷出，所以名義上你們還是夫妻，我想在法律上你們是受到保障的，對於一個逃妻，我們當然有權利有所行動。」子荃眼裡閃爍著邪惡。

「不，我不要有什麼行動，我的行動就是依約跟她一起出席，快快樂樂的，出現在你母親和所有來賓面前，亮亮說……這樣子媽媽會很快樂。這是我答應她的，我要做到！」士元忍著心被撕裂的感覺，努力恢復平靜。

「然後呢？然後呢？讓她把你利用完了，轉身再跟別人走天涯？」子荃見狀，欲再煽動。

「我不在乎！我愛她，來吧，來利用我吧，最少我在她面前還有可利用之處，滿好的。」士元好像看開了一般，這是現在他唯一可以替亮亮做的事情，如果亮亮真要走，他也該放手讓她自由。

「你怎麼了，士元？我掙扎了這麼久才來告訴你，你的反應就這樣子？聰明一點吧，士元。」子荃換了口氣再試試，他不相信士元會如此雲淡風輕。

「子荃，我很感謝你，但是我不希望在這個時候讓自己變得更醜陋，再把她綁起來？再囚禁一次？不可能的，我說過了，她已經不愛我了，我總不能夠讓她再恨我吧？」士元真的看開了。

「可是你愛她，卻眼睜睜的放她走，這一走就是十萬八千里了。」子荃口氣有點急了，這種情形可不如他所預期的。

「我愛她！我要重新再把她追回來，我等她，只要她知道我等她，願意回頭，不管是十萬八千里的路程，那也只不過是十多個小時的飛機時間。」士元堅定的語氣重申著他的決心，只是這一次他要用成熟的方式，而不再是當初那個莽撞的趙士元了。

「拜託你，士元，用用你的權利吧，在你名義上還是她先生的時候，用用你的權利……」子荃不死心的煽動著。

「我曾經擁有許多權利，但是我不懂得珍惜，我忘了……權利是隨著義務和真誠相伴而來的，現在我不再重視權利了，我珍惜每一次為亮亮盡義務的機會。」士元心裡是真的平淡了。

「士元……」子荃想說什麼卻還沒出口，就被士元揮揮手打斷了。

「我要去接亮亮了，或許她不喜歡我這樣穿，我還來得及回去換衣服吧。」士元掛起淡淡憂愁的微笑說。

子荃看著士元的背影，不屑的敲了敲桌面，為愛情犧牲這種蠢事是最不值得的，他心中冷哼著。

士元準備妥當之後，開著車準時到亮亮家接她。

「士元，喝個飲料，我很快就好了。」亮亮在浴室那頭大聲說。

士元慢慢走進屋裡，注視著正在化著妝的亮亮。

「對不起哦，要麻煩你再等一下。」亮亮給了士元一個微笑。

「沒關係，我等你你慢慢來。」士元看著亮亮臉上的笑容，那曾經像個太陽溫暖著他的笑容，心裡有些感傷地被觸動著。

士元走進了亮亮的臥房，看著這個他們在蜜月時一起共度的小房間，回想起他們曾一起共度的日子，微笑著。轉身想離去時，卻一眼瞥見床上的旅行袋，提醒著亮亮即將做的決定，士元掙扎著，他是多麼不願亮亮離開他身邊，但也深知先前自己行為對亮亮的傷害的確太重了。

士元嘆了一口氣，將一封信塞進旅行袋裡，就走了出來，正好亮亮也打扮好了，一身粉嫩紅的連身洋裝，更襯托著亮亮可人的光彩。

「亮亮，你會好好照顧自己的嗎？」士元若有所思的問著。

「為什麼這樣問？」亮亮有些訝異的看著士元。

「沒有啦，我只是問問，你會好好照顧自己吧？如果我不在你身邊，」士元笑了笑，忍住襲上心頭的哀傷。

「其實……我等於已經不在你身邊了，而且……以前我在你身邊的時候，我也沒有好好照顧過你……」

亮亮看著士元，嘆了口氣。

「士元，過去的事不要再提了，說起來……傷心。」亮亮極想要忘記她和士元傷心的過去。

「現在，不，以後……才是傷心的開始吧？」士元若有似無的說。

「你今天究竟怎麼了？」亮亮內心一震。

「沒事，沒事。」士元強擠出笑容。

「我好了，我們可以出發了。」亮亮撥了撥頭髮，全身散發著一股清香。

「亮亮，你知道要坐月子吧？」士元話題一轉，他還是十分關心亮亮的。

「知道。」亮亮點點頭。

「坐月子是很重要的，是不可以等閒視之的，你不可以光說知道，你要肯定回答，確實把月子坐好，要不然老了你會有很多病痛的。」士元對亮亮的關心永遠在，他怕他現在不說以後就沒機會說了。

「呵呵……說得好像你多懂多有經驗似的，你生過孩子坐過月子啊？」亮亮開玩笑的說著。

「亮亮，我……我是沒有，可是……可是自從我知道我老婆懷孕之後，我要當爸爸之後，我就變得很注意這些了，要怎麼坐月子，怎麼吃怎麼喝，我……亮亮！」士元一把抱住亮亮。

「我以前為什麼要那麼忽略你？我為什麼要那麼自私？我恨我自己！我恨我自己！」士元閉上眼睛，心裡有無限的自責。

「士元！你不要這樣，你不要這樣……」亮亮掙脫士元的懷抱。

「我們已經簽了字了，雖然還沒去辦手續，但是我知道，你已經下定了決定，就不會再……就不會再回頭了。但是請你答應我一件事，如果你不快樂，過得不好，請你回到我的身邊好不好？我捨不得你吃苦，任何苦……精神上的物質上的，只要你不快樂，請你來找我。我不要你吃苦，我不要你肚子裡的小孩吃苦，他是我的孩子，好不好？亮亮。」士元的表情憔悴，心裡痛苦萬分。

亮亮看著今天行為特別怪異的士元，有些心虛的點了點頭，不再說話。

這一天，趙靖和妍秋的老朋友牛肉麵店正式開幕了。趙靖邀請了許

多以前軍中的老友，大家也捧場的紛紛出現祝賀，店裡人來人往好不熱鬧。

士元在一旁也盡責地招呼著，趙靖妍秋開心的見著老朋友，看在亮亮眼裡，只覺得不捨的離情越來越強烈。

此時士芬也出現了，直走向亮亮，劈頭就用著不屑的口氣說著。

「你敢面對我啊？」

「你都敢面對你爸了，我有什麼不敢的，做虧心事的可不是我。」亮亮沒什麼好逃避的，面對著這個不斷傷害她的小姑，曾經的好友。

「你肚子裡懷的不是虧心事？不做虧心事？我看不是不做，是不少做。接著啊，還有更大的虧心事要做呢！」士芬得理不饒人的非要好好諷刺亮亮一番不可。

「老天有眼，你敢不敢抬頭見天日啊？」亮亮淺淺地笑了笑，毫不動怒的繼續說著。

「你敢不敢讓那一屋子的客人知道你肚子裡的孩子怎麼懷的？我不問你敢不敢抬頭見天日，因為你心裡根本就無法無天。」

「我很佩服你耶，你還敢出現在你爸面前，他已經無路可退了，這是他僅存的樂園，你還要來讓他難過，你不覺得你很殘忍嗎？從事發到現在，你不曾來看過你爸，不曾跟他說抱歉，今天來幹什麼？他最開心的時候你來幹嘛呢？提醒他你的羞辱跟冷酷嗎？」

亮亮平鋪直敘的說著，對於士芬她沒有半點虧欠。

「那是我的事，他是我爸爸，還輪不到你在這裡打抱不平！不是都已經簽字了嗎？幹什麼還在這演戲？要不要我跟大家宣布，他們都被騙了？」士芬被亮亮的話惹怒了反擊著。

「你敢！你敢再說一句話試試看，這齣戲是我要演的，我高興關你什麼事？」士元剛好走過，聽到士芬挑釁的話語按捺不住，大聲怒斥。

「你窩囊廢！」士芬回罵了士元一句。

「那是我的事，那也是亮亮的事，怎麼樣？有本事叫你老公來啊，夾在你面前心甘情願的做個窩囊廢！」士元大聲說。

「你……」士芬氣得全身顫抖著，不斷罵著。「趙士元，你窩囊，

你窩囊廢！」

士元不理會，牽起亮亮的手，往人群裡走去。

此時秀女在住家裡，緊張的走來走去。

雖然子荃計畫周全縝密，但一想到這攸關自己的生死，心裡還是止不住地忐忑。

她擺設了鮮花素果，還煞有介事地跪了下來雙手合十，嘴裡叨唸著。

「各路神佛啊，不是我蔡秀女活得不耐煩，你們可別捉錯人別當真啊，我真的是不想死啊，耶穌基督啊，我說的你都聽懂啦，我真的不想死啊。」秀女緊張的禱告，千萬不要出了什麼狀況才好。

秀女一想到妍秋現在可能正在趙靖身旁，開心的笑著，她就恨得牙癢癢，而一想到趙靖這個臨老變節的老伴，就淚眼汪汪地想起自己的委屈，她所做的這一切都是爲了趙靖啊。

秀女站起身，就將繩子繫住屋頂上的樑柱，打了個扎扎實實的死結，拴了拴，猶豫的往上蹬了蹬，害怕著。

聽到門口門鈴響了，她知道是司機老劉準時來接她出門的，牙一咬心一橫站到椅子上去，一躍，眼一黑昏了過去。

而另一頭的店裡，士芬面對著父親，充滿了歉意。

「爸，對不起……」士芬終於擠出了幾個字。

「你不是爲道歉而來。」趙靖看也不看士芬一眼。

「爸，我是真心說抱歉的。」士芬心痛不已，她知道她傷害父親實在太深了，可是她還是希望父親能回復到以往那個疼愛她的大樹。

「我太瞭解你們母女了，人生如戲啊，待會你媽要來對不對？她是絕對不放棄任何一個宣示自己是趙太太的機會，其實何必呢，大家對她都是很瞭解，我每一個老朋友都沒有問起過她，他們都知道，蔡秀女不喜歡窮軍人，蔡秀女不喜歡趙靖跟老朋友交往。她不來大家很習慣的。」趙靖不置可否。

「是啊，就像大家都瞭解你對宋妍秋的喜歡是一樣，你的老朋友都習慣趙靖出現在她身邊，兩個人同進同出的，一起開店，也就不足爲奇

了，是嗎？」士芬為著母親抱不平。

「唉～算了，隨你們母女倆怎麼想怎麼做吧，我無所謂了。」趙靖不想讓士芬破壞了今天他開店大喜的好興致。

士芬看父親堅決的態度就這樣背對她離去，心中暗自禱告著子荃的計畫一定要成功，她和母親一定要再次奪回屬於她們趙家的，不管是物品還是人。

她看了看手中的錶，已經快接近中午了，母親應該已經按照計畫進行了吧。

此時趙靖和妍秋兩人正笑得開心，一起宣布開店儀式開始，鞭炮聲四起，士芬在吵嘈聲中接起了手機。

「老劉？什麼？」士芬聽到計畫一切在安排中，故意裝著驚訝，嘴角閃過一絲詭異的笑容，很快就被驚恐的眼神給取代，對著士元大喊著。

「哥，媽自殺了！媽自殺了～媽上吊自殺了，媽上吊自殺了。」聽到士芬大聲呼救的士元，整個人怔住，趙靖聞聲也全然地呆掉。

士芬快跑到趙靖面前，深怕父親沒聽見地哭喊著，「爸～怎麼辦？媽自殺了！」士芬顯得手足無措，淚水狂落，演得好極了。

趙靖抽動著嘴角，話還未出口，就往後倒下，頭重重地摔在水泥地上。

事情過於出乎意料，眾人都未想到，妍秋嚇得趕忙上前拍著趙靖的臉，聲聲呼喚著。

「趙靖～趙靖～」

子荃看著手中的錶，秀女假自殺的計畫已經在進行了。

「開張大吉啊，趙靖，哼！可是你現在應該在回家的路上，你老婆出事了，哼！」子荃幸災樂禍地揚起嘴角，不懷好意地笑著。

此時手機響了，子荃當即接了起來，準備享受料事如神的快感。

「喂？是，我是，士元，不要急，有什麼話慢慢說，到底發生了什麼事？」

當子荃知道趙靖中風倒地的事情，沒想到事情會嚴重到這種地步。

「你說什麼？你爸爸住院了？你爸？」他臉色鐵青地說。

第三十五章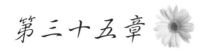

　　趙靖躺在加護病房裡，所有人在玻璃外看著趙靖，看著床上的趙靖靠著呼吸器與死神搏鬥著，妍秋內心充滿了擔憂。

　　士芬一見妍秋在一旁掉著眼淚，心中一股怒火燃起，衝上前去就是一陣拉扯。

　　「宋妍秋！你給我滾啦，你走啦！」

　　「趙士芬！你太過分了！你回家去！」士元阻止士芬，亮亮護著母親。

　　「我為什麼要回家去？」士芬甩開士元，恨恨地指指妍秋又指指亮亮，「她們兩個憑什麼在這裡，你是趙太太？你是他親人嗎？」

　　「你閉嘴！她是我岳母。」士元的肢體語言中已經含著警告。

　　「不再是了！」士芬大聲地駁斥，「要不是她，我們趙家今天不會家破人亡！」

　　亮亮再也看不下去地挺身而出道，「請你不要詛咒你自己，也不要把罪誣賴到我媽身上！」

　　士芬不甘示弱地反擊，「是我誣賴嗎？要不是她，我媽也不會自殺，我爸也不會躺在裡面！」

　　「趙士芬，你……」士元氣妹妹的口無遮攔，礙於她有孕在身，舉起的手才又放了下來，轉而咬住嘴唇強壓抑怒火。

　　面對士芬的指控，妍秋無言以對，她目前最希望的只是趙靖能平安脫離險境。

　　妍秋心裡默默的跟趙靖說著話。

　　「趙靖，秀女沒事兒，孩子們說了，她沒事了，她很好，你別急，我知道你聽得見，趙靖，你要堅強，你一定要堅強。」

　　妍秋落下了五味雜陳的淚水，心疼著還有著悔不當初的無奈……

　　而中威此時出現在機場，手中握著要給亮亮的機票，他要親自送亮

亮上機才能放心。

可是時間一分一秒過去，他左等右等就是等不到亮亮，緊急地打電話到麵店到汪家都沒人接，眼看起飛時間就快到了，中威焦急得汗如雨下。

「亮亮，你在哪裡？亮亮，你究竟在哪裡？你知不知道，飛機就要起飛了，亮亮……」

成串的憂慮與嘆息，最終也只能化為成串的汗珠，一滴滴落在機場的大廳之上……

而平安無事的秀女一得知趙靖中風的事情，氣得對前來報告的子荃大吼著。

「為什麼會這樣啊？你說啊！為什麼會這樣？」她橫眉豎目的發著脾氣，只差沒問到子荃的臉上去。

「媽，好了。」士芬幫忙安撫著秀女，子荃一臉難看。

秀女用力摔著沙發上的抱枕，「我要他給我回答，所有主意都是他出的，現在怎麼會變成這樣呢？」

「這樣又有什麼不好呢？」子荃忽然大聲反駁回去，士芬秀女兩人怔住。

「我們現在可以清楚知道你在他心中有多重的分量了，」子荃繼續解釋道，「你若是出了事，他可是會連老命都嚇飛了不是嗎？」置之死地而後生，目前子荃豁出去的掰著。

「你……」秀女又動了氣，汪子荃竟然詛咒趙靖！

「而且我媽也會更愧疚，不是嗎？」機靈的子荃又提出了一個有力論點，「您雖然沒事，但是趙靖若有個三長兩短……」

「你呸呀……」秀女怒斥道，「你閉嘴呀！烏鴉嘴呀，你敢詛咒我的趙靖啊！」

子荃嚥了嚥口水，轉換語氣說，「趙靖會不會有個三長兩短，不是我說說就算了，可是如果他安然無恙的話，你們的婚姻可就又通過一次考驗了，他在乎你，不是嗎？你如果連這個都不敢賭的話，還敢求愛情？」

「我敢用我自己的命來賭！」秀女挺了挺胸揚聲說。

「媽⋯⋯」這樣無可動搖的堅定神態，把士芬也感染了。

秀女鼻一酸，淚又流了下來。

「今天下午那繩子往脖子上一套的時候，我就什麼都不怕了，我就什麼都豁出去了，可你不能用趙靖的命來賭啊！我上吊是假的，可是趙靖的心臟病是真的，只要一口氣沒喘過來，他說掛就掛⋯⋯」

秀女哭著突然打起了自己的嘴。

「呸呸呸，我打我自己⋯⋯」自己怎麼也咒起了趙靖。

「媽，別這樣⋯⋯」士芬心疼地拉下母親的手。

秀女泣不成聲。

「我不能讓他這麼冤啊，一會兒女兒拿假流產來嚇他，一會兒老婆用上吊嚇他。」

子荃突然開口。

「他看你比他女兒還要重啊，那還不好嗎？更何況他現在沒事了啊。」

「沒事幹嘛要住加護病房？」秀女對子荃瞪眼道。

「媽，沒事沒事，」士芬趕忙要冰釋秀女的誤會，「那是醫生說要在那邊多觀察幾天比較好。」

「他要沒有危險，為什麼要留在那兒觀察？」秀女完全不能接受兩人的說法，現在的她滿心只有趙靖的健康、趙靖的安危，「我不管，我不管，我要去看他。」說完一骨碌從沙發上跳起來。

子荃連忙阻止往門外奔去的秀女。

「唉呀！你不要抓我，你敢碰我！」秀女氣得用皮包打子荃。

「不行！你不能去！你也才剛自殺完啊！」子荃大吼要秀女冷靜點。

「媽⋯⋯」士芬抱著母親安慰著，秀女哭倒在椅子上，心忐忑得好痛。

子荃和緩了語氣說著，「按理你也是需要時間休息也需要復元，照計畫，現在該是趙靖在床邊守著你，你就這樣生龍活虎的跑去，不是什

麼都穿幫了嗎？最快也要等到晚上再去。」

「照計畫……照計畫……計畫裡可沒有趙靖會倒下去這回事，」秀女一把眼淚一把鼻涕地哀怨道，「你不讓我去看他，如果我連他……如果……如果最後是宋妍秋守在他身旁的話，汪子荃！趙靖眞有什麼事我就上吊跟他一起走，我做鬼也不會放過你！」

說完就哭著跑上樓去，士芬看了也心疼心急。

子荃緩緩嘆了一口氣，嘆的是自己也沒想到事情會是這樣的局面，士芬看了還道是子荃也在擔憂著。

「子荃，對不起，我媽……她太急了。」士芬想到子荃熱心腸地爲他們家拿主意，卻沒有獲得半句感謝。

子荃倒是不甚在意地說，「其實她爲什麼不多想想那結果可能比我們預期的還要好，最起碼他有可能回家養病，最重要的是……我們留住了你老公，就算他現在護照辦好了，他也走不了了，因爲在這種情形下，汪子亮無論如何也不會扔下我媽不管的，這樣不是很好嗎？」

士芬想想子荃說得也對，但一想到父親還病重著，臉色還是愁容不展。

察言觀色的子荃要她寬心道，「你是可以開心的，老天爺是站在你這邊的。」

「是啊。老天爺是站在我這邊的，否則，他們很快就會雙宿雙飛了。子荃，我媽氣你，可是我謝謝你，老天爺藉著你的手，你的計畫幫我留下了老公。」她誠誠懇懇地說。

子荃握住士芬的肩，用一種他都懂的眼神看著士芬。

「如果有個人懂我的用心良苦就可以了，晚上你媽要去醫院，你千萬不要再跟去了，萬一再吵架動了胎氣就不好了。這樣子吧，我先送你回家，我們先去好好的吃一頓。」他試著用輕快的語調打動士芬的心，自己心中則暗自祈禱著趙靖可別出事才好。

士芬猶豫地低下頭，「可是我爸還在醫院裡，我……我沒有心情。」

「是爲了孩子，懂嗎？」子荃進一步說服她說，「你爸不會有事的，有我在，我會一直在你身邊的。」

士芬看著拍胸脯保證的子荃，內心感動著，何曾有男人這樣對她用心，爲了她處處著想呢……那個陳中威……算了！她猛力甩頭，不想讓婚姻裡的陰影攪擾了一頓可口的午餐。

＊＊＊＊＊＊＊＊＊＊＊＊＊＊＊＊＊＊＊＊＊＊＊＊＊＊

妍秋和亮亮留守在醫院，隔著玻璃看著醫護人員治療趙靖。

「我眞的不愛他，應該可以留得住他吧，他不是我宋妍秋的愛人……」妍秋喃喃自語著。

「媽，我們坐下來休息一下好不好？你這樣走來走去走了好幾個鐘頭了。」亮亮試著勸母親。

「他不是我愛的人，我不愛他，我不愛他。」妍秋神情恍惚的重複著。

「亮亮！你知道我不愛他的，」妍秋突然抓住亮亮的手，「我眞的不愛他！因爲我知道，我愛誰，誰就會走，所以我不敢隨隨便便愛人。」說及此，手又頹然放下，她輕輕地道，「我已經不愛他了，爲什麼，爲什麼他還會……他還會……」

「媽……你放心，他不會走的，他愛你愛了一輩子，他捨不得你，他不會走，他會留在你身邊陪伴你。」亮亮擦去妍秋臉上的淚，安慰著。

此時士元從加護病房裡走出來，亮亮趕忙上前問趙靖的病況。

「儀錶指數都很正常，還好送來得早，急救得快，但是醫生擔心他有輕度中風，有一條小血管有輕微的堵塞，行動可能沒有辦法像以前那麼敏捷了，需要做復健。」

妍秋都聽在耳裡，看著床上的趙靖，想起趙靖先前還生氣勃勃的和她正要開店。

妍秋心中充滿懊悔以及愧疚，淚珠又開始掉個不停。

士元跟亮亮在一旁看了心都不忍。

「媽，我送你們回去好不好？」士元輕聲的勸著妍秋。

「我不要，我不回去。」妍秋馬上搖頭拒絕。

士元再度說道，「你們已經累了一天了，回去休息吧。」

「我不累，我不要休息，」妍秋一邊盯著士元，一邊鄭重搖手說，「我不愛他，你們知道，我不愛他。」

「好好好，你不愛，那我們回家，我們不要管他。」亮亮哄著妍秋。

「怎麼能不管呢？怎麼可以不管呢？我跟他說好了的，以後我還要收留他的呢，我跟他講好的……」妍秋當真急了起來。

「不然這樣吧，」士元微笑提議道，「我先送亮亮回去，你看她好累唷，又大個肚子，你呢，你進去守在他床邊。」

「可以嗎？我可以嗎？」妍秋一臉喜悅地抓住士元，士元鼓勵地點點頭。

「你是怎麼了？你看不出來我媽現在精神狀況不穩定嗎？」亮亮不能苟同地質問士元。

「放心，而且我也相信，如果我爸有知覺，他一定希望守在他床邊的會是她，」士元這樣對亮亮說，「他也一定希望，眼睛一睜開來看到的就是她。」

士元走向妍秋，拍拍她。

「媽，進去陪陪我爸。」

「可是我不是家屬耶。」妍秋還剩下最後一點猶豫，生怕自己到頭來是空歡喜一場。

「沒關係，我是啊。」士元要她安心地進去陪伴父親，「我可以指名你進去的，我先讓護士送你進去，我再送亮亮回家，好不好？」

「好，你陪亮亮回家，我進去陪他。這麼愛熱鬧的人，一個人待不住的，我進去唱歌給他聽。」士元扶著妍秋進入加護病房裡，亮亮知道母親對趙靖的心意，也不多阻止了。

士元將亮亮送到了家門口，折騰了一天，到家已是晚上了。

「我到家了，你也早點回去休息吧。」亮亮關上車門，拿出鑰匙就要開門。

「亮亮，說說話好不好？」士元隨即下了車，嘆口氣，看向天空。「你看，今天的月亮又『元』又『亮』，是不是就像士元跟亮亮。」

亮亮不作聲，士元繼續說。「我知道，你一定覺得我在這個時候，還有心情賞月說笑話。」

「是啊，都什麼時候了，」亮亮沒有好臉色地說，「你爸爸在加護病房裡躺著，你媽下午鬧自殺，雖然現在沒事了，可是在家裡休養，這個時候你還有心情談這些。」

「不然我要怎麼辦？今天對我來說，本來就是諸事不吉，應該還有更讓我難過的事情會發生的。」士元突然如此說，讓亮亮心一震。

「你這話什麼意思？」

士元深吸一口氣，目光迎向亮亮。

「沒有，沒事，只是我越來越相信命，我越來越相信，人這一輩子當中，福氣都是有配額的，越早用越早沒有，像我……我的福氣可能三十二歲以前就已經先預支完了，所以我得從現在開始吃苦頭了我。」

「士元，不要這麼說。」亮亮被他自暴自棄的態度弄驚訝了，語氣也放軟了下來。

「真的，」士元雙手插口袋，露出了一個苦笑，「現在發生在我身上的任何事情，我都得坦然接受，而且我還得要安慰我自己，還好，媽自殺了，可是沒死，還好……爸中風了，但是急救得早。還好……還好一切苦難之後，今天晚上，此時此刻，我的亮亮還在我的身邊。」

亮亮走向士元。「士元……你是不是知道什麼了？」

士元看著亮亮，「我知道我愛你，亮亮，我要再把你娶回來。」

「是嗎？」中威突然出現在士元身後。

「你憑什麼？就憑你以前種種惡劣的傷害她的不堪回首的往事，就可以再把她娶回去嗎？是你得了失憶症還是她？」中威的話句句像兩刃的劍刺向士元。

「陳中威，」士元臉紅脖子粗地說，「我要是你，我會躲在黑暗中不敢現身，等到趙士元走了我才會出現的。」

「所以，所以我不是你，我不會躲在黑暗裡。」中威又向前走了幾

步，他坦然面對著。

「當然你要躲起來，你要以什麼身分守著汪家？我相信你應該是守了很久了。」士元提醒著中威，在他眼裡中威只是個局外人。

「我該站在哪裡，我該守多久，這是我的自由。」

「不，」中威大剌剌的表現對士元的男性尊嚴提出嚴重挑戰，「你沒有自由，除非你像我一樣是自由之身，你是嗎？」

「我的不自由是令妹不肯放我自由！」中威直言不諱地說。

「好了！不要吵了！」亮亮阻止著，但兩人依然爭吵。

「現在你知道你多幸運了吧？你的對手趙士元是個磊落的人，我放亮亮自由飛，我會讓她心甘情願再度飛回到我身邊。」

亮亮不想再理會兩人的爭吵打開門走了進去，士元看著亮亮的背影繼續說著，「我知道她恨我，我知道她心裡沒有我，我也知道，有人要偷偷摸摸帶走她，可能帶走就永遠不會再回來了。」亮亮停住腳步，中威心裡也知道士元在指責他。

「可是我放了，我放手一搏，這就是我的磊落！陳中威，你敢嗎？像我一樣放手，任她自由選擇。」

「不！你不是放手一搏，你只是讓風箏飛得高一點遠一點，可是線頭還是在你手上，你用她的孩子來牽制她。」中威狠狠地踢了下腳前方的小石子，石子高高飛起遠遠落下。

「這叫給你台階下，這叫保護那個孩子，」士元朗聲道，「因為你沒有辦法給他一個姓，給他一個家，你能為他做的是什麼？買張機票把他們送走遠離故鄉不敢回來，究竟他們做了什麼錯事，需要這樣出走的？」

亮亮再也聽不下去地往屋裡走去。

中威臉上一陣青白，抓起士元的領子激動的怒吼著。

「我可以給他們一切！只要你妹肯放手！」

「你先放手，陳中威，以前會動粗的是我，現在不是了。」士元力持鎮定地要中威鬆手。

士元拍了拍適才中威碰過的領子，「一分怒，一分弱，我會仔細…

……非常仔細收藏起我的怒意，不讓自己居於弱勢，我勸你，最好別那麼輕易動怒，氣什麼呢？她都願意帶著孩子跟你一起走，你還有什麼好氣的？」

士元話語中透著哀怨。

「等不到……等不到那也是天意。」

士元說完離去，留下中威一人站在黑暗裡。

中威心情沈重地進入屋裡，問著呆坐在客廳裡的亮亮。

「你為什麼沒有走？你為什麼沒有走？」

亮亮沒有回答，讓中威更加難過，「你答應過我的，我在機場等了又等，我打你手機，打到家裡，甚至打到店裡，我就差……就差沒有問汪子荃，為什麼我等不到你，亮亮！」他不無嫉妒地說著，「你是不是被趙士元說服了？你還愛他所以你躲著我？不聽我的電話？所以被我看到你們親親熱熱一起散步一起賞月，對不對？」

亮亮霍地抬起頭，用依然疲憊的聲音說，「不要指控我，不要給我任何罪名，我是真的放棄一切要跟你去美國……」

「可是……我沒有等到你，你是真的要跟我一起走嗎？」中威頹喪的轉過身去。

亮亮看中威怎樣也聽不進去她所說的，也無力多說，進房間去拿了一大袋行李出來。

「沒有，我為什麼要整理行李？何必要偷偷摸摸的，什麼也不敢多帶！」

亮亮激動的喊著。

「亮亮……不要這樣……」中威自知失言，恨不得把話吞回肚裡去。

亮亮打開行李袋，「只有媽媽的照片，還有爸爸的照片，還有小敏的照片，還有一些媽媽為小朋友織的毛線衣還有小襪子，就這一些了！」亮亮將東西全放在中威手上，而衣物裡夾雜了一封信。

「這是什麼？亮亮，這是什麼？」中威撿起那封信，審慎地檢視它。

153

「不，我不知道。我真的不知道有一封信。」亮亮自己也是一副不知情的意外表情。

「你不拆開來看看嗎？看看他要給你們的是什麼？」中威把信晃到她面前。

「不，我不要知道，我不要看！」亮亮轉身走開。

「你不知道？你真的不知道？」中威禁不起不斷膨脹的醋意，言語又咄咄逼人了起來，「你們兩個在一起一整天了，你告訴我你不知道？」

「你憑什麼質問我？」亮亮背對著他冷冷地開口，「不管我知不知道，那都是我的事，我到底做錯了什麼？你都可以為了一個不愛的女人打架，他不可以給我一封信嗎？如果我事先知道，我還會在你面前讓它曝光嗎？如果你要看，現在就把它打開來。」

中威搖搖頭，「你說得對，我沒有權利質問你，這是他寫給你的信，你要看，等我走了你慢慢看……」

中威將信放在桌上就要離去。「對不起，我很失控，我等了你一整天，我不知道發生什麼事，直到我看到你們兩個一起出現。」

他的話無疑凌空劈下一掌，二度傷害到了亮亮。

「我們一起出現，是因為我們一起從醫院出來，就在今天上午，蔡秀女自殺了，趙叔叔中風了，我們大家都趕到醫院裡去……」亮亮忍了一天的情緒終於止不住哭了出來。

中威馬上將她擁入懷中，疊聲道歉著，「亮亮，對不起……」該死的！明明就是愛她在乎她！為何出口的句句不是好聽話！

「中威，我記得我曾經跟你說過的話，我們……人類是多麼的卑微多麼的渺小，我們怎麼可能跟命運對抗呢？我是真的要走，我願意……可是老天爺不准，他不答應～～我怎麼可以丟下我媽媽不管……我怎麼可以……」亮亮激動的哭喊。

「有情人是成不了眷屬的……成不了的……」亮亮哀怨的哭訴著，中威心中如萬刀割。兩人只能相擁……當天地盡都廢去，願這擁抱的溫度長留心間……

※※※※※※※※※※※※※※※※※※※※※※※※※※※※※※※※※

　　加護病房裡，妍秋在病床邊看著插著呼吸器的趙靖，眼睛閉著動也
不動地。

　　妍秋充滿關愛的眼神不曾移開過。

　　「趙靖，真難得，你會這麼安安靜靜的躺在這裡，一句話也不說，
可是，可是我很不習慣啊，你知道嗎？以前你老愛教訓我，可是……可
是你現在一個人安安靜靜的躺在這兒，我真的很不習慣，趙靖，你睜開
眼睛看看我好不好？你睜開眼睛跟我說說話嘛，好不好？」妍秋握著趙
靖的手輕輕地放在自己的臉上，乞求著。

　　十九年了，從漢文走的那一天開始，趙靖就說了無數次要照顧她的
話語，可是她總是逃避總是拒絕，用各種方式。而現在妍秋滿心祈求著
躺著的趙靖能起身實現自己的承諾照顧她，她知道自己不會再害怕，不
會再有人欺負她，因為趙靖會保護她，會為了她拚著老命。

　　想起趙靖與自己最後一次談心所說的話。

　　「妍秋，人有旦夕禍福，你有沒有想過，要是我明天就死了呢？」

　　妍秋一想到淚水就落個不停，她真的後悔了，自己為何要如此驕傲
生分。

　　「不，趙靖，你不准死，你說你愛了我一輩子，你不准比我先走，
你如果真的愛我，你要等我走了以後才能走，你聽到沒有？你聽到沒
有？」

　　妍秋看著趙靖，淚水滿臉。

　　「好，就算我自私好了，你起來罵我啊，你說你愛我，你說你愛我
的，你起來告訴我啊～」

　　妍秋激動著，卻突然被一個人拉起，轉身一看是秀女惡狠狠的瞪著
她，抓著她的頭髮將她拖出加護病房。

　　「你什麼東西啊？你以什麼身分坐在加護病房我老公床頭前？人沒
死坐在床頭掉眼淚，賤人啊你！」秀女一巴掌就揮在妍秋臉上。

　　力道大得讓妍秋站不穩。

「唅～不吭氣也不敢還手啦？」秀女雙手插腰，凌厲的目光瞪視著情敵的一舉一動。

「你打吧，我不會還手也不會出聲。」妍秋索性連摀住臉頰的手都放了下來。

「唅！都什麼時候了，趙靖這會兒躺在病床上哪，怎麼還想用苦肉計這一招啊？還想讓我打了以後好叫你女兒來拍照？好聰明啊～」秀女打從心裡痛恨妍秋的裝可憐假惺惺。

妍秋一臉淡然的面對著秀女。

「你誤會了，我不哭不叫不還手，是因為我心虛，對，我心虛。」

她舉目望向空茫的前方，「以前你每次欺負我，我總是可以理直氣壯的大聲反擊，那是因為我知道我問心無愧，我沒有對不起漢文，而現在……現在……」

秀女激動的抓著妍秋搖晃著。

「現在？現在怎麼樣？你們怎麼樣了你們？」

「我們還能怎麼樣？」妍秋輕聲地反問秀女，「我們都已經是多大年紀的人了，我說我心虛，是因為……是因為我知道我是愛他的。」

妍秋抖抖的聲音透露著自己發現這個事實時，自己內心也震驚著，秀女聽完將手放開，倒退了幾步。

「我是愛他的……」妍秋撇過頭去，她第一次無法坦然的面對秀女。「是，在我心裡，我是愛著趙靖，他的分量，已經不單單只是一個老朋友了，我不能沒有他，他一輩子都在等著我的一個承諾，等著我點頭呢，而我……」

秀女喘著氣再也忍不住，對妍秋又踢又打，「你不要臉！不要臉的女人～你居然敢在一個女人面前承認你愛上她的丈夫，你到底有沒有羞恥心啊你！」

面對秀女的指責，妍秋俯著自己的頭。

「我原先也以為我不敢再愛，不敢奢求幸福和快樂……」

「閉嘴！」秀女發瘋似地揪住妍秋頭髮，將她的臉往後一扯，「就算你敢我也不准，你給我聽著，不要以為你願意打不還手罵不還口，你

就可以爭取到外遇的免死金牌了，休想！只要我蔡秀女還有一口氣在，任何人都不可以奪走我的幸福！」

妍秋仰著臉帶著悲憫的神情斜看秀女，「他的幸福呢？如果你真的那麼愛他，他現在只剩下半條命了，你為什麼不能成全他的幸福呢？」

「是你的幸福！宋妍秋，」秀女加重手上的力道，「你敢坦然跟我承認你愛他，不就是要我點頭承認成全你們！」

妍秋咬著牙，臉上卻還是漾著笑容。

「我承認是因為我真的愛他，就像以前我否認，是我並不知道我愛他，我並不想奪走你的幸福，當然每一個人對幸福的定義不一樣，也許你認為冠上頭銜就是幸福，而我卻認為……如果，如果趙靖能夠醒過來……」

秀女不等妍秋話說完，早已情緒崩潰的將妍秋推走。「你滾，你滾啊，你滾啊～」

妍秋看了秀女一眼，默默的往前走。

「不准你再到醫院看他，不准你再跟他聯絡！不准你留在台北，你去死啊！為什麼中風的不是你～宋妍秋你去死啦！」秀女不斷咒罵著，哭癱在病房外的椅子上。她好恨好恨，至於是恨妍秋？恨趙靖？還是恨她自己跟命運……恐怕誰也無法解答了。

第二天，妍秋依然到麵店開了門，陪著她的亮亮，看著母親唱著店歌，為每一張桌子放上玫瑰花，信守著她和趙靖的承諾，守護著這一家店，亮亮感受得到母親臉上執著的信念，忍不住問了。

「媽，你愛上趙叔叔了，對不對？」

妍秋停了一下，不再閃躲地點了點頭。

「對。可以嗎？」她突然煞有介事地詢問亮亮。

亮亮抱住妍秋，「祝你幸福。」以一句話回答了妍秋。

「你會幸福的，」亮亮溫柔地輕拍母親的背，這個值得人疼愛呵護的女人，「你應該要幸福，因為你是全世界最善良的女人，老天爺會照顧你的。」

妍秋滿心震撼和感動地問，「亮亮，你不生氣嗎？我對不起你爸爸。」

「你沒有對不起任何人，爸爸在天上會祝福你們的，我不氣你，我羨慕你，一個人，一輩子……只愛你，一顆心，一輩子……只有你。」亮亮獻上了真心誠意的祝福。「多好，多令人羨慕。」

妍秋百感交集地拉著女兒坐下，娓娓道來。

「你知道嗎？昨天當趙靖倒下的那一刹那，我才發現，其實在我心裡是多麼在乎他。他放棄了所有，放棄了一切，我竟然一個承諾也不給他，亮亮，要是……要是他這麼倒下去再也醒不過來了，那他不就再也聽不到我的後悔和遺憾了嗎？」

「不，他會醒過來，」亮亮撥了撥母親的頭髮柔聲道，「他要看到你，看到我們把他的店打理得多好，他會醒過來的。」

「會哦？他會醒的哦？」妍秋被大大地激勵了，臉上重新綻放生之光彩。自言自語地喜悅道，「會，他一定會醒過來，我們只要好好把生意做好，然後我再把店歌練一練，等他回來，我們三個再一起合唱。」

妍秋說到此又精神抖擻地唱起了店歌，沈浸在自己幻想的溫馨寧謐中。

一天一夜過去了，秀女始終守在趙靖身邊，一步也沒離開過。下班後的士元趕到醫院去要接秀女回去休息，可是秀女怎樣也不肯，士元勸著母親，再這樣下去秀女一定會倒下的。

可秀女只是傻傻地掉著淚，對士元的話充耳不聞。

「你這是在幹什麼呢？自己元氣都還沒恢復，這樣怎麼吃得消啊？」士元也是心疼母親失魂落魄的樣子，「既然這樣，幹嘛還要鬧什麼自殺呢？爸跟宋阿姨的事，他跟她……他對她的心思你又不是頭一天知道，尋什麼短見，現在可好了吧！」

「你什麼意思？」秀女雖然體力耗去了不少，但罵人的中氣可不會少，「你是說這裡躺錯人了？尋死該死的沒死成？」

「媽，我不是這個意思啊。」士元對於母親的偏執快要舉白旗投降

了。

「沒錯，這裡是躺錯人，」秀女青著一張臉說，「躺在那的該是宋妍秋，一輩子再也別睜開眼來，我……」

「那到時候坐在這的就會是爸了，」士元把話接了下去，「他會每天守著她照顧她，所以誰死都不對！都有人不痛快的，媽，我不知道你是哪根筋不對，把大家弄得人仰馬翻的，我要上班要開會，士芬大著個肚子犯忌諱，爸爸現在又這樣……」

「你爸有我在！」秀女沒好氣地說，眼光一接觸到動也不動的丈夫，又紅了眼眶，「你看他，什麼時候像現在這樣靜靜的躺在我面前，不皺眉不瞪眼，不罵人不嘆氣，他什麼時候像現在這樣只屬於我一個人，就這樣讓我看不嫌我煩。」

「媽，你是怎麼了？爸是生病了。」士元丈二金剛摸不著頭腦。

秀女幽怨地說，「他沒病的時候，能跑能走的時候，他就會跑去陪那個狐狸精，就算臨老了，他都可以赤手空拳的跑去跟人家賣牛肉麵！」

「難道我喜歡他這樣靜靜的閉著眼睛躺在我面前嗎？」她伏在趙靖身上肩膀抽動著，「只要睜著眼的時候就只看到那一隻狐狸精，他看不到我……他眼裡心裡就只有那隻狐狸精宋妍秋，我是趙太太，可是那隻狐狸精的位置，在他心裡，趙靖……趙靖！你醒過來以後忘了她好不好？我們都是死過一次的人了，這會兒我們能重生，那我們再重新開始好不好啊？」秀女哭得一把鼻涕一把眼淚地讓人心酸，她對趙靖的愛也是不由分說沒有半點的假。

「媽……」士元此時也為母親的心境感到難過委屈，卻說不出半句話來安慰一個被丈夫精神遺棄的女人。

「你忘了她啊，趙靖啊～你忘了她啊……好不好？我不罵人我不打人了，我不打牌了，趙靖～」秀女懊悔承諾著，只要趙靖再起來看她一眼。

此時士元看見亮亮拿著一朵花悄悄地出現在他身後，急忙閃身將亮亮拉了出去。

「亮亮？」他看見她既驚且喜。

「我來看爸的。」亮亮不想士元誤會，明白了當地說。

「下回吧。」士元頓了頓，難掩失落地說，「等爸好一點，你大著肚子進加護病房，不好的。」

「你媽在裡面對不對？」其實用看的也知道，亮亮將花交給士元。

「我剛從麵店過來，我媽堅持要去開店，以前趙叔叔說每桌都要放花，這是店裡的花，她要我交給趙叔叔，而且一定要我轉告她，她會信守諾言，她會好好把店看好，等他醒來之後，他們……」士元嘆了一口氣轉過身去，並不想繼續這個話題的模樣，讓亮亮不解著。

「士元，你怎麼啦？」

「等我爸醒來的時候怎麼樣？」士元看著亮亮，彷彿他聽到的是多荒謬的話，「再回到你媽身邊嗎？」

「趙士元你怎麼啦？」亮亮問道，有必要那樣給人釘子碰嗎？

「我不能替你轉達這朵花。」士元難得以強硬的態度要退回那一朵花。

「為什麼？」亮亮昂首問道。

「我第一次發現我媽真的很可憐，」士元語重心長地表示，「是，做一個婆婆的立場她真的很可惡，但是做一個妻子的立場，她是真的很可憐……」

「對！」亮亮打斷道，「擅自跑到人家家裡把人家打得遍體鱗傷，很可憐？任意羞辱人家很可憐？利用我的幸福硬逼我媽回老家這也很可憐嗎？」

「那是因為她沒有安全感，」士元替母親說出了她的心聲，「她害怕，她的婚姻受到威脅，所以她才會這麼做的。」

亮亮嗤之以鼻。

「她害怕？她只會讓人害怕！」

「亮亮！你知道我媽在我爸床前守了一整夜嗎？」士元哀哀地說。

「那你知道在這之前她是如何瘋狂的把我媽趕出床邊，還打了她，把她趕出醫院？」亮亮希望士元不要雙重標準。

「你知道她多卑微、多矛盾的珍惜守在我爸床前的這一刻嗎？」母親在他眼裡只是個得不到愛任性著的女人，誰都有權利要求被愛不是嗎？

「那你知道我媽多固執認真的替趙叔叔守住他們的店？只因爲趙叔叔交代過，她就傻傻的信守著。」亮亮也忍不住替母親的癡心心疼說著。

「因爲我爸爲了愛她才離開這個家的，所以她只能夠理所當然的守在外面！」在士元眼裡，父親和妍秋的愛情只是個不正當的外遇。

「不！」亮亮尖銳地反駁，「那是因爲你們那個家讓你爸爸傷透了心，他才離開的！請你不要倒果爲因，我媽不是禍首！你爸愛我媽愛了一輩子了！」誰都不可以質疑她母親的貞節。

「或許我爸其實愛的是我媽呢？」士元提出了他的假設，「否則他不會一聽到我媽自殺就急得昏倒，他如果不在乎她，何必管她的死活！」

「誰也不確定你爸的昏倒，是因爲愛？是在乎？是氣？還是憤怒？」

亮亮不想再繼續和士元爭論，他站在維護自己家裡的立場他有這樣的觀點不能怪他，可是若是傷害到她母親名譽上的事情，亮亮是不想再交談下去。

亮亮轉身就想走人。

「亮亮！」士元不捨地拉住她，「走慢點，不要生氣，你走慢一點嘛～」

亮亮猛一回過頭氣勢驚人，「趙叔叔愛我媽這是全世界都知道的，他愛她愛了一輩子！」

「好……他愛她……所以我說我媽可憐難道不對？」士元的氣焰登時消失了大半。

「我媽難道不可憐嗎？被看成外遇，第三者，明明趙叔叔愛的是她，結果生了病，在醫院裡，名正言順守在他身邊的還是人家的老婆不是她，她難道不委屈不可憐？誰會同情她？」亮亮細數著母親所受的苦，心都絞痛了。

　　想不到這說法恰巧給了士元發揮的空間，「所以你爲什麼要讓你自己成爲這麼可憐這麼委屈不被同情的角色？你有沒有想過，你現在跟你媽媽一樣，不能光明正大的送花給他，不能名正言順的陪在他身邊，因爲你只是個外遇。」他無情地吐出，「我相信，陳中威他也會愛你一輩子，那又怎麼樣？你也只是一個不被同情的外遇，那又怎樣？」

　　「不要再說了，」亮亮眞的受到打擊了，「謝謝你，眞的，不要再說了。」

　　「亮亮，我……」士元還想說些柔性的話語融化亮亮的心。

　　「請你讓我離開，就算是個外遇，我也知道該怎麼離開。」亮亮厲聲說完這幾句，就頭也不回地步出了士元的視線。

　　「亮亮……」士元待在原地，憂傷地呢喃。

　　「亮亮……」另外一邊，有人也在念著亮亮想亮亮。

　　中威看著士元寫給亮亮的信。

　　「亮亮，我知道留不住你，天知道我多想跟你一起走，可是你想帶的又不是我，你知道嗎？長到三十歲我才發現我好像沒人要的小孩，爸爸不管我了，老婆也不理我了，孩子我大概也看不到了，我不知道我還能夠有多少機會，只能告訴你，亮亮，我愛你，我愛趙亮。」信封裡還附上了一張支票。

　　中威一看完就將信撕成碎片，剛好亮亮回來走進了房間。

　　「亮亮，」中威情急地站起身說道，「等我的護照辦好了，我們就帶著媽媽一起走。」士元對亮亮猛烈的懺悔與追求，讓他感受到威脅，他再也不要等了。

　　「不，我不再想躲了，不再想逃，我不可能逃一輩子，這是我的故鄉，我的孩子要跟我一樣，生在這片土地上，」亮亮看著發愣的中威，溫柔地向他說著，要給中威信心。

　　「中威，我還是愛你的，除了你，我不會給任何人機會，我會一直等你，不管你用什麼辦法，請你處理好你的婚姻問題，我們要名正言順的在一起，我不做外遇，在此之前請你成全。」

　　「亮亮……」中威一時啞了口，他知道亮亮的考量。

亮亮心意堅決地繼續說著，「你處理多久我就等你多久，什麼時候你恢復自由之身，什麼時候我們一家三口團圓，甚至是四口，我會愛你的那個孩子如己出。」

「如果趙士芬一輩子不同意，那我們……我們要耗一輩子熬一輩子？」中威艱辛地道出。

誰知亮亮淡淡一笑，「中威，你以為一輩子很長很久嗎？不過一瞬間，我願意等你，我願意一生活在等待和希望中，也不願意偷偷摸摸的，甚至想逃。」她轉而安慰起中威拍拍他的肩，「振作起來，好好過日子，我們都要好好過日子。你將要有孩子了，你是兩個孩子的爸爸，你要為他們好好振作。」

「是啊，我現在真的比不上趙士元了。」中威自嘲地摸摸鼻子，「他振作，我頹廢。他可以瀟灑漂亮的把支票放在你袋子裡，而我……我只能偷偷摸摸要帶你們走，甚至還帶不走……連老天爺都不幫我。」他苦澀又無力地說。

「但是我愛的是你，我愛你，中威。」亮亮的聲音彷彿從天上傳來，那樣遙遠卻比天籟還要甜美動人。

「是嗎？」中威看進她的眼底。

「是。」亮亮用富有感情的語調說，「只知道一路上在我最無助的時候，是你陪在我身邊，我會一直記住這些點點滴滴，將來我們老的時候還要手牽手一起回憶。」

「你會一直記住？努力的記住嗎？」中威的呼吸驀然急促了起來。

「從來不曾忘記的事何須努力去記呢？想起這些事就像呼吸一樣的自然。我給你時間你去處理，我要名正言順的做陳太太。」

亮亮牽起中威的手，眼神裡透著一股堅強。

「我不要跟你躲到美國，隨便取個外國名字，讓人摸不清我的曖昧身分，懂嗎？」

亮亮突然笑了起來，聲調輕快的跟中威說著。「來，你該回去嘍。」像是將要面對的漫漫長路，對亮亮而言已經不是苦澀的等待。

「亮亮……那我還能再看到你嗎？」中威突然對此情此景感到了加

倍的留戀。

「當然可以，」亮亮不假思索欣然同意，「你可以再來看我，但是我不要再有曖昧心虛的感覺，在你離婚之前，我們就像……像老朋友，老朋友好不好？」

「好。」中威同意了亮亮的要求，輕輕吻了她的額頭作別。

中威回到家中，還沒進門，便透過落地窗看到子荃在客廳裡扶著士芬。

「我是想他，想去看他，可是我害怕，我心虛耶，他兩次中風，我都覺得跟我脫不了關係。」士芬邊踱步邊嘟嘟囔囔地。

「那是命，跟你無關。」子荃笑說，也陪著她一起踱方步。

「是嗎？」士芬半信半疑，但無論如何，心上的大石在聽到子荃的說詞後放了一半。

「當然嘍，他命中註定有這兩道關卡，那是躲也躲不掉的。」子荃像是參透一切般說道。

「子荃啊，那你陪我去醫院嘍。」士芬話鋒一轉，同時停下腳步。

「我？我陪你去？」子荃指著自己的鼻子。

「是啊，你陪我去嘛。」

「大小姐，我是誰啊，怎麼會我陪你去醫院？」

「ㄟ～你自己說過的，」士芬無意間流露出女兒嬌態，「在我爸面前你說我們是姻親，在我面前，你說我們……你說我們是兄妹嘛。」

「可是……可是，我……」

「我不管……你就是要去啦，你就是一定要陪我去，不然我再也不要跟你見面了。」

「好好好……」子荃從善如流地說，「大小姐，你別生氣了，免得又動了胎氣了。」

「那你要答應陪我去喔。」士芬竟然孩子氣地要跟子荃勾手指頭。

「好，我答應你。」子荃也阿沙力地勾住了士芬的小指頭。

中威悄悄的掩門離去，想起他要給亮亮一個名正言順的位置，他開始思考著……

✱✱✱✱✱✱✱✱✱✱✱✱✱✱✱✱✱✱✱✱✱✱✱✱✱✱✱✱✱✱✱

　　秀女已經在醫院守著趙靖兩天了，寸步不離的，身心早已疲累不堪，眼皮時而閉上又時而睜開，深怕稍有疏忽沒好好照料到趙靖。

　　正當秀女半夢半醒打著瞌睡的當兒，趙靖的手微微抽動，眼睛慢慢地張開，看了四周，景物朦朧著，朦朧中他只記得最後倒下的意識。

　　「秀……秀女……」他虛弱地喚。

　　「趙靖！你醒了啊？」秀女被趙靖細微的呼喚聲給喚醒，頓時有種喜從天降說不出的興奮，「趙靖！謝謝菩薩老天爺保佑。」

　　「你……你還……還好……」他眼珠子在秀女身上轉了轉。

　　秀女拚命點頭。「我很好，我很好。」

　　「你真的……」趙靖吃力地想完整說出一句話。

　　「護士小姐！」秀女已經激動地大喊醫護人員過來。

　　「你真的沒有事了？」趙靖說。

　　「我真的沒事了，我沒事，沒事。」秀女忙不迭表示，轉身拉住剛進門的護士。

　　「護士小姐！我老公醒了！我老公醒了，你快點叫醫生來看，你快叫醫生來。」轉身看見趙靖望著她，她淚水撲簌簌地直掉，嘴裡不斷說著。

　　「我很好啊，趙靖，我很好啊……」

　　趙靖虛弱的點點頭，秀女就懷著激動的心情走出加護病房，讓醫護人員給趙靖做個檢查。

　　一走出去，秀女就因為趙靖一醒來就記掛著她，心裡還有她，而感動的啜泣著。

　　「趙靖，我對不起呀，趙靖～我對不起你～」秀女開始覺得自己欺騙丈夫好生過意不去。

　　「媽……怎麼了？」剛剛趕到的士芬以為出了什麼狀況，連忙衝過來急問道，「怎麼了？你告訴我，爸怎麼了？」

　　「你爸醒了啊，他醒了～」秀女還沒平復下來，上氣不接下氣地說

165

著。

「媽，那你哭什麼啊？」士芬舒了一口氣，「這是好事啊，你把我嚇死了，你知不知道？」

「你知道嗎？」秀女的心熱騰騰地，「你爸他記掛著我呀，他記掛著我呀，他醒來的第一句話就是問我，秀女，你沒事吧？」秀女說到此更是放聲大哭了起來，斷斷續續地說著。

「他心裡有我呀，他記掛著我啊，他一直問我秀女你有沒有事啊？他自己都生病呢～」

「是，沒事了。」士芬拍著母親，瞧她興奮的樣子，爸這些年真是虧待她了。

「沒想到他醒來第一句話就是叫我名字啊。」秀女幾乎站不穩了，前仰後合地直對女兒複誦趙靖當時的對白。

這時護士走了出來。

「護士小姐，我先生怎麼樣了？」

「恭喜你，他已經平安的度過危險期了，麻煩等一下到護理站，我們替他轉病房。」

「媽！爸沒事了。」士芬歡天喜地地說。

秀女也有種大夢初醒的感覺，「士芬啊，等你爸病好了，我跟你爸一定可以重新開始，我們一定可以重新再來過。」

「可以的，媽，」士芬拍拍母親的手，「那你可要好好的謝謝子荃，要不是他替你想的好辦法，你現在哪能這麼快樂？那天，你還罵他呢！」說著偷眼向子荃瞧去。

「子荃啊～不好意思啊。」秀女是人逢喜事精神爽，竟然對子荃誠心地道歉。

「這沒什麼的，我都沒放在心上，」子荃很謙虛地說，「你是太急了嘛，又急又氣又愛的。」子荃內心想著這些遲早都會討回來的。

「是啊，還是子荃最懂趙媽媽的心意，」秀女誇了他兩句，突然又想到一件嚴重的事情，「ㄟ！你可不能回去告訴你媽說趙靖醒了，不然她待會兒又跑來了，趙靖這會兒全都是我的了。」

「媽，」士芬發覺母親又開始散發敵意了，連忙提示道，「你看你，你又在防子荃了。」

　　「我當然會去告訴她了，」子荃別有深意地笑了笑，「這事一定要跟她說的，而且要詳詳細細的說清楚，讓她知道，趙叔叔在生死關頭之際，心中最掛念的是誰。」

　　秀女終於一展心頭怨氣，得意地尖聲道，「我們三十年的感情，她哪裡比得上啊，別讓她老以為自個兒有多了不起，我在趙靖心裡也有位置的。士芬，走，我們去看看你爸。」

　　子荃看著母女倆進入病房，在外面冷笑著，他們又都成了他手中的棋子了。

　　汪家，亮亮與妍秋在廚房忙著，心懷鬼胎的子荃從外邊回來，還故意發出聲響讓兩人聽見。

　　「子荃，怎麼一大早回來啦，餓不餓啊？我裝碗稀飯給你吃。」妍秋關心地招呼他。

　　「趙靖醒了。」子荃出其不意地說，果不其然，妍秋馬上放下手邊工作往外衝。

　　「你要上哪裡去啊？」子荃叫住她。

　　「去醫院看趙靖啊。」妍秋理所當然地回應。

　　「拜託你自愛一點好不好。」子荃故意用輕蔑到不能再輕蔑的口吻說。

　　「汪子荃！」亮亮用力扔下菜刀，站出來說，「不准你跟媽用這種口氣說話！」

　　「那我應該用什麼口氣？對待一個外遇要用多尊重的語氣？」子荃故意忽視亮亮的憤怒。

　　「做兒子的該用什麼語氣就用什麼語氣說話。」亮亮的臉色猶如罩了層寒霜。

　　「你不要以為我在兇她啊，我這樣做是為她好，給她一個台階下。」子荃順水推舟地說出今天的來意，「哼！你知不知道趙靖醒過來之後第一個喊的是誰，不是你，不要自作多情，他第一句喊的是秀女，說的第

一句話是秀女，你沒事吧？你還好吧？」

「是這樣的嗎？」亮亮不信。

子荃失笑地說，「你們還在這邊瞎開心啊，悶著頭要去醫院看人。你們是誰呀？人家生龍活虎的時候沒給你半點名分，倒下去了，心裡記掛的還是他老婆，人家有問過妍秋怎麼樣了嗎？」

「媽……」看到妍秋反常地往回走，亮亮擔心地叫著她。

「對，乖乖待在家裡是對的，」子荃火上加油地說，「不要再去招惹人家啦，不經過生死關頭哪看得出誰重要啊。」

「你怎麼知道？蔡秀女告訴你的？」亮亮氣沖沖地說。

子荃無所謂地點點頭，「是蔡秀女說的沒錯，可是絕對不是她編出來的。我到醫院的時候正好看到她喜極而泣，哭得稀哩嘩啦的。又哭又笑說趙靖掛念她趙靖在乎她，趙靖連一句妍秋都沒提到，你說，我還能讓媽去醫院看他嗎？人家一點都不在乎她。」

當子荃說著這些時，妍秋腦子裡全是與趙靖相處的快樂時光，趙靖的關心趙靖的深情體貼，妍秋微笑著動身。

「媽，你要去哪裡啊？」亮亮擔憂地問。

「我去麵店啊，」妍秋漾著滿足溫暖的笑容，「我要開店做生意，趙靖說的。」

亮亮回過頭對子荃板起臉孔。「以後有話好好跟媽說，不要用這種尖酸刻薄的語氣。」

「好好說她會聽嗎？」子荃聳聳肩，「你會聽嗎？你們都很奇怪，喜歡去破壞人家的家庭，搶來的糖特別甜嗎？」

亮亮看子荃還是用著諷刺的語言在傷著自家人，不想再多費唇舌，趕緊向外跑，追回精神狀態又有些恍惚的母親。

＊＊＊＊＊＊＊＊＊＊＊＊＊＊＊＊＊＊＊＊＊＊＊＊＊＊＊＊

「誰告訴我，這到底是怎麼回事？」趙靖無法控制地流著口水，不能接受自己中風癱瘓的事實，大發雷霆著。

「我……我的手，我的腳，爲什麼都動不了！爲什麼沒有力氣了！這是怎麼回事啊？怎麼回事？」看著自己的一隻手無力的垂著，怎麼使勁就是舉不起，趙靖心裡恐懼慌張。

「爸……」士元鼻頭一酸。

趙靖想動動腳，卻只有腳趾頭微微能動，他用另一隻手打著自己的腿，大吼著。「它還在，它還在不是嗎？」

「好了啦，你不要這樣……趙靖啊～」秀女心疼地想拉開他自殘身體的手。

「你們給我走開！」趙靖猛力一揮，「不要管我，你給我動一動啊～動一動啊～」繼續捶打著自己的雙腳。

「爸，你不要這樣子。」士元上前抱住了父親顫抖的身體，他知道這個打擊對一向意氣風發的父親實在太大了。

「你給我動一動，我要下床，我要下床！」趙靖推開士元，執意要下床，卻只是從床上跌落在地上，雙腳根本派不上用場。

「趙靖，你不能下床啊，趙靖……」秀女看趙靖摔落床急得上前攙扶。

「走開！走開！走～」趙靖毫不領情地斥退。

趙靖在地上一拖一拖的爬著，嘴巴閉不攏地口水直流，看在大家眼裡痛心不已。

「爲什麼？爲什麼動不了？爲什麼？」趙靖口齒不清的問著，眼神空洞。

不一會兒，陣陣的啜泣聲隨著趙靖抽動的肩膀傳了出來。

「爸，你只是輕微的中風而已。」士芬難過地安慰著父親，她沒想過那個始終像大樹一樣的父親，會有這樣倒下的一天。

「是啊，趙靖，」秀女眼中帶著淚水，也苦口婆心地勸說，「醫生都說啦，你只要持續的復健，保持情緒穩定，你很快就可以恢復你就能動了。」

「是啊，爸，」士元輕握住父親的肩，「您是可以恢復的，我們……媽會幫你做復健的。該買的輪椅助行器我們都買好了，只要你願意配

合……」

「出去！」趙靖痛徹心肺地大吼一聲。

「我怎麼能離開呢？」秀女不依地待在原地，她要陪著趙靖啊，即使他廢了殘了，她都要陪著。

「統統出去，讓我一個人在這裡……」看樣子趙靖已然瀕臨崩潰邊緣。

「趙靖啊～」

「出去！」

秀女急了，「這會兒我怎麼能離開啊？你看看你自己，吃喝拉撒擦屎擦尿，你都得有人幫忙嘛。」

趙靖隨手抓起床頭的杯子往地下一扔，「你們沒有中風！可以走為什麼不走！我不要人照顧，我不要，滾，統統滾～離開我～滾……」

「趙靖啊……」秀女還想留下來看照他。

「媽，我們先出去，讓爸一個人靜一靜。」

士元拉住母親和士芬，看著父親的背影傷心的離去。

而一人在病房裡的趙靖，情緒完全崩潰，放聲大哭著。

「哥，你看，好可怕哦，爸……他連口水都控制不住，一直流，他自己都不知道。」士芬想起來覺得不可思議有些害怕地說。

秀女一聽教訓道，「是生病啊，他生病啦，什麼可怕呀？你連自己爸爸你都嫌？」

「媽……」士芬知道自己說錯話了，低下頭去。

「他以前是一個多麼注重儀容的人，他要不是病了，他怎麼會變成這樣子？沒良心，嫌自己爸爸。」

「不是啦，媽，」士芬吞吞吐吐的，「我……我害怕，我肚子裡有孩子啊，胎教很重要的，人家子荃連恐怖片鬼片都不讓我看的。」

「子荃？汪子荃？」秀女懷疑自己聽錯了，「他連你看錄影帶他也管啊？他是陪你租錄影帶還是？」

「好了……誰陪我不是重點，現在是爸比較重要，誰照顧爸？」士芬不想轉移焦點。

「我啦我啦，」秀女二話不說，「我在這兒照顧他，我陪他，你們嫌他怕他，統統回去好啦。你公司很忙是吧，那你也回去好了。」秀女對士元努努嘴，「久病床前無孝子，養兒育女到頭來一場空啊，沒良心！」

「媽……」士芬被秀女說慌了，「我……我是真的不方便，你看我肚子這麼大，萬一爸亂揮亂打……」

「你就是嫌他！」秀女才懶得聽那麼多理由，都是藉口啦！

「好了，不要吵了，我留下來，」趙士元出來打圓場，逐一安排道，「趙士芬是真的不方便，媽，這幾天你也夠累了，該回去好好休息休息了，反正我壯，背上背下都不是什麼問題，明天再給他找個看護好了。」

「我不走，我留下來陪他。」秀女不想離開。

「好，你陪你陪，你明天再來陪好不好？等爸情緒穩定一點，或許……他就比較能夠接受這個事實。」士元嘗試說服母親。

「我今天就要留在這陪他！」

士元萬分無奈地對母親說，「如果你累垮了你要怎麼辦？再為你找個看護嗎？媽，好了，夠了，爸已經是個中風的老人了，你還怕他被人拐跑了不成嗎？現在他哪都去不了了，好不好？你放心的回去休息吧。」

「媽，哥會在這照顧爸。」士芬挽了母親的手，要她寬心不要神經過敏。

「我不放心你爸啊～我的趙靖……」秀女眼睛猶望著病房。

「你放心，放心，沒事的。我在，爸會沒事的。」士元好言哄著母親，一邊將她往外拉。

「我不捨得趙靖啊……」秀女細碎的呼喊逐漸消失在長廊那一頭……

送走了母親，士元走進病房裡，看見父親撫著自己的大腿喘著氣，臉上的淚痕還未乾，士元心一酸，低頭默默的先將病房裡散落一地的東西收拾放好。

「士元……它真的動不了了……我怎麼辦？我……我的麵店怎麼辦？」趙靖突然向士元說著，又開始哭得像個孩子。

士元抱住父親。

「爸……」他的心也在淌血，曾經威風凜凜的商界巨人，如今……

「士元……怎麼辦？」趙靖無助地問他。

「爸，你會好起來的。」士元吸吸鼻子，對父親綻放有信心的笑容，雖然那笑容有點苦。

「怎……麼……辦？」趙靖連聲音都啞了。

「爸，你會好起來的。」士元還是那一句話。

只要不放棄，就永遠有希望。

在士元懷裡的父親，讓他第一次感受到父親的衰老和無助。

第三十六章

　　寧靜的中午時分汪家的電鈴響了起來，子荃奇怪地前往開門，怪了這時間什麼人會來呢？開門一看竟是陳中威。

　　「來看汪子亮？還是麵店？」他懶洋洋地倚在門上，並沒有準備接待客人的意思。

　　「我來找你，我有話要跟你談。」中威扶了扶眼鏡，沉沉地開了口。

　　「恐怕我們之間沒有什麼好談的。」子荃兩手一攤，實話實說。

　　「有，有得談，你會有興趣的。」中威非常肯定的說。

　　子荃轉了轉眼珠子，這才不情願地挪開身，讓中威進去，自己隨後跟了進來。一屁股在沙發上坐下，不等他開口問，中威突然靠近他，低低地在他耳邊說了幾句話配上手勢。

　　「你說什麼？」子荃身體一震，「你要我去追求趙士芬？不行，我不相信肢體動作，你說，清清楚楚的說明白。」子荃誇張地掏了掏耳朵。

　　「我……我陳中威請求你，請你去追求趙士芬。」

　　「你請求我？那表示要我幫助你的意思嘍？」

　　「不是幫我。是互惠！最大直接而實際的受惠者是你。」中威開門見山地說。

　　「繼續啊，打動我啊，我是最大的受惠者？呵呵，你不要得了便宜還賣乖啊，既然有惠你會不受，還要別人來受？更何況是你最討厭的汪子荃。」子荃笑笑地彈了彈手指，顯然不接受中威的說辭。

　　「我說過了，是互惠，當然我也有好處。」中威沉著地道，「是，我是不欣賞你，因為我們價值觀完全不同。」

　　子荃靠著沙發移了個姿勢，「你清高嘛，可是奇怪，你們這種清高的人怎麼都喜歡搞外遇？所以真是清高嗎？還是只是包裝，用看似清高

包裝你們醜陋的行為，ㄟ～別翻臉啊，你正有求於我啊。」子荃擺擺手示意中威可別撕破臉，「說重點吧，我聽聽看。」

「你一直想接近趙家，一直希望跟趙家的關係越親密越好。」中威說。

「是啊，我一直羨慕趙士元是趙家的兒子……」

「那半子呢？半子也差不到哪裡去吧？趙家只有一兒一女，這麼大的企業，趙士元是獨自撐不下來的，如果多了一個得力助手，有親如半子的女婿，你覺得……」中威徐徐地說著，就要將他的計畫帶出。

子荃沒聽完先嗤之以鼻，「你為什麼不做？喔～你要自由，你不喜歡趙士芬，真的，她的確很討人厭，可是那我就不要自由了？這一雙金玉其外的破鞋，你自己穿得不合適，你就要把它扔給我？」

「很好，你也知道那是個金玉其外的破鞋，你要的不就是金玉跟權勢？至於她是不是敗絮其中，你汪子荃根本不在乎。否則，你也不會陪著她天天獻殷勤，對你而言，她的外在內在只是一個金錢符號而已。再說，這雙鞋我穿了不舒服，因為它不適合我，但未必不適合你，也許你穿了很適合很舒服。」中威冷靜地分析道。

「再怎麼舒服適合，也不過就是雙別人穿過的舊鞋嘛。」子荃毫不給面子地說。

「沒關係，你可以拒絕，互惠的事本來就應該兩廂情願，大家答應才行，如果你拒絕，我佩服，但你要我的佩服幹嘛呢？」中威雙手交握，放在膝頭靜候子荃的回音。

子荃不屑的冷哼一聲，精明的腦子卻已飛快地開始運轉。

「我們兩個是從來不對盤的，如果你接受，我謝謝你，也恭喜你，趙家女婿這個位置是千萬人求之不得的。任何有一點頭腦的聰明人，都會知道這個選擇題怎麼回答。」中威說同時看了看錶，「顯然我以前誤會了你，你才是個清高的人，好，對不起，算我沒說。再見。」他欲起身離開，反正網也撒出去了。

「我怎麼知道這個提議是不是陷阱？」凡事小心的子荃突然提高聲音說，「是不是對我的陷阱？」

「獵人設陷阱是爲了捕捉獵物，不好意思，我請問你，你是我的獵物嗎？說穿了，我們是彼此的獵物，我利用你得到我的自由，你可以利用我嗅到銅臭，至於是自由價高還是愛情可貴？這不重要，我說過，我們的價值觀不同，更何況該設防的應該是我。我都不怕你把今天的事告訴趙士芬，你還怕我嗎？」中威反問著，銳利的眼神在鏡片後閃了閃。

「你說互惠是吧？那大家是把這件事情當作生意在談嘍，」子荃收起一貫的笑臉開始認眞了起來，「好，那就談清楚，免得彼此在認知上有誤差，將來扯不清。」

「好，你問。」中威對他點了點頭。

「所謂追求是追求到什麼程度？說句不客氣的話吧，牽牽小手是追求，談心說話也是追求，你是要我配合到捉姦在床嗎？捉姦在床好讓你有籌碼去談離婚？那我怎麼知道眞的讓你抓到的時候不會反告我？」子荃提出他的疑問。

「不，我不是這種人，我的目的是要自由要離婚，我不會反咬你一口。」中威明白地說。

「不，你要告我。」子荃一拍大腿，雙眼發亮地說，「你要的只是自由，我要的是位置，如果眞的有機會讓你看到什麼抓到什麼，陳中威，你一定要告我，先告，把事情掀開來鬧，逼得他們不得不離婚，再讓我以深情忠誠的受害者姿態，出現在他們面前，記住，你再撤銷告訴，一定要撤銷告訴，否則在台灣我沒有辦法娶她的。」

聽子荃一口氣說完的中威，明白子荃是個善於玩弄計謀城府深沉的人，每一個環節都想得清清楚楚，能這麼快速的進入趙家企業的核心，也不足爲奇了。

「滿好的，趙士芬是一支績優股，適合長期投資，所以我是一定要娶她，不錯各取所需。」子荃眼神裡閃爍著光芒，滿意著中威的提議。

「還有一個條件，我的孩子，趙士芬肚子裡的孩子……」子荃知道中威要說什麼，直接打斷他。

「對不起，如果我跟趙士芬結婚，那個孩子就是我的孩子。」子荃語出驚人地說。

「你要我的孩子幹什麼？今天，趙士元要亮亮肚子裡的孩子，那是他對她餘情未了，你對趙士芬毫無感情，爲什麼要留住她的孩子啊？」中威不能諒解他的骨肉怎能隨便給人呢？

「爲什麼？因爲我做不成趙家的兒子，我就要做趙家的父親，雖然這個孩子他不會姓趙，但是他的母親姓趙。我要成爲這個孩子的繼父，我要做他的法定監護人。」

「不，你沒有權利！」

「沒錯，所以才要談不是嗎？就像你說的，互惠這件事是要雙方心甘情願才行，現在是換你好好考慮的時候了。」子荃好整以暇地背靠沙發，望向天花板編織起一個致富的美夢。

「你……」中威爲之氣結。

「氣什麼呢？生意總是有賺有賠，你賺到自由愉快走人，那麼把孩子留在趙家，也沒什麼不好，否則，父子兩個一起留在地獄也不錯，起碼有個伴嘛。」子荃看著中威，要不要一句話隨你啊。

「我要自由也要我的孩子。」中威咬牙道。

「辦不到！」子荃昂起下巴肯定地說，「你的自由是由我的自由換來的，你的孩子留在趙家是用我的終身不育還來的。」

「你……」

「沒錯，如果我跟趙士芬結婚了，我不會跟她有孩子的。第一，我要取信於她，第二，我也會害怕我家的遺傳基因。在這種大企業家庭裡，如果沒有子嗣就等於沒有力量。所以你的孩子要留在我的身邊，這是我唯一的條件，你好好仔細的考慮清楚。」

子荃說完手一揮，擺出了一個你請的手勢要送客，中威一臉複雜，心腸百轉千迴的走出汪家的門，內心天人交戰著。

＊＊＊＊＊＊＊＊＊＊＊＊＊＊＊＊＊＊＊＊＊＊＊＊＊＊＊

士元在醫院照顧趙靖，看著父親熟睡的臉，想起他以前叱吒商場撐起整個飛達企業的氣勢，和如今衰老躺在床上的他相比，士元握住父親

的手，難過了起來，

此時門外有一個人影悄悄晃過，士元瞥了瞥，他知道是誰來了。

「爸，你好好休息，我先回去了，明天公司一大早還要開會，開完會我再來看你。」士元摸了摸父親的額頭，打算離去，留給他們獨處說體己話的時間。

「爸，媽他們今天也不會來了，大家都累了，需要休息，你好好睡吧。」士元故意說給門外的妍秋聽，出門往另一方向走去。

妍秋一等士元離去，馬上就進入病房裡看著趙靖，握住他的手，摸著他的臉，輕輕地喚著。

「趙靖……趙靖……」

妍秋掉下了眼淚，她還是止不住想來探望趙靖的念頭。「趙靖，我懂，你的意思我明白，你一定要先知道她好不好在不在？否則你怕我愧疚一輩子，自責一輩子，對不對？我都懂的，我都明白。我不會生你的氣的，就算你心裡還真的記掛著她，問她好不好，那也是應該的啊，畢竟，她陪你三十年了，而我，我只要在往後的日子能夠陪著你就好了，趙靖……」妍秋用富有感情的聲音說。

「在往後的日子裡我們倆……我們倆一塊兒賣牛肉麵，是老朋友，也是……也是老伴兒。這樣我就開心了。」妍秋終於說出了她心中對趙靖的愛，那樣直接沒有隱瞞。

而趙靖原本閉緊的雙眼微微地振動，淚水從眼角滲出。

「趙靖？你怎麼啦？」妍秋駭了一跳，「你別嚇我啊，你到底是醒著還是睡著啊？趙靖？你怎麼了啊？」

「你看看我啊……」妍秋拍拍趙靖的臉頰。

「我不敢睜開眼睛……」趙靖喃喃地帶著濃重鼻音，嘴斜斜吃力的說著，「我怕這是一場夢，一睜開眼，一切都沒了，我不敢……」

「不，不是夢，是真的，我一切都已經不在乎了。後半輩子……後半輩子我也願意不計名分的跟著你，趙靖，你看看我，你睜開眼睛看看我嘛，好不好？」

趙靖睜開眼睛看著妍秋。

「妍秋……」此刻躺在床上的不是呼風喚雨的企業家，只是一個因深深渴望愛而涕淚縱橫的男人。

「趙靖……不哭，不是夢，不是夢。你看，我現在這麼真實的貼著你，我也這麼大膽的跟你做了表白，怎麼還會是夢呢，是不是？不是夢，不是夢。」妍秋溫柔地安撫著趙靖。

「妍秋……這些話你為什麼不早說呢？為什麼不早說……」趙靖又悲又喜。

「趙靖，現在說也不晚啊，只要你能醒過來，只要你能聽到這句話，它永遠都不晚，它不晚的。」

「妍秋……」

「趙靖，我愛你，我愛你啊，趙靖，我愛你。」妍秋將趙靖的雙手緊握著，突然其中一隻無力的滑下，妍秋看到知道趙靖癱瘓了。

趙靖有些難為情的又將眼睛閉起，淚水又無聲地滑落。

妍秋撫摸著趙靖的臉。

「好了，不哭了，我看啊，以後我還非得賴著你，不能不管了呢。」

「晚了，妍秋，晚了……當我還好好的時候，你為什麼不要我？現在我是個廢人了，不能照顧你，晚了！」趙靖無限悲戚地說，他知道自己現在形同廢人，自己都照顧不了了，又怎麼能照顧妍秋。

「胡扯，胡扯，早晚是由我決定的，我說現在這個時候剛剛好，以前……以前都是假的，都是過客，現在正是時候，正是時候。」妍秋深情地偎著趙靖，抱著他像個母親張著羽翼護衛她的孩子。

而走出醫院的士元，在外面吹著風靜靜地想著一些事，卻碰巧地看見亮亮搭著計程車，神色慌張地趕到醫院門口。

「亮亮！亮亮！」他不無欣喜地迎上前去。

「士元，我媽……」亮亮焦慮地想見到妍秋。

「在裡面，在病房裡面。」士元說。

「那你媽呢？」亮亮更緊張了。

「她沒來，你放心她不在醫院，在家休息。你看你，三更半夜的急得一頭汗，還自己一個人攔計程車，多危險啊！」士元馬上告知秀女不

在，讓亮亮安心。

士元仔細地看著亮亮，心疼著她似乎更瘦了。

「我半夜起床沒看見我媽在床上，我擔心啊我怕……」亮亮的擔驚受怕全寫在臉上。

「那你應該打電話給我問問我嘛，」士元道。

「我怕你媽在你旁邊，你不方便說話，造成你的困擾。」

「亮亮，我們需要這麼見外嗎？萬一你白跑一趟怎麼辦呢？大老遠跑來，然後發現你媽不在這裡。」

「我知道我媽一定會來的，趙叔叔醒了她一定會來看他，跟他說說話。」亮亮有意避開士元的關切，話題總是不離開母親。

「你們怎麼知道我爸醒了，還轉到病房了？」士元不解地問。

「子荃回來說的。」亮亮告訴他。

「汪子荃現在好像是趙家的一分子，趙家的最新狀況他比我這個做兒子的還清楚，陪我媽打牌，陪我妹做產檢散步……」

「好了，我要上去接我媽了。」亮亮用行動阻止士元再與她說話，繞過他就要去搭電梯。

「亮亮……把時間和空間讓給他們吧，」士元拉住亮亮，「他們一定有很多話要說的，這陣子他們彼此思念，彼此記掛著。」

「你確定你爸最記掛的不是你媽？」亮亮突然尖銳地道出她的心裡的刺。

「為什麼你要這麼說？你明知道我爸心裡最在乎的是……」士元為父親的心意遭到誤會抱不平。

「士元，我們曾經為了你爸心中最在乎的發生爭執，現在事實證明，你爸心裡最在乎的還是他的妻子，他為了她急得心臟病發作昏倒，醒來第一句話問的不是妍秋是秀女，是秀女好不好，這不就證明一切了嗎？」亮亮激動地說。

「誰告訴你的？」

「子荃。」

「又是子荃！他是趙家的發言人嗎？」士元大大地不以為然。

「我無所謂，我是來接我媽的，只有她最死心眼了，這麼晚了還在醫院裡，一大早還要去店裡唱店歌做生意，然後……」亮亮甩脫士元的手，爲母親多情的行徑有些不值的惱怒著。

「亮亮～亮亮，你在生什麼氣啊？」士元不懂亮亮的反應爲何那麼激烈。

「我不是生氣，我……我心疼我媽～她傻！」亮亮不忍地說。

「亮亮，我爸在昏倒之前聽到最後一個消息是我媽自殺了，醒來以後，他第一句話問的是這個，這也是人之常情啊，你媽都不在意，還願意來醫院陪他看他，可能現在正在唱歌給他聽呢，我們就不要打擾他們了。」士元勸著亮亮，也想把握住這跟她相處的短短時光。

突然一個刺耳銳利的女音劃破寂靜的候診區。

「趙士元！你不是我的兒子！」秀女怒罵道，接著拿起皮包用力地丟過來。

「亮亮，小心一點。」士元把亮亮拉向身後。

「你這個胳膊往外彎的畜生！」秀女瘋狂地打著士元。

「好了！媽！」士元一邊舉手擋著一邊保護亮亮。

「叫我回去叫我休息，虛情假意的孝順！好讓我把病房空出來讓他們約會，好讓那個賤女人來！」秀女憤恨地罵說。

「你說話客氣一點，誰是賤女人？」亮亮挺身出來瞪著秀女。

「誰破壞人家家庭誰就是賤女人！你們汪家這對母女啊，喜歡當狐狸精破壞人家家庭！」秀女一點也不客氣地叫道，有幾個病人不時回頭偷覷看著熱鬧。

「夠了！媽！」士元大聲地制止秀女，這畢竟是醫院。

「你啊，趙士元你到底是誰兒子，你不是我兒子！你是我蔡秀女懷胎十月生下來的嗎？你比汪子荃的一根手指頭都不如！叫我回去休息，你好帶這對母女來邀功？讓那兩個老的在樓上偷偷摸摸，你們在樓下鬼鬼祟祟！」秀女越說越覺氣難平。

「媽！你爲什麼要把話說得這麼難聽？這麼齷齪？你只會這樣想嗎？」士元回嘴，如今的他裡外不是人，他真是受夠了。

「我不是想！我用眼睛看到！要不然你們兩個在幹嘛，汪子亮啊你賤不賤啊？嫁進我們趙家，肚子裡還懷別人的野種，好了，這下婚也離了，野種也大了，你幹嘛呀，三更半夜又可以隨傳隨到啊？你跟應召女郎又有什麼兩樣？」秀女眼見兒子不站她這一邊，轉頭便攻擊大著肚子的亮亮。

「媽，你好了。」士元已經盡量忍耐地。

「就衝著我們趙家的二十萬？你只值二十萬？」秀女衝著亮亮說。

「我一毛錢也沒有要！第一個月匯進來的二十萬，我原封不動的留在戶頭裡，支票我也撕了，我汪子亮要貪圖你們家的錢，我連婚都不會離！蔡秀女你搞清楚，當初我嫁給趙士元的時候，是你們對他經濟封鎖的時候，是他一文不名的時候，你要搞清楚！」亮亮清清楚楚地說，她高傲地揚著頭，磊落地像在說著，蔡秀女不要以為我跟我媽媽一樣好欺負。

181

「大聲？你敢跟我大聲？唷～這會兒這麼清高啦？那你幹嘛又回來找我兒子呢？因為你知道他現在不是一文不名啦，因為你知道他現在是飛達企業執行董事了，立刻就回頭啦，三更半夜叫你你都來啊？」

「我是來接我媽的。」

「你不必了，你媽希罕你接？不是來接吧，你是來送吧！你們這對狐狸精，專門喜歡自個兒送上門，不知廉恥，哼！還有那個笨蛋，趙士元……」

秀女此時突然發現士元不見，知道他一定是上樓去通風報信了，趕緊上樓。

士元一衝進病房，也顧不得父親還在跟妍秋不捨地交談著，急的就要妍秋快走。

「快，快走。」士元拉著她往門外去。

「怎麼了？士元。」妍秋還沒弄清楚狀況。

「快點走，來不及了，我媽來了，我們先走再說吧。」士元攢著妍秋的手並未鬆開，並回頭對趙靖解釋道，「爸……你聽我說，你先好好睡下，不要讓媽看出來什麼，宋阿姨，我們趕快走啦～」

「不，我不走，我不回去。」妍秋突然用力掙開了士元的攙扶。

「你別鬧了，我媽說不定現在正在電梯裡啦。你趕快走，我還要下去顧亮亮呢。」士元急如熱鍋上的螞蟻，亮亮現在有著身孕，真要動起手來，有個萬一後果可不堪設想，士元不想賭上這個風險。

「亮亮？亮亮也來啦？」妍秋詫異地說。

就在此時，秀女氣喘噓噓地出現了，回答著妍秋的疑問。

「是，她跟你一樣不要臉，哼！我說你女兒跟你一樣不要臉啊，大著肚子哪，還幫著你私會人家老公啊～真是不是一家人不進一家門啊。」秀女嘖嘖地譏嘲說。

「士元，士元～」一直躺在床上不動的趙靖忽然出聲叫喚，揮著他還有感覺的一隻手，扭動身體。

「爸，你不要……」士元趕過去按住了趙靖的動作。

「扶我下床……」趙靖喘著氣說。

妍秋掛心地想過去看趙靖狀況，卻被秀女用力一把拉開。

「你幹什麼呀，那是我老公，你還敢來醫院啊？」

「你……你……你要幹什麼？」趙靖雖然上氣不接下氣，眼睛還是緊緊盯著秀女，不許她傷害妍秋。

「爸～」士元拍撫著父親，醫生特別交代趙靖的身體不能再激動了。

「我敢！我不但敢，我以後還天天來。」妍秋緩緩地堅定地說，她宋妍秋躲了十九年，躲避趙靖也躲避自己的感情，從今以後她要為趙靖好好爭取。

秀女一聽氣得舉起手想打妍秋，趙靖因為激動的喝止，跌下床來。

「趙靖……」妍秋看了極其不忍。

「你敢打她？」趙靖嘴裡還說著，眾人七手八腳將他扶上床。

「爸，你不要這樣子啦。」士元心酸地勸阻父親。

「蔡秀女你不准打她！」趙靖單手揮舞著，大吼重複著。

為了趙靖不能再受激的身子，秀女按捺住就要發作的妒意，試著安撫趙靖。

「好啦，趙靖啊，醫生說你不能太激動啊～」秀女過去想替趙靖拉好被子。

「滾開！」趙靖抖動身體，不讓秀女靠近他。

而秀女受著氣，就往妍秋身上發，也叫妍秋滾。

「好……我走！我走！趙靖都已經病成這個樣子了，你就別再折騰他了，我走就是了。」妍秋不忍趙靖受著折磨，願意離去。

「不准走！」趙靖聞言激動地又要爬起來。

「不要激動啦……」秀女欲伸手安撫，趙靖卻將秀女推倒在地。

「走開！」趙靖此時心裡唯一的依靠只有妍秋了，他帶著近乎哭泣的語調求著，「不准走，妍秋……妍秋……」

「趙靖，你不要這樣，你不要這樣嘛～」妍秋握著趙靖的手，摸著他的臉。

秀女跌坐在地上，將兩人不捨的情意全看在眼裡，盛怒將她全身震得顫抖，「你們太過分了～」秀女斗大的淚珠，滾燙地劃過兩頰，滿腹的委屈酸楚全湧上了心頭，大聲哭訴著，「我回到家裡去，我吃不下我睡不安穩，我一心掛記著你，擔心兒子不會照顧你，我就是放心不下，我再怎麼樣我都要到醫院來陪你，結果……你就是這樣對我？你們父子倆就這樣偷偷摸摸的來背叛我。」

「不，這件事情跟士元無關，是我自己要來的，士元不知道，亮亮也不知道。」妍秋不想讓秀女誤會士元和亮亮。

「閉嘴呀你！賤人！都因為你，我一個老公好好的給你勾搭出去，我再見到他的時候，他在加護病房裡。你這個掃把星，他都讓你害成這樣給癱在床上了，你還不放過他？你到底要害死他你才甘心啊？害死一個汪漢文你不夠啊？」秀女怒火中燒，洶洶的妒意幾乎淹沒了她。

「蔡秀女～蔡秀女～你要再說一句，我讓你明天到這大樓底下替我收屍……」趙靖被士元按著，只有一張嘴能激動地說。

「我爬也要從這個窗口跳下去，如你的願！」趙靖面如死灰地瞪著秀女。

「不許這麼說，趙靖，不許這麼說。」妍秋伸手摀住了趙靖的口。

「趙靖……趙靖啊，你中邪啦？人癱了，腦袋總該清楚啊，你睜開眼睛看看這個女人，她不祥！打從她出現，我們趙家給她整得快散了，那天老劉要是沒有發現我，還是你一口氣沒上來，趙靖……這狐狸精就會活生生的把我們趙家給整得家破人亡啊～」秀女是急得跳腳，怎麼趙靖就是心甘情願地著了這賤人的道呢？

在一旁始終默不作聲的亮亮，再也忍受不了秀女一再地侮辱，尤其是她最愛的媽媽，跳出來插口道。

「那不是我媽的錯，她誰也沒傷害過，你打她罵她，拿錢來羞辱她，她都只有受的份，她有反擊嗎？」

「亮亮，好了啦。」妍秋說她不希望趙靖的情緒再有波動。

「她只是受，只是妥協，沒有反擊，否則，否則她早就跟趙叔叔在一起了。」亮亮的心全替母親糾結在一起了，不吐不快。

「好，好啊。」秀女點著頭，走到妍秋面前，「你委屈，你偉大是嗎？好，我認錯，我跟你道歉，我求求你。」秀女噗通一聲跪了下來，狀況出乎大家意料之外。

「你不要這樣，你起來……」妍秋連忙拉住秀女的手狂亂搖著頭。

「我求求你行不行？你放了趙靖啊，他只會癱在床上，他病啦，你發發慈悲，你放他回來好不好？」秀女流下眼淚，她知道自己已經沒有任何辦法了，她希望同為女人的妍秋能同情她，她愛趙靖的程度是可以為他受這樣的屈辱的。

「你起來啊，趙太太。」妍秋使力想扶起秀女，她受不起秀女這樣跪著。

「他好好的時候他陪你玩逗你開心，跟你一塊唱歌，這會兒他病了，他對你沒有用啊，只會給你帶來麻煩啊，你放他回到我的身邊來。」秀女文風不動地跪著，邊哭邊求著，趙靖看著自己一雙不再動作的腿，內心也刺痛著。

「你先起來好不好？趙太太，你先起來。」

「我是趙太太嗎？我是趙太太，你讓我名正言順的照顧他好不好？我求求你，你答應我呀～」

「媽～你不要哭，你不要這樣子好不好？」士元看了心裡也著實難過，他理解落花有意流水無情的悲哀。

趙靖一臉痛苦，他知道秀女說得對，他是對妍秋沒有用了……沒有用了……

「我要回家……我回……趙家。」趙靖無力地呻吟出最後幾個字，流下無可奈何的眼淚。

隔天，秀女回家跟士芬說著前晚在醫院的事情，子荃在一旁聽著。

「唉唷～贏了呀……這會兒我贏了呀，你爸親口說要回趙家啊，而且是當著宋妍秋的面說的啊，這表示他選擇我了嘛，謝謝啊，謝謝祖宗保佑啊！」秀女感激得不停做著謝拜天地的動作。

「媽～你也該謝謝子荃啊。」士芬微笑地提醒。

「不用謝我，是趙媽媽的魅力大，在趙叔叔的心裡有分量。」子荃很識趣地說。

「那可不，不過這當然啦，謝謝你啦，不過是個險招啊，那天要是沒人發現我，這會兒我……」秀女驚險地說著，一邊還拍著胸口給自己壓壓驚。

「你不會有事的，您福大命大，老天爺都幫您把老公找回來了。」子荃說道，要比嘴甜，他認第二可沒人敢認第一呢。

「我也這麼覺得。你們沒有在現場，沒看見宋妍秋那個表情，那時候她可得意啦，話說得越來越大聲，外遇啊，還好意思大言不慚的搶著伺候人家老公啊。」秀女輕蔑道。

「媽……別這樣說，好歹也是子荃他媽啊。」士芬偷眼向子荃瞧去，感到有些不好意思。

「我倒覺得我比她還像你媽呢，你比士元還向著我，比士元對我貼心啊。」秀女今天人逢喜事精神爽，樂得拍著子荃的肩膀。

「恭喜你們啊，一家團圓，該回來的人回來了，該走的人要走了。」子荃透露著自己該離去的落寞感，士芬看子荃對著她說這句話，有些感傷。

「唉呀，我要上樓去幫你爸整理一些乾淨的衣服，還要到市場，要買魚啊雞啊給他補一補身體。」

秀女興奮地說完，轉身就上樓。

客廳裡，只剩下子荃和士芬面對面坐著。

「子荃，來吃點心吧。」士芬把一籃餅乾糖果移到他面前，自己拆了包餅乾吃。

「謝謝。」子荃一反常態地淡淡接過，沒有表示什麼。

「子荃，你是不是有心事啊？」士芬小心翼翼地試探。

「沒有啊。」子荃若無其事地。

「有，你有心事，子荃？」士芬很肯定地。

「你看出來啦？很少人能夠看穿我有心事。」子荃伸了個腰強笑道。

「你告訴我是什麼事啊？」士芬好奇地問著。

「你不要管我了，顧好自己就好了。」

「不行，究竟是什麼事你一定要告訴我。」

子荃站起身，嘴上說沒事，雙眉卻緊蹙著。

「沒事，只是有點失落感吧。」他輕描淡寫想帶過。

「失落感？」士芬沒有聽懂。

「是啊，你爸要回家了，你們要闔家團圓了，我也功成身退了，只是我該何去何從呢？發生了這麼多的事情，我的家人都已經不諒解我了。」子荃一臉的落寞，嘆了一口氣。

「你的家人就是我們啊，我，我媽，趙士元，你管汪家人諒不諒解你，他們不重要，我說的是真的，你在我們家永遠是最受歡迎的。」士芬天真地說，這些日子相處下來，她早就把子荃當成她的大哥了。

「趙家的主人是趙叔叔，為了你們，我已經徹底得罪他了，現在他要回家了，你想，你們家我還來得了嗎？我還會是最受歡迎的嗎？」子荃苦笑地搖著頭，要士芬別再給他作夢的機會了。

「其實士芬，」子荃突然背著士芬，長長地吸了口氣，「我在乎的，不是能不能夠自由進出你家，我在乎的是……我在乎的是……不能

夠時時見到你。」

「子荃……」士芬咬了咬唇，一種沈甸甸又輕飄飄的感覺就這樣壓上心頭。

「我不敢回頭面對你說這些話，因為……因為……我就是不敢。可是現在不說，以後可能一輩子都沒機會說了，士芬，我放心不下你，我在乎你！以後……我不能在你身邊照顧你，你要多保重。」

子荃一說完就快步開門離去。

「子荃……」

斯情斯景，士芬心裡一酸，頭有點暈眩的感覺，這是初次有人跟她告白。

而一離開趙家的子荃，馬上就變了臉色。

剛剛溫柔深情的癡情種不見了，剩下的只是一個冷血又現實的汪子荃。邊走邊冷笑著不知即將陷入他陷阱的趙士芬。

187

＊＊＊＊＊＊＊＊＊＊＊＊＊＊＊＊＊＊＊＊＊＊＊＊＊

「怎麼樣？考慮得如何？我可是很認真的在布局，現在就看你了。」子荃啜了口咖啡，給自己一個讚賞的嘆息。

「趙靖要回家了，」他看了一眼不說話的中威接著說，「回他自己的家，趙家，你知道這代表什麼意思？這表示你得趕快做決定，否則等趙靖復健痊癒之後，他第一個要趕走的人必然就是我，到時候，你想要我幫忙我也幫不了你的忙，你婚離不成，能娶汪子亮嗎？」

眼看中威陷入沈吟，他又說道，「你在這邊拖著，如果趙士元那邊再加把勁，我看汪子亮很快就會回到他身邊了。」在子荃眼中，什麼東西都是可以當成物品一樣交易的。

「不，我相信她，她說過她只會等我，除了我她不會給別人機會。」中威駁斥子荃。

「就是嘍，她這麼好，你捨得讓她等一輩子嗎？」子荃順水推舟地說。「聰明點，答應我把孩子留給我，不，是留給趙家。」

「爲什麼我的兩個孩子都要屬於趙家？」中威煩躁地撇開臉，不想看汪子荃得意的臉。

「姓趙有什麼不好？多少人想跟趙靖攀親帶故的，更何況你跟亮亮的孩子雖然姓趙，但是實際上跟著的還是你們啊，再不然，你們結婚之後再生嘛，再生一個就沒人跟你們搶了。」子荃笑嘻嘻地說。

「你……」中威捏緊拳頭，咬著牙齒，「汪子荃，你是魔鬼，你不會善待我的孩子。」

「但是趙靖會，這就是我要告訴你趙靖要回家的原因，趙靖回家了，你想他會不善待他的外孫嗎？你可以不信任我，但是你可相信趙靖吧。」子荃提出了充分讓中威信服的理由，不信中威不點頭。

中威想起亮亮在等著他，他希望給亮亮一個名正言順的名分。

「好，連人帶孩子都給你，我只要跟趙士芬離婚！」

中威說完起身就走。

「聰明。」子荃看著中威離去，玩弄著手上的咖啡杯，唇邊的笑意又更深了。

亮亮在店裡忙著，一會兒切菜一會兒煮麵一會兒招呼客人，忙得團團轉，妍秋在旁呆坐著想著趙靖。

「他選擇了她，爲什麼？我都願意點頭了，他爲什麼還要選擇她？」妍秋自言自語著。

「媽，裡面的客人要二十個水餃，媽？」亮亮探出頭喊道。

「他說太晚了是什麼意思呢？」妍秋心不在焉的自言自語。「秀女沒死，我也點頭了，可是……可是他還是要回家。難道……難道他不要我們的店了嗎？」

「媽～來，你來幫我……」亮亮急切的聲音再度傳出，聽不見回應，索性出來拉妍秋過去。

「亮亮，爲什麼？他到底是什麼意思？」妍秋看著女兒，問的完全是另一回事。

「媽，好啦～店裡好忙，你來幫我好不好？來，把酸辣湯端進去給那桌的客人，好不好？」亮亮哄著母親，輕輕拍她遞給她酸辣湯。

妍秋將湯端進去，可是送錯桌，並且還拉著客人問著。

「趙靖他等了我一輩子耶，我點頭了，可是他為什麼又不要我了？我都點頭了耶，你告訴我呀！我都點頭了！你告訴我呀！」

妍秋發狂的搖晃著客人，亮亮趕忙來制止，客人被妍秋突如其來的舉動嚇得丟下錢沒吃完就走了。

亮亮拍著妍秋試圖安撫她的情緒，只見妍秋神情呆滯地坐下，兩眼空洞地不知看向何方，嘴裡還喃喃自語著。

「這是他的牛肉麵店啊，是他要開的啊！為什麼他不要了呢？他不要我了！他不要我了……」

亮亮坐在母親身旁，覺得好累……好累……

而自從妍秋落寞離開醫院後，趙靖就鬧著彆扭，不肯換衣服，不肯吃藥，甚至不讓人接近，秀女原本得意的笑臉苦著。

「爸，你這是何苦嘛……」士元在一旁幫忙勸著父親。

「我要見妍秋！要不然我不要出院！」趙靖固執地說。

「你跟她見面做什麼呢？當初這個決定是你自己說的，說你要回家，要回趙家。沒有人強迫你啊。」秀女說，怎麼這回瘋病又犯了呢？

「我要見妍秋！」趙靖只有這一句話。

「不准，這一輩子你們都休想再見面了！一個瘋了一個殘了，你們有什麼好見的？你給我乖乖的出院乖乖的給我做復健。」秀女專制又犀利的話語，明白告訴趙靖說，要我去把那女人請來門都沒有。

「好，你們欺負我，你欺負我，以前我是一家之主，什麼都聽我的，現在我走不能走，動不能動，我就什麼都不是啦，我見一個人還要求你們！」趙靖激動地噴出口水，五官都要扭曲了。

「爸……」士元拿他莫可奈何。

「沒關係，不見就不見。」趙靖用力躺在床上。

「趙先生，該吃藥了，」巡房的護士送了藥過來交給趙靖。

趙靖一把將藥打翻。「我不要吃藥！」

「趙靖啊你啊，生病的是你，該吃藥的也是你啊，你跟人家亂發什麼脾氣啊？」秀女忍不住責備了趙靖兩句。

「我做我自己的主人可以吧？從現在起，我見不到妍秋，我就不進一粒米不喝一口水！讓我去死～」趙靖吃了秤鉈鐵了心。

「你這個樣子，你還怎麼見她呀？你不是答應過我跟我回家不跟她見面的嗎？」秀女氣呼呼地，難道你趙靖那天說的全是假話夢話神經病話？

「欺負我……」趙靖激動起來又在床上狂咳了起來。

「爸，我們也是擔心你情緒激動，見到宋阿姨，這樣對你復健反而不好的。」士元軟語道，像安慰孩子一樣哄著趙靖。

「士元～我要見妍秋……我要見妍秋～」趙靖一雙眼睛渴求地看著兒子。

秀女聽了氣不過，又不能發火，只好步出病房和士芬抱怨著。

「媽，你就讓他們見一面吧。」沒先安慰秀女的士芬反倒說出這一句。

「你說什麼呀？」秀女睜圓了眼，別開玩笑啊趙士芬。

「媽，你先別生氣別發火，你聽我說嘛，讓他們見一面，讓爸情緒先穩定，願意吃藥答應出院，等出了院回了家，你還有什麼好怕的？爸現在不能動，你可以分分秒秒的盯著爸，宋妍秋敢上門來，人還沒見著，你就可以把她轟出去了。這也是權宜之計啊。」士芬聰明地獻計，沒有子荃在這邊，現在只有靠她來幫助母親挽回父親嘍。

「那以後呢？以後他要是每回都是這樣威脅我，那我怎麼辦啊？見不到她，他就不吃藥，見不到她，他就不吃飯，那我是不是每一次都要讓他威脅啊？」秀女就是不服氣，心煩地嘆了口氣。

「要是汪子荃在這就好啦。」

「那……你可找他來啊？」士芬低下頭輕聲建議。

「找不到他來啊，每回打電話去公司老說他在開會，這孩子多機靈啊，要有他在，一定有辦法，說也奇怪，這孩子怎麼最近都不來我們家走動了？」

士芬不曉得該不該告訴母親，子荃的擔憂與顧慮時，趙靖大吼的聲音又從病房裡傳了出來。

「我都願意回家了，為什麼還不讓我見她的面？欺負我，混帳！欺負我……」

看母親聽了難過著的士芬，將欲出口的話語吞下，也不多說別的，只是安慰著秀女。

＊＊＊＊＊＊＊＊＊＊＊＊＊＊＊＊＊＊＊＊＊＊＊＊＊＊＊

看見妍秋出現的趙靖，面部表情雖然仍不協調，但任誰都看得出那是一個喜悅的臉孔。

士元拉了拉秀女，要一臉鐵青的母親讓宋阿姨和父親單獨見面。秀女想到士芬所說的，只好隱忍下來，走出病房。

妍秋微笑著，倒了杯水要餵趙靖吃藥。

「我自己，我……我自己……我可以……」趙靖說著。

妍秋將藥放在趙靖顫抖的掌心，藥丸卻彈落到地上，趙靖的手還沒辦法用力握住。

妍秋沒說什麼就是撿起來，擦了擦，又放在趙靖手上。

可才剛放上趙靖的手，藥丸再度滾落。

「掉了……」趙靖抖抖地說。

「又掉了？好……好了，還是我來吧，我來吧，來。」

妍秋溫柔地看著趙靖，沒有嫌惡。

趙靖將藥混著水吃下，卻弄得滿身是水，妍秋細心的將趙靖擦仔細，像老夫老妻似地。

「妍秋，明天我就要出院了……」趙靖在妍秋的攙扶下重新躺好，目光卻一刻也捨不得移開她臉。

「出院好啊，出院就表示你病情穩定了嘛。」妍秋溫婉淺笑，「你回去以後，回到家裡可要乖乖的哦，要聽醫生的話，該做的該吃的，可一樣都不能少啊，」妍秋說著，眼睛漸紅了起來，背過身擦了擦眼淚，繼續說著。「你以前老盯著我要吃藥，這以後……以後……我怕我也不能盯著你了，你自己可要記得啊。」

「妍秋……你恨我嗎？你不會恨我，你太善良了，你……怨我吧？」趙靖恨恨地點了點頭，「我……我知道你怨我。」他舉起了手又頹然放下，眼眶已經蓄滿快決堤的淚水。

「爲什麼？趙靖，爲什麼？」妍秋扁著嘴硬是忍住淚。

「妍秋，你苦了一輩子了，我風光的時候你沒有跟我享受過……不能到臨老了，讓你來照顧一個病老頭啊，你懂嗎？」趙靖痛苦地吸氣，淚水堵塞了他的鼻子模糊了他的視線。

「我不在乎，我一點兒都不在乎。」妍秋捉著他的手拚命搖頭。

「我在乎啊，我不能讓你來……照顧我，只有趙靖照顧妍秋，沒有妍秋伺候趙靖的事啊。你看看你……頭髮都白了，自己還病的，我不忍心讓你受這個苦……」趙靖努力摸著她的臉，他渴望這個動作渴望了好多年啊。

妍秋抱住了趙靖，臉貼著他的胸膛，兩人的時間似乎凍結在這一刻。

「我自己都不覺得苦，你幹嘛要替我感覺嘛。」

「妍秋……你看看，我想好好的兩隻手抱抱你都不行啊。」趙靖老淚縱橫，老天眞會作弄人。

「我抱你啊！」妍秋把趙靖抱得緊緊的……緊緊的，「我可以抱你啊，我現在不正抱著你嗎？」

「趙靖啊～我生病的時候你照顧我，照顧我的兒子女兒，現在你生病了，我要照顧你啊，可是……爲什麼？爲什麼……爲什麼你不要我了呢？」

「我要……我要……我這輩子要的就是你，從來沒有變過……」趙靖激動得說不出一句完整的話，他對妍秋的心意這樣漫長的等待，豈是三言兩語能夠道盡。

「妍秋……你……你答應我，你答應我……好好照顧你自己……我要你等我……你一定要健健康康的等著我，我……我一定努力做復健，我一定要在你面前再站起來……好嗎？好嗎？我……爲了彼此，我們都要好好的活著，好好健康的活著……你明……明白嗎？」趙靖在妍秋懷

裡許下了誓言，爲了他倆的明天。

　　「我明白，我會記著你的話，我們都要好好活著，我會記住你的話的。」妍秋開心地擦著臉，努力想給趙靖一個甜甜的笑，卻笑出了眼淚。

＊＊＊＊＊＊＊＊＊＊＊＊＊＊＊＊＊＊＊＊＊＊＊＊＊＊＊

　　士芬在汪家門口猶豫著，到底要不要按門鈴，自從子荃跟她告白後，就失去了蹤影。她今天硬著頭皮來到她最不想來的地方，就是爲了找子荃問個清楚。

　　「怎麼大著肚子還到處亂跑呢？又一個人，萬一遇到壞人怎麼辦？」士芬還沒按鈴，子荃卻出現在她的身後。

　　士芬尷尬的笑了笑，子荃指了公園旁的椅子。

　　「我們去那邊坐下來說好了，看你的腳有點腫，一定站很久了吧。來，坐下。」

　　子荃帶著士芬到陰涼的樹下休息，用自己的外套墊底。

　　「來，坐啊，怎麼那麼傻呢？站在外面等，有事直接找我就可以了。」

　　「你手機根本沒開啊，打電話到俱樂部裡又說你整天都在開會，我怎麼找你？」士芬帶著埋怨的口氣說。

　　「只要說是你，只要他們說是你，我一定會接電話的。」子荃的話讓士芬紅起了臉，子荃自然地問著。「找我有事嗎？」

　　士芬不知如何開頭低頭不語，玩弄著手指。

　　「你看你，找到我的人了又不說話了，難道真的只是想看我一眼？好啊，那我就讓你看個仔細，來啊，看啊。」子荃故作瀟灑地在她面前笑開懷，他知道士芬在想什麼，還是故意追問著。

　　「告訴我，到底什麼事？」

　　「我……我鞋子壞了，不知道到哪去買新的。」士芬輕聲地編了一個自己都覺得薄弱的理由。

「就為了這個事情？那沒關係啊，我明天叫人買了給你送過去。」子荃笑了。

「可是……人家……人家不知道我穿幾號，也不知道我喜歡什麼顏色嘛。」士芬避開子荃的目光紅了臉，嬌嬌地說。

「那你告訴我，我交代清楚啊，」子荃故意裝傻著，心裡卻竊喜這蠢女人已經上鉤了。

「你……」士芬嘆了一口，決心一鼓作氣地說。「你為什麼要躲我？」

「你知道為什麼的。」子荃朦朦朧朧地說。

「難道我們不能像以前一樣？我有個關心我的哥哥，我媽有個事事可以商量的人？」士芬含蓄地說，事實上自己是怎樣的心情，恐怕已越來越明顯了。

「我想恐怕是不行了，很多事情，很多情緒，不知不覺終究變了，這樣的轉變連我都害怕。」子荃給了她一個軟釘子，硬是要士芬說清楚，說她就是需要他不能沒有他。

「子荃……我們可不可以像以前一樣，我想念你……我需要一個肩膀……」士芬終於放下矜持，大膽地說出了她需要子荃的關心、子荃的重視，一說完，內心情緒激盪不能自己的落淚紛紛。

「士芬，不要哭，士芬，我沒有辦法看著你流淚，我們不是說好了嗎，不生一個哭寶寶的啊。」子荃萬般不捨地捧起了士芬的臉靠近她。

「子荃……」士芬又想要又羞慚地醉在這種被愛的雲霧裡。

「士芬……不要哭了，聽話。」子荃親吻掉士芬的淚，最後覆上了她的唇。

而從麵店回來的亮亮，碰巧看到這一幕，嚇了一大跳。

「我不敢造次，因為你的肚子裡還懷著孩子，我們不能給孩子做壞榜樣，如果你今天是單身或是離了婚，我一定不顧一切追求你。」子荃在她耳邊呢喃著，吐出男性的磊落和他對士芬的愛。

「是我不夠可愛？我不討喜？」士芬含著淚看子荃。

「在喜歡的人眼裡你就是最可愛的。我不敢說我愛你，怕會褻瀆

你。」子荃深深嘆息。

「子荃……」士芬呻吟了一聲，所有理智在愛的面前盡數褪去。

兩人緊緊相擁。

內心震驚不已的亮亮，不敢相信地轉身離去。

子荃則摸著士芬的頭，心裡想著計畫就要實現。

亮亮一衝回家裡，想著剛才的一幕，她的心臟突突亂跳，呼吸也有些紊亂。

「汪子荃跟趙士芬？怎麼可能呢？從什麼時候開始的？中威知道嗎？我該不該告訴他？」她皺緊了眉頭，剛才的衝擊來得太快太猛烈。

子荃此時進了門，他根本不知亮亮目睹了一切，亮亮看著他渾不在意地用面紙擦著嘴巴，像是剛才的親吻骯髒了他的嘴。

「他不會愛趙士芬的，除了他自己，他誰都不會愛！」亮亮心寒地再次認知到這個事實。

子荃冷笑著丟掉手中沾著士芬口紅的面紙。

隔日趙靖在一家大小的迎接下回到家中，秀女前後不停穿梭地表達她的興奮。

「士芬，我叫你熬的藥熬了沒啊？士元你把你爸推哪去啊？」秀女指揮著兒女做事情。

「那間是傭人房啊，你爸房間在樓上啊。」

「媽～爸現在行動不方便爬上爬下，醫生不是規定要復健走路嗎？我是想說睡樓下進出練習也比較方便啊。」士元解釋給母親聽，哪有讓坐輪椅的病人住樓上的道理啊。

「等一下啦，來，我就是要他睡樓上那個房間，那張床，那才是他的位置。」秀女堅持地說。

「媽……我就不懂你這是為了什麼？」士元擰了擰眉頭。

「唉呀～你要是嫌麻煩，那我每天背他上樓下樓做復健好吧。」秀女就是不准士元把趙靖推到樓下的房間裡。

「媽，為什麼一定要爸睡樓上呢？他動也動不了，你要他睡你旁邊

有什麼意義呢？」士元直接的話語，聽在趙靖耳裡只覺得不堪。

「唉呀～你這腦筋在想什麼啊？我就是不要他睡樓下這個房間，因為樓下那房間宋妍秋睡過，我不要他睡在那張床上。」秀女瞪著眼，說出了令她耿耿於懷的心結。

「拜託，媽～」士元聽了差點沒昏倒。

此時，趙靖一個人努力的從輪椅上站起來，瞪著腳步攀著樓梯扶手緩慢地往樓上走去，眾人看了連忙跑去攙扶。

「爸～你要上樓嗎？不方便的，你睡樓下好不好？」士元士芬過去拉著趙靖。

「我……要……睡樓上！」趙靖不放棄地就是要爬上樓梯。

「爸，你病了耶……」士芬勸著。

「我病了，我還沒死，以後我每天要爬這個樓梯最少兩次。」趙靖硬著脾氣說。

「對啦，來，我扶你。」秀女第一次和趙靖堅持相同，走過去要扶趙靖。

「我不要人扶，我自己可以……我自己一定可以。」趙靖掙開士元士芬秀女的手拄著枴杖。

「是，是，你一定可以的。」秀女眉開眼笑地給他打氣。

趙靖突然回過頭盯著士芬說道，「就從今天開始就從現在開始……跌倒我自己爬起來，我早就二次中風了，第一次是你，第二次你媽，你們要真的不希望我死，就行行好，不要刺激我。」

「爸……」士芬愣了愣不懂父親為何突然提起舊事。

「我自己上樓，三個月之內我要完全恢復！」

趙靖一步一步的上樓。

「士元，快，快端藥給你爸喝。」秀女大聲吩咐著，自己卻匆匆忙忙地開始打起了電話。

「張太太，蔡秀女啊，就怕你忘了我啊，沒什麼事啦，就是大家朋友很久沒見了，大家聚一聚啊，這禮拜天中午啊，在我家啊，晚餐？我叫俱樂部大廚師送外燴來呀。不麻煩，熱鬧嘛，大家朋友聚一聚，要準

時喔，拜拜。」

「媽，你瘋啦，爸才剛出院病還沒好，你就找一堆人來家裡打牌？」士元看著忙碌的母親，掛上電話又翻著通訊錄要接著打。

「你剛沒聽你爸說了嗎？三個月之內他一定要恢復，你爸的個性你知道啦，他說得出口他就一定做得到，」秀女轉了轉眼珠子。

「所以，你就找一堆三姑六婆來？」

「廢話！我當然得趕緊把握時間啦，這就像……這就像一個國家在宣示他的主權一樣，這就是我的國家，這就是我的領土，我是趙太太，這個家的男主人回家啦～」

「可是爸他會配合嗎？」士元實在是不能理解母親的思維方式。

「他躺在樓上，他跑得了嗎？我要趕緊把握這三個月時間，我要讓身邊的親朋好友知道，趙靖回到我身邊啦～」

秀女按著電話，繼續忙著聯絡，士元看著這一切，只覺得表面的婚姻是如此的不堪。

＊＊＊＊＊＊＊＊＊＊＊＊＊＊＊＊＊＊＊＊＊＊＊＊＊＊＊＊

亮亮約了中威出來談話，這幾天子荃跟士芬的事在心頭縈繞不去，她認為中威有權知道。

「亮亮，你知道嗎？我的工作要重新開幕了，我聽你的話，我要振作，好好工作。你的話我聽進去了，你開心嗎？」中威雙眼閃著光彩，先對亮亮宣布他新的開始以及他們好的開始。

「你開心嗎？」亮亮意有所指地問著中威。

「我開心，我很開心。」中威是真的很開心。

「趙士芬呢？她開心嗎？」亮亮試探性地問。

「我不知道，這不關我的事。」一提到士芬，中威就顯得冷漠。「亮亮，我只關心你，我為你振作，我為你努力。」中威直接表明不想談士芬。

「你知道……趙士芬跟汪子荃他們……他們走得很近嗎？」亮亮一

邊思索著該如何啓齒，「中威？你聽見我說的話嗎？他們……」

「走得很近？我聽到了。」中威把視線重新定在亮亮臉上，給她一個笑容。

「你不訝異不奇怪？」亮亮感到狐疑。

「這有什麼好奇怪，他們……氣息相投嘛。」中威避重就輕地說。

「中威，你的反應怎麼會這樣？以前你曾經爲了趙士芬跟汪子荃打架，現在你完全不在乎了嗎？他們不但走得很近，而且，他們……他們彼此之間可能已經互相吸引了，你知道嗎？你知道了，爲什麼還能這麼不在乎呢？」亮亮不能理解中威的反應太奇特了。

「你說過的有感覺才會在乎，我對她根本沒有感覺了，你要我在乎什麼？」中威反問道。

「是這樣嗎？」亮亮盯著中威所有的反應，女人的第六感告訴她有隱情。

「是這樣的。我……我就是不在乎。」中威一攤手，想讓自己的說法更具說服力。

「中威，你是不是……早就知道他們之間的情形？」亮亮突然放下手上的水杯，喉嚨縮緊，做出這個大膽的假設。

「我……我不知道，亮亮，」中威有些吞吐地說。

「你……你讓他們這樣發展下去？告訴我實話，我不能忍受謊言，你不可以騙我，中威！」亮亮幾乎要站起身來了。

「是你說的，只要能解決我的婚姻問題，不管我用什麼方法。」中威投降了，他不能在亮亮的眼光下繼續說謊。

「方法？」

「對，方法。這是……沒有方法的方法。」中威點頭承認，他也是被逼上絕路的啊。

「這是方法？這是手段！中威，你怎麼可以這樣，怎麼連你也把愛情拿來當成是一種工具一種武器呢？」亮亮聽了不敢相信，難道連中威也變得跟子荃一樣愛耍心機嗎？

「你要我怎麼辦？要離婚也離不掉，要走也走不掉，亮亮，我愛你

……我要跟你長相廝守，你說過的要名正言順做陳太太，我……」中威無力地說。

「可是我沒有要你跟魔鬼打交道！」亮亮回道，她無法想像中威做出了這麼恐怖的事。

「如果汪子荃是魔鬼，難道趙士芬就是天使嗎？」為了他倆的未來，他刻意忽視良心鋌而走險，亮亮的怒氣讓他的心再度蒙受譴責。

「趙士芬是不好，但是你不能設計把她交到汪子荃的手上，我們都清楚汪子荃的為人，你這樣不是借刀殺人嗎？」

「不！他……他不會殺她的，對汪子荃而言，趙士芬是一個會下金雞蛋的母雞。」

「中威，你真的不應該這麼做的，你在把趙士芬推向地獄你知道嗎？」

「我……也許，對趙士芬而言那不是地獄，也許他們兩個在一起會白頭偕老。」

中威強詞奪理著，試著撫平自己心中的罪惡感。

「不～不會的，汪子荃連自己的媽媽都會出賣，他……他怎麼可能真心去愛趙士芬呢？你在欺騙你自己，你很清楚。」亮亮直指這件事的錯誤，不行走到那地步。

「亮亮，不要這樣子，我知道你瞧不起我，可是我這樣做完全是為了我們可以名正言順的在一起，如果你真的愛我，你會贊同的。」中威將祈諒的眼光投向亮亮。

「我是真的愛你，我也知道，如果汪子荃真的擄獲了趙士芬，也許我們就有希望了，可是……可是我們不可以，我們沒有這個權利設計趙士芬，我願意等你……我願意一輩子等你。」亮亮把頭埋進雙掌之間，除了愛情，她還有良知還有……還有理性。

「不！我不要再等了，我不要像趙靖那樣子，花一輩子的時間在彼此等待上，好，就算我真的跟魔鬼打交道，我不在乎，我真的不在乎。」

中威將亮亮死命的抱緊在懷中。

「我寧願死後下地獄，也不要現在活在地獄裡受煎熬。」他痛楚地吶喊著，此生不悔的深情不管亮亮接不接受，他做了犧牲做出決定，即使那是一條不歸路。

第三十七章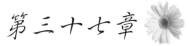

　　妍秋在店裡忙著切高麗菜，一面心想著怎麼不見亮亮的人影呢？那天趙靖當著她面許諾，她瞭解他是個重信用的人，既然有心康復就一定會再度站起來的，她對他們的未來有信心，妍秋最近的心情總是特別愉快。

　　「媽！」亮亮挺著肚子從外面回來。

　　「你早上上哪去了？」妍秋抬頭問道。

　　「我去做產檢。」剛和中威分手的亮亮，回答時眼神飄忽飄忽的像是心不在焉。

　　「醫生怎麼說的？」妍秋關切地問。

　　「一切都很好。」亮亮回神，擠出了一個笑容，走過來想幫母親的忙。

　　「好，你別忙我來就好，你把你自己照顧好就好了。」妍秋要亮亮別動。

　　「你在切什麼餡啊？」亮亮探頭張望了一下，瞧母親忙著額頭上都滲汗了。

　　「我要做素餃子。」妍秋一邊把切碎的高麗菜收集在一起，一邊揚起笑容。

　　「我們要賣素餃子嗎？」亮亮印象中沒有這道菜啊。

　　「不，我幫趙靖包的，他呀，心臟不好，血壓高，他一定要寡鹽少油少脂肪，所以我想包些素餃子給他解解饞。」妍秋細心地說，把愛全加進了手中的食材裡。

　　「媽，你包好了怎麼拿給他啊？送到他家嗎？」亮亮突然想起這可是個問題哪。

　　「亮亮，你幫我託士元帶給他好嗎？」妍秋靈光一閃，士元那孩子最近來麵店走動得可勤咧。

「好，我打個電話給他，讓他晚上來一趟。」

亮亮應著，若有所思的幫母親包著水餃。

好半晌店裡只有切菜的聲音。

「亮亮，你跟士元……已經結束了，是不是？」妍秋打破沈默，問起士元跟亮亮的近況。

「對，在你們開幕之前，我們已經簽字離婚了。」亮亮坦率地說，不想再瞞著母親了。

「那……那中威呢？你都已經爲他簽字離婚了，他做了什麼努力了？他是不是已經簽字離婚了呢？」妍秋難得進一步追問女兒的決定，對這件事似乎她也有意見。

亮亮不語。

「看起來還是士元厚道點，你都已經跟他離婚了，他還是願意照顧你們母子，中威呢，一點動靜也沒有，太讓我失望了。」妍秋對中威的不聞不問頗有微詞。

亮亮想起了中威跟子荃的交易，更是無法幫中威解釋。

「媽，中威他有在努力，在努力了。」亮亮勉強地告訴母親。

「兩邊的孩子都要呱呱墜地了，我看他怎麼辦！」妍秋喃喃道，看著亮亮一天天隆起的肚子，中威可不要拿他們母子後半輩子當兒戲啊。

而趙家此時可鬧烘烘得很，秀女跟朋友打著牌，她氣色紅潤地笑著說著，還吩咐傭人不停送上點心飲料，打算今天跟朋友好好地盡興一下。

趙靖在樓上聽著樓下的吵鬧，嘆氣的搖著頭。

「我們老爺子人不舒服樓上歇著呢，我這會兒天天伺候他，沒辦法，他黏得緊啊。我哪兒都走不開啊，我現在是半步也不能離開啦～他一叫啊，我隨時都得到他眼前，讓他看得到啊。」秀女假意嗔怪地說。

諷刺的卻是樓上的趙靖推著輪椅到窗前，腦中盡是他跟妍秋共舞的回憶。想著妍秋的笑臉，還有妍秋的歌聲，趙靖淺淺的微笑著，想起妍秋的承諾與表白，也不禁落下了眼淚。

「妍秋……我好想你……你好嗎？」趙靖心裡記掛的全是妍秋。

而摸了一圈的秀女趁著解手的當兒，上樓看一下趙靖，見趙靖呆呆地望著窗外，秀女走了過去。

　　「唉呀，趙靖啊，怎麼一口都沒吃呢？」她拿起原封不動的飯碗菜盤責備地道。

　　「我吃不下。」趙靖淡淡地說。

　　「吃不下飯，待會兒怎麼吃藥啊？可不要又來給我那一套，我是不會再去把宋妍秋請來讓你吃藥啊。」秀女醜話先說在前頭，那種事有一沒有二，別再跟她使性子了。

　　「你就下去陪你那些朋友吧，讓我一個人在這兒清靜清靜。」趙靖看著窗外的夕陽，他只覺得是秀女在打擾他。

　　「那你到底吃不吃藥啊？」秀女催促地也怕趙靖牛脾氣又發作。

　　「我會吃的！我會吃藥！我會吃飯。」趙靖不耐地說，煩躁陡生。

　　秀女不懂趙靖幹嘛發脾氣，想摸摸趙靖，卻被趙靖擋開。

　　「我也會做復健，三個月以後我會恢復。」趙靖清楚地再說一次，那是他對妍秋的承諾。

　　「秀女……你是來不來啊？」樓下傳來黃太太的大嗓門。

　　「好啦……來啦～」秀女看了看趙靖，沒轍地搖搖頭下樓打牌去。

　　士元這時悄悄進來，手中拿著一包素餃子。

　　「爸，來吃一點……」士元拎到趙靖面前，打開塑膠袋口，餃子的香味撲鼻而來。

　　「我沒有胃口。」趙靖轉過頭去。

　　「這是宋阿姨為你包的素餃子喔，給你解饞的，沒有醬油沒有辣椒，她說你不准吃這些，吃素餃子就行了。」

　　「妍秋替我包的素餃？」

　　士元點了點頭，趙靖一聽連忙拿起筷子。

　　「爸，現在有胃口了吧？」士元開心地準備餵父親進食。

　　「囉唆！我自己來，我自己來。」趙靖伸手進入袋子裡，餃子卻滑得不像話。

　　「小心一點，爸，我幫你好了。」士元替父親捏住袋子。

「我自己會！」趙靖顫抖著夾著水餃入口。

「爸，你慢慢吃，我去幫你煮個蛋花湯。」士元拍拍父親，他看得出來父親想要一個人慢慢吃著這素餃子，慢慢想宋阿姨。

「我不要。」趙靖拒絕，他的胃口不是很好。

「宋阿姨說你要吃點清淡的哦。」士元補充道。

「好……」這句話果然像咒語一樣令趙靖由不得說不。

「你慢慢吃我先下去了。」士元說著轉身下樓。

趙靖滿足的吃著妍秋的餃子，覺得美味極了，一口口的將餃子吃個精光。

就這樣，士元幾乎有空就會出現在麵店，裡裡外外地忙著招呼，一個大男人又洗碗又下廚，還幫忙清除大型垃圾，這些妍秋都看在眼裡。

「又在給我爸做點心啦？」士元湊近妍秋身旁打趣地說。

「總得換換口味，每天老是那些素包子素餃子素燒賣的，吃也吃膩啦。」妍秋笑笑說，為趙靖料理食物已成為她每日的心靈寄託。

「他才不會吃膩呢，他回家都兩個月了，每天就等著我帶著你做的點心回去，他可不覺得清淡，他倒覺得有愛的味道。」士元可是實話實說。

「你這孩子就是嘴甜。」妍秋笑睇了他一眼，心裡也因趙靖的喜愛而開心著。

「如果現在，亮亮願意為我做些什麼，我一定感動得不得了，可是她都不給我機會，現在連我要為她做什麼，她都不肯接受。」士元一時突然悵惘了起來。

「你這麼說啊就有欠公道，以前亮亮對你有多好啊，為了你受了多少委屈，是你自己不爭氣。」暗中她可以幫著士元說話，可明裡她得鐵面無私，讓真愛亮亮的男人自己爭取。

「對呀，所以我知道我錯了嘛。媽～你幫幫我好不好？我都幫你送素餃子送點心了，你總該幫幫我吧。」士元乘機央求妍秋，雖說替她做事不是別有用心，但多個機會總要嘗試嘛。

而中威今天終於想到店裡，看看亮亮看看汪媽媽，他知道汪媽媽對

他有微詞，所以在門口猶豫了許久，卻聽見士元和妍秋的這段談話。

「我還不夠幫你啊，平常我在亮亮面前說了你多少好話你知不知道。沒事兒讓你到這店裡打雜，也是爲了讓你們有見面的機會啊。」妍秋被他磨不過，承認已經在幫他忙了。

「媽，謝謝。」士元歡天喜地地拉著妍秋臂膀，像個大孩子一樣對她撒嬌。

中威看了轉身想離去，卻正好遇到亮亮回來。

兩人很有默契地走到附近小公園交談。

「既然已經來了，爲什麼不進去跟我媽打聲招呼呢？」亮亮問，說中威不像個不大方的人。

中威沒有回話。

「是因爲看見士元在裡面嗎？」亮亮跟著問道。

「是我覺得很慚愧，我不知道我該用什麼身分去面對汪媽媽，我相信在她心裡對我一定是很不諒解。」中威看得出妍秋看士元的眼神，足以說明很多事情。

「她是我媽媽，她一定會心疼我的。」亮亮能夠理解母親的心情，今天換作她來當母親結果也是一樣。

「我覺得……人都是健忘的，難道她忘了以前你嫁給趙士元的時候，你讓她多麼的心疼，當年你受的委屈都淡忘了，而我現在所做的又不能讓她知道，你不曉得，當我看到趙士元在你們四周自由出入的時候，我心裡眞的不是滋味。亮亮，你會等我吧，你不會再回到他身邊了吧？」中威搭著亮亮的肩，急切地想從她的眼底搜尋些勇氣和信心。

「我說過，除了你，我不會再給任何人機會了。」亮亮深情地看著中威，他爲她憔悴了許多，眉間眼角的皺紋藏也藏不住，現在她只希望兩人用眞心彼此守候，再也沒有這些折磨人的事了。

中威笑著點點頭。他感動地擁亮亮入懷，這個令他情牽一世的女子……

＊＊＊＊＊＊＊＊＊＊＊＊＊＊＊＊＊＊＊＊＊＊＊＊＊＊＊＊

　　對自己向來很有把握的子荃約了中威出來，經過上一次會面之後，他和士芬之間的關係已經因為他刻意的安排，而產生了許多微妙的化學變化，使子荃認為朝成功又邁進了一大步，思及此，他相當滿意地翹起了二郎腿。

　　「你約我出來有什麼事要跟我說？」中威簡短地說道，雖然跟子荃有言在先，兩人各取所需，但那並不表示他已經接受汪子荃這個人了。

　　「中威，我看……」子荃十分親切有禮的樣子。

　　「有話請直說不要拐彎抹角！」中威打斷了他的裝模作樣。

　　「趙士芬再過一個禮拜就要生了，你還記得嗎？」子荃倒也主隨客便馬上切入正題。

　　「我知道，到時候我會……」中威點了點頭，準備說他會去迎接新生兒的出世。

　　「不，你不准去！」子荃神色一整，正經八百地說。

　　中威一聽也變了臉，「我的孩子要出生了，我不准去？我是孩子的父親，我……」

　　「我才是他父親，聰明一點行不行，既然打算要分手了，還搞什麼溫情。」子荃糾正他的錯誤。

　　「我的感情在孩子身上不是在趙士芬身上！」中威很清楚他的界線。

　　「你蠢！」子荃毫不給面子地說，「父愛放不下，你走得成嗎？那個孩子你連一眼都不該看，其實，我期待做父親這個角色已經很久了，我陪趙士芬散步，做產檢，大大小小的事都是我在張羅的，孩子熟悉我可能比熟悉你更深呢。」

　　他接著進一步道。「你有什麼好慚愧的呢？長痛不如短痛吧！產房外的那個位置留給我，孩子的第一眼也留給我，只有把這些溫情都留給我，趙士芬才會徹底對你死心，你才能得到你要的自由。」

　　「你也才能得到你想要的！我背著冷酷無情的黑鍋，讓你當天使……」中威忿忿地說。

　　「生意嘛～賺錢不在眼前，更何況，不久之後，你又有一個兒子要

出生了，到時候你想直接進產房都沒有人攔著你，只不過，那必須到時候你已經恢復了自由之身才行。是吧！你不狠心，趙士芬不死心，我要怎麼得到她，你又怎麼會有籌碼呢？這些都是環環相扣的，我們倆誰也不能手軟，所以趙士芬生的那一天，你能走多遠就走多遠。」子荃說著他的盤算，要陳中威明白古來成大事者不拘小節，你若是處處心軟就會處處受限。

「其實……就是要我有多狠做多狠，」中威明白子荃的意思，但卻為難著，他的良心畢竟還沒睡死。

「沒錯，心狠手辣才能成大事，我們會成功的。」子荃點著頭，像談場生意一樣簡單。

「我警告你，你可以為了成功不擇手段，為達目的可以心狠手辣，但是，你不可以把這一切用在我兒子身上，更不可以用這種方式教育我兒子。」中威犀利的眼光凝視著子荃。

子荃無所謂地說，「好啊！但我也警告你！這是我最後一次聽到你說他是你兒子！他是我兒子，他一輩子都將是我兒子，請你牢牢記住。」他以銳利的精光回視。

看著眼前的子荃，中威真的無法判斷，他所做的這一切，會不會傷害到另一個無辜的生命。

午餐時間過後，士元一如往常地來麵店裡收拾碗盤，妍秋在一旁寫著信給趙靖，兩人彼此默默地做著各自的事情。

「媽，中威他來看你來問候你。」亮亮從外面回來，後頭還跟了一個中威。

「汪媽媽，你……你好嗎？」中威欠了欠身問候道，跟妍秋太久沒見，言語間不覺有些生疏。

「好，好久不見嘍，士元啊，看看客人要喝什麼？」妍秋隨意地看了一眼，又低下頭收好信紙。

「坐。」

妍秋整理著花，態度十分冷淡。

士元拿了水坐在一旁，他知道中威一直在注意著他，懷著敵意。

　　士元更是故意對亮亮說著一些實則在提醒陳中威他自己身分的話語。

　　「亮亮，趙士芬肚子好大也快生了，我每次在家看到她就覺得她好累好辛苦，像個大象似的。可是亮亮，你不醜，你一點也不醜啊，你不像大象，你像……你像是個會移動的小山。」

　　「胡說八道。」亮亮瞪了他一眼，不過妍秋的臉上倒是認同著士元的話，嘴不帶笑意的盯著中威。

　　中威苦著什麼也不能說，只有默默承受。

　　此時電話響起，士元首先跳過去接起。

　　「喂？老朋友牛肉麵你好。子荃？你是要找我找你妹妹還是找你媽？找陳中威？你打電話來這裡找陳中威？你……」士元不高興地打算數落他一番。

　　電話那頭卻傳來子荃火燒屁股的聲音。

　　「我現在醫院，我找不到他的人，手機也沒開，士芬現在在醫院她要生了。」

　　「士芬要生了？你等一下唷，」士元連忙放下電話，看見中威動也沒動地，忍不住對他吼道。「陳中威，我妹要生了，你要做爸爸了，陳中威快接電話啊！拜託你快點好不好？」

　　中威內心其實激動著，但卻要強壓抑住，那是他和子荃的約定。

　　「喂？你們在哪裡？」中威接過去淡淡地說。

　　「在哪裡你也不會來不是嗎？」子荃皮笑肉不笑地說。

　　「汪子荃，你……」中威被他的態度激怒了。

　　「我們講好的，這是狠招，狠招才夠威力，才能叫趙士芬徹底絕望，通知我是一定要通知的，可是你不准來！」子荃堅決地用命令的語氣說。

　　「他們……好不好？」中威的額頭滴下汗珠，他的兒子他的兒子啊就要出生了。

　　「我拜託你啊！陳中威，你趕快去醫院好不好？還在這裡問什麼問啊。」士元在旁邊急得跳腳。

醫院裡，子荃在士芬身旁握著她的手。

「找……找到他沒有？他來不來？」士芬痛苦地汗如雨下。

「剛剛護士怎麼說？」子荃輕按她額頭刻意分散她的注意力。

「回答我！中威來不來，來不來，啊啊～好痛……」士芬的臉由潮紅轉為慘白再轉為豬肝色。

「我找到他了，可是……可是他……」子荃吞吞吐吐地。

「他……他說什麼？他要來嗎？」士芬抓緊了被單，強忍住排山倒海而來的陣痛。

「他……他說他不來。」子荃撇開臉，假裝不忍看士芬的傷心欲絕。

「他說什麼！」士芬喘息著追問。

「他說他不來，他不想來，他跟汪子亮在一起，你要生就生吧，男孩女孩都無所謂，不要通知他了。」子荃加油添醋說，最好趙士芬現在就死了這條心吧。

「他真的是這樣說嗎？」士芬不信地問，又痛嚎了一聲。

「是啊，他不想來。」子荃握著士芬的手安慰她，士芬忽然猛力抽了開。

「士芬……」子荃不解地。

「電話給我，電話給我！我要他親口跟我說！」士芬拚了命大喊。

子荃撥了電話交給士芬。

中威接過電話。

「中威……我要生了……我好痛……好痛！我要生了，你的兒子……就要誕生了。中威～你不想來看他一眼嗎？你不想來迎接他嗎？」士芬為了說這幾句話，咬著牙忍疼。

「我不去了。對不起，你自己生吧。」中威將電話掛上，士芬絕望地落淚。

妍秋把這一切看在眼裡，亮亮知道是怎麼回事所以默不作聲，士元卻發狂了。

「陳中威！他是你的孩子，你居然可以冷漠到這種地步啊～你可以

不愛我的妹妹，難道你連這個孩子也都沒有感情了嗎？你說啊，你說啊！」他上來揪住中威的衣領，拳頭狂亂地往他身上招呼。

「士元！不准打了。」亮亮大聲地制止，這樣打下去會出人命的啊。

中威還是沒有反應呆呆地望著亮亮。

士元更是怒急攻心，索性騎在他身上，打算好好修理一頓這個薄情郎。

「你說話啊！不要以為你裝死，就可以不去醫院看他們了！」

「士元，不准打了！好了，好了！」妍秋也看不下去了，過來幫忙亮亮勸架，心裡卻也開始瞧不起中威了。

此時趙靖還在自家陽台努力一步步的做著復健，秀女氣喘吁吁地從樓下跑了上來，臉上又是喜悅又是擔憂的叫喊著。

「趙靖啊，士芬要生啦，士芬快生啦！」秀女剛放下電話，就急匆匆來告訴趙靖，他們就要當外公外婆啦。

「真……真的嗎？」趙靖聞言一拐一拐地進臥室內，拿起一件外套。

「趙靖啊你幹什麼啊？」

「我要去醫院看士芬，看我的外孫啊，」

「你別急啊，你等會兒摔跤了，這會兒去幹什麼呢？她還要好幾個鐘頭才生呢，頭一胎嘛，我們先把飯吃了把藥吃了，等會叫老劉來接我們啊。」

「好……快吃飯，吃飯，快點吃啊。」趙靖邊走出門邊問道，「我的素燒賣替我蒸好了沒有啊？」

「今天沒有素蒸餃素燒賣素包子吃啦，我都把它給扔了。」秀女氣呼呼地說，不要以為她不曉得那些東西都是打哪兒來的。

「什麼？你扔啦？」趙靖吹鬍子瞪眼睛地。

「沒錯，這是趙家，這是我的勢力範圍，不屬於這的任何人事物，統統滾蛋一個都不准留。」秀女雙手插腰昂著頭霸道地說。

「你憑什麼把人家給我做的東西扔了？」趙靖心疼地頓了頓柺杖，

那是妍秋對他的一片心啊。

「憑什麼？我都說了這是我的勢力範圍，她愛當點心師傅，都已經出錢給她開家麵店讓她玩了，還不夠啊？」秀女嘲諷道，趙靖你也不要太誇張了，我是讓著你可不是怕了你們啊。

「你的地盤？好，我……那我就走！我走！我走總可以吧！」趙靖轉身加快腳步。

「你走？你還能往哪走啊？」秀女在身後不信地說。

「我去找妍秋，我去麵店，離開你的勢力範圍！」

趙靖一個不小心跌倒，秀女趕忙上前，還是心疼著。

「唉呀，趙靖啊，你幹什麼啊？」難道就為了那些素點心跟我嘔氣啊，連這個家都不要了。

「走開！我爬也要爬出去。」趙靖揮開秀女的手。

「好啦，趙靖，我騙你的，我騙你的啦！」看著趙靖堅持的模樣，秀女心酸地噙著淚，趕快澄清。

「我沒扔啊，我一個都沒扔啊，啥素包子素餃子素燒賣素啥東西的，全都給你熱好了，走吧，進去吃吧，吃完了還得吃藥，我們要到醫院看外孫呢。」秀女百般無奈地攙扶趙靖下樓，就怕趙靖又惱怒起來傷了自個兒的身體。

時間一分一秒的過去，子荃在產房外來回踱步等著士芬的小孩出世，突然手術房的手術燈一滅。

「生啦，生啦！我的金雞母下蛋啦，多好。」子荃心頭狂喜地。

「先生，恭喜你。你太太替你生了個兒子。」有個護士出來跟子荃道恭喜。

「你看，我兒子跟我長得像不像？」子荃得意地接過孩子，湊近他紅紅的小臉問護士。

「現在還小，還看不出來。」

「他像我，看得出來，而且越大會越像，呵呵呵呵……」子荃將孩子抱在手裡，止不住大笑著。

而中威一離開麵店，就焦急的打電話問子荃孩子的狀況，子荃找了

211

個四下無人的安靜地方，坐下來講電話。

「很好，你問的是孩子而不是老婆，」他稱許中威道。

「趙士芬……她還好吧？」中威接著問。

「才剛稱讚過你耶，她好不好跟你無關，自從上次我們達成協議之後，她就是我的責任範圍，我會好好妥善照顧這隻金雞母的，我未來的老婆幫我生了一個白白胖胖足重四千公克的胖兒子呢，」子荃不帶感情地說，士芬和士芬的兒子在他眼底就像是件昂貴的物品。

「汪子荃，你無恥！」中威咬著牙道。

「不，我是真偉大，替人養兒子還這麼快樂，我真是佩服我自己，有這麼高尚的情操。」子荃笑了笑，隨即瞇著眼交代。「陳中威！不要功虧一簣，既然要讓她傷心就讓她摔到谷底，你絕對不准去醫院看小孩！」

「你不是人，沒有人比你更狠的！」中威倒抽了口涼氣，再次見識到子荃的冷血。

「謝謝！我當你是在稱讚我。」子荃不痛不癢。

「他是我兒子啊！」

「你要我說幾遍？他不是！你去醫院幹什麼呢？多看幾眼多幾分不捨嗎？還是多給趙士芬一點希望？或者你想遇到趙靖蔡秀女，你要怎麼面對？」

「該怎麼面對是我的事情！趙士芬生產我可以不去！但是一個父親看自己的親生兒子是天經地義的事！」

「你搞清楚！當這件事情跟我有關的時候，就已經不單純是你的事了，這是我們共同的事，權勢和愛情，我們各取所需，陳中威，你聽清楚了，我不允許任何可笑的溫情主義破壞這件事情。你不准去，你～不～准～去！」子荃再三地強調後掛了電話，唇邊泛著一絲冷笑。

＊＊＊＊＊＊＊＊＊＊＊＊＊＊＊＊＊＊＊＊＊＊＊＊＊

士元先趕到醫院裡，接著趙靖和秀女也到了，他們都是來看士芬與

孩子的。來到病房，秀女一把抱起了躺在士芬身邊的娃娃，仔細地看著。

趙靖和士元也是新鮮地不忍移開視線，趙家第一個小孫子的來臨啊。

「你看，真像是趙士芬小時候，一模一樣ㄟ～」秀女笑嘆著說。

「是啊，一模一樣醜，一樣沒有鼻梁。」士元取笑道。

「是啊，看這個小子個子多大，哪像趙士芬，像隻老鼠！」秀女跟著說，士芬只是笑著。

「不錯耶，當了媽媽有了母性了，也不愛罵人啦？那多生幾個，練練修養。」士元對妹妹說道，故意糗著她。

「來，我抱抱。」趙靖伸手想抱抱孩子。

「媽，爸的手……」士芬擔心趙靖一邊癱瘓的手沒有力氣。

「怕什麼？有我在啊，來呀外公抱抱看一看。」秀女笑著把孩子放到趙靖手上。

「外公抱抱，胖小子耶，真像趙士芬。」趙靖開心地逗孩子玩，他有外孫了啊，他已經升格當外公了啊。

「哥～你去爸旁邊，新生兒抵抗力比較弱，我怕爸的口水滴到我兒子臉上，不衛生有傳染病。」士芬推推士元，擔心父親的身體會有病菌。

趙靖聽到了，心裡感覺一陣不舒服。

「還是你抱吧。」他把小孩交還給秀女。

「再抱會兒嘛，第一次當外公。」秀女糊裡糊塗地接過小孩，怎麼趙靖像是不開心的樣子啊。

「夠了……」趙靖揮揮手轉身往外面走。

「趙靖啊！去哪兒啊？」秀女抱著孩子問道。

「我去走走。」趙靖落寞地說，完頭也不回地離開。

「你就別走啦，你自己不方便，趙靖啊～」秀女喊著，見留不住丈夫，轉身責備女兒道，「士芬，哪有人這樣嫌自己的爸爸，口水怎麼樣啊？口水！小時候給你把屎把尿你爸都沒嫌過你耶，這會兒你爸是生病

了，滴兩滴口水，你幹嘛啊？心疼你兒子啊？你爸爸比起他爸爸要好太多了。他生病呢，路都走不穩的，就急著要來醫院看你，他爸爸呢？那個陳中威呢？他也中風啦？我在這半天了，連個人影也沒看到，當什麼爸爸呀！」秀女越說越氣憤，那陳中威還有半點人性在嗎。「頭一胎耶，他不在乎他老婆算了，他連兒子都不在乎，你看這……」

「媽，你說夠了沒，」士芬情緒失控地吼道，「我兒子還在這裡耶，他都聽得見聽得懂，你要他一落地就聽見他爸爸不愛他！這往後……」

士芬倔強地咬了咬牙。

「我不希罕他來！我照樣有人照顧，我照樣平平安安把孩子生下來！他不愛我，我也不愛他！」

「好啦，沒關係啦，可憐的孩子，有外公外婆舅舅媽媽疼你就好了，那個不是東西的我們不要理他，你啊也不要太激動啦，坐月子呢。」秀女嚥了嚥口水，反過來安慰女兒。

趙靖在產房外走著，看著育嬰房裡寫著趙士芬之男的小床，想起士芬嫌惡他的話，不覺傷心了起來。

趙靖在病房外的長廊走著，卻在轉角處不小心突然跌倒了，努力想爬起，卻一再地失敗。

此時子荃一臉冷笑地出現，踩住了趙靖的柺杖。

「需要我扶你起來嗎？趙董！」他戲謔地說。

「滾～」趙靖一見是子荃，臉色難看極了。他奮力想撐起身體，卻怎麼也使不上力。

「既然您站不起來，我只好蹲下了，怎麼樣？跌倒的滋味如何？趴在人家腳底下的感覺如何？」子荃當真蹲下身地看著趙靖。

「我叫你滾！」趙靖使盡全力大吼。

「叫有什麼用？你看看，叫得口水都流出來了，你知道嗎，我在美國的時候養過一隻聖伯納，也是愛流口水，滴滴答答的，髒死了。我每次都罵牠，狗東西教都教不會！沒辦法，畜生嘛。」

趙靖聽著子荃將他比喻成一條狗，氣得想揮拳打子荃，但卻軟趴趴

地揮空。

「唷～不會擦口水倒還挺兇的啊？真的跟我那隻聖伯納一模一樣啊。」子荃噴噴有聲地對趙靖極盡屈辱之能事。

說完，站起身的子荃，惡狠狠地看著趴在地上的趙靖，冷哼了一聲，想不到你威風凜凜的趙靖也有這一天吧！子荃笑著跨過趙靖，乾尖的笑聲迴盪在長廊裡。

趙靖低著頭，握著拳，顫抖著。

秀女在病房裡抱著寶寶走了好幾圈，左等右等奇怪著。

「奇怪了，你爸都走出去一會兒啦，到哪兒去了？」

將孩子交還給士芬，將士元拉到一旁交代著。

「士元，去看看，萬一你爸一個人在外面走走，又生悶氣給走回去啦。」

「好。」士元答應著就要往外走。

「ㄟㄟㄟ～」秀女又叫住了他，「順便看看附近有沒有中藥店，我好給你妹妹訂一個禮拜的生化湯，這剛生完……」秀女關愛著女兒，不好好補她一補是不行的，話還沒說完……

「趙媽媽！」子荃的身影出現在門口，手上還提了一袋東西。

秀女回頭招呼，「子荃啊，你來看士芬啊。」虧他還有這心呢！

「是啊，士芬，我給你拿了一個禮拜的生化湯，現在先喝一瓶，其他等涼了之後放冰箱，以後我每天都來給你加熱。」

「我不要啦。」士芬的臉像結了層化不開的冰。

「不要說不要，」子荃已經把東西放在床邊的櫃子上，說著打開瓶蓋湊到士芬眼前，「這是一定要喝的，來，現在喝了它。」

士芬一聞就把頭扭開。「這好難喝，我不喜歡這個味道。」

「士芬……趙媽媽，」子荃轉而對秀女那邊採取攻勢，「這生化湯是一定要喝的嘛，對不對？」

「對呀，是要喝生化湯。」秀女附和著回應，心裡卻覺得詭異，這子荃跟士芬未免也走得太近了。

這下子荃語態溫柔但不無堅定地說，「怕苦也要喝，媽媽都說了，

來，喝。小孩我抱。」他把士芬手中的孩子接到自己懷中端詳著，「你們都看過孩子了吧？他不像中威吧！」

「不像，像趙士芬啊，」秀女哼道，好在是像士芬啊，那沒心沒肝的中威不提也罷。

「像媽媽，多好。」子荃抱著孩子，咕嘰咕嘰地逗弄著，「對了，士芬，他這趟奶餵了沒？飽嗝打過了嗎？」

「打過嗝了。」剛喝完生化湯的士芬，拍了拍胸口說。

秀女看兩人的言語，彷彿他們才是一對夫妻，心中感覺有些不妥。瞥眼看一旁士元還杵著，有些小微怒地叫著。

「乀！你怎麼還在這兒啊？你不去看看你爸爸呀？」

「對了，」子荃突然憂心忡忡地說，「我剛剛在走廊看到趙叔叔了。他一個人，這樣不太好吧？萬一跌倒了……」

秀女心一驚，「快……快去找你爸爸！」她把士元往外一推。

「好……我去我去。」士元匆忙出去。

子荃和士芬一起開心的看著孩子，秀女則在一旁注視著兩人的互動。

「我兒子不哭不鬧耶。」士芬開心地說。

「真的啊，」子荃也用手指輕撫著寶寶軟綿綿的小臉頰，「吃飽飽，打飽嗝，睡覺覺，對不對？」子荃孩子氣的話，讓士芬格格笑不停。

「對了，士芬，」子荃問道，「醫院在問我們要餵母奶還是喝牛奶？」

秀女看著兩人的互動實在親密得過了頭，著實感覺怪怪的。

「你說呢？」士芬竟然徵詢子荃的意見。

「這還用問！當然是餵母奶嘍，」子荃想也不想地說。

「我……我不喜歡。」士芬翹起了嘴。

「乀～」子荃用手指指向她，「你可不要告訴我你怕破壞身材唷，沒有什麼比母奶對小孩更好的了。對不對啊，外婆？」秀女竟然又被抬了出來當令箭。

「ㄟ……對呀，是要喝母奶的。」秀女愣愣地附和說，感覺更怪了。

「你看外婆也贊成，兩票對一票，通過了。」子荃還笑嘻嘻地舉起寶寶兩隻小手。

「可是……」士芬低下頭猶豫地，「我真的怕破壞身材嘛～」

「士芬，是你的身材重要還是小孩子的健康重要呢？」子荃故意提醒著士芬，「這個孩子的父親已經不關心他了，你這個做媽媽的應該多給他一點愛啊，這個孩子應該得到更多更多的愛，否則對他是不公平的。」

士芬聽了馬上變了臉色，戚然地出了神。

子荃的這番話卻也激起了秀女同仇敵愾的心，她立即幫腔道，「子荃說得對啊，孩子可憐，我們大家都要更愛他呀。因為孩子一出生，孩子的父親就不關心他了。」說著秀女更是憐愛地從子荃手中將外孫抱了過來。

「來，外婆抱抱啊，」看著不知世事的小娃，嘴裡還罵著。「他爸爸真不是個好東西啊，可憐的孩子，大家都愛你呀～」

「外婆是對的，我們都愛他。」子荃故意加強著「我們」對士芬說，士芬點了點頭，含著眼淚望向自己的孩子。

子荃看著逗弄著孩子的秀女和對中威完全失望的士芬，在一旁陰險的笑著，看來他的計謀，到這裡只有越來越完美的份了。

＊＊＊＊＊＊＊＊＊＊＊＊＊＊＊＊＊＊＊＊＊＊＊＊＊＊＊＊＊

中威來到汪家門口，躊躇著。

腦子裡想起今天他執意不去醫院看士芬生產時，妍秋對他失望不齒的臉孔。其實，自己何嘗不也是痛苦萬分，他並不是不想去看，也不是對孩子沒有感情，只是他跟子荃有約在先，他要獲得自由的意願更大，他要給亮亮和孩子一個名分更重要。

此時中威的手機響了，是亮亮打的。

「中威,你在哪裡啊?為什麼不在診所也不在家呢?你現在在哪裡?」

中威就站在汪家門口。「我……」

「中威,你在哪裡嘛?」亮亮追問著。

「我,我在你家門口。」中威吞吞吐吐地說。

亮亮馬上道,「你等我,我很快就出去,你要等我哦。」

兩人在屋外走著談著,敏感的亮亮很快發現中威的低氣壓是來自於心神不寧。

「中威,我們出去走走兜兜風好不好?」她提議道。

中威想了想,覺得今天實在沒有那心情。

「時間晚了,你早點休息,改天吧。」

「就今天,好不好?」亮亮央求地走到車邊,「心情不好才要出去走走的啊。我來開車。我怕你心情不好會閃神的,不安全,我來開。」

「你大著肚子啊,」中威走到駕駛座的方向。

「大肚子有什麼了不起,」亮亮已經打開了車門,「是女人都會大肚子啊,是孕婦,又不是病人。走,上車吧。」

「亮亮,我來開好了。」中威還是不放心。

「放心～」亮亮淘氣一笑,拍拍中威肩膀,「我都不怕了,你怕什麼?膽子比你的孩子小哦?他都敢坐我的車了,聽話,上車。」

中威依言坐到了副駕駛座。

兩人就這樣一路上聊著天,亮亮比平日開朗許多,有說有笑的。

當中威再度回過神來時,亮亮竟將車開到了醫院門口。

「亮亮?」中威很驚奇地。

「去吧,去看看你兒子。」亮亮笑著,體貼地摸著中威的臉,「中威,我知道你比誰都痛苦,一個做父親的,不能親自迎接自己的孩子降臨,會是一生的遺憾。」

「這……這是……」中威陷入了天人交戰,「我跟汪子荃之間的協定。」也是為了跟亮亮你的幸福啊!

「那又怎樣呢?」亮亮不以為意地說。

「我不能違反，我必須……必須狠下心，我必須捨才能得。」

「捨？捨掉什麼呢？捨掉親情，然後得到自由和你我之間的愛情？這是多麼自私！以後趙士芬一輩子都會告訴她的孩子，當初你爸爸就是為了汪子亮，連你生下來的時候，狠下心一眼都不來看你，我多無辜！孩子多無辜！」

亮亮開了車門，走下車，把中威拉了下來。

「上去，上去看看你的兒子，抱抱他，擁抱自己的兒子，是天職也是神賜的恩愛。來，聽話，上去。」

「不，亮亮，等我跟他母親離婚之後，等我……」中威不想因此延誤了他跟亮亮的復合，亮亮肚裡的孩子不能等，中威可不願小不忍而亂大謀，即使……這樣的忍耐真的很艱難。

「不等，父愛沒有條件說，」亮亮伸手掩住了中威接下來的話語，「更沒有時刻，聽我的話，上去，否則等我生產的時候，我也不准你來看我，更不准你來擁抱我們的孩子。」

亮亮的體貼寬容，讓中威激動地抱住她。

「亮亮，你真好。你為什麼這麼善良？你知道你鼓勵我擁抱的是誰嗎？」

「是你兒子，」亮亮大方地無怨地回抱中威，「是一個新生命，每個新生命都是喜悅和奇蹟，我們應該用感恩的心來迎接他。」

中威將亮亮擁得更緊，深深埋入眼前這個溫柔女人的秀髮裡。

中威在嬰兒室外，隔著玻璃窗，尋找著他剛出生的孩子。

一下子就看見一個臉紅通通著正入睡的胖娃兒躺在裡面，那是他的兒子啊！

「兒子，我是你老爸，」中威很感性地撫著玻璃窗，「歡迎你，很抱歉，沒能在第一時間迎接你，有些事……等你長大，慢慢的你就會瞭解。」他看著自己兒子舐著小手的模樣，不自覺微笑了起來。

此時子荃推著士芬到餵奶室要餵小BABY喝奶，士芬看見中威在外面逗弄著小孩，激動地對子荃說。

「子荃！你看，你看！他來了，他還是來了，他偷偷來看他的兒

子。」

士芬的語氣欣喜著，子荃可不開心了，在士芬背後咬牙切齒的。

「他為什麼要偷偷來？」他低頭對士芬耳語，「他是孩子的父親，他可以光明正大來看。他之所以偷偷來，是因為不想讓你知道他來了，他不想看到你，對於孩子，他或許還有幾分感情，可是對你，他可是毫無眷戀。」

「他愛孩子的，他愛孩子的，說不定他會因為愛孩子而對我……」士芬臉上難忍喜悅之情，彷彿見到了一線曙光照進他們黝暗的婚姻之中。

子荃硬要打破她的夢。

「而怎樣？士芬，他仍然堅持要跟你離婚的不是嗎？不要傻了，他整顆心都在汪子亮身上，沒有汪子亮的允許，他是不可能會來的。」

「不，不，」士芬說服著自己，畢竟中威的出現給了她莫大的鼓勵，「也許……也許他是瞞著汪子亮偷偷摸摸而來的啊，因為，因為他愛他的兒子，所以他趁汪子亮睡著之後，他……」

可接下來的景象，不用子荃火上添油，士芬一看就心碎了。

他看見亮亮從轉角出現走向中威，而中威攙扶著她，兩個人一起看士芬的兒子，有說有笑。

士芬整個人呆住，子荃冷笑著，繼續在一旁搧風點火。

「看吧，承認吧，汪子亮點頭，他才敢來的，汪子亮不答應，就連你被送進產房了他都不敢來，士芬，他心裡在乎的是她而不是你啊。」

士芬的臉因絕望而憤怒，她奮不顧身地從輪椅上站起來衝了過去。

「汪子亮！你這個賤女人，賤女人！」淒厲的叫聲傳遍整個長廊。

士芬一把將亮亮推倒在地，亮亮的肚子不偏不倚地就撞到走廊上的休息椅。強力的撞擊，讓亮亮的表情馬上痛苦了起來。

中威則在一旁緊張地護住亮亮，而士芬還在不停的罵。

「你憑什麼來看我兒子！誰讓你來看我兒子的？無恥啊！」

中威受不了地上前拉開她，「趙士芬！你怎麼這麼壞？她大肚子她也懷孕了，你怎麼下得了手？亮亮，你還好吧？」他扶起了頭上冒著冷

汗的亮亮。

「她活該！」士芬絲毫沒有悔意，幸災樂禍地袖手旁觀。

子荃這時開口。

「汪子亮，人家來看孩子你跟著來幹什麼？一定要這樣趕盡殺絕嗎？」

「你閉嘴！要不是你……」中威站起身指著子荃，話到嘴邊又吞了回去。

他撇過頭去，看著亮亮。「要不是亮亮叫我來，我連來看一眼都不會！」

士芬一聽又大受刺激，「她要你來你才肯來？她准你來你才敢來？汪子亮！你為什麼不去死？」

此時亮亮摸著肚子哀嚎了起來，中威看情況不對。

「怎麼啦？亮亮！怎麼流這麼多汗？」中威扶住亮亮，擔心地邊替她拭去汗邊問。

「我的肚子……」亮亮呻吟出聲，恐怕是……孩子憋不住了。

中威往地上一看，血從亮亮的裙子大片大片流瀉出來。

「亮亮……亮亮！快叫醫生啊。汪子荃快叫醫生啊！亮亮勇敢，你沒事……」

中威抱緊亮亮，口裡不斷安撫著亮亮，溫暖的話想要帶給她心靈上的力量。

「汪子亮，你少在那邊裝模作樣了，」士芬不知事情嚴重，還在一旁妒火攻心地叫道。

「你閉嘴！」中威抬頭狠瞪了不知好歹的士芬一眼，「你敢再出一聲我殺了你！」

「你……」士芬為之氣結。

「沒事……亮亮……」中威撫著亮亮的臉頰柔聲安慰，「沒事我站在你身邊……亮亮……」

士芬看著中威對亮亮的百般呵護，想起他在自己生產時的不聞不問，心中一陣氣苦，臉色既悲戚又怨恨。

****

「什麼！亮亮她……」士元從床上跳了起來。

「沒錯，亮亮早產，可能要生了，」子荃在醫院很冷靜地說，「名義上你們是夫妻，你的孩子要生了，你還不快來！」

「好……我來……我馬上來……」士元夾著電話，沒頭沒腦地抓了東西就塞，「我沒陪過產……我要帶什麼……」

「不要急，你只要帶著你的身分來就可以了，理直氣壯的來迎接你孩子的誕生啊。OK？趕快來。」

子荃掛上了電話又冷笑了起來，好戲要登場了。

士元趕到產房，看見中威在外頭守候，他不爽地走上前。

「你為什麼在這？」口氣很衝。

「為什麼來的是你呢？」中威以為是妍秋要來，卻看見士元。

士元不客氣地戳戳他的胸膛，「現在，此時此刻，你應該在你老婆病房裡陪她一起抱著你們的兒子的。」誰教他是有權利指責他的大舅子呢！

中威嚥了嚥口水淡淡地說了一句。

「趙士芬她……她不怕沒人陪，亮亮就是孤單一個……」

「她不孤單了，從現在開始有我在這裡陪她，你可以請回了。」

「你陪她？你用什麼身分陪她？你是她什麼人？你們兩個之間已經不再有實質和名義上的關係。你們……」

兩個男人在產房外針鋒相對了起來。

士元突然從口袋裡拿出戶口名簿。

「你看清楚，亮亮的戶籍還沒有遷出去，在法律上她仍然是我的妻子。」

「你才搞清楚，」中威克制地低吼，「亮亮在產台上為我生孩子！是我陳中威的孩子！」

「你再看清楚！」士元又拿出另一份文件，抬頭挺胸地說，「離婚

協議書上清清楚楚的寫著，這孩子歸我趙士元所有，根據中華民國的法律，離婚半年之內女方所生的孩子，歸屬前次婚姻配偶所有的。」

中威不敢置信的看著自信滿滿的士元。

士元知道自己真正佔了上風，他不慍不火地說：「她早產兩個月，正好趕在半年之內。陳中威，於情於理於法，亮亮在產台上所生的是我趙士元的兒子，你沒有任何立場在這兒，你滾吧！」

中威扯住士元。「你……」

突然聽見產房裡亮亮的慘叫，兩人同時緊張的往產房裡看，在那邊推擠著。雖然看不見亮亮痛不欲生的表情，但淒厲的呼號卻一聲又一聲地傳出來。

兩個男人都不知道該怎麼辦，沮喪又焦急地在外頭來回踱步。

時間一分一秒的過去，產房裡突然沒了聲音。

士元緊張的站起身往裡頭瞧。

「為什麼沒有聲音？亮亮……他們把她怎麼樣了？陳中威！他們把她怎麼樣了，為什麼沒有聲音啊？」

中威在一旁痛苦的抓著頭。

「我不知道，我不知道。」

「為什麼不知道？你才當了父親你應該知道的！」士元焦急怒吼著，都快哭出來了，「如果今天下午你來陪產過，你應該知道，你為什麼不知道？你應該知道的，你應該知道的嘛！」

中威承受著龐大的心理壓力，不禁哭了起來。

此時中威腰際的電話響了，是妍秋。

「汪媽媽？」

「中威，亮亮跟你在一起嗎？」妍秋的聲音聽起來焦急無比，「為什麼這麼晚了你還沒送她回來呢？」

「汪子荃沒有通知你嗎？」中威一陣驚訝，「亮亮她……」

「她怎麼啦？」妍秋那邊緊張地握緊電話。

「她早產……現在在醫院。」

「早產！」妍秋大叫一聲，「為什麼沒有人打個電話通知我一聲

呢？亮亮要生了……她……她會要媽媽的，她一定會找媽媽的。」擔心女兒的妍秋急得團團轉。

「汪媽媽，你不要急不要慌，」中威安撫她道，「我……我來接你。」

放下電話，他臉色猶豫著。「趙士元，可不可以請你去接汪媽媽？」他不想錯過亮亮的每個陣痛。

士元看都懶得看中威一眼，「她打電話給誰，誰就去接吧。我要陪我老婆。」他也要守在心愛女人的身邊的。

中威想起他承諾過，亮亮產房外會有先生和母親，一個也不能少，也只能快步出去接妍秋了。

而另一頭的士芬在病房裡侷促不安，滿腦子都是中威跟亮亮剛才連袂出現打擊她的影子，一幕幕不斷上映倒帶又播放，把她的心折磨得不成心形，這時子荃走了進來。

「我好恨……我真的好恨……」士芬依靠子荃，盡情地宣洩她所有委屈和怨忿，「為什麼他們都簇擁著她？我也生孩子，不是嗎？我懷的也是他的兒子啊，為什麼？他卻寸步不離的陪著汪子亮，而吝於看我一眼。」

子荃握著士芬的手，溫柔地捏著。

「我真的好恨……為什麼？為什麼？」士芬哭叫，「她有哪一點比我好？那兩個男人眼睛都瞎了嗎？他們分不出鑽石和玻璃的差別在哪兒嗎？我真的好恨啊……」

子荃摸著士芬的頭髮。

士芬泣不成聲的哭倒在子荃身上。

此時子荃開口。「我們結婚吧！」

「子荃……」士芬不敢相信自己耳朵聽到的。

「嫁給我，士芬，你就是我心目中最閃亮的那顆鑽石，」子荃柔情似水地在士芬手背上輕吻了一下，「誰說大小姐不能嫁給長工呢？蔡秀女不是嫁給趙靖了嗎？」

「可是……」士芬還沒有從錯愕中回神。

「可是我跟趙靖不一樣，」子荃坐到了床畔士芬身邊，「趙靖在遇到大小姐之前心裡就有人了，我卻是在第一眼看到你的時候，心裡就只有你，我的感情沒有歷史，沒有過去。」

　　「可是……我有過去……我有孩子了。」士芬垂下頭。

　　子荃抬起士芬的臉。

　　「你的過去是為了讓我們認識，我不會假裝它們不存在，因為那是你的一部分。誰的感情沒有過去呢？重要的是未來。」

　　士芬的心莫名感動著。

　　「剛剛無論你怎麼趕我，我都不會離開你的。從現在開始，你要對我有這樣的信心，當士芬需要子荃的時候，一回頭就能看到他，一伸手就能握住他的手。就像這樣，」子荃給了士芬一個好大好深的擁抱「不，我只能用一隻手握，另外一隻手要抱BABY啊。」他笑嘻嘻地說，士芬激情地回抱子荃。

　　「我會愛他如己出，」子荃舉起了右手，嚴肅地宣示，「為了證明我對你的愛跟忠誠，我們不要生育，因為我們已經有小孩了，士芬，你願意嫁給我嗎？」

　　「我……」士芬流下了驚喜交集的淚水，一時間不知該如何回答，已經太久失去愛情的灌溉，她顯得反應遲鈍。

第三十八章

　　中威帶著妍秋匆匆趕到醫院，兩個急切的人半點兒也不願耽擱。但是趕到產房時，已經沒看到亮亮的人影，問了護士，才知道已經生了。

　　這回嬰兒房外的人換成了士元，中威依然缺席了。

　　而剛生產完的亮亮，顯得疲憊虛弱不堪，妍秋則一直陪伴在女兒身邊，溫柔地看著她，安慰她的心情，也順便談談關於未來的計畫。

　　「我不想見他們任何一個人。」亮亮說，她的孩子需要的是真正的關心和愛，不是熱鬧。

　　「中威也不想見嗎？他是孩子的父親耶。」妍秋說道，她心疼亮亮一個人面對的辛苦。

　　「我不知道，其實我心裡好矛盾，」亮亮幽幽地說，「每當我想起他是我孩子的爸爸，我就會想起他另外一個孩子，兄弟倆，等於是同年同月隔一天生的，將來的命運不知道會怎麼安排？誰應該有個完整的家？誰的父愛又應該被剝奪呢？命運怎麼會這樣安排呢？」

　　妍秋拍著女兒，對她剛生完孩子卻憂傷大於喜悅感到不捨。

　　「好啦，不難過啦，不哭了，中威不是說過，他會盡快處理的，說不定馬上就會有好結果了呢，嗯？」

　　亮亮對母親勉強點點頭微笑，轉過身去卻心裡想著。

　　「媽，我能告訴你那個好結果是用什麼辦法設計來的嗎？」

　　中威在花店精心挑選了些花並寫了一張卡片，而子荃剛好經過，中威並不想和子荃打照面轉身想馬上離去，卻被子荃叫喚著給攔下。

　　「不錯啊，二十四小時之內兩度當爸爸，你可以上社會版了。」子荃不無戲謔地說。

　　「你找我到底有什麼事？」中威冷淡地說，看到子荃就是難忍一股升起的反感。

　　「我來恭喜你啊，同時我來送樣禮物給你，」子荃笑著。「陳中

威，你老婆要嫁給我了。」

中威一臉漠然。

「開心點嘛，這不是最好的禮物嗎？你的老婆要嫁給我了。」子荃呵呵笑。

「聽聽看我們之間是什麼對白啊？一個男人來向另一個男人說恭喜，因為他要娶他的老婆。」子荃又笑了。「這簡直比電影還精彩。」

「ㄟ～你怎麼都沒反應啊？我們的計畫成功了，你終於可以擺脫掉那個包袱了。人生啊，甲之熊掌，乙之砒霜，你當她是垃圾，我看她是黃金，多好，物盡其用，是不是？」

「你要接收的只是我的妻子。」相對於子荃的喜上眉梢，中威看起來就像是一塊千年寒冰。

「前妻，她很快就會跟你離婚了，那當然還包括你那個兒子。」子荃提醒道。

中威倏地抬起頭。

「他才是黃金，真正的黃金。他是趙家公主生的兒子，他就是我的金脈。」子荃樂不可支。

中威突然逼近子荃，瞪視著他。

「在你眼裡，有什麼是不能被利用的？以前你母親對你而言也是條金脈嗎？所以你利用她，等她沒有利用價值了，你一腳把她踢開？現在你又利用我兒子，你到底有沒有人性啊！」

「OK，那你不要離婚啊，你來保護你兒子啊！」子荃語帶挑釁的說，都什麼時候了陳中威你還在裝清高，不要忘記當初是誰先提出這計畫來的。

「你現在再說好都來不及了，因為你猶豫，在這三秒鐘的內心交戰裡，已經讓你的父愛蕩然無存了，哼！陳中威，人怎麼可以什麼都得到？怎麼可以有了親情又要財富，有了財富又要裝清高呢？真要這樣……連老天爺都看不下去的。」

中威氣得抓起子荃的領子，咬牙切齒地罵道。

「你憑什麼教訓我！你現在振振有詞把我兒子當買賣來談，你把一

切都物化了，你不尊重任何生命！你是魔鬼！你是魔鬼！」

「真的是這樣嗎？那你應該慶幸，爲你兒子慶幸，因爲你替他找了一個好的買主。」子荃悻悻地推開他的手。

「你……」中威知道自己面對著的是一個冷血的人，說什麼都是多餘。

子荃一撇嘴角邪笑道。

「第一，他留在他母親身邊，誰也動不了他，第二，他留在趙家，一輩子不愁吃穿，第三，他是我的金樓梯，以後我還得仰他鼻息呢，第四，他不會造成你跟汪子亮的困擾，世界上，還有比這更好的買賣嗎？你告訴我啊！有嗎？」

「你就不怕我把我們之間的協議告訴趙士芬？她是多麼敏感，多麼猜忌，一旦讓她知道你跟我之間的協議，你猜！她還會給你好臉色看嗎？」中威反擊地問。

「FINE！你去告訴他啊，讓她一輩子不要簽字，你就一輩子娶不到汪子亮，我有什麼損失呢？頂多到別的地方找金樓梯就是了。」子荃失笑，看來這陳中威被他氣得失去理性，還變成了一個徹底的笨蛋。

中威語塞。

「聰明一點，明明就可以合則兩利，爲什麼要玉石俱焚呢？」

子荃看著中威買的花，捧了起來。

「不錯嘛，滿好看的，」他將附在花裡的卡片抽了出來，丟在地上，把花拿走，丟下一句「謝啦」，就滿面得意的走了。

中威看著掉在地上的卡片，知道自己已經被子荃控制了。

＊＊＊＊＊＊＊＊＊＊＊＊＊＊＊＊＊＊＊＊＊＊＊＊＊＊＊

子荃擁著士芬在醫院的交誼廳裡，士芬手中捧著子荃送的花，臉上洋溢著幸福欣慰的笑容。

「真虧你，還去買這麼大一束鮮花。」士芬嘴上說著，心裡卻是滿溢的感動。

「沒有鮮花的求婚都不能算數，都不足以表示誠意。」子荃突然跪下，士芬一臉驚訝與呆滯。

「士芬，你願意嫁給我嗎？」

士芬猶豫著。「我……」

「士芬？」

士芬羞怯地。「子荃，你不要這樣子啦，會有人看的，你起來啦。」

「讓他們看，」子荃握住士芬的手，「我在跟我的公主求婚，看到這一幕的人是幸運兒，因為他們看到了幸福。」子荃親吻士芬的手，一點都不覺得肉麻。

「子荃，你是認真的嗎？」士芬的淚水已經湧上眼眶，她咬著唇強忍著。

「當然是，我當然是認真的，士芬，我要娶你，我會好好照顧你們母子，不要懷疑，只要點頭，答應我，我們盡快結婚。」子荃深情地懇求。

「趙士芬啊！」看到這一幕驚嚇到極點的秀女，甚至不管士芬產後的身體還很虛弱，她衝上來把士芬拉離子荃。「你不可以點頭，不可以答應，你不准點頭！」秀女搖晃著士芬。

子荃心中扼腕著，差一點就成功了，偏偏殺出秀女這個程咬金。

「媽，你為什麼要這樣子嘛。」士芬尷尬地被母親搖得頭暈眼花。

「你不准嫁給他！」秀女再次厲聲強調著。

「為什麼啊？」士芬不懂秀女的反應幹嘛如此之大。

「因為……他不配！他配不上你啊，趙士芬。」秀女咬牙瞪著心懷不軌的子荃。

子荃則表現出一臉委屈的哀傷望著士芬，讓士芬覺得母親讓一個願意愛她對她好的人難堪了。

「是，他不配，那照你的標準要三師，醫師律師建築師才配得上我，好啊，我都聽了，我嫁給了心理醫師，那又怎麼樣？我的婚姻又怎麼樣了？」士芬怒氣騰騰地大吼著，護著子荃的心意表露無遺。

「你搞清楚啊，那個醫生不是我要你去嫁的，從頭到尾我都反對你

去嫁給陳中威，是你自己挑，你自己任性非嫁不可！」秀女大聲地吼回去，她不要女兒再犯一次錯了。

「是，好，是我自己愛的，我選的，那現在，這個也是我愛我選的，我要嫁給他不可以嗎？」士芬抓住子荃跟母親對抗著。

秀女硬把兩人分開。「你……不可以！你永遠選錯人啦你，你瞎啦？你永遠沒搞清楚誰愛你誰不愛你！人家愛上你哪一點，錢哪，人家愛上你的錢，你的嫁妝你的家世！你腦筋清楚點好不好啊？」秀女太瞭解汪子荃現實的個性了，她知道女兒跟她一樣傻，只要誰順著意就順著誰。

士芬的自尊心被母親一番話擊傷了，「難道我除了錢除了嫁妝除了家世，我沒有任何一點可愛可取之處嗎？你如果腦筋清楚，眼睛不瞎，為什麼也會挑錯人呢？基本上你就是懷疑全世界！」

士芬的話也狠狠地抽在秀女的心版上。

「士芬，」子荃故意打圓場。「士芬你不要激動，不要這樣跟媽媽說話。」

「你滾啦，你滾！你滾！你走！」秀女捶打著子荃叫他走。

子荃只好頹喪著一張臉，無語地向士芬道別離去。

子荃一走，秀女哽咽的跟女兒勸說著。

「士芬，也許我懷疑每一個人，我懷疑全世界，但是我從來就不懷疑我對你們兄妹的愛呀。」她將士芬摟在懷裡，虎毒不食子啊，她反對的理由絕對是替士芬在著想著啊。

士芬傷心地想掙開秀女，「剛剛我也並沒有完全要答應他，可是，你為什麼非要我那麼難堪？難道我就真的除了那些一無是處了嗎？」

「士芬……」秀女啞口，她不是故意要傷害士芬的。

「你自己懷疑了爸三十年！」士芬怨懟地說。

「所以我知道那種心情有多苦啊，門不當，戶不對啊，一邊高一邊低，立足點不平等的婚姻，你想要全心全意去愛都很難啊，我已經吃過那種苦啦，我不要你再重新走一趟這種冤枉路啊。」秀女試著心平氣和跟女兒分享她的心路歷程。

士芬搖著頭，啜泣了起來。

秀女嘆了口氣，緩緩地提醒著。

「士芬啊，就算我們不驕傲，你能保證別人不自卑呀？」

「你以爲你爸當年眞的一點都沒喜歡過我呀？我們當然也有感情的，可是不一樣的出身，要自在相處就很難啦，要不然他幹嘛那麼喜歡那個狐狸精啊，因爲他們是同一類的呀，你爸在她面前就像一座山，在我面前他……」秀女又嘆了口氣。「他在我面前，就算你媽說他像座山，他都覺得我在諷刺他呢。士芬，語言不通啊。」

「在媽的眼裡，是認爲只有金錢才是世界共通的語言吧，可是錢有多有少，富貴也有分等級的，今天我們瞧不起汪家，相信也會有人看不上我們，那怎麼辦？難道我就永遠都不能渴望愛情跟幸福了嗎？」士芬哀哀地說，平生頭一遭覺得生在大戶人家原來這麼不值。

231

「士芬～那個汪子荃他不會給你幸福的。」秀女擔心地拉著女兒勸她。

「爲什麼？子荃對我很好，他對我的好感，是從見到我的第一眼開始的！」士芬不服輸地說。

「哼！」秀女不信。

「不可能嗎？我沒有讓人第一眼就愛上的魅力？如果以前沒有，那我現在就更不可能有啦，媽，你看看我，我年紀快三十了，我丈夫不愛我，要跟我離婚，我還帶個孩子，除了一身鍍金的家世背景，我還有什麼？」

士芬激動地哭喊著，秀女趕忙抱住士芬安撫著。

「好了，士芬，好了……」聽著士芬說的那些話，秀女心也疼著。

「拿掉那些空殼子，我是一個既不年輕也不貌美，還帶個孩子的棄婦，我還有什麼……可是我好恨，我不甘心……難道我的一生就這樣完了嗎？我還有夢啊，可不可以讓我被愛一次，就算趁我……就算趁我還有很多錢，可以大聲說話，有人願意用相同語言跟我說話的時候，讓我被愛一次……可以嗎？我好渴望那種被寵愛、被保護……被捧在手掌心的滋味，可以嗎？可以嗎？」士芬落淚紛紛，直到淚水完全哽住她的喉

嚨，才化爲一聲聲幽怨的飲泣。

秀女看著懷裡哭得像個淚人兒的士芬，鬆了鬆口，緩和地說著。

「好啦，好啦，聽媽的話，別急，如果……唉～如果你眞的打定主意要離婚了，那你不妨多看看再觀察觀察，看看那個汪子荃到底對你有幾分眞心啊，好不好？」

「媽……」

「好啦…不哭啦，你還在坐月子呢。掉眼淚眼睛會壞掉，媽給你燉了魚湯上去喝魚湯，我要看外孫啊。」

秀女扶著士芬離去，獨留子荃送的鮮花被棄置在一角。

這天天氣好，趙靖在自家庭院裡做著復健，一步一步努力著，腦子裡想起子荃的羞辱，趙靖氣憤著一個人的轉變可以如此之大，他要趕快好起來，於是繼續加緊腳步走著。

「爸！這麼努力練習走路啊？」士元經過庭院笑著對趙靖說。

「你怎麼到現在才去公司啊？」趙靖轉身看著士元疑惑地皺眉說。

「我不是要去公司耶。」士元回答著。

「你不去公司？」趙靖聞言有些不悅地說，「今天不是禮拜一嗎？每個禮拜一都有主管會報你要主持啊，怎麼可以不去公司？」

「我要照顧亮亮，昨天半夜我跑出去，是因爲亮亮她也生了，她早產兩個月，而且……而且是跟士芬起了衝突，是士芬動手推她，才讓她早產的。」士元老實招認，他相信爸能諒解的，「當然啦，我知道我不是孩子的父親，但是我總覺得我對不起亮亮，所以一接到子荃的通知就趕到醫院去了，跟那個混帳陳中威一起守在門口。」

「就你們兩個人？」趙靖挑了挑眉。

「後來宋阿姨也來了。」士元說。

「汪子荃呢？他自己的妹妹早產，連他媽媽都去了，還是他通知你的，他人呢？」趙靖總覺得可疑。

「他陪著士芬，他一直陪著士芬的。」士元告訴父親，事實上子荃守在士芬身邊的時間，比母親跟他還要多呢。

趙靖覺得事有蹊蹺，想起子荃曾經說過他們的關係會更親，注定是

姻親，趙靖突然想透了子荃打的是什麼主意。

「可惡啊，可惡！」他額上浮現青筋憤憤地說。

＊＊＊＊＊＊＊＊＊＊＊＊＊＊＊＊＊＊＊＊＊＊＊＊＊＊＊

趁秀女不在，子荃又來到醫院探望士芬，他鍥而不捨地提起結婚的事。

「為什麼要等？為什麼還要等？」子荃跳腳，「士芬，你還是屈服了是不是？你還是相信你媽，不相信我，你心裡也認為我配不上你？」

「不是，我不是這個意思，我只是覺得，我連婚都還沒離。」士芬委婉地說她也難過啊。

「那就趕快離啊。」

「可是如果離了，那我們都是自由之身了，又有什麼好急的呢？」

「我可以等，你可以等，但是孩子可以等嗎？你有沒有想過他要報戶口，你要把他報在誰的名下呢？他該姓什麼？姓趙？姓陳？孩子長大之後他是不是要接受狐疑的眼光，那他是不是該一一的解釋，為什麼他姓陳，他的父親卻姓汪呢？」子荃故意激動的說，將焦點轉移到孩子身上。

「這樣對他來說，不是太殘忍了嗎？」

「子荃，我……」士芬被這個問題問住了，她倒沒思考得這麼深。

「士芬，你以為我急嗎？是。我是很急，但是等你，我願意，可是我們不能耽誤了孩子啊，我們盡早結婚，可以盡快把他報到我的戶口下，或者……或許我們可以辦領養手續，總而言之，我是愛這個孩子的，我不要他受到半點委屈。」子荃握住士芬的手，一臉誠懇地全為了他們母子倆。

「子荃……」士芬感動地抿著嘴。

「士芬……你可以不嫁給我，我願意等你一輩子，但是請你替孩子想一想好不好？」子荃用認真無比的眼神央求道。

士芬忍不住撲向子荃的懷抱。

「子荃，我答應你，我去說服媽，我要讓她知道，在這個世界上，不是只有錢財是共通的語言，愛也是一樣。」

子荃摸著士芬，一臉狡詐地笑著，覺得秀女說的真是對極了。

士芬終於可以出院了，回到了自己的家，她整個人還沈浸在戀愛的愉快當中，秀女都看在眼裡，一把拉著正在安撫寶寶睡覺的士芬，開口大聲質問。

「你說什麼呀，你還是要嫁給他啊？」秀女一聽差點昏倒，大聲的問著。

「媽，你幹什麼啦？寶寶才剛睡著啦……」士芬不悅地說。

「來來來……出去，出去說。」

秀女將士芬拉往書房。

「媽……」士芬拍開母親的手，她抓痛了她。

「我問你，你不是答應過我說要好好的再考慮考慮的嗎？怎麼？」

「是啊，我考慮過啦……」士芬閃躲秀女犀利的眼神。

「你考慮過了？ㄟ！才一個禮拜，前前後後才一個禮拜，你就已經考慮清楚啦？」秀女不滿地說。

「沒錯……」士芬轉過身，執拗道。

秀女急得跑到士芬面前。

「為什麼呀？你為什麼非他不嫁啊？」

「因為他愛我。」士芬說得理直氣壯。

「他愛你？那好啊，你既然對他的愛那麼篤定，為什麼不能叫他等啊？幹嘛呀？他的愛有期限啊？會餿了酸啦還是……」秀女心裡氣憤越說越難聽。

「媽，子荃說大人可以等小孩不能等。」

秀女誤會士芬的話，看著他的肚子，緊張的抓起她的手。

「唉呀～你該不會都已經跟他……你們……」

「媽，你在想些什麼啊？我才剛生完孩子，還能怎麼樣啊？」士芬翻著白眼，覺得母親太離譜了。

「那你剛剛又在那兒說……說你們……說……」秀女指指士芬又指

指肚子。

「是子荃想得周到，他希望趕在孩子報戶口之前跟我結婚，這樣子孩子就報在他名下，省得將來孩子長大了懂事了，跟父親不同姓，身分尷尬會造成孩子心理上的陰影的，現在你知道子荃有多愛我了吧。」士芬全盤托出，帶著勝利的眼光迎向秀女。

「那他可以辦理認養啊……」趙靖突然出現，不屑的表情繼續說著。「真的急在這麼一時半刻嗎？」

「對呀！真是的。」秀女認同的對著士芬說道，趕緊上前扶著趙靖。

趙靖顛簸著腳步走向士芬。

「孩子才剛生下來，到他懂事起碼得要個三五年，如果他真的愛你他可以等啊，等通過了時間的考驗再結婚再辦理認養也不遲啊。」

「是啊是啊，我都說啦，到時候再認養嘛。」秀女附和道。

趙靖對著不出聲的士芬繼續說著。「他就這麼急著要做我們趙家的半子？要我的外孫跟著他姓汪。你也真的相信這一切，都是因為他對你的愛？」

「唉～我們趙家老跟他們汪家脫離不了關係。」秀女話裡帶著無奈的諷刺。

「秀女，你出去看看孩子，我有話要跟士芬說說。」

「說話小心點，爸爸還病著呢。」秀女交代著士芬就走出去了。

趙靖將門關上，一臉凝重。

「士芬，一個生命沒有選擇他出處的權利，但是一個做母親的絕對有義務去保護他，讓他趨吉避凶免於恐懼，你不能對不起他……」

「我沒有對不起他！」士芬不懂父親何以這麼重地說她。

「你執意要嫁給汪子荃，就有愧於那個孩子。」

趙靖直定地看著士芬，士芬有些心虛的低下頭去。

「我太瞭解你了，士芬，你不是為了愛而嫁的，你是為了恨……你恨陳中威，你想證明你離了婚依然不乏追求者，你恨汪子亮，所以你要趕在他們之前結婚，是不是？」

士芬像是被說中似地不說一句話。

「唉～士芬，婚姻不是是非題，無所謂對錯，可是它絕對是個選擇題，你一定要慎選那個最適合你的人。」

士芬激動的回應。「子荃就是那個最適合我的人！」

「是嗎？是嗎？」趙靖看著士芬意有所指的說，「我相信你是最適合他的，你必定是他的第一選擇。」

「就因為我有錢有勢？因為我是趙氏企業的股東之一？」士芬知道父親在指些什麼，不滿的說著。

「大股東。」趙靖延續士芬的話強調著。

「是，我是大股東又怎麼樣？我的臉上沒有五官只有錢的符號嗎？我沒有思想沒有靈魂，只有一身銅臭味？我不配得到真愛？」士芬看著趙靖，一臉失望。「爸，別人會這樣懷疑也就罷了，為什麼你也會這樣呢？」

士芬慢慢轉過身，哀戚的說著。「你自己背負著同樣的懷疑三十年，沒有人比你更瞭解這種痛苦，為什麼？你也要跟著懷疑子荃？」

「正因為我深受其苦，所以我瞭解。」趙靖走向士芬，語氣平穩一字一句勸著士芬。「就算曾經有再深厚的感情，也禁不起那些閒言閒語的猜測，做得好是應該的，因為天時地利人和嘛，不是因為我的才幹，可是只要一出錯就是個草包，就是吃軟飯的。」

士芬閉上了眼，一臉倔強，眼角有著淚光。

趙靖繼續說著。

「不對等的愛情注定要夭折的。」

「門當戶對的愛情才能長命百歲？爸，你現在的思想觀念怎麼變得跟媽一樣，同樣勢利膚淺，狗眼……」士芬忍著不說出侮辱的話語，趙靖接了下去。

「狗眼看人低？」趙靖看著士芬，臉上帶著些許憤怒，「沒錯，我是看低他，而且在我眼中他連一條狗都不如！」

「爸！」士芬痛苦地喊，父親怎能在自己女兒面前說出這樣絕情的話。

「陳中威我雖然氣他，卻還敬他有三分的骨氣，可是這個汪子荃雖然有才幹卻沒有人性，士芬，你這兩次對象都沒有選對，一次是愛錯人，一次是看錯人。愛錯人，你賠上的是自己，再看錯……可能連你的孩子都要賠進去，你對得起他嗎？」趙靖將女兒心碎的表情盡收眼底，但為了她往後五十年六十年的生活他必須說。

　　「不，這一次我不會看錯，更不會愛錯，我相信子荃愛的是我的人不是我的錢，我相信他！」

　　士芬說完就要離去，趙靖的話讓她停下腳步。

　　「你對他這麼有信心？」

　　「是，絕不懷疑。」

　　「那我們來做個試驗好不好？」趙靖緩緩地說，「你把你名下的財產，所有的股票全都轉給你母親，並且告訴他趙靖要跟你脫離關係，你一文不名還拖個孩子，沒有趙家的光環，你看看他還願不願意娶你。」

　　「怎麼樣？敢不敢？」趙靖追問女兒。

　　「真愛不用試煉，我相信子荃。」士芬強壓下心中的恐慌大聲道。

　　「真愛不是不用試煉，要禁得起試煉的那才是真愛，你在害怕嗎？怕什麼？怕他通不過考驗？還是怕將來不敢再相信愛情？」

　　趙靖舉起蜷曲的手放在士芬的肩上，疼惜的說著。

　　「士芬…，不要害怕，是好是壞都可以讓你認清楚一個人。」

　　「不，我不要，疑者不愛，愛者不疑。我不要試煉，我不要！」士芬摀住耳朵心臟狂跳。

　　「當初亮亮要嫁給士元的時候，就是在士元一文不名的時候，她反而毫不猶豫的非要嫁給他不可。我沒想到你的自信竟然比亮亮差那麼多，唉～」

　　趙靖嘆息著離去，士芬陷入了迷惑的泥淖中。

＊＊＊＊＊＊＊＊＊＊＊＊＊＊＊＊＊＊＊＊＊＊＊＊＊＊＊＊＊＊

　　俱樂部裡，子荃將酒倒進了酒杯裡，微揚著嘴角，聽著士芬訴說。

「我爸堅持把我一切的財產全部轉到我媽名下，他可以為孩子成立信託基金，可是在孩子成年以前，他是這筆基金的法定監護人，別人包括我在內都不能動用，另外……如果我們堅持要結婚的話，他要跟我脫離父女關係。」士芬低著頭捏著自己的衣角說，甚至不敢正視子荃。

子荃一僵，推了推眼鏡，臉上閃過一絲狠意，心想：「老狐狸，想用這一招，親子關係是可以脫離的嗎？懂不懂法律啊？蠢！」子荃搖著頭，微笑著，看子荃不出聲的士芬緊張的叫著子荃。

「子荃，你在笑什麼啊？」

「我開心啊。」子荃回道。

「你開心？我沒有在跟你開玩笑，我是認真的，我爸很生氣……」士芬怕他還沒進入狀況。

「我當然開心啦，這樣我們的地位就平等了，你不再是大小姐，我也不再是長工，我們是一對平凡但是相愛的男女。」子荃夢幻一般地說，「你就給我好好待在家裡帶孩子，做一個全職的家庭主婦，你放心，每個月，我會按時把薪水交給你，不過你得發我零用錢哦，一個男人出去身上沒錢多難看啊。」

「可是，子荃，我說的是真的，如果我們結了婚，我真的什麼都沒有了。」士芬沒有把握地問他是認真的嗎？

子荃牽起士芬的手，一臉深情。

「你有我，我有你，我們有一個健康的小孩，這抵得上全世界。」

「真的嗎？」士芬的鼻頭一酸，當子荃是真心愛著她。

「當然是真的啊。」子荃撫摸著士芬的頭髮。「以後花錢不能再像現在一樣輕鬆…」

「沒有關係，沒關係，」士芬淚盈盈地抱住他一疊聲說，「我們可以賣股票，我們可以出售……」

「不可以，該給你媽多少給多少，我們不要人家瞧不起我們，憑我汪子荃，還怕養不起老婆跟兒子嗎？」子荃佯裝反對地表示，等生米煮成熟飯的時候，他每一分都會要得清清楚楚的。

士芬哪知子荃心中所想的，一臉感動，靠在子荃懷裡。

「子荃你知道嗎？你比我爸還棒，我爸再怎麼有骨氣，當年還是用了我媽的嫁妝做本錢。而你⋯⋯你什麼都不要。」

子荃陰陰的笑著，但語氣卻溫柔無比。

「誰說你沒有嫁妝，你帶來了一個無價之寶給我。也因為這樣，我的婚事一直拖延到現在，我不敢結婚，不敢生小孩。」士芬心疼的更加抱緊子荃，子荃嘴上的笑容更加得意了。

「可是現在，我娶到我深愛的女人，她又帶給我一個健康的小生命，還有比這個更可貴的嗎？」

子荃將士芬輕輕拉開。「你看你，你出來多久了？就這樣子把兒子丟給你媽啊？這樣子不行，以後結了婚，我可是會為了這種事翻臉的哦，快回去吧。」

士芬幸福的點頭微笑著。

「子荃！」士芬親了子荃一下，滿臉喜悅的離去。

子荃一等士芬離去，拿起酒杯，一飲而盡，將酒杯狠狠摔在地上，粉碎。

該是他的，他要全數要回，一個子也不能少。

子荃已經深深陷入他完全的偏執裡，沒有一絲罪惡感。

士芬回到家中，就迫不及待的拉著秀女的手，訴說著子荃的反應。

「媽～子荃通過考驗了，他不但不希罕我的財產，而且⋯⋯」士芬睨了一眼在一旁的趙靖，驕傲的繼續說，「而且我說我要賣股票當私房錢帶過去，他還生氣呢！他啊，他說絕對不可以，他說只要我們母子倆嫁過去，他就開心得不得了，他說那是無價之寶。」

趙靖一臉不以為然，秀女更是馬上諷刺了起來。

「哼～那當然嘍！房地產股票也不過是有價證券，那孩子還真是個無價之寶呢～他是唯一嫡嫡親親我們趙家血統的孩子，將來還不成個聚寶盆啊～」

秀女貼近趙靖身邊說著，趙靖也點著頭。

「你說這汪子荃他多會算，算盤打得多精啊，難怪他只要孩子，不要⋯⋯」

　　士芬拉開母親。「媽～子荃才不是這種人呢，他要這個孩子是因為他愛孩子！他喜歡孩子又不能生，他說這個孩子是上天賜給他的禮物，讓他可以當父親，又可以不用擔心他家那種遺傳基因啊。」

　　「那是說他是真的愛你嘍？」趙靖開口了。

　　「是啊！」聽到士芬不經考慮的回答，趙靖笑了起來。

　　「爸～說要試煉他的可是你啊，你是看準他不是真愛我而是愛我的錢，現在子荃已經通過考驗了啊，你們沒有什麼話好說了吧。」士芬看著父母親若有所思的樣子，趕忙加把勁為自己努力爭取著。

　　「汪子荃啊～我是嫁定他了！他對我唯一的要求就是，要我在家裡好好帶孩子，生活上只要省著點用就ok啦！」

　　「你是該開始學著節省點了。」趙靖插口說。

　　「爸，什麼意思啊？」士芬猛然回頭。

　　「你所有的財產不是都要轉到你母親的名下嗎？等手續辦好了，你就真的一文不名了，所以你非得學著節省不可啊，有什麼好吃驚的？」

　　士芬睜大了眼，原來父親是來真的。

　　「爸，你怎麼可以這樣子啊，你怎麼可以真的轉移我名下的財產？」

　　「我當然可以啊，我們說好的，不是嗎？這才是遊戲規則啊，這才是測試的軸心啊，你要不要遵守？」趙靖嚴肅地說，沒有轉圜的餘地。

　　「可是，可是遊戲不是已經結束了嗎？子荃不是已經通過考驗了嗎？他說他不要我的錢，他愛我……」士芬被弄得心慌意亂。

　　「用說的算數嗎？心裡邊明白你還是有錢的，嘴巴上說說漂亮話，哪算通過試煉啦？」

　　「爸～你真的要讓我一文不名啊？」士芬慌的抓住秀女。「媽～爸真的要把我的財產收回去嗎？」

　　「我……」秀女也沒料到趙靖要來真的，一時也沒了主意。

　　「爸，你真的要讓我變窮人嗎？」士芬不能接受地說。

　　「我說趙靖，你當真啊？」連秀女也讓趙靖的認真弄傻了眼。

　　「不行啊，爸，你不行啊！」士芬拽著父親的袖子求著情，那是屬於她的財產啊。

趙靖定定地說，「我為什麼不可以？本來你所有的財產都是父母給你的。」

「給我的就是我的啦～我已經成年了，我有自由處理我財產的權利了不是嗎？」士芬焦急地辯白。

「對，你是成年了，給你的東西是不能再要回來了。可是我可以藉由拋售股票的方式，讓趙氏的股價大跌！到時候你手上的股價會一跌千里，損失至少三分之二以上的面值。」

「你這個是政策式的決定，不行，它……它過後會回漲的！」士芬說著，但話語抖抖。

「沒錯，但是憑你以及那個汪子荃的實力，你們有能力在它漲回的時候買回來嗎？」趙靖吃了秤鉈鐵了心道。

「爸～你怎麼可以這樣對我呢？」士芬痛心疾首地說，心底一片冰涼。

「我是你女兒耶，你居然可以這麼狠心？為什麼？就因為……就因為我要嫁的那個人你不欣賞嗎？」士芬眼中泛著淚光，繼續說著，「他愛我，他愛我的兒子，這個婚姻可能是我這一生中……這一生中最真的幸福和愛，你為什麼不祝福它？」

「如果他那是真愛真幸福，表示那是無價的，那你又何必在乎那些看得見的俗物呢？反正那個汪子荃說他可以養你跟那個孩子，我倒想看看他怎麼個養法，能夠養多久？」

趙靖態度強硬，連秀女都感覺得到。

「爸……」士芬看看父親又看看母親，「爸～我恨你！我真的恨你！」士芬激動吼著。

趙靖卻閉上了眼，不為所動，他知道他現在的堅持或許在將來會救了士芬。

「趙士芬啊～你……」秀女呼喊著士芬，士芬頭也不回跑開。

趙靖繼續對秀女提醒著。

「一旦士芬的錢轉到你名下，就無論如何別再讓它轉出去了。」

「要死啦你，你這樣做士芬會恨死我的。」秀女猶豫著，虧趙靖想

得出來這狠招啊。

「有一天她會感激你，等到汪子荃的真面目露出來之後，她會慶幸她還有錢在她媽那兒。」趙靖篤定地說道。

「你也真是奇怪，既然要保護趙士芬的權益，你就直接把錢轉到你名下去就好了嘛。」

趙靖嘆了口氣不說話，秀女見狀，繼續問著。

「你說啊，幹嘛不直接把錢轉你名下去啊？」

秀女見趙靖仍是沈默不語，氣得一跺腳指著趙靖。

「我就知道！我就猜對了對不對？你就是要離開家，你就是要離開我，對不對？」

秀女抖著聲音，眼眶淚水又滿了。

「你就想像當初一樣，孑然一身什麼東西都不要，就只要自由，好去跟那個老狐狸精在一起去賣麵！那你當初幹嘛選擇回來啊你！你自私啊你！」

趙靖只能沈默以對。

「好啦，病了啊，垮了，要人伺候要人照顧你就回家來啦，等你病好了，你就又頭也不回的回那老狐狸精身邊去啦……」

趙靖費著力氣無奈地說著。

「我要是不回家，你會善罷干休嗎？」

「又鬧又跳又打又下跪，尋死覓活的，大家日子還要不要過下去。」

秀女噘著嘴喘著氣，聽趙靖把自己說得如此不堪，悲情的轉身坐下。

「你利用我，你這一輩子就是會利用我！」

「我怎麼利用你了？說來說去，不過就是三十年前那筆嫁妝，還有什麼？」

「有啊，你利用我啊，你利用這個家來做復健！」

「是嗎？打我從醫院回來，一個禮拜七天，你有六天在打牌，每一場牌局都是為了見證趙靖回家了這個事實，我倒覺得我像是個會呼吸的標本，被你擺在這兒利用呢。」

秀女努了努嘴，反駁著。

「你要沒有離家出走過，我幹嘛要趁你又病又垮的時候拿你來當見證？」

秀女說著又哭了。

「我為什麼會又病又垮，我又為什麼會中風會倒下？」趙靖念著夫妻情分沒把話挑太明。

秀女知道趙靖指的是她自殺使他受到刺激的事情，但仍要強辯著。

「你好好待在家裡，你就不會中風了嘛。」

「你要不上吊尋死，我會一口氣上不來倒下去嗎？士芬接到電話後，明明知道你已經沒事了，可她不是這麼傳話，為什麼？我可以懷疑你們的用心嗎？」趙靖嘆息著，好好一家子這樣鉤心鬥角的，他實在是累了啊。

秀女心虛的站起身大聲說著。「你……你別在那兒胡說八道啦！我當時真的是心灰意冷了，我把命都給豁出去了……我拚的是一條命，真的是一口氣啊，我那能有什麼別有用心啊。」秀女擦著眼淚，這可是真心話。

趙靖聽了點點頭，「希望是如此……你雖然沒死，我卻等於送掉半條命了，希望你們沒有別的用心，否則……這人生實在也沒有什麼意思了。」

看見趙靖如此說的秀女，心中一寒，趕緊安撫著。

「想太多了，趙靖。」

「我希望是我想得太多了。」趙靖轉頭看著秀女，「你們不會對我這麼狠的，是不是？」

秀女迴避著趙靖的眼光，聽著趙靖繼續說著。

「一個是我結髮三十年的妻子，一個是我心疼入骨的女兒，你們捨不得害我，對不對？」

「好啦，別說啦，別想那麼多啦，該休息了。」秀女趕緊拿出藥要餵趙靖，心中滿是虧欠，流著淚。「好啦，吃藥啦～」卻又閃躲著趙靖的目光。「我給你倒杯水。」

看著離開的秀女，趙靖搖了搖頭，又思念起妍秋來了。

****

「我是絕對不可能把錢轉到我媽名下，那是我的財產，我的股票，那是我的耶！」士芬氣呼呼地說著。

「趙士元比任何人都還會花錢，為什麼他的財產可以不受管制呢？」

「他是兒子，你是女兒。」子荃輕描淡寫地說，眉間不自覺陰影籠罩。

「女兒？女兒又怎麼樣？女兒就不姓趙嗎？」

「嫁了人之後當然就不能姓趙了，更何況你要嫁的是汪子荃，他們當然要防著啦。」子荃一臉可以預料的無所謂。

「這……」士芬坐了下來，心煩著。

子荃也坐了下來安撫著士芬。

「好了啦，就照他們說的做吧，讓他們安心，也讓我們的婚姻有一個好的幸福的開始，不是很好嗎？」

「你知道嗎？我爸他還威脅我耶，他說，如果我不照他的意思做，他就會政策性的拋售趙氏股權。」

子荃一聽，臉色大變，心想，「趙靖真的這麼狠？那我手上的百分之十八的股權不也跟著倒楣。」

士芬沒注意到子荃的臉色繼續說著，「我媽、我哥也一定都會配合他的。」士芬回頭向子荃訴苦著，「子荃～你說嘛，有父親會這樣子威脅自己女兒的。」

子荃連忙換上不在意的表情。「那就照他的意思做吧。他是你爸爸，他這樣做也是為了你好，如果我有女兒，我也會極盡全力的保護她的。」

「可是我偏不受他威脅嘛！他要拋售就拋售！到時候看誰吃虧大！」士芬賭氣地說。

「何苦呢？是父女，又不是仇人，幹嘛要撕破臉？其實最該在乎的

人是我，我都無所謂了。」子荃說著心中在冷笑，最好是我都無所謂不在乎啦。

「可是我有所謂！那是我的錢，我的財產……」士芬歇斯底里的吼著。

子荃有些受不了的大聲吼出一句，「聽話好不好？照他的話去做行不行啊？」

看著子荃第一次對自己大聲的士芬，有些驚訝。「你……你吼什麼吼啊？你叫那麼大聲幹什麼啊？我自己的錢我為什麼不能自由運用？」士芬轉身坐下心一橫。「就算趙氏股票變成一堆廢紙，我也不在乎！」

子荃聽著士芬說的那些話，心裡暗罵著。「你這個蠢女人，沒有了那堆廢紙，我還會收你這個垃圾嗎？」

他想想這樣下去不行，走到士芬身邊，溫柔的說著。

「士芬，我們要的是父母的愛跟關懷，我們不是要他們的錢，有本事我們賺給他們，何必跟他們爭呢？」

「可是我不服氣嘛～」士芬到底是倔強的千金小姐。

「就算是為了我好不好？為了我，你嚥下這口氣，將來我在你們家裡才能抬頭挺胸大聲說話。」子荃好聲好氣地拜託士芬，他的錢途可就在她一念之間了。

「子荃你真的不在乎嗎？我真的一無所有了。」士芬沮喪地望著子荃。

「你有我啊！」子荃緊握著士芬的手，沒有半點猶豫。「士芬～快去跟中威簽字離婚吧，我們做得漂亮一點，我們主動簽字，嗯？」

「是，是我不要他的。」士芬笑著，逞著高姿態說道。

這看在子荃眼裡，只覺得可笑。

士芬照著子荃的意思，來到中威的診所。

中威一看見士芬，轉身就想離去。

「看都不想再看一眼了，對不對？」士芬故意說著。「沒關係，這種感覺我現在能瞭解。」

看著不出聲的中威，士芬從包包裡拿出了一張紙。

「我帶了一份禮物來，是要送給汪子亮和你那個早產兒的。」

「我們對毒蘋果沒興趣，你自己留著。」中威冷漠以對，倘若趙士芬還不放棄傷害亮亮母子，他不會善罷干休的。

士芬哈哈笑著，「我當然自己也會留一份，不過，我既然人都來了，禮物也帶來了，好歹你總該看一眼，再確定你們對這個毒蘋果有沒有興趣，是不是啊？」

士芬將離婚協議書放在桌上，讓中威看見。

中威不敢相信的看著士芬，這是一張他多麼想要的東西，他趕緊走上前要把協議書拿起來，士芬卻將他興奮的神情看在眼底，一把拿起往前一丟。

「你……」中威趕緊彎下腰去，跪著一張張撿了起來，看了又看。

士芬看著陳中威為了離婚協議書什麼姿態也不顧了，流下了眼淚，心裡吶喊著，「陳中威，你終於在我面前彎腰了。」可是她心裡明白，一切都是為了汪子亮。

中威一臉高興，小心翼翼的將協議書捧在手裡，完全沒注意到士芬故作堅強卻內心黯然的離開。

中威興匆匆的拿著離婚協議書到醫院給亮亮看，他要第一時間跟她分享這好消息，經過度日如年的煎熬努力等待，他終於可以對他這一生最重要的女人負起責任，讓她從今以後免受任何傷害，只要是有他在的地方。

「你看，這是我們迎接孩子，迎接他出院最好的禮物。」

中威一臉喜悅，亮亮則一臉不可思議的看著，卻又帶著複雜的情緒喃喃說著。

「她簽字了……」

「對，亮亮，你不看看這張離婚協議書？」中威把協議書放到她面前。

「我不想看，我有罪惡感，我覺得我是共犯。」亮亮卻閉上眼睛。

「亮亮，為什麼這樣想？我們做了什麼？我們傷害到別人了嗎？只是一個利人利己各取所需的處理方式，沒有人吃虧的。」中威替自己的

行為合法化，他只想保護所愛的人罷了。

　　「卻有人佔到便宜，利用愛來當作一種工具，就算我們得到我們所需要的，那也是卑鄙的，因為我們失去磊落的人格。」亮亮指的是子荃的事情。

　　「亮亮……這種磊落有什麼意義嗎？我們面對的是一個磊落的人嗎？趙士芬曾經多麼卑劣的傷害過我們，我們何必以德報怨？」

　　「她卑劣是她的事，你設計她，而且是用愛來設陷阱就是不對的。」

　　中威不禁反駁道，「我……我不承認我是主動設計，我是順水推舟，如果……她對汪子荃沒有好感的話，她也不會走入那個陷阱。」

　　亮亮發自內心地顫抖道，「汪子荃比魔鬼還可怕啊，為了錢，他連親情都可以出賣的。」

　　「所以他也可以因為錢對趙士芬好。」中威試圖掩飾良心上的不安。

　　「是對錢好，不是對她好，總有一天他會一腳把她踢開的，只要……」亮亮不敢往下想。

　　「只要趙士芬永遠有錢，汪子荃就會永遠對她好，難道趙士芬的錢不會越來越多嗎？」中威是這樣想的，只要士芬還是趙家公主，子荃就不可能變心離開她。

　　「所以她被愛的籌碼就會越來越多？中威……你自己知道，愛情是不能建立在金錢上的，可是你卻代替他們，用金錢來衡量愛情，你是真的相信？還是在自欺欺人呢？」亮亮質詢道，良心的被譴責使她坐立難安口氣不佳。

　　「夠了夠了，亮亮，」中威制止她繼續說下去，惱怒又帶著醋意說，「我請你停止那些義正詞嚴的教訓好不好？你喜歡說漂亮話，喜歡做漂亮事，你要光明磊落像個太陽，那你要不要光明磊落的一個身分呢？還是……還是因為趙士元給了我兒子一個姓，一個身分，他不是私生子了，所以你就可以毫不在乎理所當然指責我？」

　　亮亮只覺腦中轟然一聲響，「你真的是這麼想的嗎？你認為我已經無後顧之憂了，孩子的身分已經安排好了，我就可以這麼大聲的指責

你？如果我只是為了說話作勢漂亮，只是為了孩子的身分沒有問題，那我們可以不用結婚，反正孩子已經有了一個姓，有錢有勢的趙家孩子，我又何必在這裡說些讓你難堪的話呢？」

亮亮難受地說，「中威……我是愛你的。我不希望你為了這件事後悔一輩子。」誰不想跟自己心愛的人白首偕老呢？但是……但是如果自己的幸福，卻要用另一人一生的痛苦來換……

「也許，也許你認為我跟汪子荃這個計畫很卑鄙，可是……我也是人，我也有弱點，我也會恨，我也會想報復。當初是趙士芬先設計我……」中威一把抱住亮亮，「看在我愛你的份上，寬恕我好不好？寬恕我……」

而這一番談話，全被站在門外的士元聽的一清二楚，士元緊握著拳頭，在兩人相擁時，無語的離去。

士元馬上回到家裡找士芬。

「士芬！士芬！」他一進門就大喊著。

「哥，小聲點嘛，寶寶才剛睡呢。」士芬走出房間，把食指放在唇上，要士元不要大叫。

士元跟著士芬走到廚房去，士芬嘴裡還哼著歌，心情看起來不錯。

「哥，今天怎麼這麼早就回來啦？老劉送爸媽他們到醫院去做復健了。」

「士芬，我……」看著一臉喜悅沖泡牛奶的士芬，士元反而有話難言。

「ㄟ！你給我一點意見好不好？」士芬突然轉身拉著士元到客廳裡，開心的談論著她即將來到的婚禮。

「這是我的結婚禮服，我選了好幾個樣子，你幫我看一看，你覺得哪一個款式比較好。」

士芬瞧士元不說話直盯著她，有些不好意思。

「本來……本來我也不想太隆重的，可是子荃……子荃說我欺負他，他可是第一次結婚。不過我知道，他是怕我受委屈，他說我們是要長長久久的，不能夠敷衍了事的。」

士元聽著士芬說，心中替妹妹感到一陣淒苦，士芬卻仍喜悅的說著。

「他只有一個要求，就是……就是禮服不能太暴露，他說他很小氣的，他不喜歡人家一直盯著他老婆看……」

士芬話還未說完，士元忍不住用力將婚紗雜誌蓋上。

「士芬，你愛他嗎？」

「我愛。」

「那麼……他愛你嗎？」

士芬霍然起身心中氣苦地，「原來你也是來當說客的。我真的不懂，為什麼你們都要輪番上陣的來反對。是因為太愛我？還是因為太討厭他？或者你也跟他們一樣，都認為他不愛我，我不配得到愛跟幸福嗎？」

「不是你不配，而是……而是汪子荃他不會給任何人真正的愛跟幸福的。」士元艱難地說。

士芬這些天來的淚水再也忍不住滑落。

「士芬……你別這樣啊。我們都是為你好啊。」士元的心腸也是百轉千迴，他何嘗願意打擊自己的妹妹啊。

「你知不知道我也會怕，一個人說他愛我的錢，兩個人說他愛我的錢，三個人四個人五個人，每個人都說他愛我的錢，你知不知道我也會怕！」士芬哽咽的說著。

「那如果每個人都這麼說的話，那就……那就……」

「那就表示他真的是愛我的錢嗎？」士芬不能理解，激動的對士元吼著，「可是我什麼都沒有了！」

士元不懂士芬的意思。

「是子荃堅持要我照爸的意思，把所有的財產都還給趙家，子荃他要開開心心的，娶一個帶著拖油瓶的窮光蛋回去，為什麼你們還要懷疑他？」士芬滿臉淚水的幫子荃辯護著，也為自己的愛情辯護著。

士元深吸了一口氣，「士芬，趙家就只有我們兩個孩子，你不可能永遠沒錢的，你懂嗎？你……你明白我的意思嗎？」

　　士芬也照樣深呼吸了一口，在這瞬間她彷彿聽見心碎的聲音。

　　「是，我明白，我懂，就是說將來無論如何我都可以分到遺產，好，就算真的是這樣吧，就算汪子荃精明到底，他在我身上做長期投資好了，最起碼……最起碼在我還沒得到遺產之前，他可以愛我吧？他可以對我好吧？」

　　「那是對錢好，不是對你好！」士元心疼著士芬，希望她趕快清醒。

　　「我願意，可以嗎？我願意……」士芬痛心著自己要如此不堪地去接受每個人的質疑，「假好五年，假好十年，好上二十年，假的也會變成真的，為什麼你們非要戳破它呢？」

　　士芬流著淚，眼神飄向遠方，「就算是一個夢吧，一個美夢，可以做十年二十年，我也夠本了，不是嗎？」士元看著士芬痛哭的模樣，將妹妹擁入懷裡，他心疼著妹妹，也想起了亮亮在醫院對中威說的話，不禁替他和妹妹兩個人感到悲哀。

　　「士芬，哥哥真的是關心你的。」

　　「你們如果真的關心我，就給我一句祝福吧，我可不可以從我的親人，爸爸媽媽哥哥的口中，聽到一句祝福的話。」

　　士元也流下了淚，他懂士芬說的，就算是一場夢，也總比沒夢過活在現實中好。

　　士元摸著士芬的頭，不再說任何一句話。

第三十九章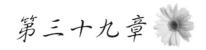

　　士元知道中威與子荃不可告人的協議後，雖然力勸士芬不可嫁給子荃，但士芬卻已陷入子荃布下的情網，甚至自暴自棄的認為就算子荃是為了財產，她都願意接受。

　　士元心疼著妹妹，卻也無言以對，只能一人悶著到橋墩下喝著一罐罐的啤酒，借酒澆愁。

　　他大吼著：「汪子荃～汪子荃～」他痛恨著這個人皮下隱藏著多齷齪的靈魂。

　　而子荃正離開俱樂部，開著車子，來到了橋下，赴士元的約。

　　「士元？」看著滿地的啤酒罐，卻見不著士元，子荃納悶著。「士元？出來吧，烏漆抹黑的玩什麼捉迷藏啊？士元！再不出來我要回去嘍。」

　　子荃正要走向車子時，一個空的啤酒罐丟向他，子荃看見一個人影從一個陰暗角落裡走了出來。

　　「士元？」沒有回答。「是你嗎？士元？」

　　士元慢慢走到光亮處，子荃邊笑邊走向士元。「士元……」

　　士元把手中的酒遞給了子荃，子荃愣了一下，接過去喝了一口。

　　「自家的俱樂部就在對面，幹嘛約在這裡喝酒呢？又黑又冷的，光喝酒也擋不住啊！」

　　士元始終不說話。

　　「怎麼啦？半夜裡急著約我出來，到底有什麼事？」

　　士元還是沒有作聲。

　　「ㄟ！你該不會真的這麼有興致吧，單純就是約我出來喝酒賞月啊？」

　　「電視上說，」士元終於帶著酒意和幾分認真地說，「酒可以讓男人誠實起來，這句話你適用嗎？你會誠實嗎？」

「當然啦，不過不是因為酒，因為我們是好兄弟嘛。」子荃察覺士元的態度，小心說著。

士元語氣淡淡，「你已經準備好跟士芬一起叫我大哥了嗎？」

子荃哈的一聲，搭上士元的肩，「換我叫你一聲大舅子了，這個世界上真是……」

「可是我不想耶。」士元的一句話讓子荃突然怔住，士元慢慢轉過身看著子荃，「我不想跟你稱兄道弟，我更不想稱你一聲妹夫。」

「好，隨你便，」子荃的表情曾有那麼一瞬僵硬，不過隨即消逝無蹤，「我吃點虧無所謂的。」

「你汪子荃從來不會是個吃虧的人。」士元的眼神讓子荃感覺有異。

「聽說你要跟我妹妹結婚了？」

「我很抱歉，」子荃做出愧疚的樣子，「我知道士芬和中威離婚之後，會影響到你跟亮亮的復合，可是我愛士芬，我們彼此相愛。」士元轉過頭去並不想聽，可子荃繼續說著，「而且我更愛那個孩子。」

「你閉嘴！」士元倏地大吼一聲，轉向子荃虛偽的臉，「你誰都不愛！你愛的是你自己，你愛的是錢！」

「你怎麼可以這樣誤會我？」子荃大呼冤枉，「我愛的是士芬，你不能因為跟亮亮復合無望，就這樣誣衊我的人格。」

「不要扯士芬，不要扯亮亮，你汪子荃毫無人格可言，哪裡有錢你就往哪裡鑽！」士元壯碩的身軀因為熊熊的怒火而顫抖著。

「你心情不好，還是你喝醉了，我沒有辦法再跟你說下去了。」子荃將手中的啤酒罐捏扁丟在地上，轉頭就走。

士元不放過的在身後說著，「我知道你們的計畫！」

子荃遲疑了一下腳步，強裝鎮定地繼續走著。

「你是要自己退出？還是要我一五一十的告訴趙士芬？」士元逼視著子荃。

子荃故作輕鬆地一攤手，「我人生裡每一個階段都有計畫，你說的是哪個計畫？」

「跟趙士芬有關的計畫只有一個。」士元胸有成竹的語氣讓子荃慌了。

士元說完就撥起了電話，看著子荃，他就不相信子荃心裡沒鬼。

「現在告訴趙士芬，取消你們的婚約！」士元大聲威嚇著子荃。

電話接通了。

「喂，找哪位？」電話一頭傳來士芬的聲音，子荃看著士元直盯著他。

「子荃是你嗎？」士芬在電話那端問。

士元應了聲，「士芬！」

「哥？」

「我要告訴你一件事情……」士元話還沒說完，就被子荃一拳把手機打落地上。

另一頭的士芬聽到手機掛斷的聲音，疑惑著怎麼士元話講一半就掛斷了。

而橋下的士元與子荃早就扭打在一塊了。

「想威脅我！想威脅我！」子荃對士元頻頻攻擊，狠狠的打著士元。

士元本來不會打輸，但因為已有酒意，根本不敵子荃的猛攻。

子荃一邊打著一邊嘴裡咒罵，「我最痛恨別人威脅我了，我告訴你，我沒有人可以阻止我！」子荃的重拳一下下的打在士元身上，士元滿臉鮮血，像個布袋被子荃打著。

「趙士元，你聽清楚，沒有人可以阻止我！」

「汪子荃，你從趙家拿走的還不夠多嗎？我只有趙士芬一個妹妹，我不會讓她的幸福毀在你的手裡，除非今天我死了，否則我會讓她知道真相的，我會讓她知道真相的！」士元用盡自己的力氣，揮出一拳，子荃的鼻子瞬間噴血倒在地上。

士元搖晃著腳步，子荃摸了摸流下的鼻血，失去理智的衝向士元，拿起手邊的磚塊打向士元的頭。

士元痛苦的大叫一聲，跌在牆邊，子荃一不做二不休的將磚塊一次

次猛打在士元的頭上，一邊打著一邊狂吼。

「什麼是幸福？什麼是幸福？有錢就是幸福，憑什麼你們出生就有錢？為什麼我沒錢，你們應該去慚愧！去死！去死！」

子荃滿身大汗與鮮血地喘著氣，看著手中的磚塊沾滿了鮮血，這才驚覺自己殺了人。

看著士元抽搐的身體，鮮血汩汩而出。

「趙士元？趙士元？」子荃搖著士元，他卻動也不動了。

此時士元的手機突然響了，子荃走向不斷響著的手機，拿起手帕包了起來，放入士元的口袋裡。

子荃冷靜的思考著，開始搬動士元的屍體，一步步走向河邊，奮力一丟，士元的軀體就這樣隱沒在一片闃暗的河水中。

處理完屍體後，子荃飛車回到俱樂部裡，沖洗掉身上的血跡，看著鏡子中傷痕累累的自己，才出去不到一個小時，他就已經不是先前的自己了，他殺人了。

子荃刻意保持冷靜到冷酷，為的是要消弭掉僅存的罪惡感，他命令自己該思考的應該是誰告訴士元這件事情的？陳中威嗎？不可能。他搖了搖頭，實在想不透還有誰會知道這件事情。

而他才剛踏出浴室，赫然發現士芬坐在客廳裡，嚇了一大跳。

子荃嚥了嚥口水，極力鎮定著。

士芬卻是一臉嬌羞的模樣。

「士芬，這麼晚了，你……怎麼跑來這？」子荃坐到士芬的身旁，試探性的問著。

「我來突擊檢查啊，看你乖不乖。」士芬還不完全習慣跟子荃的特別關係，她邊說邊羞澀地低下頭。

子荃心裡想著士芬的存在是個好機會，乘機抓住她，「不會有人的，我很乖的，我今天忙公事就忙了一天了。」

「唉呀，你的臉怎麼受傷啦？痛不痛啊？」士芬此時注意到子荃臉上的傷口焦急的問著。「子荃，到底怎麼回事，你怎麼弄的，跟我說啊。」

子荃把士芬放在他臉上的手往下拉，強笑著說。「我晚上去看工地，太暗了，沒注意到，所以摔了一跤。」

「真是可憐，就你一個人在忙啊？一定很痛喔？」士芬心疼地摸著子荃的頭。

「幫士元分擔一點嘛。」子荃暗暗地深呼吸，拳頭上還有毆打士元時所擦破的傷口。

「對啦，」士芬忽然想到了，「我哥今天有沒有到俱樂部來啊？」

子荃一驚，直覺地說。

「他啊……我不知道耶，我想應該沒有吧，我沒有看到他。」

「我之前接了一通他的電話，怪怪的，講得不清不楚的，說了一半就掛了，之後……」士芬心裡頭怪怪的，總覺得哥哥的反應太不尋常。

「那他一定是喝掛了。」子荃當機立斷說。

「你跟他去喝酒啦？」

「沒有，我只是想起來，他晚上打電話給我，說要找我出去喝酒，我忙著辦公，哪會有時間呢。」

士芬咬咬嘴唇，遲疑著要不要說出來。

「其實今天下午我跟他有一點不愉快。」

「不愉快？」子荃音量提高的問著，又立刻鎮定下來，帶著微笑問，「為什麼呢？」

「還不是跟我爸媽一樣，認為你娶我的動機可疑。」

子荃聞言，雙手緊抓著浴袍，顫抖著，士芬以為子荃在生氣。

而子荃只是想避開士芬的眼神走向床邊，士芬趕忙走向前安慰著他。

「子荃，你不會怪我的家人吧？其實他們是愛我的，尤其是士元……」

「士芬！嫁給我！」子荃激情地低吼，「我們結婚，我不要再忍受那些世俗的猜忌的眼光。」

「可是……」士芬一時沒了主意，她有不安，但更多的卻是期待……

「嫁給我！」子荃端著士芬的臉龐，低頭就是一陣熱吻。

「士芬，我是愛你的。」他口齒不清地呻吟。

「子荃，我……」久未經人事的士芬身體被軟化了，這些天家裡人給她的壓力也夠大了，她現在只想享受被愛的感覺。

而子荃親吻著士芬時，腦中盡是士元死時的慘狀，他的狂吻就像是狂落在士元身上的拳頭一樣，是有目的的。

兩人就這樣激情的纏綿著，一路滾到了床上。

夜深了，趙靖在家裡等著士芬和士元回來，眼看壁鐘就要指向十二點正。

「爸……」

士芬原本躡手躡腳地走進來，一見趙靖，心虛的整理了一下自己有些凌亂的頭髮。

趙靖在客廳一隅開了口。

「他送都不送你呀？這麼晚了，讓你一個人。」

「不是啦，爸，我自己有開車嘛。」士芬走向沙發，選擇離趙靖兩個人外的位子坐下。

「做父母的好像永遠要替子女等門？」趙靖感慨地說，「為什麼？就因為我們比較癡心？」

「爸……」士芬知道自己晚歸了，但是……「我並沒有要你替我等門啊！」

「我就是放不下，」趙靖抬頭仰望天花板，「沒有看到你們一個個回來，哪睡得安穩啊？」

士芬不很贊同地說，「爸之前一個人搬到外面去住的時候，每晚也沒見到我們，不是也一樣睡得很安穩？」

趙靖笑了笑，將身體深深靠進沙發之中，「你知道我每天都要跟士元見見面說說話，然後他才回家嗎？你知道等他每天回家總要跟我通一通電話，告訴我你好不好，我才安心睡覺的嗎？你知道每一次老劉送你去產檢回來，都得跟我報告嗎？」

趙靖自己搖搖頭，士芬有些驚訝父親做過這些事情。

「每天晚上我都會交代老劉，檢查一下汽車的油錶，就怕你半夜要生，出狀況，這一些你都知道嗎？」趙靖又說道。

「爸……我不知道……我……」士芬有些慚愧地垂下頸子，以前都怪父親心向汪家，卻極少仔細思量他放在自個兒兄妹身上的愛。

「你不知道，那是正常的，」趙靖沒啥意外地說，「我說了是做父母的癡心嘛，我只說癡心，還不敢說孝順，怕這麼說折了你們的福啊，你跟那個汪子荃，你們的關係已經非比尋常了嗎？」

士芬一聽，紅霞飛上臉頰，心狂跳不已。

「不說話，那就是嘍？」趙靖加重了口氣，任誰都聽得出他的反感。

「爸！我已經成年了！」士芬忍不住抗議。

「當然，你是已經成年了，時代也不同了嘛。」趙靖從鼻孔哼地一聲，他無意貶低女兒，只是不以為然。

「可是士芬，你知道嗎？當一個女人輕易的付出自己的肉體的時候，她的靈魂就立刻貶值了。」

「難道我要讓我的靈魂昇華一輩子嗎？」士芬忍不住，提高音量為自己的選擇辯護道，「是，然後我就有一個聖潔但孤寂終老的靈魂。」

士芬說著心頭一酸，淚水湧上眼眶。

「爸，你不要那樣看我，也不要拿宋妍秋的標準來衡量每一個人，或許你應該問問自己，你是因為她聖潔而一輩子愛她，還是因為一輩子得不到她而覺得她聖潔？」

士芬吸了吸鼻子，點點頭說，「是，我是跟子荃發生了關係，因為我愛他，我覺得……我覺得這才是我第一次，真正的因為愛，因為有感情，而和一個人發生了關係，我不覺得我輕賤，因為他讓我覺得我是高貴的。」

這些話聽在趙靖耳裡，只覺得士芬被汪子荃的甜蜜陷阱沖昏頭了，「讓你自行來去，是看你高貴？明知道你已經是個母親了，卻因為男歡女愛還讓你怠忽母職，這是看重你？從頭到尾只聽到你一個人說要娶你，這是尊重？你不覺得你一再強調著說他多愛你，這聲音太孤單太空

洞了？而你還一再重複這空洞的聲音？」

「爸！你爲什麼要對我這樣殘忍？難道我就眞的不能或不配擁有半點快樂嗎？」士芬哭泣著跑回房間，擦肩而過的秀女剛好下樓，疑惑的走向趙靖。

「你跟她說這些做什麼？人都已經是人家的了。」她在趙靖身旁坐下。

「我多希望汪子荃要的看重的，眞的只是她的人啊。」趙靖嘆息著。

「上樓去吧，都大半夜了，天都快亮了，去睡覺吧。」秀女推推丈夫，上了年紀的人，熬夜很傷身的。

「我不睏，我要等士元回來。」趙靖燃起了他鍾愛的煙斗。

「那我沏杯茶來陪你吧。」秀女眼見勸不了丈夫，索性起身去沏茶，心裡奇怪著士元到底上哪兒去了，吭都沒吭一聲也眞是的……

＊＊＊＊＊＊＊＊＊＊＊＊＊＊＊＊＊＊＊＊＊＊＊＊＊＊＊＊

在汪家，妍秋快樂的逗弄著自己的孫子，一臉幸福。亮亮在旁邊微笑地看著妍秋，內心也蕩漾著初爲人母的喜悅。

「你醒醒啊，笑一個嘛，你給外婆笑一個嘛。」妍秋搖著嬰兒，越看越可愛啊！

「哪有還沒有滿月就會笑的呢？」亮亮的面前是一疊婦幼雜誌，俗話說得好，人是從做母親之後才開始學著怎麼做母親的呢。

「怎麼沒有？」妍秋嘟著嘴回憶說，「你從小就最愛笑了，我最記得以前你爸每天一下任務就往家裡跑，爲的就是抱你，每天嘰嘰咕咕跟你說上半天話，根本就是雞同鴨講，剛出生的娃兒怎麼聽得懂，可是他非堅持說你聽得懂。」

「你怎麼知道我聽不懂？」亮亮跟母親拌嘴道，「我聽得懂，反正就是爸爸對女兒愛的語言啊，我懂。」

「是啊……幸福的孩子才有爸爸說話啊，是不是？」妍秋若有所指

的說著。

「媽……」亮亮鎖了鎖眉頭，祖孫三人好好的，哪壺不開提哪壺呢？

「士元也奇怪了，怎麼你出院了，他反而不來了呢？前一陣子他跑醫院不是跑得挺勤快的嗎？」妍秋看著搖籃裡的孩子，「還搶著抱他，搶著餵他，嘰嘰咕咕跟他說半天話呢，這醫院的醫生和護士都說從來沒見過像士元這麼有愛心有耐心的爸爸了。」

「媽，孩子是中威的，中威才是孩子的爸爸。」亮亮推著嬰兒車，不管母親接不接受都要再次強調這個事實。

妍秋嘆了一口氣，站起身。

亮亮知道母親在想什麼，她怪中威沒把自己跟孩子放在心上，問題是她內心也不好受哇……

午休時間，中威找亮亮兩人到公園裡散步，亮亮始終有如戴著一層保護膜，讓中威像顆洩了氣的皮球似的。

「亮亮，你為什麼不告訴汪媽媽，我跟趙士芬已簽字離婚了，甚至手續已經辦清楚了，」中威覺得真是啞巴吃黃連，「你為什麼不讓她知道我現在已經是自由之身了，我跟趙士元是一樣的。我甚至比他更有資格來看你。」

亮亮不作聲，中威急切地，「亮亮，你說啊！你為什麼不幫我說話替我解釋呢？」

「她要的不是聽我說些什麼，你明白嗎？」亮亮伸手撥了撥被風吹亂的頭髮，「她相信的是她親眼所看見的真相，她看到趙士芬生產的那一天你的冷漠，這是她親眼所看見的。」

「那不是真相，你跟我都知道的。」中威悶悶地說。

「那你覺得我應該把真相告訴她嗎？」亮亮說，中威你腦筋不清楚了嗎？「應該嗎？如果我說出了你跟汪子荃之間的行為，中威你在我媽心目中就一輩子也翻不了身了。」

「那我該怎麼辦？」中威第一次有種裡外不是人的感覺，「你告訴我，我該怎麼辦？」

「我真恨，我真的恨……」他抓住亮亮的肩，在自己心愛的女人面前卸下心防，「我有兩個兒子，我卻不能親自也沒有福氣迎接他們出生，都是我兒子，我都愛他們，他們卻沒有一個是我的姓氏，我陳中威的兒子，一個要姓趙一個要姓汪，我不懂這是什麼邏輯？這所有的一切就是因為我要跟我所愛的人在一起，可是……人家的母親卻不領情，為什麼？我為的是什麼？」他尚年輕的臉龐彷彿歷經風霜。

亮亮雖不忍，嘴上還道，「當初就不應該受制於汪子荃，現在也不會越陷越深，再也回不了頭了。」

「不，如果汪子荃跟趙士芬都是魔鬼，一個是長痛一個是短痛，難道我沒有權利選擇短痛去超生嗎？」中威看著亮亮，「亮亮，我們誰都不是天使，當我們各自都有婚約，就計畫懷孕報復趙家的時候，在那一剎那，我們都已經是魔鬼了，誰也沒有權利向誰丟石頭。」

中威的話語刺著亮亮，「我不是為自己脫罪，也不是要規避責任，我只知道我要活下去，我要結束我跟趙士芬之間的婚約。」

「甚至……我從來沒有後悔過，我認為我是對的。亮亮，我要跟你一起回去，當著你母親的面跟她說清楚我已經離婚了，我要光明正大的來看我的孩子。」

「也許她不喜歡，我可以等，但是她不能禁止我，因為我就是孩子的父親！」中威堅定的語氣，讓亮亮知道中威愛孩子的心。

亮亮也默默的被感動了，於是帶著中威回到汪家。

兩人手牽著手，站在妍秋面前，妍秋看著兩人知道他們心意已決，卻還是有些埋怨的說著中威。

「你連孩子都可以放棄，連自己的孩子都可以不要，」

「對，我不要！」中威坦承說。

「你就那麼狠？」妍秋對他的態度有些詫異。

「我如果堅持要，那才叫狠，那才叫自私，」中威客觀地剖析情況給妍秋來評斷，「趙士芬懷胎十月，忍著陣痛，然後我不把孩子給她，這叫厚道？亮亮以後嫁給我，她這麼年輕就當後母，她自己也有孩子，她該怎麼做？這對亮亮公平嗎？」

「你怎麼割捨得下呢？」骨肉親情……這是妍秋所想不透的。

「親情永遠都在，」中威吸了口氣，緩緩道，「就算一輩子不見，血緣關係它是永恆的。」

妍秋想起子荃小時候離去的那一天，那種失去孩子的痛，是如此撕裂著她身為母親的一顆心。之後回來的子荃完全變了一個樣，埋怨著她，骨肉分離後所造成的傷害，對彼此是多麼的深，這些妍秋她都知道都經歷過了。

「你以為親情和血緣是可以禁得起時空距離的考驗嗎？」妍秋說，那是你們這些年輕人把一切想得太天真了，「關係是永恆的，情感……情感卻是會消耗殆盡的，你以為你現在不要他了，你們之間還會有感情嗎？你錯了，等他長大了，他把你當陌生人，甚至於還會恨你，因為你明明不是陌生人你是他父親，可是你卻不要他……」妍秋越說越激動。

「我沒有不要他！」中威否認妍秋的指責，「我在心理上情感上並沒有放棄他，只是在法律歸屬上，他是屬於他母親。」

「你錯了，沒有堅持要就是不要！他將來會恨你會恨亮亮，會恨他弟弟的，你有沒有想過這一點？」

「對不起，我沒有辦法想那麼多，我只知道我愛亮亮，我們曾經蹉跎許久，我不願意像……像趙叔叔那樣，讓自己的愛情一輩子蹉跎在彼此的等待上。」中威終於鼓起勇氣，說出了今天……喔不！是這麼多年以來最大的心願。

「我要現在，我要把握跟亮亮在一起的分分秒秒，汪媽媽，請你成全我們，我們是相愛的。亮亮說沒有你的祝福，她不會快樂。」

妍秋流下淚，心中想起趙靖曾對她說的話。「要是我明天就死了呢？你的好朋友老朋友趙靖，明天就死了呢？」她想起趙靖中風倒地的那一剎那，她是多麼的懊悔沒有接受他的愛。妍秋掙扎著，她的驕傲她的堅持，讓她幾乎差點錯過一段真摯的愛。

妍秋怔了一會兒，還是轉過身對著兩人看著，似乎要說些什麼。

此時電話響起，亮亮去接。

「喂！」

「喂！小狐狸精啊，我兒子呢？」是秀女。

「蔡秀女，你兒子不見了，來問我做什麼呢？」亮亮也不客氣地回道。

「你們汪家的女人，不都專門誘拐我們趙家男人的啊？不問你，我問誰啊？」秀女竟然在電話那頭開罵了。

「請你說話客氣一點，什麼叫作專門誘拐你們趙家男人，我跟趙士元已經離婚了……」亮亮話未說完，妍秋接過電話。

「他們已經離婚了，而且……而且我們家亮亮馬上要嫁給陳中威了。」眾人聽到妍秋的話語，心頭都一震，「請你以後不要再來騷擾他們。」語畢妍秋掛上電話。

「老狐狸精啊！ㄟ！」秀女氣得說不出話。

而在這一頭，妍秋舒緩了語氣對中威淡淡笑說，「以後有空的時候，多去看看那個孩子吧。別讓我們家亮亮好端端的被人家恨。」

「媽！」亮亮看著中威，他們兩人歷經千辛萬苦終於在一起了，兩人同時落下欣喜的淚水，雙手牽得緊緊的，緊得今世再也不分開。

＊＊＊＊＊＊＊＊＊＊＊＊＊＊＊＊＊＊＊＊＊＊＊＊＊＊

子荃知道秀女打電話到家裡的事情時，心虛的找士芬大聲詢問著。

「你媽打電話到我家做什麼？」他抓痛了士芬，士芬甩開他的手。

「你兇什麼兇啊！我發現你最近常常跟我大聲說話，我警告你，我還沒嫁給你，你真的以為你可以跟我大聲說話啊？」

「士芬，對不起……對不起，」士芬的話倒真是讓子荃清醒了幾分，「算我不對，好不好？不要生氣了，你不要生氣了。」

「我當然要生氣了，」士芬雙手插腰一派潑辣的架式，「先是跟你說了半天你都不專心聽，接著又兇我，你以為你是誰啊？」

子荃忙不迭地哈腰鞠躬陪笑臉。「對不起，實在是公司太多事情太煩心了，士元這幾天又都不在，一大堆事情等著他處理呢。」

「我媽打電話去，就是問趙士元那個沒出息的東西，是不是又守在

你們汪家了。」士芬這才比較心平氣和地說。

「就這件事嗎？」子荃試探地問。

「不然她打電話去還會有什麼事呢？」士芬的情緒隨即又像一陣風浪拍打上岸，「你媽已經說了，陳中威要跟汪子亮結婚了，我一定要趕在他們之前結婚。」

士芬憤恨不平的說著。「喂！子荃，你聽見沒，這是命令啊！」

「好……我聽到了，那……亮亮有士元的消息嗎？」子荃有些試探性地問。

「沒有，這趟士元也真是的，也不曉得打個電話回來，不知道人死到哪兒去了？」士芬口沒遮攔地說。

子荃馬上假意責備。「他是你哥哥，你怎麼這樣咒他？」

「唉呀，死不了啦，越咒越旺！」士芬才不信犯不犯忌諱那套，「我太瞭解士元了，他現在一定是心情不好，不曉得躲到哪裡去療傷止痛了。再不然，就是出國去狂歡麻醉一番嘍～反正他消失也不是第一次發生的事情了，該出現的時候他自然就會出現的。」

「我看我們還是報警備案吧。」子荃故意說著。

「唉呀，何必麻煩呢，」士芬壓根兒不知事情的嚴重性，「說不定我們一報了警，他人就回來了呢？到時候我爸知道了，我哥回來鐵定又要被海K一頓了。」

「可是要是他一直不回來呢？這家公司……」子荃很是為難地說。

「有你在啊，」士芬拍拍他的胸脯，「我都不擔心，你擔什麼心？」

「我？我不過是個總經理……」

「我說你行你就行，我說了算啊，」此時的士芬還真像個呼風喚雨的大小姐，「這是趙氏企業，我姓趙，還能怎樣？」

「不過如果他真的沒回來的話，我們還是報警，怕麻煩也不行的。」子荃虛情假意的說著，「萬一他要是想不開的話，這可是人命關天的事。」他已經慢慢開始故布疑陣了。

「這趙士元專門惹麻煩，」士芬還是維持著她那一貫的論調，「有什麼好想不開的呢？擺脫了神經病高興還來不及呢，誰愛神經病就讓誰

接收好了，眞是的！」

　　而子荃臉上逐漸陰雲密布的景象，卻被她轉過身拋在了腦後。

　　一回到家，士芬就抱著孩子走來走去哄他睡，秀女在廚房忙碌著端菜上桌，卻也嘆著氣。

　　「唉～你那個哥哥，他就是沒出息，一輩子就是這麼躲，老分不清楚什麼事是好事什麼事是壞事，汪子亮離開他是件好事啊，他就是這樣躲躲躲，他最好不要給我回來，回來你看我饒不饒他，眞是的。」秀女向士芬碎碎唸抱怨著。

　　「是啊，」士芬附和說，「害子荃擔心得要死，一直說要不要跟警察局備個案。」

　　「他當然擔心啦，」秀女嗤之以鼻，「那是他妹妹，他爲他妹妹心虛啊，他爲他們汪家感到丟臉。」

　　「媽～」士芬忙爲子荃說話，「你不要這樣說子荃啦，他也是關心哥啊。」

　　「他關心？我說他呀，他不……」

　　秀女還沒奚落完，家裡電話就響了，士芬放下孩子跑去接。

　　「喂，是，是趙家。你說什麼？」

　　士芬一臉驚恐地幾乎要尖叫了，不可置信的哭了起來。

　　秀女過去問著士芬，「是誰的電話呀，哭成這樣，老狐狸精還是小狐狸精啊？」

　　士芬只是不斷的哭泣。

　　「來，電話給我。」秀女要接過電話。

　　「不要，不要。」士芬一直搖頭。

　　秀女不滿地搶過電話，「電話給我啦！小狐狸精啊，我可警告你們啊……」秀女話還沒說完，電話掉在地上，一臉震驚的呆著，張著嘴許久才迸出兩個字，「士元……趙士元……」

　　士芬搗住秀女的嘴，「媽，不要叫，不要讓爸知道，不要叫好不好。」士芬低聲哭泣著，秀女的淚水不停掉落，她們擁抱在一起卻只能宣洩無聲的悲慟。

　　海邊，亮亮一臉哀傷坐在包裹著一層白布的士元身旁，輕輕撫摸著他的手，子荃在一旁燒著紙錢，有些心虛的挪動身子，不去正面向著士元的屍體。

　　警察則在一旁作筆錄。

　　秀女和士芬趕到了現場，秀女打開車門，衝了過去。

　　「士元，我的士元……」她放聲大叫。

　　「哥……媽……」士芬糊著臉攙扶搖搖欲墜的母親。

　　秀女慌亂地衝到士元的身邊，深深的呼喚也喚不回士元了。

　　「走開啦！放開他的手，不准你碰他！」秀女看見亮亮就是一陣拉扯。

　　亮亮無力反抗，默默起身背對秀女。

　　秀女翻開白布，「趙士元！媽來了，你醒醒啊，起來啊，媽來了，趙士元啊。」秀女不相信士元就這樣走了，「按胸部下方一吋，我知道要急救，要急救。一二三放，一二三放……」秀女不願面對現實，幫士元做著心肺按摩，不放棄的失神模樣，亮亮看了鼻酸著。

　　「媽……」士芬也在一旁哭嚎著。

　　「醒過來啊，士元……醒過來啊！士元……」

　　秀女受不了打擊，求著周遭的警察路人幫士元做人工呼吸，崩潰瘋狂的模樣讓亮亮也心疼不已。

　　「士元媽媽…士元媽媽……士元已經走了！」亮亮大叫一聲要叫醒秀女。

　　「你敢詛咒我兒子，你敢咒他死啊你！」秀女捶打著亮亮，再度陷入了瘋狂。

　　「士元媽媽，你冷靜一點。」亮亮打不還手，只是一心勸著秀女。

　　警察醫護人員扛著士元的屍體走了，秀女見狀又是一陣追喊，「你們把士元帶哪兒去啊？我要他回來，我的士元啊～」子荃這時也上前安撫秀女，秀女拉著子荃就是求，「子荃啊，跟他們說呀，不要晃啊，士元會吐啊……」

「趙媽媽……士元他已經死了！」子荃抓住秀女搖晃著她，要將她搖醒面對這個事實，「他不會再痛了！他也不會吐，不會撞個疤痕，他沒有知覺了。」

秀女呆呆的重複著，「沒有知覺了……」

「沒有了……不會痛啦！」秀女喃喃道。

「不會了……」子荃悽惻地說。

「這怎麼可能？」秀女情緒一下子爆發開來，「他怎麼就這樣走了？這個做兒子的怎麼可以不告而別？不跟媽媽說一聲他就走了呀！」

子荃故意說著，「他忘記了，他走得太急了。」

「我有話跟他說呀，我有話來不及跟他說啊，怎麼辦啊？我有話跟他說啊……」秀女哭倒在地上，身體蜷曲著。

「士元媽媽……」亮亮瞭解失去親人的痛，「你說啊，你只管說，你是他媽媽，不管他在哪裡，他都聽得見，尤其士元他最聽你的話了。」

秀女聽到亮亮的安慰，反而更加情緒化地起身痛罵道，「你咒死趙士元！你記不記得你詛咒他，是你咒死趙士元～」

「不，我沒有！」亮亮否認，畢竟夫妻相愛一場，她從沒想過要咒士元。

「有，你有！你弟弟溺死那一天我到你家去，你還紅口白牙咒死我孩子！」

秀女將當時亮亮對她氣憤的話語當真，直怪亮亮咒死士元。

「咒我死兒子……你詛咒靈驗啦，你也咒得我白髮人送黑髮人啊……」

秀女哭倒在子荃身上，亮亮雖無心，卻也滿是虧欠。

「士元媽媽，對不起……」

「不用你對不起！」秀女聲嘶力竭地，「我兒子已經死了！原來詛咒要用命來還，要用很深的恨，對不對？」

亮亮只是搖頭。「對不起，我真的不是故意的。我愛士元……我們曾經相愛過……一直到現在，我對他還是有感情的，我不會蓄意的咒他

死。」

「對啊，亮亮絕對不會故意詛咒他的，她確實對他有感情，否則為什麼到現在戶籍一直沒有遷出呢？在法律上亮亮還是……還是士元的未亡人啊。」子荃故意說著亮亮的身分。

「是嗎？你對他有感情？你愛他？你不存心詛咒他？好～你陪他！」秀女發狂的對亮亮吼著，「詛咒要用命來換是不是啊？我失去我生命中最愛的兒子啊～」

「士元媽媽……」

亮亮想安慰的手被秀女緊箍著，「我有恨啊，我恨你啊！我這會兒可以來詛咒了，我要用我兒子的命來換你一條命啊！我詛咒你啊～」

子荃出來阻止，「趙媽媽～這裡風大我們回去～」

「我不回去，我不回去，我要詛咒她啊，我詛咒你活不過三十歲啊！士元他寂寞啊，你傷他的心，他尋短見，你要去陪他，老天爺啊，你聽我說～把她帶走～她要去陪士元啊～」發了狂的秀女被子荃強行拉離海邊，只剩亮亮一人在海邊站立，內心自責澎湃不已。

秀女士芬被子荃接到俱樂部裡，不敢回家，怕被趙靖看出，受不了打擊。

「孩子呢？」子荃問著。

「在客房部睡了，我有請醫護室的護士照顧著。」士芬說著，「子荃，警方怎麼說？」

「初步認定是喝醉了酒，失足落海……」子荃裝作眉頭深鎖的愁苦貌。

「喝醉了酒？難道是那天……那個晚上……」士芬回想著，子荃想迴避掉這個話題吞吐的直說不知道。「正確的死亡時間和原因，要等到警方的報告出來之後才能確定。」

士芬點點頭，不再說下去，看著呆坐著的秀女失魂落魄的樣子，她慢慢走到母親身邊，輕拍著母親。「媽……」

「趙士元是被謀殺的，」秀女的一句話讓子荃倒抽一口氣。

「媽，你說什麼啊，你……」士芬問秀女。

「我兒子是被謀殺的。」秀女再一次重複說。

「媽，你……」

秀女站起身來，對著子荃大吼，「汪子荃！是你！」子荃眉頭一緊，不敢直視秀女。「是你們汪家，是汪子亮謀殺了我兒子！」子荃聽出秀女在歇斯底里，著實當場嚇出一身冷汗。

「媽，你不要這樣子～」士芬慌張地想拉母親坐下，她失心瘋的樣子好可怕，「這又不是子荃的錯，怎麼怪到他頭上……」

「是他妹妹啊！」秀女怨毒的眼光掃向子荃，「她不拋棄趙士元，她不給他戴綠帽，不跟別人生孩子，不去嫁給陳中威了，趙士元會心情不好跑去海邊喝悶酒啊？要沒有汪子亮他會死啊？士元啊……」

「媽……」士芬搖動母親的手。

「沒有她，我的士元這會兒還活蹦亂跳在我面前打轉呢，我的心肝，她間接殺死了士元，她是兇手！汪子亮是兇手啊！！」秀女指天畫地地詛咒亮亮，還是難消她心頭之恨啊。

「還有你呀……」秀女又衝到子荃跟前指著他的鼻子，「你也是啊，你也是啊，你們都是啊……你呀你呀，你不勾搭趙士芬，她不會離婚，陳中威跟汪子亮就不會有希望，趙士元就不會……」

「趙媽媽，你冷靜一點！」子荃舉起手，力使臉上的表情波瀾不驚，「你怎麼能把帳算到我們頭上，是他們不仁不義在先，真要算……」

「不怪你們怪誰啊？你怪我啊……」秀女發狂的搖著子荃。

「趙媽媽，冷靜一點，趙媽媽你冷靜一點…」

「我死了兒子啊，我也活不下去了……」秀女撫著胸口頹坐在地上，「你們關係不一樣了，我一句重話都說不得啊，士元啊，你回來啊～」秀女哭得肝腸寸斷。

「媽，」秀女無理取鬧的態度引起了士芬的不滿，「這本來就是……」

「士芬！夠了！」子荃跳了出來，很持重地說，「去跟你媽說對不起，這時候還跟你媽兇？現在誰最傷心？當然是做媽媽的最傷心啦，她

對也是對，錯也是對，你自己都做母親的人了還不能體會她的心情嗎？去，去跟你媽說對不起。」

「媽……對不起啦，媽……」士芬走向不斷哭喊士元回來的秀女身邊，緊抱著她。

子荃乘機走上前去，拉起秀女。「趙媽媽，好了，不難過了，我們坐在沙發上休息好不好？士芬去拿面紙，來，趙媽媽，小心。」

子荃小心翼翼的將秀女扶坐在椅子上。

士芬擦了又擦母親的淚水，卻乾了又濕。

子荃頭疼地說，「我知道現在大家心裡都不好受，可是公司的狀況還是要處理的，董事長往生了，誰來主事呢？」

「你可以啊。」士芬理所當然地說。

「我是誰？」子荃彷彿從士芬口中聽到一句天大的笑話，「論關係，我跟趙家毫無關係，論持股比例我只有百分之十八，最大的股東……」

「是我，我最大股……」秀女哭泣著說，「我說你可以啊，你可以。」

「最大的股東是汪子亮。」汪子荃一語驚醒夢中人。

「汪子亮？她？」士芬用高八度的嗓音提問，這怎麼可能！

「你們忘了，現在在名義上在法律上，亮亮跟士元都還是夫妻，」子荃很認真很嚴肅地說著，「所以亮亮是以趙士元未亡人的身分，繼承了飛達企業最大宗的股份，她很可能是飛達的新老闆。」

「那完了……」士芬閉上眼睛，身子軟了下來。

子荃笑容淒切地說。「不只你們，我這個做哥哥可能也玩完了，她多恨我，第一件事可能就是拔掉我這個總經理的頭銜，叫我收拾東西走人。」

「汪子亮她敢！」士芬咬牙切齒說著。

「我無所謂啦，」子荃很瀟灑地拍拍身旁的沙發，「反正我孑然一身，一個人吃飽，全家吃飽了。」

「子荃，你……」士芬擰起眉頭，都什麼時候了，他還不趕緊想辦

法，淨說些五四三的。

「你們立刻結婚，你們立刻結婚……」秀女突然說。

子荃背對著兩人微笑了起來，卻又轉換一臉哀傷的說著。

「我怎麼能夠答應呢？是，我是愛士芬，我自己也懇求過士芬能早點嫁給我，可是現在發生了這種事情，時機不對的，我怎麼能夠答應呢，我……」

秀女根本沒在聽，她自顧自地說，「她跟我們趙家的關係再深，她是個寡婦！孩子跟別人生的，你不一樣啊，你娶了趙家的獨生女，你是唯一的女婿，我們的股份加起來，就算沒她多動不了她董事長的位子，我也保得住你總經理的位置啊，我保得住你啊！趙家沒男人啦～老的病了，小的走了……我的心肝寶貝走了……趙家沒人了，趙家沒人了……」秀女說到傷心處，又激動了起來。

「媽，別難過了……」士芬哭泣安慰著悲痛欲絕語無倫次的秀女，抬頭看向子荃，「子荃，你就不能體恤一下我媽的心嗎？難道你真的要讓汪子亮掌控我們趙家企業的一切嗎？你究竟站在哪一邊啊？」

子荃深吸一口氣，故意難為的說，「好，我們立刻結婚！」

「把她給我架空！把她給我架空！」秀女用盡了全身的力氣大喊，「害死我兒子啊，還想霸佔我們家產啊，老天有眼啊，我詛咒她啊，我日夜詛咒她啊～害死我兒子，我詛咒她啊～」這些咒詛聽在子荃耳裡，全像是套向他的緊箍咒，他難受地撇過頭去，陰險地盤算著下一步計畫的執行。

＊＊＊＊＊＊＊＊＊＊＊＊＊＊＊＊＊＊＊＊＊＊＊＊＊＊＊＊＊

孩子天真的笑容，那麼純真無憂，像是這世界所發生的一切都絕緣般地沒有發生。若真的可以，亮亮真的希望這一切都沒有發生過。

亮亮看著她和中威的小孩，腦子裡回想著士元以前的身影，惹他開心的逗趣模樣，吃醋的模樣，對她愛得瘋狂的一舉一動，這一切都不在了。

亮亮跌入了士元和她的回憶裡，不斷哭泣著，她傷心的程度小娃兒似乎也感受到了，也跟著嚎啕大哭著。

　　「小寶貝呀，乖……外婆抱哦，不要哭了。」妍秋聽到小孩的哭聲走出來安撫著，看亮亮掉著眼淚傻坐著沒有半點反應，問著。

　　「亮亮，你怎麼啦？怎麼哭成這樣啊？孩子鬧一鬧嘛，你怎麼也就束手無策了呢？不哭了，乖……」

　　「趙亮要爸爸……趙亮要爸爸……」亮亮只是流淚重複這一句。

　　妍秋聽這沒頭沒腦的一句話，嗔怪著，「亮亮，不是我說你，如果你打定主意，要跟中威結婚的話，這孩子還真不能給趙家，你是不是要跟士元商量商量……」

　　「他是，他是！趙亮是士元的孩子，士元是爸爸，他是爸爸！」亮亮突如其來的激動表現嚇了妍秋一跳。

　　「亮亮，你怎麼啦？」妍秋不明所以地問著，「究竟怎麼回事啊？難道……你還想……你還想回士元那邊去嗎？」

　　亮亮不斷哭泣，哀戚地說著。「回不去了……媽……士元再也不會要我回到他身邊了……他……再也不會看我一眼了……他再也不會開口跟我說話了……」

　　「亮亮？」妍秋想要安慰女兒，卻又不知從何安慰起。「亮亮，怎麼啦？你說話呀，你說話呀～」

　　「士元……士元死了……」亮亮伏在牆邊痛哭失聲，「他在海邊溺死了……」

　　妍秋張大了嘴。

　　「他再也回不來了，再也回不來了，回不來了……」亮亮拍打著牆壁，發洩著失去士元的沈痛。

　　妍秋看著懷中的孩子，淚水止不住的掉。

　　「趙靖……趙靖知道了嗎？」

　　「不敢告訴他……沒有人敢告訴他啊……」

　　妍秋落著淚，不敢想像趙靖知道會是怎樣的崩潰……老天哪！為什麼你都不讓好人在世長壽呢……

　　而趙家士元的房裡，也瀰漫著感傷的氣氛。

　　秀女哀哀地收拾著士元的房間，把他與亮亮的婚紗照全裝進紙箱裡，準備丟棄，聞著士元的衣物，還有他的味道，秀女哭泣著，又不敢放聲大哭，怕讓趙靖聽見了。

　　看見床頭櫃上士元的相片，爽朗的笑容，從小就會逗她開心，曾幾何時已經長大，如今，卻又永遠消失在她面前，秀女視子如命，懷抱著士元的相片不禁又掩面哭了起來。

　　此時趙靖突然出現在門邊。

　　「有沒有人可以告訴我，趙士元到底到哪兒去了？」

　　秀女忍著痛，趕緊擦掉淚水。「我哪知道啊？出國去了吧……也好啊，出國也好。那小狐狸精不要他了要嫁給別人，他住這兒傷心啊。」

　　秀女背對著趙靖，身體止不住顫抖著，強壓心中的哀痛。

　　「有這麼嚴重嗎？」趙靖頓了頓枴杖，「跟他說過多少次了，愛情不是人生的全部，為了個愛情，連事業親情都可以放棄了？都是藉口，他就是愛玩愛逃避！不成材的！」

　　「不准罵我兒子！不准！」秀女突然激動的對趙靖吼著，「不准罵我兒子！你不可以！」

　　「你怎麼啦？」趙靖看到秀女激烈的反應，有點愣住。

　　「我就是不要人家罵我兒子。」

　　「我不是人家，我是他爸爸，」趙靖反駁道，哪有父親不教孩子的道理，「做爸爸的說他兩句都不行嗎？我是恨鐵不成鋼，他就是愛玩就是不成材！」

　　「閉嘴啦！我叫你不要罵了你還罵，不准罵呀！從小你就愛罵他，你要他怎麼樣，他都已經……」秀女猛地住了口。

　　「他怎麼了？」

　　秀女滑落的淚水，讓趙靖起疑。

　　秀女趕緊轉過身去，「沒怎麼啊……」秀女抱了裝著一堆士元東西的紙箱，就要奪門而出，被趙靖叫喚住。

　　「蔡秀女！請你轉過身來，看著我。請你告訴我……士元，我的孩

子……他怎麼了？」趙靖的聲音再也不穩。

秀女雙手一放，終於止不住的放聲大哭。

士元的東西散落一地，趙靖心中已經猜出了答案，表情因為震驚而扭曲著……

隔日，趙靖顛簸著腳步來到了殯儀館，上了一炷香給士元。

他看著士元的遺體，「士元……爸爸來看你了……」他慢慢揭開覆在他臉上的白布，傷痕滿部的臉因被水泡爛發腫黑青著，死狀淒慘，趙靖雙腿一跪。

「兒子……爸爸不能哭啊……人家說親人的眼淚滴在臉上，你會痛，爸爸寧可自己心痛，怎麼能讓你痛呢，是吧。」

趙靖強忍著奪眶的淚水，「士元……咱們……咱們父子一場……咱們父子一場才正要開始呢，怎麼就要結束了呢？你知道爸爸愛你的吧……嗯？爸爸都忘了跟你說了，大仇未報，今生成夫妻，欠債不還，來生做父子。」

「士元……牢牢記住，下輩子投胎，咱們還是父子，爸爸欠你的，爸爸欠你一句『爸爸愛你』。」趙靖的淚水早已止不住成串掉落下來，他趴在士元身上盡情釋放他的悲傷，失去愛子的痛，又怎麼是呼天喊地，就能夠永遠解脫的呢……

趙靖拄著枴杖，慢慢離開太平間，心中想著士元怎麼就這樣走了，他不相信士元就那麼捨得撇下他們，獨自離開。他來到了士元發生意外的海邊，望著一片大海，潮來潮去，澄清自己的思緒，也對士元跟自己說話……

第四十章

　　忍著心中喪子的悲痛，趙靖開始著手調查士元的死因，第一個質問的對象先從中威開始。

　　他獨自來到中威的診所。

　　「伯父，請喝茶。」中威端了茶出來，請趙靖入座。

　　趙靖略帶防備的環視客廳一圈，才斜睨了中威一眼，「人的念力眞的很可怕，你從頭到尾就是不肯叫我一聲爸爸，就是不願意承認我們曾經有的姻親關係。你打定了主意，就是要叫我伯父，果然你跟士芬也就結束了。你的念力裡還包含了什麼？除了強烈的意志要結束這段婚姻之外，還有什麼是你希望除去的？或是新的關係要建立的？」

　　「伯父，我不懂你的意思。」面對趙靖的疑問，中威一頭霧水。

　　「五月二十號那天晚上你在哪裡？」趙靖劈頭一問。

　　中威還在疑惑趙靖突然的造訪，而趙靖見中威不出聲，再明白不過地問了。「我兒子死的那一天晚上，請問你人在哪裡？」

　　中威這才恍悟趙靖的來意，「伯父，你……你在懷疑我？」

　　「是，我是懷疑你，你告訴我，五月二十號那天你到底在哪裡？」

　　「我……」中威轉身拿了她和亮亮的合照，走向趙靖。

　　「伯父，我記得很清楚，那天我兒子出院，一個早產兒健健康康的出院，我跟亮亮大家都很開心，而且，而且那天難得汪媽媽給了我好臉色看，這是她幫我們拍的照片。」

　　趙靖看著手中的照片。

　　「慶祝一整天嗎？二十四小時？慶祝到半夜？應該不會吧。」

　　他慢慢站起身，依然懷疑地。

　　「慶祝完以後呢？你約了趙士元見面了嗎？難得亮亮她媽給你好臉色看，於是你更希望能夠從此就名正言順的跟亮亮在一起，所以你約了士元談判，然後呢？談判破裂？」

「伯父，」中威很鄭重其事地說，「我可以體諒你的喪子之痛，因為現在我也是父親，可是我必須告訴你，您的猜測是錯誤的，我不需要跟趙士元談判，他離婚了，我也離婚了，以三個人的關係，大家都是自由的，男婚女嫁各不相干，不需要用談判來解決事情。」

趙靖一步步的踱向中威，「也許你不高興他跟亮亮還維持著某種程度的關係啊，」趙靖大膽假設，「也許你希望他可以識相一點兒，走得更遠一點兒。」

中威深吸一口氣，得費點力氣才能勉強自己別大聲起來。

「是，我是不開心，但是這個問題，只要我跟亮亮結婚之後就可以解決。主動權在我跟亮亮，而不是趙士元，所以我也不用跟趙士元談判。」

趙靖瞇起眼睛，「沒錯，那我換一種更有可能的說法，」趙靖還是不放棄地繼續推論，「是趙士元約你談判的，他眼看著你跟亮亮都恢復自由之身，馬上要結婚了，而他也復合無望了，他有沒有可能傷了心喝了酒，半夜約你出來談判了？」

很有邏輯的推論，中威點頭道。

「可能，但是他沒有。」

「沒有嗎？」趙靖緊盯住中威臉上每個細微的變化。

中威只是堅決地說，「那一個晚上，事實上那一整天我都沒有跟趙士元見過面。」

趙靖吐了口長氣，看著中威始終磊落的態度，不慌不懼，他又陷入一陣思考當中。

而第二個話的對象，趙靖找上了亮亮。

「沒錯……」亮亮拍著寶寶，盡力回憶著，「那天晚上他都在我們家裡，我們聊了很多，對未來對孩子的規畫，快天亮的時候……」

「快天亮的時候他才走？」趙靖很注意聆聽每個細節。

「不，快天亮的時候他才睡，」亮亮說，「他睡在子荃的房裡，反正現在子荃幾乎是以俱樂部為家，所以……中威就在子荃的房裡稍微睡了一下。我記得他是在早上，餵完孩子的第一頓奶才離開的。」

亮亮看著趙靖，覺得趙靖此次的約談氣氛詭異。

「爸，你在懷疑什麼嗎？」

「我的兒子死了，」趙靖哀哀地搖著頭，「一個生命正當要開始，正可以委以重任，接收我事業的兒子，就這麼不聲不響的走了。」

「士元是一個多麼開朗的人，多愛熱鬧多愛朋友，人沒到笑聲先到，他怎麼可能走得這麼安靜？」趙靖看著亮亮，平靜了一下深沈的悲痛，才能繼續說著，「我知道，你們心裡一定是這樣想的，因為他心情不好，因為他沮喪，他想不開，不對，不是這樣子的。我兒子是那種難過的時候都要鬧得全世界都知道，沮喪的時候都要選擇一個最熱鬧的地方去憂鬱的人，他怎麼可能半夜一個人跑到靜悄悄的海邊去尋死呢？難道你一點都不覺得可疑？」他的手指深深掐著枴杖，生怕自己一時失控又要老淚縱橫。

「我只是覺得我很悲傷……」亮亮低著頭說，除了悲傷以外還有不能免除的內疚。她有了新的家庭，新生子，幾乎要重新展開的人生，可是……

「我也悲傷，我更悲傷，」趙靖說到此又激動了起來，「除了悲傷除了疑惑，我還有害怕……如果我懷疑的是真的，真的有人要置士元於死地，他還會做什麼？他會就此罷手嗎？還是會繼續傷害趙家的人嗎？那我又該如何保護我的家人呢？我只是一個生了病的老頭啊，我們趙家……」說到傷心處，趙靖又是一股心酸。

「爸……你不要這樣，」亮亮安撫著痛苦的趙靖，「趙家不會垮的，你不要給自己這麼大的壓力，趙家……子荃不是要跟士芬結婚了嗎？」

趙靖聽到亮亮這樣說，抬起頭眼裡帶著些許憤怒地看著她。

「我是說……我是說……」亮亮也覺得自己說得心虛。

「汪子荃能夠保護趙家嗎？」趙靖瞪大了眼，「我心裡是千千萬萬個不願意，汪子荃即將成為我們趙家親人的這個事實，你我心裡都明白汪子荃他是一個什麼樣的人！除了趙士芬昏了頭會相信他，大家都知道！大家……」忽然趙靖像是想起了什麼似地，大家都知道？他心一

驚，抓住亮亮問，「士元知道他妹妹要跟汪子荃結婚的事情嗎？」

「我沒有跟他提過，」亮亮緩緩的搖頭，邊思考邊說似的，「可是我不知道，士芬和士元媽媽有沒有告訴他。」

「有沒有什麼異樣？」趙靖緊追著再問，「我是說士元，你想想看，努力想想看，你們最後一次見面的情形，你仔細的想一想。」

亮亮偏頭思索著。

「沒有啊，他很開心，他說他不放棄，只要我跟中威不結婚，他就永遠都有希望。」

「這麼說沒有人告訴他士芬已經離婚了，沒有人告訴他……」趙靖喃喃地低語，像是最後一個線索都落空的失落。

亮亮突然想起她跟中威在醫院的談話，不會就正好被士元聽見了吧。

趙靖看著亮亮突然怔住冥想的樣子，急得又問。

「亮亮，你想起了什麼嗎？」趙靖拚了命地鼓勵她，「告訴我啊！任何一點蛛絲馬跡，任何一點可疑之處，告訴我。」

亮亮怎麼說得出口，如果士元是聽到她說的那句話，那他也一定聽到後面的每一句話，她能說出來嗎？亮亮掙扎著。

「亮亮，我是士元的爸爸啊，」發現亮亮在猶豫，趙靖幾乎要懇求她了，「你也曾經失去過親人，那種錐心之痛……亮亮……」

「是，有，有異樣，」亮亮抱頭哭著坐了下來，「那天士元本來是要替孩子辦出院手續的，可是後來不見了，我認為……我想……他可能聽到了一些對話。」事情發生到現在，亮亮最不願意去想起的就是這部分。

接下來的時間，趙靖不容許兩人再沈醉在沒完沒了的苦痛追悔埋怨當中，他要亮亮把一切她所知的完整無誤告訴他。

＊＊＊＊＊＊＊＊＊＊＊＊＊＊＊＊＊＊＊＊＊＊＊＊＊＊＊＊＊

子荃隨著士芬回到了趙家，他拿著香對著士元的遺照拜了又拜，不

敢直視。他總覺得一看那照片就像是士元活生生地看著他，讓他十分不舒服。

「就像在眼前一樣，對不對？」趙靖在一旁出人意表的說了一句，言者無心聽者有意。

子荃鎮靜下來，轉過身對趙靖微笑以對。

「士元這張相片拍得多好啊，就好像活生生的在眼前一樣，你會記得他的樣子吧？」趙靖緩緩地說，直瞅著子荃。

「當然，我跟他親如手足，我當然會記得他的樣子。」子荃刻意選了個擋住士元相片的角度昧著良知說著。

「是嗎？多好，士元一直希望有個兄弟。」趙靖故意欣慰地說著，說完就走了出去，到庭院裡坐著。

子荃跟了上去，坐在趙靖身邊，士元的靈堂他是一秒也待不住。

「你們真有默契，你坐的那張椅子，就是士元以前最愛坐的位子，他最愛坐那兒了。」趙靖懷想著士元的音容笑貌，無限依依。

子荃不安地挪了挪身子。「那他可別生氣啊，我坐了他的椅子，我看我還是換一張吧。」

「不用了，不用，你們是好兄弟嘛，他的椅子讓你坐一坐怎麼會生氣呢？士元不是那種小家子氣的人。」趙靖說著，就面對子荃的位置問道，「是不是啊，士元？」

子荃心虛的東張西望了一下，而趙靖更加貼近子荃悄聲地說。

「我覺得士元這會兒根本就已經回來了，就在這兒，在這兒看著他爸跟他的好兄弟。」

「是這樣嗎？士元，」子荃強作鎮定地拉開另一張椅子。「不好意思啊，今天你的位子我暫坐了，我看……你就坐這兒吧。」

趙靖淡淡地笑說，「士元從來不在乎他的位子會被人取代，因為他很清楚，他在趙家的地位，沒有人可以取代。」

「當然，」子荃怎麼可能不知道趙靖的意思，他打起精神見招拆招說，「可是我們說的是同一件事嗎？我指的不過是一張椅子。」

「椅子隨處可坐，但是士元對士芬那種哥哥保護妹妹的位子，士元

是不會輕易相讓的。」趙靖說。

「那個位置我也從來沒有想過要取代，我想的是娶士芬，做她的丈夫，不是做她的哥哥。」

子荃理直氣壯的回應，趙靖點了點頭，站起身望著遠方。

「如果……她哥哥不同意，認為你居心叵測不是真的愛士芬，你想以士元的個性他會怎麼做？」

「我想……我認為……」子荃假裝揣測士元的個性，卻不準備正面回答。

「五月二十號那天晚上你人在哪裡？」趙靖自然地將話題帶往心中的疑問。

子荃他一口回答，「俱樂部。」偏偏毫不遲疑的思考聽起來更像準備好的答案。

趙靖繼續問道，「都沒跟士元聯絡嗎？你們感情那麼好，公司又有那麼多事情要商量，當天都沒跟士元聯絡？」

「有，」子荃很快地回答，「他有打電話給我，關於這個，詳細的通話時間可以去查通聯紀錄，很容易就知道，他約我出去喝酒，我沒去，因為我沒時間。有太多的公文要處理，所以我拒絕了他。」

「你一直都在俱樂部？都在你的辦公室裡？有誰看到了嗎？」趙靖越問越犀利，眼神中的鋒芒就要藏不住了。

「趙先生，你說的是我有沒有不在場的人證嗎？」子荃兩手一攤，迎向趙靖的眼光輕鬆道，「有，可是我不能說。」

「汪子荃！」趙靖被他有恃無恐的態度激怒了。

「爸……」士芬突然出現，剛剛父親對子荃的懷疑她全聽見了，而她就是那個人證。

「子荃他有不在場的人證，那一夜……那一夜他都一直待在俱樂部裡。」

士芬小心地選擇說辭，支支吾吾地，「其實，爸，間接來說，你也是子荃當晚不在場的人證，因為……因為那天晚上你曾經幫我等門，你還很生氣的……你說……」

趙靖接了下去，「當一個女人太輕易獻出自己的肉體的時候，她的靈魂就立刻跟著貶值了？汪子荃，那一夜你是先殺了我的兒子？還是先和我的女兒享受了肉體之歡？」趙靖不客氣的問著，毫不修飾。

子荃臉色大變，士芬卻不解趙靖為何說出這種話。

「爸！你怎麼可以這樣冤枉子荃？」簡直是匪夷所思嘛，「那一夜我都跟子荃在一起，他事先並不知道我會出現，我並沒有通知他，我去之前，子荃他都待在公司裡的，一直到……一直到我……」

「士芬！」趙靖痛心的轉頭看著女兒，「你就這麼愛這個人嗎？愛到你願意毫不保留把自己最隱私的一面都暴露出來，就為了保護他？」

「你瞭解你所愛的人嗎？」趙靖強烈惋惜女兒的癡情癡傻，竟是用在一個完全不配獲得的人身上。

子荃抗議道，「趙先生，你已經用盡方法試探了……」

「你閉嘴！」趙靖脹紅了臉，拳頭捏得緊緊的，「我相信接下來你還有很多的謊言要告訴我女兒，所以現在安靜一下無妨。」

趙靖轉頭看著士芬，「趙士芬，你知道他，這個人，這個口口聲聲說愛你不要你的錢，只要娶你的人，曾經跟陳中威達成過協議嗎？」

子荃的臉上瞬間閃過數十種不同的表情，但趙靖不理會自顧自說著。

「協議的內容是這樣的，他負責追求你，負責讓你意亂情迷的在離婚協議書上簽下字，讓陳中威得到自由……」

「然後我得到什麼？」子荃極不爽地插口道，「對不起，我打斷了，因為我也很好奇，到目前為止，在這份協議裡我聽不到任何汪子荃得到的好處，可不可以麻煩你……」

「你得到趙士芬，你得到趙家的外孫！」趙靖一言道破。

「是，」汪子荃激動地指手畫腳，「我得到一個身無分文的富家女，我如果真的這麼聰明，我為什麼還要接收士芬跟別人生的趙家外孫呢？我直接跟她生一個你們趙家會不認？如果不是因為愛，單純只是為了愛，我會讓士芬身無分文的嫁給我嗎？」他使出渾身解數唱作俱佳地狡辯著，而士芬完全昏了頭，被子荃的話感動著。

「子荃，我……」她想要為他做點什麼。

「不必了，」子荃拒絕地手一揮，「這樣也好，大家都可以冷靜一點。」

「子荃？」士芬不安地靠近他，想瞭解他這句話是什麼意思。

「士芬，這樣的婚姻真的會受不了的，」子荃抓著頭，像是忍耐到了臨界點，「二十四小時分分秒秒是猜忌，只要人不要錢了還要被懷疑，趙先生，恕我說句不客氣的話吧，難怪過去三十年來你受不了，就因為你當初用了人家一筆嫁妝。好，我惹不起，我退出，因為我再怎麼愛趙士芬，也抵不過你們的懷疑跟猜忌，長痛不如短痛，對不起。」子荃說的一派凜然，說完轉身就要離去，士芬急得要挽留他，趙靖卻冷冷地說。

「這是脫身之計嗎？」很會演戲，但他一點都沒有被子荃給混淆了。

「爸……」士芬幾乎要恨起父親的疑神疑鬼了，難道他非親手扼殺自己女兒的美滿姻緣不成嗎？

趙靖直接對子荃下戰書，「你敢不敢發誓，如果你心裡真的坦然無愧，你敢不敢在趙士元家裡，在他頭七之夜發重誓發毒誓，說你跟他的死無關？」

「子荃？」士芬搖晃著他的手臂。

而此時的子荃不怒反笑，「我不發誓，我坦然無愧，可是我不發這個誓，正因為我問心無愧，我不明白為什麼我要受這種委屈。更何況……還有什麼毒誓對我有意義的呢？絕子絕孫嗎？我本來就不想要有小孩的，在這之前我就跟士芬說過了。」

「是啊，爸，子荃也跟我說過的。」士芬努力地當著中間人。

「不得好死嗎？」子荃又接著說，「我如果發了這個誓，我就是在侮辱趙士元，難道他是做了什麼虧心事，才落得今天橫死的下場嗎？」

趙靖聽了氣的急轉身，「汪子荃！」

子荃聳了聳肩說，「是，我說話是不好聽，但句句都是實話，我不明白什麼毒誓重誓對我有任何的意義，而且……如果發誓賭咒真的有

用，對不起，這個世界上就沒有壞人了。」

「子荃，你可不可以……」士芬不想看到父親與未婚夫永久的對峙。

「士芬，對不起，」子荃像是下定決心般，煎熬地閉上眼睛，「我暫時不考慮我們的婚事了，我相信這是你父親真正的目的，為了阻止你嫁給我，他什麼招式都使得出來，恭喜你啊，成功了。」

說完，不管士芬在身後急切的呼喊，大步離去。

趙靖看著子荃倉皇離去的腳步，心中明明白白。

「是他，就是他，就是他。」

＊＊＊＊＊＊＊＊＊＊＊＊＊＊＊＊＊＊＊＊＊＊＊＊＊＊＊

隔天，趙靖約了妍秋在公園裡會面，趙靖他有些話必須跟妍秋說。

看見許久不見的妍秋在四處張望著等待他，趙靖心中一陣暖流，但對於不能在她身邊照顧她又有太多的愧疚，他想著，果真是相見不如不見，重逢不如懷念啊。

「趙靖？」妍秋看到了趙靖，笑著叫著小跑步過來。

「妍秋……」趙靖也止不住臉上的興奮之情迎上前去。

「趙靖，你好嗎？」妍秋看著他，像是永遠看不足的樣子。

趙靖壓抑著內心的激動，欣慰地說，「不怎麼好，不過我已經不流口水了，而且我可以自己走路了，我走給你看，你就站在那兒別動，我走到你那兒去。」

「好，你走，走過來，我站在這兒等你。」妍秋充滿鼓勵地笑開了。

趙靖將柺杖往旁邊一放，看著妍秋，一步一步慢慢移動著步伐走向她。

妍秋見趙靖吃力的抬著腳，微笑的走來，發自內心真誠地樂開懷。

趙靖終於走到妍秋身邊。

「已經好多了嘛，我看再過一個月你都能跑能跳了。」說著妍秋鼻

頭紅了。

「如果能快點走到士元身邊多好啊。」失去兒子的痛還在趙靖心裡，他唏噓地說。

「趙靖……」妍秋忍不住哭了出來，「趙靖……」

「我好想走到士元身邊去，我想……我想抱抱他，我好想抱抱士元，我想抱抱我的兒子啊。」趙靖走到旁邊去，也哭了起來。

妍秋用袖子擦乾眼淚，走到趙靖身邊。

「好了，不哭了，別難過了。」她拍拍趙靖的背，像安慰孩子一樣地安慰他。

「你知道嗎，妍秋，」趙靖哽咽地，「士元走了以後，我的心像是被掏空了一半，沒有一種痛勝過這種痛，昨天還在眼前啊，今天以後就永遠消失了，再也看不見，再也摸不著。」

妍秋呆著，她懂得的。

「我常在想，這是不是一場夢？是不是一場夢啊？可是夢裡邊的痛怎麼會這麼痛呢？」趙靖流下淚，搖著頭，嘆口氣。「士元長大以後，我老愛訓他，我忘了……他再大，他還是我兒子啊，我為什麼不多抱抱他呢？」趙靖一臉懊悔。

「好了，你累了，先坐一下吧，來，坐下。」妍秋攙扶著趙靖坐了下來。

「你想抱他？」妍秋柔聲問道。

「我想士元……」趙靖把淚水都吞下肚，可是哽在喉頭好難過啊！

「你知道嗎？我每天……每個晚上……都抱著我的小敏耶。」趙靖看著妍秋，妍秋閉起眼睛伸開雙手，懷抱著空氣輕輕擁在自己的懷裡，「我每天……每天都抱著我的小敏，他知道……他都知道……小敏……」

妍秋睜開眼睛凝睇趙靖，「你也試試，你試試啊，來～」妍秋牽起趙靖的手，「趙靖，試試看，抱抱士元，他就在這裡，他知道，他都知道。」

趙靖猶豫著，妍秋哽咽地勸著他。

「趙靖！不要讓他等太久，抱抱他～」

趙靖緩緩地慢慢地，把雙手往空中一伸，大哭了起來。

「士元～爸爸愛你～士元～你回來～回來啊，兒子……」原來就是這種深痛，白髮送黑髮，怎麼他趙靖會有這一天……

妍秋擦了擦趙靖的眼淚，笑著說，「是不是？就這樣，你天天都可以抱到士元，他每天都會讓你抱在懷裡。」

「那不是真的士元……」

「他是，你說他是他就是，趙靖，不要再錯過了，不要再有遺憾了，你天天都可以懷抱他。」

趙靖擤了擤鼻涕，心情平復的喘了大氣。

「你是來跟我道別的吧？發生這麼大的事情之後，我心裡也早已明白，我們是不可能在一起了，這些天，老接不到你的電話，我心裡也早有譜了，你是不可能在這個時候丟下秀女不管的。」妍秋忽然說，她的聲音微酸，可是又顯露著她一貫保有的厚道。

「妍秋……」趙靖打翻了心頭的五味架，頓時手足無措。

「我懂，她需要你，你這麼做是對的，你是該陪在她身邊。」妍秋很輕很輕地說。

「妍秋，你會原諒我嗎？」趙靖抓住她的手，呼吸急促地問。

「傻趙靖，」妍秋愛憐地撫著他鬢邊的髮，「我有什麼資格說不原諒誰呢？」

「不，我要你說，你會原諒我。」趙靖用顫巍巍的聲音請求道。

「你要我原諒你什麼？」妍秋看著他的眼睛問。

「任何事情，一切……」趙靖又哭了起來，這一次，為他今生所愛的女人，「你能……原諒我嗎？」

「好，我原諒你，我原諒你，」妍秋將趙靖的頭擁進胸懷裡，她這麼愛他，豈能夠氣他恨他呢？「雖然我不知道你做錯了什麼要我原諒你，我都原諒你，因為你是全世界對我最好的人。你只會保護我，不會傷害我的。」

趙靖也用盡生命的力量最後一次擁抱妍秋。「如果有一天，我傷了你的心，請你寬恕我，我是愛的，愛你，也愛士元。」這愛將隨著

他，上窮碧落下黃泉，海角天涯兩不分。

　　妍秋善體人意地點點頭，她只要趙靖安心，趙靖快樂……餘生就再了無遺憾……

　　妍秋失魂落魄的回到家中，亮亮一見馬上掛心地追問。

　　「媽？媽？怎麼啦？說話啊，不要讓我擔心啊。」她倒了杯茶給母親，小心翼翼地注意她的一舉一動。

　　「我剛跟趙靖見面了，」握著熱熱的水杯，妍秋幽幽地說。

　　「趙叔叔？」

　　「他來跟我說再見的，他來跟我道別的，他要走了。」

　　「走？」亮亮詫異地說。

　　「他走了，回到他妻子身邊去了。」妍秋彷彿在說著別人的事一般，「我不難過，我只是遺憾，緣分大概就是這樣吧。愛了一輩子，結果是有緣無分就是注定沒辦法在一起的，好多事情就錯在那一刹那，他一直等我，一直求我，我一直拒絕，結果……就錯過了。」三言兩語中，包含著一生無悔的堅持。

　　亮亮將手搭在母親肩上安慰著。

　　「媽……」

　　「亮亮，跟中威結婚吧，」妍秋是語重心長地說，「不要錯過，不要再有遺憾，人生那麼短，誰也不該等誰一輩子的，一等……等到一輩子的情人開口跟你說再見，是很難過的……」

　　「結婚吧，亮亮，」母親的勸勉迴盪在耳邊，「結婚吧。」

　　「媽……」亮亮心情複雜地垂下頸子，是的……也許她真該好好把握住這機會了，畢竟相愛且有福分一輩子相知相守的情人，要修個幾千幾百世又有誰知道呢……

＊＊＊＊＊＊＊＊＊＊＊＊＊＊＊＊＊＊＊＊＊＊＊＊＊＊＊＊＊

　　子荃鬆了鬆領口，加班了好幾天，他回到汪家想要拿些輕便的衣物到俱樂部去換，他拉開了紗門，家中一片暗，沒人在家。子荃踢掉鞋

子，正要開燈。

「不要開燈。」士芬的聲音毫無預期地出現在汪家客廳。

子荃嚇了一跳，慢慢轉過身，看見士芬動也不動地面對他坐在沙發上。

「是你媽給我開的門，我來的時候她正好出去。」士芬說道，「我在這裡靜靜的等你。」

子荃一臉奇妙的看著士芬，由於見不到表情的緣故，今夜的她顯得特別莫測高深。

士芬起身，慢慢走向子荃。「其實，我真的很不喜歡這裡，你知道嗎？我覺得這裡……這個門裡……對我們趙家而言，是一個……是一個既危險又充滿致命吸引力的地方。我爸被這門裡的寡婦所吸引，於是拋妻棄子，我哥愛上這門裡的女兒，然後他死了……難道這門裡的女人，專門做寡婦的嗎？」士芬的呼吸就快要貼在子荃臉上，幽幽地問，「那我呢？我的將來會怎麼樣？我姓趙，也跟我爸我哥一樣，被汪家的人所吸引，那將來我的命運……會是趙家的女人還是汪家的女人？我不知道……我真的不知道……」

子荃完全不想搭理士芬荒謬的言論，他藉著黑暗嘲笑她，轉身想開燈。

「不，不要開燈，」士芬阻止了子荃，緩緩地開口，「我覺得這樣很好，有月光，可是不會太亮。請你告訴我，那是真的嗎？那些所謂的協議，還有你那一夜的行蹤，是真的嗎？」這件事不弄清楚，她夜夜不安枕。

子荃在黑暗中凝視士芬，臉上撇過一陣陰森之氣，他還是把燈打開了，笑笑地看著士芬。「為什麼不敢看我？覺得我是兇手？你不敢面對一個殺人兇手？」子荃走向士芬，士芬閉著眼睛，動也不動。

「看著我。」子荃一把將她抓向他，「張開眼睛看著我，我被懷疑的人都不怕了，你還怕什麼？來～你剛剛問我什麼問題？有沒有協議是不是？」

士芬想要掙脫子荃，卻只被抓得更緊。

子荃輕輕地，但是一字一句清清楚楚慢慢地說。

「沒有協議，只有請求，陳中威請求我追求你，我答應了，因為早在他提出請求之前我就已經愛上你了，他不請求我，我也會追你的。」

士芬半信半疑的緊張神情顯現在臉上。

「第二個問題是什麼？我的行蹤？你們乾脆問得明白一點，你們就是懷疑我有沒有殺了趙士元？」子荃怒不可遏地放開士芬，她一個重心不穩險些摔倒。

妍秋此時剛好開門要進屋，聽到子荃的大吼聲，遲疑地停下腳步，耳朵貼在門上聽著。

「我覺得你們瘋了，」子荃開始指責士芬，指責趙靖，「我為什麼要殺趙士元呢？在趙氏他是挺我的。他比你爸爸都還挺我，說得自私一點，有他在我狐假虎威都可以大聲說話走路有風，我為什麼要殺他？我的動機在哪裡呢？」

「因為他知道內幕，」士芬被子荃惡狠狠的態度嚇到了，她拍著胸口壓驚，口氣也變得軟弱，吞吐著，「他要阻止你娶我，你……你惱羞成怒……是……是我……是我爸這樣說的。」

妍秋聽到此，終於明白趙靖為何今天要跟她說那些話了。

「隨便什麼人都可以捏造個內幕，」子荃輕鬆地擋了回去不著痕跡，「然後來阻止我，那我是不是都要去殺了他們滅口，有這個必要嗎？不用殺人，我們也可以不用結婚啊，現在不就是了嗎？」子荃腦筋靈活轉動著，怎樣的疑點都可以被他扭曲得合理。

「子荃……」士芬相信了，一臉愧疚。

「我錢也不要了，股份我也不在乎了。帶個別人的孩子來嫁給我，我都欣然接受，還要我怎麼樣證明，我不懂，我真的不懂，好啊，那就不要結了，不結就不結啦。」

「那……」士芬懷抱最後一絲希望問子荃。「那你說，那天晚上，你真的……一直都在公司，你都沒有出去過？你告訴我，你沒有！」她想聽到他親口保證。

「我不說！」子荃斷然拒絕。

「子荃～如果你真的是清白的真的是無辜的，你就……你……」

子荃轉過去看著焦急的士芬，「我就是，可是我不說，你想聽見什麼？你要聽見什麼？我說什麼你都信？」他揚起眉毛。

士芬憂心地點點頭。

「你可惡，你蠢！」子荃失去控制地用力推士芬一把，「我不說你都該信的，全世界都可以懷疑我，你卻不可以懷疑，即使你親眼看到我殺人了，我說沒有，你也要大聲告訴全世界，汪子荃沒有！」

子荃緊抓著士芬的手臂，「你這是什麼愛？只因為你父親不喜歡我、懷疑我，你也跟著搖擺嗎？一下子試煉、一下子測試，我陪著你們玩人格大考驗的遊戲啊？我受夠了！隨便你們吧！」

「你們懷疑我殺人是吧？好啊，就是我殺的！隨便！」

妍秋聽到此倒抽了一口氣，不敢再想像下去，轉身欲離去卻撞到了門，發出一聲細微的聲響。

士芬低頭啜泣著，並沒有聽見，而汪子荃發現了。

「你為什麼要那麼兇？為什麼要那麼大聲？」士芬覺得自己好無辜好委屈，她雙手環住自己的臂膀，熱淚漣漣。

子荃哼一聲，撇開臉去。「我只是兇，你們是瘋了！如果今天換成你們被人家懷疑，你們還能這樣子心平氣和的說話嗎？我不相信！」

「子荃……對不起……你不要生我的氣，我相信你就是了。」士芬轉而拉住子荃的手，低聲下氣地求他，她想要以前那個溫柔體貼的子荃回來。

子荃看著士芬，眼神透著懷疑。

士芬馬上更正改口，「我相信你，我真的相信你，我就是相信你。」她只差沒有舉手發誓了。

子荃僵硬冷漠的表情漸漸轉為笑容，將士芬擁入懷裡，撫摸著士芬的頭，像是打賞著聽話的寵物。

「對嘛，這就對了，夫妻本來就應該同心的，更何況我們關係都已經這麼親密了，精神上還不應該站在同一條陣線嗎？」

士芬顫抖地抹去淚水，依偎在子荃身上，子荃笑容裡透著陰森，看

來，趙家這個女兒會是他很好的下一步棋子。

聽到子荃與士芬談話的妍秋，一個人走到了公園，想起以前子荃對她所做的惡劣行為，不給她吃藥，對她大吼又對她好的兩面人性格，甚至利用她當作進入趙氏企業核心的工具，她掩面低泣，知道子荃是有可能殺了士元的，她比任何一個人都瞭解，她也知道趙靖所說的動機極有可能是對的。

可是，護子心切的妍秋還是企圖說服自己。

「不會……我們家的子荃只是自私，不會……不會……」

隨即又想起子荃剛剛說著，就算人是他殺的，也要士芬完全站在他這邊的言論，妍秋想到就不寒而慄。

她身體像是分裂成兩個人格，一個極力保護著自己兒子，一個卻又不得不懷疑。

「不，不准再說了，你們都冤枉他了，你們都冤枉他了。」

妍秋想得出神突然忘情大喊著。

「連趙靖都懷疑他……連趙靖都懷疑子荃……」妍秋眼眶裡充滿著淚水，「不……不……」

她的兒子有可能是殺人兇手啊！殺死的還是她老朋友趙靖的獨生子……天啊！你怎麼能這麼殘忍哪……妍秋已經有些錯亂的不斷自己交談著。

過了許久，她才慢慢平復下來。

妍秋慢慢躕步回到了家中，提醒著自己盡量保持平常的態度，子荃卻故意試探性的問亮亮上哪去了？妍秋一回答完亮亮帶孩子去看中威的爸媽，就急著往房裡走，汪子荃是何等人物，他一把拉住母親。

「媽媽是在躲我嗎？」他有趣地欣賞著妍秋害怕的樣子，「我們母子不是好久沒見面了，為什麼一見面就要躲我？今天晚上在門外的是你吧？那趙士芬說的話你一五一十都聽見了？」

「士元的死是不是真的跟你有關係？」妍秋反而豁出去地看著兒子。

「趙士元會死跟很多人都有關係，嚴格說起來，你也脫不了關係。」

子荃無禮地搓搓母親下巴說，「你不去勾引他爸爸，他媽媽不會遷怒到亮亮頭上，亮亮不會受虐待，婚姻不會不幸福、不會簽字、不會離婚，更不會懷了陳中威的孩子。」

子荃說教似地，「人與人之間很多環節是環環相扣，互相牽動的，你敢說士元的死跟你一點關係都沒有？」

妍秋知道子荃在牽強附會，但也不想多作辯解。

「好，那我再問得更清楚一點，」她抖著身體昂頭看子荃，她的兒子，「你有沒有殺他？士元是不是死在你手裡？」

子荃虛虛實實地笑著說。「怎麼你的聲音在發抖啊？現在如果到警察局去接受測謊，你會比我更像殺人兇手。」

妍秋再也忍不住地大聲問著，「士元是不是你殺的？」

子荃一臉不屑，「是，怎麼樣？去檢舉我啊，去告我啊。」

「汪子荃！」

「那你就出名了，社會版的標題要怎麼下呢？內容要怎麼寫呢？控告自己的親生兒子謀殺……」子荃停頓了一下，偏頭思索說著，「謀殺……怎麼說呢，謀殺了前女婿還是謀殺了情人的兒子啊？這眞複雜啊～」

妍秋看著子荃到這時候還笑得出來，不禁心痛。

「汪子荃……趙家……趙靖待你不薄啊，你怎麼狠得下心，下得了手？」

「下什麼手啊？」子荃啐一口駁斥道，「你看到啦？我說說你就信啦，那我說我愛你，你怎麼不信？我說我殺人了，你就毫不懷疑照單全收啦？」

「因爲你是一個沒有愛的人，」妍秋把長久以來積壓心底的悲痛一口氣傾瀉而出，「未達目的，你是會不擇手段的，你都可以把你母親每天吃的藥沖到馬桶裡，你甚至於可以做個兩邊倒的牆頭草，每天去伺候蔡秀女，你甚至威脅我，爲了要我對你言聽計從，否則你就要把我帶離台灣！你……」

子荃沒想到妍秋現在腦子竟然如此清醒，他一把抓住她，語帶威

脅，惡狠狠的直瞪著她。

「我是你兒子，我是你兒子啊，我跟小敏一樣是你懷胎十月生出來的，你仔細看著我，看著我！」

子荃大吼後，旋即又笑看著妍秋。

「我跟小敏長得幾乎一模一樣，所以你不可以那樣說我壞話，我跟小敏是一樣的，小敏走了，你再失去我你就沒有兒子了，你要永遠失去我們兄弟倆？我跟小敏？」

妍秋避開子荃的眼神。

「不要拿你自己跟小敏比，你們不一樣，小敏是天使，他從來沒有傷害過任何人。」

「那我就是惡魔嘍？是我殺了趙士元？」

子荃大笑了起來，放開妍秋，並且將電話遞給妍秋。

「報警啊，打一一○，說你懷疑你兒子是殺人兇手！」

妍秋閃躲著，子荃硬是將電話湊到她面前。「打嘛，打呀！把惡魔交給警察啊，你打啊！」

妍秋被逼到沙發上，整個人蜷曲成一團，子荃將電話往沙發上一丟，哼了一聲。

「你不會的，要不然今天晚上你早就打給趙靖了，你不會報警，不會告訴任何人你的懷疑，你知道為什麼嗎？」子荃胸有成竹的對著掩面哭泣的妍秋說，「因為你對不起我，因為你讓我十五歲就離鄉背井，因為你讓我自己都害怕我自己血液裡面的遺傳基因，因為你讓我被迫成為惡魔。」

妍秋看著子荃咬牙切齒的說著，這些事情在他心中是怎樣影響著他。

「如果我原本就有一個健全的家庭，今天我肯定比趙士元更可愛，是你欠我的！」

「不，汪子荃，你天生就是個惡魔。」妍秋喟然搖搖頭。

「不是天生，是你生的。」子荃摸了摸妍秋的頭，「親愛的媽媽，你生了一個惡魔，你得愛他，而且就算是一個惡魔又有什麼不好，他替

你收拾掉蔡秀女，出口氣不也挺好的嗎？」

「她不是一直欺負你嗎？現在她也可以體會趕到河邊收屍的痛苦啦，不是嗎？」子荃得意洋洋，妍秋不敢相信，子荃的這一句話簡直就是承認是他殺了士元。

「對了，有件事情忘了告訴你，趙士芬跟我要結婚了，你希望我怎麼對待她？」子荃話中有話，「她不是一直跟蔡秀女聯合起來對付你的嗎？你希望我怎麼對她？你希望她現在受到什麼樣的待遇？說說嘛。」

妍秋知道士芬將來的處境危險了，她說不出半句話，子荃拍了拍妍秋的肩，假意道，「沒關係，你慢慢想，想到了再告訴我，喔？」哼了一聲，子荃離去，留下一個傷心的母親痛苦地在客廳獨坐，心情複雜地幾近崩潰地啜泣。

＊＊＊＊＊＊＊＊＊＊＊＊＊＊＊＊＊＊＊＊＊＊＊＊＊＊

趙家佛經音樂沒有停過。

秀女一身素衣面容憔悴，在士元的靈堂前添了香拜了又拜，士芬在一旁摺著蓮花座，秀女上完最後一炷香，睨了眼身旁的士芬，語重心長開了口。

「你還是非要嫁給他不可？」

士芬繼續摺著蓮花不說話。

「就算你爸爸懷疑士元的死跟他有關，你還是非要嫁給他？」

「我相信他。」士芬只有一句話。

「你有沒有想過？」秀女真是替女兒的未來擔憂，「你嫁過去以後，宋妍秋就是你婆婆了，她對我們家有多少新仇舊恨，這會兒你當了媳婦，你難道不怕她趁這個機會，替汪子亮出口氣討回公道？」

「我怕她？」士芬挺兇地回道，「她有新仇舊恨，我沒有？她要替她女兒討回公道出口氣？我還要替我媽和我哥討公道呢！」她說得義憤填膺。

「她是你婆婆了耶。」秀女奇怪女兒怎麼還沒認清事實呢！

「婆婆？婆婆又怎麼樣？」士芬根本不放在眼裡，「她兒子還要靠我們趙家吃飯！」

想不到秀女神色一整，嚴肅道，「趙士芬！你永遠不准再講這一句話，你給我牢牢記住，如果你愛汪子荃，你就永遠永遠不准再說這句話。」秀女深知她和趙靖的婚姻，就是被這句話給隔得越來越遠。

「好嘛，不說就不說，」士芬這才不情不願地道，「反正她心裡明白得很，而且子荃愛我，他是站在我這邊的，那個老太婆，我要她拎著包袱立刻回老家去。」

「總而言之你就是非他不嫁了？」

「我愛他。」士芬堅定的說。

秀女點了點頭，知道大局已定。「沒辦法啦，這是命啦。士芬你要答應媽，將來不管怎麼樣，你都會好好的過日子。」

「媽，你放心，我才不會吃虧的，」士芬愛嬌地偎向母親，「等我嫁過去，我一定會幫你跟哥出口氣的。」

「不用了，不用幫我出這口氣了，」秀女臉上閃過一絲詭異的表情，「我要讓她也嘗嘗這種苦，喪子之痛！」

「媽～你剛說什麼？我沒聽清楚。」士芬感受到母親身體的僵硬，不禁抬頭看向她。

「沒什麼，沒什麼……」秀女輕拍士芬，鼻音挺濃的。「士芬啊，你將來會想媽媽嗎？」

「媽，你說這什麼意思啊？我們要分開嗎？」士芬不解地皺起了眉頭。

秀女將士芬抱進懷裡，「媽是想如果你嫁過去了……」

「媽，我嫁人了，我還是住在家裡呀。」士芬不懂母親到底在感傷些什麼。

「也對，也對，」秀女像計畫著什麼不停點頭，「你住在家裡可以照顧爸爸，也對。士芬啊，你將來會好好照顧爸爸吧？」

士芬看著哭紅眼的母親，覺得秀女說話的態度讓她不安，「媽，你今天是怎麼了？你怎麼說話怪怪的？」

「我想趙士元，我想你哥哥，」秀女放聲哭了出來，「我是想他……想他不在了，沒有人會哄我，沒有人逗我開心，沒人再喊我老佛爺皇太后了。」

「媽，」士芬深知母親的難過，也苦於無法替她分擔，「你就當……你就當哥出去玩好不好？每次哥出去玩的時候，玩著玩著，他就會忘了回家。」

「可是他這一次是眞的回不來了呀～」秀女抱著女兒痛哭失聲，「他再也不會回家跟我伸手要錢，我不曉得他的錢夠不夠用啊。」

「明天……明天我們就幫哥多燒一點錢去。」

秀女點著頭，「多燒點啊，趙士元這小子花錢很兇呢，我就怕他……不夠用啊，給他多燒點啊。」

士芬心疼著母親，母女兩人緊緊相擁著彼此撫慰，這些日子以來難得如此貼近……

亮亮在中威住處，收拾好東西準備要去趙家探望秀女與趙靖，她幫床上的寶寶換著衣服。

中威卻在一旁擔心著，一直勸亮亮不要去。

亮亮始終不回答，讓中威開始急了。

「中威，不要這麼小氣嘛，」亮亮對中威道，「好歹孩子生下來的時候，士元也抱過他啊。」

中威不認同地說，「他懂什麼？孩子懂什麼？你現在抱著他去看誰，他也不知道。」

「士元知道……」亮亮低頭抱起孩子。

「我爲的不是孩子知不知道，我爲的是士元，士元在天上有知，他會高興會開心的。」

「你確定他還有知覺嗎？」中威很清楚亮亮現在心裡想的是什麼，「一個往生的人是不會有什麼知覺的，他不會有什麼開心高興生氣的感覺。亮亮，你是爲了你自己，抱著我的孩子去看趙士元，你想藉此彌補你的自責和內疚。」

「好，就算是爲了我自己好了，」亮亮無意再爭辯，「中威，如果

你愛我就請你成全我。」

「我想你是忘了，我父母今天要回巴西了。」中威突然說，「亮亮，今天中午十二點半的飛機，他們要回去了，在走之前，談到孫子不應該送一下爺爺奶奶嗎？」

「對不起，我忘了。」亮亮滿懷歉意地說，最近士元的死打擊太大，讓她變得健忘。

「我原諒你，那可不可以我們就往飯店出發？」中威要求道。

亮亮聽了又猶豫了。

「亮亮？我已經打定主意了，你還拿不定主意？」

「不，」亮亮的眼神從猶豫又回復堅定，「這不一樣的，今天是士元的滿七，意義不同，而且這陣子我們是天天在飯店裡跟你爸媽相處。」

「對，你說的沒錯，」中威伸手攔住她說，「就是好不容易經過相處，他們接受了你們，對孩子有了感情，昨天好不容易特地交代我，一定要把孩子再抱給他們看看。」

亮亮聽到中威這番話，臉色一變激動地說著。

「好不容易？好不容易接納我們？好不容易接納孩子？既然是孩子親生爺爺奶奶，親情是天性，為什麼還要好不容易呢？」

「亮亮，」中威嘆了口氣，知道自己踩了敏感的地雷，「我們不要雞蛋裡挑骨頭，好不好？你應該明白我的意思啊。」

「不！我不明白，請你說清楚。」亮亮抱著孩子往後退開。

中威甩了甩頭，振作精神，試圖將自己的立場與想法客觀地傳達給亮亮。

「我所謂的好不容易，不是感情，而是角色的認定跟立場，在我父母的觀念跟印象裡，你是我前妻的大嫂，卻懷了我的孩子，雖然現在我們各自離婚了，但我的孩子要跟著你前夫的姓，這對一個老人家而言，真是一件錯綜複雜難以接受的事嘛。」

亮亮看著中威，知道他說的有道理。「你確定他們不是不喜歡孩子……他們不是因為孩子血液裡面的遺傳基因嗎？」

「當然不是，」中威急忙搶在第一時間表明，「當然不是他們不喜歡，要不然我不會趕在他們要走之前，要你抱著孩子去給他們看看，送他們。」

「那這樣好不好？」亮亮沈吟道，「你讓我抱著孩子去看士元，給他上一炷香行個禮，我立刻趕到機場跟你會合。」

中威沒有回答。

「中威……」亮亮知道他心裡介意，她走近他身旁，軟語央求著。

拗不過亮亮放下身段的請求，中威也只好答應，刻意不去回想之前心中浮現的惴惴不安感覺……

穿著黑衣的亮亮帶孩子來到了趙家，士芬正在靈堂燒紙錢，看見亮亮就是一臉憤恨。

「士芬，我是來看士元的。」亮亮欠欠身說。

「不用你假惺惺，」士芬把紙錢一丟，滿身的怒氣，「我哥就是被你送進鬼門關的，你還來這一套，你噁不噁心啊？」罵完還瞪了孩子一眼，「你還帶這個野種來幹嘛？你分明就是來給他屈辱的！你要不要臉啊，你給我滾～」她推擠著亮亮，要將她趕出門去。

趙靖聞聲出來，連忙阻止士芬的動粗，士芬卻發了狂似地執意要趕亮亮走，沒想到秀女這時也出來說話了。

「士芬～讓他進來給士元上炷香吧。」

眾人對秀女的反應都嚇了一跳。

「夫妻一場，也該給他上炷香了。」秀女很平靜地說。

獲得秀女首肯的亮亮，感動地走上前去。「士元媽媽，謝謝你。」

秀女看著亮亮懷裡的孩子，面無表情的走進屋裡去。

趙靖想著秀女心思倒是開通了，點頭示意亮亮跟著進去。

士芬燃起一炷香，舉得遠遠的要亮亮自己來接，亮亮手中懷抱孩子，不方便，秀女便上前去。

「孩子……我幫你抱，你去跟士元說說話。」

亮亮將孩子交給秀女。「謝謝你。」

秀女看著手中的孩子，繼續說道，「叫他一路寬心，不要牽掛了。」

亮亮緩步向前，看著士元的遺照，伸出的手停在半空中。

「士元，我跟孩子來看你了，我跟趙亮都是你曾深愛過的，我們也愛你，今天我們來是要讓你知道，其實士元……你並不孤單的，將來等小亮亮長大了，我會告訴他，有個士元爸爸的存在，讓他知道他有多麼幸福，在天上……還有一個疼愛他的爸爸。」

趙靖在一旁聽著也鼻酸了。

這些天亮亮以為自己的淚已流乾，但見到士元的照片卻仍是激動不已。

「士元，你要不要看看趙亮？我抱他來讓你看一看好不好？」

亮亮擦擦臉頰一回頭，卻不見了秀女和趙亮。

「孩子呢？我的孩子呢？」亮亮開始有些擔憂，抓著士芬問著，「士元媽媽呢？我的孩子呢？」

士芬表情猶疑著，她是有見到母親抱著孩子往樓上走去，可就是吞吞吐吐著不說。

「我不知道。」

此時樓上傳來一聲淒厲的叫聲。「士元～」是秀女的叫聲。

亮亮一聽趕忙衝到屋外，只見秀女站在陽台邊，邊哭邊喊著，「聽到媽叫你沒呀？士元～」而懷裡的孩子只單手勾著，稍一鬆手就要掉下來，亮亮看到這樣的情景，驚嚇得大叫。

「我的孩子……我的孩子！」

秀女一邊痛哭著喊士元，一邊把趙亮凌空舉起，閉上眼睛做出要放手的姿勢。

亮亮一看，更是淒厲地尖叫。「我的孩子！」

隨後趕來的趙靖與士芬看見神色慌張的亮亮，也向前一探，兩人同時驚呼秀女瘋狂的行徑。

「秀女，不可以啊！」趙靖大叫，加快腳步也要上前阻止，卻跌了一跤。

「爸，你小心一點，你行動不方便啊你～」士芬趕忙扶著趙靖。

「快！快去！快去阻止你媽啊！」趙靖推著士芬催促她。

「爸，我上去誰照顧你啊？」

「唉呀！」趙靖急得不斷要起身阻止。

亮亮此時早已衝到二樓陽台，驚惶失措地哭叫著秀女。

「士元媽媽！」

「不准過來！」秀女臉上透著詭異的笑容，看著娃娃，又看著亮亮，往樓下看了看，身子慢慢往前傾。

亮亮激動的大叫。「不要！士元媽媽……我求求你不要這樣……會嚇到孩子，他會害怕的……」

「我的士元也會害怕呀！我的士元怕寂寞啊，他愛這個孩子啊，我要讓他跟士元作伴去。」秀女的表情舉止儼然已經瘋狂了。

「士元媽媽，把孩子還給我……」亮亮白著一張臉懇求秀女高抬貴手。

秀女緊抱著孩子，雙眼一冷。

「我為什麼要把孩子還給你？這不是士元的孩子嗎？要還也得還給士元啊。」

「我求求你……我求求你……」

「求我？」秀女大聲笑了起來，「如果我這一鬆手，你猜，他會怎麼樣啊？」秀女將孩子騰空舉起，笑著對亮亮講，亮亮急得直掉淚。

「會去跟士元作伴啊，這會兒士元就不寂寞了呀～」秀女笑容一縮，轉過身，亮亮乘機衝向秀女。

「不要靠近我！」秀女立即回身大吼。

亮亮停下腳步，不敢再給秀女刺激，只能哀哀地求著。

「我求求你，不要……」

「你現在心裡有什麼樣的感覺呀？你的心會不會痛啊？」

「我痛……我痛……」亮亮的心都扭絞成一團了。

「不！你不痛！你沒有我萬分之一的痛！你兒子最後的聲音你聽得到，他最後一面你看得到，我兒子呢？我兒子只能等著我去跟他收屍啊！」秀女講著又哭了起來，「你會比我痛？」

「士元媽媽……」亮亮悄悄地企圖再靠近。

「你再靠近你試試看！」秀女尖聲威脅道。

亮亮看著秀女強硬的態度，就要將孩子從樓上摔下。她雙腿一跪。

「我錯了……請你不要傷害我的孩子，不要傷害我的孩子。」

「可是你卻傷了我的孩子！」秀女瘋狂地對著灰壓壓的天大叫著，「他是我的命根子啊，我愛他不比你愛你的孩子少啊！你怕你的孩子受傷害，可是你卻把我的孩子推向地獄！」

「我錯了……請你原諒我……請你放了我的孩子……我下輩子做牛做馬回報你。」亮亮只有哭泣著不斷乞求秀女，頭磕在地上發出清脆的響聲。

秀女看著亮亮，只是越發覺得厭惡。

「我不要等你下輩子，我要你現在！現在！此時此刻，我要你跟我一起體會喪子之痛！」秀女一個字一個字說著，慢慢把孩子舉高，眼看就要鬆手。

「秀女！」趙靖即時爬上了陽台，大聲喝止著，「把孩子放下來！」

「不～我要他去陪士元～」秀女哭喊著，手舉得高高的，孩子也哭鬧的在她手中扭動著。

「你這麼愛士元，難道你不希望士元早點超生早點投胎嗎？你把孩子扔下去為的是士元，這筆帳可是要算在士元頭上的，你為了士元殺生，這是最重的孽障，帶著這麼重的罪孽，你還要不要我們的兒子去投胎轉世啦？」秀女高舉的手慢慢放了下來，趙靖慢慢走向秀女繼續說著，「你還怕士元沒有伴嗎？他一向是人緣最好的，從小就怕麻煩怕責任，你弄個娃兒去陪他，他在天上豈不是要叫苦連天了嗎？」

秀女看著懷裡的娃娃，哭鬧著，像士元剛出生在她的懷裡一樣。

「我的士元……我的士元……」

趙靖好言相勸說，「把孩子交給亮亮，我們不要讓士元走得不安心。」

秀女看著天空吶喊著。「士元～士元～我的心肝寶貝啊！」

亮亮乘此機會走近秀女，將自己的寶貝連忙抱了過去。

「我的孩子，我的孩子。」亮亮抱著孩子就往屋裡跑去。

　　秀女則慢慢跪在地上,嘴裡還是不斷哭喊著愛子。

　　趙靖站在身後,心也難受極了。他把手搭在秀女肩上,秀女一把抱住趙靖,一對父母就這樣跪在陽台上雙雙垂著淚,思念他們的兒子⋯⋯

第四十一章

在趙家受到極度驚嚇的亮亮，帶著寶寶直奔家中，她把孩子緊緊擁在懷裡，口中不斷唸著。

「小寶貝乖，有媽媽在，有媽媽在唷，不怕不怕。」不知道是在哄孩子還是哄著自己，又驚又昏下，連中威走近要抱孩子都不肯讓他碰一下，襁褓中的孩子則哭喊個不停。

「亮亮，你看清楚我是中威。把孩子給我，你把他弄痛了。」中威立刻明白亮亮必然在趙家受到了什麼刺激，他輕輕環住亮亮母子，帶給他們無聲的安慰。

亮亮邊哭邊慢慢把孩子交給中威。

「不哭，把孩子給我，沒事，我是中威，放心。」

中威哄著亮亮，把孩子抱進房裡哄他入睡。

亮亮經過剛剛的驚嚇，整個人沒安全感極了，一晃神沒見著孩子，又急得邊哭邊喊。「我的孩子？我的孩子呢？」

衝進房裡，看見中威正輕拍著孩子入睡。

「我的孩子……」亮亮餘悸猶存。

「亮亮……」中威不捨地看著她，在心裡大搖其頭，心痛的想他們怎能利用一個母親的心來作為報復！

「中威，我差一點就失去他了，」亮亮激動地扯住中威的衣袖，覺得整顆心都要碎裂般難過，「只要再晚一秒鐘，她一放手，我就再也看不到他了。」

中威將亮亮擁在懷中，輕撫著她的頭髮。

亮亮的淚只有越流越多，越哭越傷心。「她為什麼要這麼恨我？她怎麼忍心對一個孩子下手呢？」

「她的個性本來就很偏激，」中威知道那個所謂的她就是蔡秀女，「對她而言，你是一切不幸情的罪魁禍首，你是她一種惡質情緒遷怒

的對象。」

「太可怕了……真的太可怕了。」亮亮緊抱著中威。

「亮亮，嫁給我，」中威端起她的臉，發自內心地說著這句午夜夢迴千百遍的話，「讓我名正言順的保護你們。」否則再發生一次這種事情他也會崩潰。

亮亮不著痕跡的躲離中威的懷抱，沈默的猶豫著。

「亮亮，不要再想為趙士元守喪什麼的，」中威懇切地說道，「如果他今天還活著，他不會放棄追求你，可是他已經走了，經過早上這件事情，他在天上比誰都著急，他會希望你嫁給我。亮亮，難道你不知道嗎，只有把你交給我，他才最放心，因為我們都是深愛你的男人。」

他深情的凝視亮亮，此刻對中威來說，即使是亮亮的前夫，士元，竟也讓他產生了種惺惺相惜的感覺。而亮亮站起身，想離去不想談這個話題。

中威叫住亮亮，執意要個答案。

「亮亮，嫁給我，讓我保護你們，讓媽媽……讓媽媽也搬過來跟我們一起住，這不是你的夢想嗎？媽媽、孩子、先生都在身邊。」亮亮心中一震，眼裡突然湧起濃霧，天，怎麼中威說出來的就好像她一直在夢裡夢到的，亮亮猛然投入中威的懷抱裡，兩人恍如隔世地相擁著。

即使無語，亮亮的動作也早已說明了她有多願意，終於，能夠嫁給這個她一直深愛的男人。

經過漫長的歲月，無數個煎熬，光明終於在前方等著兩人攜手並進……

妍秋在以前的「老朋友牛肉麵」店前，回憶著她與趙靖開店的種種，此時店面已經要頂讓出去了，她的心中有太多情緒，卻無處可說，無人能解。

亮亮來接母親回家，在散步的路途上，亮亮有意卻小心的提起中威向她求婚的事情。

「你把孩子交給中威，放心啊？」妍秋問說。

「他可是爸爸，當了爸爸就得努力學習做爸爸，總不能一輩子不放

心嘛，對不對？」

「時代變了，男人也要帶孩子了……」妍秋說著。

「而且媽不是一直希望中威像個爸爸嗎？他正努力在學呢。」亮亮不忘在妍秋面前稱讚中威兩句。

妍秋點了點頭，也不多說什麼了。

「媽，中威他要我跟他結婚。」亮亮發現母親的心不在焉，她停下腳步又再清楚地說了一次。

「他要你跟他結婚？那你呢？」妍秋問亮亮自己的意思，「你自己認為呢？」

「媽，你知道我一直是愛中威的。」亮亮直言無諱地說，自己的幸福如果自己都不敢去爭取，那旁人還能說什麼呢？

妍秋瞭然地微笑，可以這樣愛得簡單直接，多好！

「那就結吧，只要你們是名正言順的，只要他是真心愛你的，我所要求的不過是真心兩個字，只要他是真心的……」

「是，他是！」亮亮急忙替中威說道。

「那就嫁給他吧，」妍秋心一寬，「人生苦短，能跟自己相愛的人廝守一輩子，才是最大的幸福。」不免又想到趙靖跟她，蹉跎了這麼多年，「人生嘛，尋求一點快樂也是應該的。」

「媽，」亮亮馬上扶住母親肩頭，把未來的願景都告訴她，「我跟中威商量過了，等我們一結婚，你就搬過來跟我們一起住，我不放心把你交給子荃。」

「跟你們一起住啊？」妍秋喃喃地說，好像陷入了兩難的沈思似的。

「對啊，我什麼都不懂，第一次當媽媽，你不留在我的身邊教我，那我怎麼辦呢？」亮亮拉著母親撒嬌，兩人好久沒這麼輕鬆無壓力地談心事了。

「而且汪子荃就要娶趙士芬了，依子荃的個性，趙叔叔不喜歡他，他也不會住到趙家的。到時候，你想你可以跟趙士芬住在一起嗎？」

妍秋卻想著子荃跟她說過的話，他並不是真心要娶士芬，甚至將士

芬娶進門後對她可能是一番折磨，心軟的妍秋猶豫著，她不忍士芬嫁到他們家受到子荃的欺侮。

「媽？」亮亮看著不說話的妍秋，「就這樣決定嘍？」

「不，我不能搬過去住。我要跟我兒子住。」妍秋忽然果斷地說。

「爲什麼？媽，」亮亮大感不解，「我們都很清楚，在心裡在實質上汪子荃對你，他不像是個做兒子的，你爲什麼非要跟他們一起住呢？一個趙士芬再加上一個汪子荃，到時候你有苦頭吃了，不行不行，你要跟我們一起住。」亮亮越說越感到那麼一回事，她說什麼也不能放媽媽給子荃和士芬，誰知道趙士芬又會對媽媽做出什麼駭人的事？

「不行不行，亮亮，」妍秋連連搖手，「我……我要住這兒，我堅持。」

「你堅持？你堅持要跟兩個不喜歡你你也不會喜歡的人住在一起？爲什麼啊？」亮亮睜大眼睛，隱隱約約感受到母親這個決定背後的動機不單純。

妍秋說不出口，亮亮第一個直覺就是想，因爲妍秋不喜歡也還不接受中威。

「你不喜歡中威，」亮亮很挫敗地說，「說到底你還是不喜歡他，你不諒解他，就像上次你說的，他不厚道，所以你……」

「不是不是，亮亮，你誤會了……」妍秋趕忙澄清，不想讓烏雲在女兒臉上急速擴大。她這個女兒，苦了多少個日子，她不捨得她再多受幾分鐘的苦。

「如果是我誤會了，那真正原因是什麼？」亮亮看著妍秋的臉，決心問個水落石出，「媽，如果你最愛我又不討厭中威，爲什麼不搬來跟我們一起住呢？」

「我……」妍秋欲言又止，只能在心裡暗自焦急。

「媽？你說話啊。」亮亮敦促。

「我擔心趙士芬。」終於，她還是跟女兒實話實說了。

「什麼？你擔心趙士芬？」亮亮大叫，「我有沒有聽錯啊？」士芬不欺負她就阿彌陀佛了吧！

「沒錯，我擔心趙士芬，」妍秋絞著手說，「子荃會欺負她。」

「媽～你不要傻了，」亮亮上前拍拍多慮的母親，士芬可是視錢如命的子荃的金雞母咧！「汪子荃在趙士芬面前大氣都不敢吭一聲，他怎麼會欺負她呢？趙士芬就跟她媽一樣，只會欺負別人，誰敢欺負她啊？」

「敢，他敢，」妍秋很肯定地說，「在子荃心裡對趙士芬是充滿恨的。」

這亮亮當然知道。

「汪子荃對誰不恨啊？他恨爸爸早走，他恨自己的血液，他恨我，恨小敏，他……他恨全世界，我覺得他連自己都恨！」這個活著的人是最辛苦最悲哀的，這是亮亮的感覺，只是沒說出口。

「媽～不要留在一個充滿恨的環境裡好不好？」說到底她還是希望母親能同意搬過來一起住，「我愛你，我、中威、還有孩子我們都愛你。為什麼非得留在恨身邊呢？你愛趙士芬嗎？你愛你的敵人嗎？」

「她不是敵人，我也不愛她。因為……因為她是趙靖的女兒。」妍秋嘆口氣別過身，「誰都無法預料，人生竟是這樣走的，也許這輩子我跟趙靖的緣分只能做到兒女親家，既是緣分，就該珍惜就應該把它變成善緣，千萬不能再有任何不幸發生了。」

「媽～」亮亮簡直要急得大喊了，怎麼老天給她一個這麼天真善良的媽媽啊，又怎麼會讓這樣的女人受苦一生呢？

「亮亮，」妍秋看著隨風搖曳的行道樹，樹下經過和樂的一家人，「趙士芬和子荃也許不好，但趙靖是無辜的，他是個好父親，也是個好公公啊，在趙家，他是那麼的疼你那麼的照顧你不是嗎？」

「可是我沒有趙士芬那樣壞啊，」亮亮真的是擔心妍秋的安危，「所以……」

「亮亮，不管怎麼樣，我們做人要有良心啊，我女兒嫁過去以後，他是那麼的照顧，他女兒嫁過來，我明明知道有人要欺負她，我不能不聞不問一走了之吧。」妍秋很理所當然地說。

「媽，我們……」亮亮拉住母親還想遊說一番。

「好了，亮亮，不說了不說了，我們回家吧。」妍秋不想多談這個話題。亮亮怎麼勸也勸不了，她嘆了口氣，知道母親生平最大的特點就是心太軟……

而一聽到亮亮和中威決定盡快結婚的消息，士芬馬上垮下一張臉問子荃。

「什麼時候？」士芬語氣僵硬地問著，她只要知道這個。

「下禮拜三。」子荃指著日曆回答說。

士芬雙手抱胸，一臉難看。

「我們下禮拜二結婚！先公證，請客以後再說，就是下禮拜二，比他們早一天。」

「需要這麼倉卒嗎？這是結婚還是打仗還是比賽啊？」子荃笑著問士芬。

「是結婚，更是比賽，」士芬昂著頭說，「我不能輸，他們以為可以搶在我前面結婚，作夢！」陳中威汪子亮，士芬在心裡想，你們休想看到我出糗的樣子，這輩子休想！

「前後有什麼差別呢？」子荃故意裝作搞不懂士芬。

「我不管！反正我心裡舒服。」士芬很堅持地說，反正就是不要排在汪子亮他們後面，她絕不允許。

「沒有行禮、沒有宴客、沒有來賓、沒有場面，這麼寒碜的婚禮，你會舒服嗎？」子荃向一向愛好面子的士芬確定著。

「我說過，先公證，其他場面可以以後再補，這口氣我嚥不下，我非得在他們前一天結婚，而且我要讓全世界都知道我趙士芬要結婚了！」士芬說得氣呼呼，子荃連忙答應。

「好……最忙的恐怕是我媽了，」子荃說，「她連著兩天要跑法院當主婚人呢。」

「誰說我要邀請她了？哼！」士芬不屑地說，「她還不夠資格來參加我的婚禮呢。」

說完，她扭頭就走，子荃在後面變了臉色，他看著士芬的背影，露出陰狠的笑容。哼，趙士芬，子荃在心裡悶道，怎麼到今天還不懂做人

妻的道理呢，讓我好好教教你。

　　而另一頭快要結婚的亮亮，也找了趙靖出來一起用餐，想當面告訴他她要嫁給中威的事情。二十多年來，除了母親以外，趙靖是最像她親人的親人了，如果得不到趙靖的首肯，想來她結這個婚也會不安心的。更何況，他還是士元的爸爸……

　　「所以你終究還是要嫁給陳中威了？」用完了餐後，趙靖用紙巾擦擦嘴巴，抬眼看了看在他對面有些坐立不安的亮亮。

　　鼓起勇氣，亮亮堅定的點了點頭。

　　趙靖於是說道，「雖然我不能原諒他對士芬所做的一切，但是我還是要祝福你，祝你快樂、平安。」他知道亮亮在等他的這一句。

　　「爸，謝謝你。」亮亮充滿感動地說。

　　趙靖拍了拍亮亮，站起身就要離去。

　　「爸……」亮亮喚住了他。

　　「還有什麼事嗎？」趙靖停了停腳步，又重新入座。

　　亮亮輕輕攪動著面前的咖啡。「我想放棄士元財產的繼承權，我不應該繼承那麼大筆的遺產。」

　　趙靖身子一僵，有些落寞地說。

　　「你就非要跟趙家分得這麼清楚，斷得這麼乾淨嗎？這是士元用他的方式希望給你們母子最好的照顧啊，你怎麼忍心在他死了之後就拒絕了呢？」

　　「我覺得我不配，」亮亮低著頭，「明明在權利與義務上我們都已經沒有關係了，我怎麼還能繼承那麼大筆遺產呢？」

　　趙靖嘆了口氣，說出他心中的真正顧慮。

　　「亮亮，就算是幫幫我，幫我留住趙氏企業，好不好？不要拒絕士元留給你的，有了這個持股比例，你可以名正言順的擔任趙氏企業的董事長，這對汪子荃是有制衡作用的。」

　　「爸……」

　　「亮亮，我老了，也病了，眼前除了你，我還能信任誰呀？」

　　趙靖看向遠方，語氣無力，「眼看著趙士芬就要嫁給汪子荃了，到

時候只怕秀女和她的錢都會進了汪子荃的口袋，我不能眼睜睜看著趙氏企業全部落到汪子荃的手裡，你懂嗎？」這番話趙靖講得語重心長，雖然一席話短短幾句，卻再沈重不過了。

亮亮認真地思考趙靖的話，他等於是把趙氏企業半託付給了她，想到趙靖對他們汪家的恩情，亮亮頓覺身上的責任變得重大了。

＊＊＊＊＊＊＊＊＊＊＊＊＊＊＊＊＊＊＊＊＊＊＊＊＊＊

這一天，所有的事情都照士芬交代的，提前搶在亮亮和中威結婚前，他們去公證了。

公證結婚完後，子荃向來幫忙公證的公司主管一一道謝，而一旁的士芬始終沒有好臉色，讓子荃感到有些不耐。

「你怎麼啦？從早上到現在都繃個臉。」主管離去後，子荃問士芬。

「我不高興啊！」士芬氣得往椅子上一坐。

「又有什麼不高興？」子荃自問可沒有得罪她啊！

「你跟那些人說那麼多幹什麼啊？」

「他們都是公司的主管，又來幫我們公證，我們不該謝謝人家嗎？」

「什麼主管啊？」士芬嗤笑，「再高級的主管都是幫我家打工的，我真不明白，你找那些人幫我們公證幹什麼啊？」身分地位根本不相稱，士芬覺得寒酸得很沒面子。

「那我該找哪種人？」子荃反問道。

「你就沒有朋友嗎？」

「我離開台灣十多年了，哪有什麼朋友？」

「哼！一點都不稱頭。」說完這句話，士芬拿起包包起身就想走。

子荃的理智線突然斷了，再也忍受不了士芬跋扈的態度，一把將她手臂抓住，硬轉了過來。

「汪子荃，你幹什麼啊？」士芬掙扎著，子荃弄痛她了。

「沒錯，這個婚禮是不稱頭！」子荃狠狠的瞪著士芬，「可是這是

你要的，我早就告訴過你，這不會是一個體面盛大的婚禮，可是你不在乎，你要的只是出一口氣，你要的只是趕在陳中威之前結婚。現在目的達到了，你發什麼脾氣呢？」

「你放手！」士芬掙扎開就要離去。

子荃說得一點也沒錯，可是她趙士芬不想買這個帳，誰都別想逼她買。

當了母親後，她越發任性像孩子。

「你去哪裡啊？」子荃大聲問著。

「我回家，我在家裡等你，」士芬握著門把，就要甩頭離開這間硬邦邦的辦公室，順便拋下一句命令，「你下了班回來！」

「我不會回你家的，」子荃宣布，「公司就是我們的家，知道嗎？」

子荃的言詞讓士芬氣憤。

「你說什麼啊？我們要住在俱樂部裡？」

「沒錯，驚訝嗎？這麼氣派的一個俱樂部，你以它為家有什麼不好？」

「可是……可是你之前答應過我，結了婚要住在我家啊。」士芬可是記得牢牢的。

「那是之前，」子荃冷哼地說，「趙士元還沒有死，我也還沒有被懷疑，現在情況不一樣了，我不要每天被你爸像個殺人犯盯著，萬一哪天他想不開，起床拿刀把我宰了……」

「那……那你要在這裡住多久？」士芬潛意識裡感覺到一陣不安。

「不是我，是我們，」子荃糾正她說，「我們一起住在俱樂部裡，我、你、還有孩子啊。」

「住一輩子嗎？」士芬提高音量，子荃是瘋了嗎？

「那也沒辦法，」子荃兩手一攤，要怪你去怪趙靖跟蔡秀女吧，是他們捨不得給你好日子過，「我買不起房子，你的錢又還給你媽了，想要結婚住在一起，就只有這個樣子了。忍耐一下吧，這些你都應該知道吧？」

子荃繃著一張臉跟士芬說話，說完掉頭就走。

面對子荃前後完全兩樣的態度，士芬覺得好生不解。

「汪子荃，你……」怎麼心裡隱隱滑過的不安這麼深這麼濃，不，不，她不要去想，總該有讓她幸福的一日吧。

士芬如今也只能自欺欺人的安慰著自己。

這天，天氣透著清爽，婚後的亮亮帶著孩子回到汪家探視妍秋，她按著門鈴，喜悅的喊：「外婆，快點開門啊～我們回來看外婆嘍～」

妍秋聽見，也歡天喜地地跑出來開門，「唉呀～回來啦～」她低下頭看著嬰兒車裡的趙亮，「臭小子，你回來啦？」

一抬頭對亮亮就是假裝責罵著，「哪有你這種嫁出去的女兒天天回娘家的？」

「誰叫你不搬來跟我們一起住，我們只好回來啦。」亮亮衝著母親甜甜地笑，一看就知道是幸福洋溢的小婦人。

「好了……快進來……」妍秋打開門招呼著亮亮母子。

「回家嘍～」亮亮喊。

趙亮在嬰兒車裡睡得香甜，眼睛都沒睜開一下，胖嘟嘟的神情，讓妍秋開心不已。

而亮亮聞到妍秋煮的綠豆湯，也像個孩子大叫著吃綠豆湯嘍～妍秋看著亮亮，內心忍不住又疼又惜，打趣的笑說她的鼻子比狗還靈。

妍秋將趙亮抱了起來，「你醒醒啊，讓外婆抱抱啊～醒一醒跟外婆玩嘛～」

亮亮端了一碗綠豆湯，經過子荃的房門時，只見門上一張喜字，卻不見人影。

「媽，子荃都沒有回來過嗎？」

「沒有……」原本開心的臉轉成無奈的妍秋嘆了口氣，「汪家只娶這麼一門媳婦，可是他……結婚也不請酒，公證也不讓我去，難道……我們就一輩子不見面了嗎？」

「趙叔叔也沒有跟你聯絡過嗎？我是說打個電話什麼的？」亮亮看母親寂寞的神情，也很替她難過。

妍秋搖搖頭。「我瞭解，我也諒解，很難了，尤其是發生了這麼多事情之後，很難再恢復到以前那種感覺了，你想想，他兒子女兒分別離了婚，成全了我的兒子女兒，這中間他還失去了士元，這關係多尷尬啊？怎麼見面啊？」妍秋一個勁兒地說，「我們是老派人，不時興，也沒有那種新觀念，像以前他就常說要回到我身邊，那時候我們都覺得挺尷尬的，何況是現在這種關係……」

她拍拍懷裡的娃兒，不想再多去想，平添煩惱啊……「不見也好，不見也好。」

亮亮卻不以為然。

「難道你們也要一輩子不見面嗎？」那不是心中永留遺憾？她怎麼能坐視自己幸福，媽媽卻如此落寞。

「傻亮亮，你以為我們的一輩子還有多久啊？沒有了，半輩子都過了，還一輩子呢。」妍秋自嘲地說，活到這把歲數了，若還看不開，就枉費前面的歷練嘍。

「就因為沒有多久，所以你們……」

「這樣很好啊，就這樣。」妍秋必須釋懷看淡，「大家可以彼此懷念，記憶裡也許有些遺憾，但是至少不必面對面的去提醒這些殘酷的事情，就這樣，這樣挺好的。」妍秋邊說邊揩揩眼角，亮亮的幸福她看在眼裡，不願多說什麼傷感的話，這一切，就默默埋在自己心底吧。

亮亮看著輕拍著寶寶的母親，也不忍多說什麼。

「過一陣子，我可能會到公司上班，你有沒有什麼話要託我跟他說的？」

「沒有，什麼都沒有，」妍秋揮揮手，「他若要問起，你就說我一切都很好，倒是子荃，要請他多擔待了，士芬呢，請他放心，她嫁到我們家來我不會虧待她的，畢竟她是趙家的女兒啊。」

「媽……」亮亮看著全為別人著想的母親，心裡真的好希望她能真的快樂。

同為人母、同為新嫁娘的士芬，此時卻一臉愁苦地在俱樂部裡哄著

哭個不停的孩子，孩子怎樣也安靜不下來。

「我們喝牛奶好不好？來～快好了快好了～」士芬拿著奶瓶，急忙將奶粉倒進奶瓶裡，寶寶亂動又踢翻奶瓶，士芬逐漸失去耐性。

「你不要哭了好不好，乖一點嘛，我說了！不要哭啦！」士芬煩躁著，對孩子大吼大叫。

而子荃在公司處理事情，對於主管跟他報告亮亮要查帳的事情十分氣憤，他光火的並不肯聽命交出跟銀行之間的債償紀錄，趾高氣昂的認為當家主事的是他汪子荃並不是汪子亮，他的交代才是交代，他的命令才要被徹底執行。

子荃的怒氣還未消，就見士芬抱著孩子衝了進來，一進門就將孩子放在沙發上。

「士芬，你這是？」子荃一頭霧水的挑高眉，壓抑著脾氣問。

「汪子荃，我告訴你，我受夠了！孩子你看著，我回娘家去了。」

「趙士芬！你給我站住。」子荃面對著主管的眼光，他無法接受士芬驕縱的態度，但這反而引起士芬極大的反彈，轉身劈頭就是一陣痛罵。

「汪子荃，你以為你很了不起啊？把我跟孩子丟在客房部裡就扔著不管！你很忙啊，你忙個屁，是我趙家賞你一口飯吃，你才有得忙的。」婚姻日子從來就不是她這嬌貴的大小姐適應良好的，從前跟中威如此，現在和子荃也是如此，士芬只覺得自己苦命極了。

「你說話給我注意一點。」子荃小聲咬牙的說著，旁邊的人正等著看他的笑話。

「笑話！我有什麼好注意的，趙氏企業是我們趙家的，這間辦公室是我爸是我哥的，你？」士芬瞪了子荃一眼，眼神又掃了一下身邊的主管，「還有你們，你們每個月領的薪水是誰發給你們的啊？」

「汪子荃，你敢不把我放在眼裡，你敢動不動對我大呼小叫，你要搞清楚，你是窮光蛋，吃軟飯的，連結個婚買幢房子都買不起，你跟我吼什麼吼啊？」

士芬的話語不斷刺激著子荃。

「請不起傭人，那沒關係，你自己可以來做下人，反正一樣是伺候我，是靠我們趙家養，吃我們趙家的飯，領我們趙家的薪水，那還不是一樣！」

子荃聽到此，再也無法忍受，反身將士芬轉過來，就是一巴掌。

「汪總！」旁邊的人驚呼著。

「這是我的家務事。」子荃再冷漠不過的說，比起趙士芬的話，他這一耳光簡直是打了折扣給她。

士芬看著眼前的子荃兇狠地完全變了一個人似的。

「汪子荃，你……」

士芬惡狠狠的話還沒說出，子荃又是一巴掌將她打倒在沙發上，上前抓著她的頭髮往後扯，要她看著他。

「你以為你在跟誰說話？我是你老公耶，跟我大小聲！」主管見狀，都紛紛退出辦公室。

子荃見無人在場，更是肆無忌憚的痛揍了士芬一頓。

「你給我站起來～真的沒有人教你！我今天就教教你，什麼叫相夫教子，什麼叫以夫為天，什麼叫嫁雞隨雞。你可以再學得慢一點，可是嘴巴最好放乾淨一點。」汪子荃輕輕對自己手掌吹氣，像是怕弄髒了什麼。

「你敢打我？汪子荃，你敢打我？」士芬憤怒的眼淚直流，卻不是因為難過。

「你給我聽好了，不准說我吃軟飯！你給我聽好！」子荃邊罵邊打，拳打腳踢。

孩子在一旁大聲哭鬧著。

一聲聲清脆的巴掌，士芬被打的頭昏眼花，趴在地上哀嚎著乞求子荃不要再打了，但子荃無情的拳頭還是像雨點落在她身上。

自從士芬嫁出去後，這個家更冷清了。

秀女看著偌大的客廳，嘆了口氣。

全家人的合照就掛在屋子的一角，看起來是多麼的諷刺，她輕輕撫摸著相片裡士元的臉，又開始思念起兒子爽朗的笑聲。

突然聽到背後有聲音。

「誰啊？」她猛一回頭看。

沒人回話，秀女看著士元的相片還當是士元回來看她了。

「士元？是你回家了嗎？士元啊？」

秀女在客廳裡四處找，看門開著卻不見人影，她將門關好，失望的擦掉眼淚，卻發現角落縮著一個人影，定眼一看。

「趙士芬啊？你怎麼三更半夜把娃娃抱回來了呢？子荃呢？」

士芬抱著孩子卻不敢抬頭面對母親，身體只是顫抖著。

「你躲什麼啊？士芬啊我說你……」秀女繞到士芬面前，卻被士芬臉上的傷嚇了一大跳。

「士芬，他……」秀女一看就明白，氣急敗壞地。

士芬嚶嚶哭泣了起來。「不要告訴爸……我明天就回去了。」

秀女心疼的看著士芬，將她攬入懷裡輕拍，只有陪著掉眼淚。

第二天一早，秀女起床頭件事就是到辦公室找子荃理論。

「ㄟ！你還真是打得下手啊！」秀女一到就是拍桌子。

「她也沒客氣。」子荃指著自己臉上的抓傷。

「唉呀，她是個女人啊，花拳繡腿的能把你傷到什麼地步？你是個男人啊……」

她知道士芬脾氣不好，可是男人就是不能打女人的觀念也深植在秀女腦中。

「光靠她的那張利嘴之惡毒，可以撂倒十個男人。」

「罵歸罵呀，會讓你癢讓你痛，還是讓你少塊肉！」秀女毫不客氣的端起子荃桌上的茶啜一口，看起來是不幫女兒討回一個公道不罷休了。

子荃不回應秀女，拿起電話。

「許秘書，請業務部的何經理跟劉主任上來一下，趙夫人在這。」

秀女非常不悅地說，「我在跟你說話，你叫別人上來做什麼？」

「他們昨天都在現場，要不要聽聽他們怎麼說？」子荃不搭理地冷哼道。

「我可不管昨天現場是什麼樣情況，」秀女教訓子荃道，「她是堂堂趙氏企業的大小姐，你就不應該讓她在員工面前丟臉！」才結婚一個禮拜就這樣對老婆，那以後還得了！秀女氣極了，汪子荃居然想隨便拿幾個他們趙家的米蟲來搪塞她。

　　「你把順序搞錯了，」子荃懶洋洋地解釋，「是她讓我在員工面前丟臉，她再怎麼堂堂，也是我汪某人的老婆。老婆亂講話就是討打，哼！」子荃從舒服的辦公椅站起來，足足高了一截的身高讓秀女退了一步。

　　「你……」

　　「正開著會呢，」子荃一邊表演讓秀女重回昨日現場，「她像一隻瘋狗一樣闖進來，孩子一扔，又吼又罵的，我還要不要做人啊？」

　　秀女指著子荃，「你……」

　　「她是你的女兒，你一定最瞭解她吧。」

　　這點秀女自知理虧，氣得說不出話。

　　「講到羞辱人，她若認第二，沒有人敢認第一的。」子荃諷刺道。

　　秀女忍不住數落說。

　　「汪子荃，她再怎麼個羞辱你，她也是嫁給你了呀。難道你連老婆半點嫌棄你都受不住？」秀女知道汪子荃娶士芬別有用心，可就看在這個心上，怎麼這麼快就忍不了了？

　　「回家受氣我就認了。」汪子荃鬆鬆領帶，做了個奈我何的表情。

　　「哼！你那個叫家啊，我們趙家後院隨便圍一圍都比你那房間大。」秀女不以為然。

　　「對不起，嫁雞隨雞，」子荃要重申他已經娶了士芬這個事實，「沒辦法，她既然嫁給我當然要跟我住嘍，更何況，這俱樂部的客房多高級啊，還是你們趙家的產業啊，別人能住，她住不得嗎？」子荃看著秀女，故意暗示著說，「我也想買房子，買不起我有什麼辦法。我一個人的薪水要養活全家，趙士芬只帶個孩子過來，連根牙刷也沒帶。」

　　「這可是你自個兒願意的。」秀女提醒他，當初是誰口口聲聲說這樣正好可以證明他的愛的！

「沒錯，那是因為你們要我通過測試，既然這樣，現在就不要心疼女兒受苦啊。」

秀女聽到覺得心寒。「你讓趙士芬在物質上受苦，難道你就不能在精神上對她好點？多補償她一點兒呀！」

「你以為趙士芬會是個只滿足於精神享受的人嗎？」子荃馬上反擊，「當初她為了賭一口氣趕在陳中威之前結婚，什麼都可以忍，現在好了，氣也出了，公證完當天就什麼都不能忍了，要舒服、要享受、要人伺候，我哪供得起啊。」

「你放屁！」秀女尖聲道，這汪子荃還真會鬼扯淡，「這飛達企業你有百分之十八的股份啊。」

「那能夠賣嗎？只能每年按股份分紅。」

「分紅不是錢呀？」

「轉投資啦。當初我可連想都不敢想會娶到趙士芬啊，堂堂的趙家大小姐，我要早知道會娶到她，說不定我會把錢省起來，買一個像你們家院子那麼大的房子啦。」汪子荃皮笑肉不笑的調侃。

「你根本就在狡辯啊你！」秀女氣得舉手想打子荃。

「隨你怎麼說，對不起，我很忙，公司裡還有很多事情要處理。」子荃自行坐下翻著桌上的公文，不再理會秀女，很明顯就是要下逐客令。

「你在趕我？」秀女還沒受過這樣的對待，一把火又上來，她現在才知道以前的趙靖是多麼容忍退讓她的隨意闖入。

「趙士芬說的，」子荃頭也不抬地說，「我這口飯是趙家賞的，我怎麼敢不盡心盡力的保住我的飯碗呢？」

「把那兩個人辭了，」秀女下達命令道，「隨便你找什麼理由叫他們明天別來上班了，趙士芬還得做人啊。」

「趙家這口飯是真的不好吃啊。」子荃故意諷刺著。

秀女氣得抓起皮包離去，在門口忍不住因為士芬坎坷的婚姻掬一把同情淚。

秀女一回到家，就唸起了士芬。

「我是不是給你千叮嚀萬交代，千千萬萬不要再說什麼靠我們趙家吃飯這句話，爲什麼……」望著女兒一頭一臉的傷，心疼是眞的，氣也是眞的。

　　「他明明就是靠我們趙家吃飯！」士芬理直氣壯地辯解。

　　「你還說呢！」秀女責備道，「那天在醫院裡我是不是警告過你啊？一個門不當戶不對、一邊高一邊低的婚姻是不可能長久的，你爸是不是也警告過你，你就是不聽我們的話，硬說我們剝奪你的幸福。你唷，女孩子怎麼就是講不聽教不會啊！這樣討人喜歡來著了。」

　　士芬認份的摸了摸臉上的傷勢，自知理虧。

　　「這會兒好了，結婚才沒多久呢，就被那個畜生打得三更半夜逃回娘家裡來了，還得偷偷摸摸不敢讓你爸知道。」秀女突然哽咽了起來，「趙士元死前是不是也告訴過你，不聽，就不聽。」

　　「遲早這件事還是會傳到爸那裡的。」士芬很哀怨的說。

　　「不會啦，我已經讓汪子荃把昨天那兩個給開除了。」秀女又憐又氣地對女兒說，「你啊～跟老公吵架你爲什麼……」

　　「媽，你可以了吧，」心情已經夠鬱卒的士芬可不想再聽訓了，「你究竟是幫我還是幫他？」

　　「當然是幫你啊，」秀女說，這不是廢話嗎？「趙家現在沒別的孩子啦，我不幫你幫誰？我就是……」

　　「那把我的錢給我！」士芬突然說。

　　秀女怔了一下，「什麼錢啊？」

　　「我的錢啊！」士芬央求地看著秀女，「把我的錢還給我！貧賤夫妻百事哀，今天就是因爲我沒有錢才這麼慼的，結了婚嫁了人，還要帶著孩子住在俱樂部的客房，媽……如果我有了錢，我就可以買得起大房子，請得起保母傭人，每天可以過得舒舒服服的，我也不用像現在過得這個樣子了，你說是不是？」士芬的頭腦再簡單不過，她一心天眞的以爲只要有了錢，子荃就會按捺住脾氣忍讓自己了。

　　「我跟你爸剛結婚，那時候我們也沒錢買房子啊。」秀女推卻著，並不想這麼快把錢給士芬，否則誰曉得那汪子荃會怎麼蠶食鯨吞。

「所以你住在娘家不是嗎?」士芬犀利地步步進逼,「所以你跟爸才聚少離多,所以才讓宋妍秋有機可乘,所以,所以一步錯步步錯!」這些都是秀女常掛在嘴邊說的,士芬當然記得,還越說越起心眼。

「不行,我不要這樣,我要自己的房子,媽,把我的錢給我。」士芬渴求地吶喊著,她過不慣窮日子啊,窮也就罷了,連尊嚴都要一點一點失去。

秀女想著趙靖說的,一旦士芬的錢轉到自己名下,就無論如何別再讓它轉出去,秀女搖搖頭,她不能答應。

「媽……」

「不行啊,這錢不能給你,這錢不能再轉回來給你啦!」

「為什麼?那些是我的錢,不是嗎?」士芬急得都快哭出來了。

「沒錯,是你的呀,反正這錢遲早會還給你的嘛。」秀女也不怕她知道。

「我不要遲早,我要現在,」士芬不停搖著秀女的手臂苦苦哀求,「就是現在!媽,你把錢給我,讓我過過好日子,讓我不要再看人家的臉色,你把錢給我好不好?」她承認自己是大小姐,買衣服不用看吊牌,要享受不用多付出,可這日子她過了二十幾年,她要怎麼學會那些節省金錢過日子的招數。

秀女很勉為其難地說。

「好啊,你要過日子,我每個月貼你一點私房錢。」

「我要那些小鼻子小眼睛的零用錢幹什麼呢?」士芬斷然拒絕,「我要原本屬於我的整筆財產,我真不懂你為什麼要獨吞我的錢呢?」

「你閉嘴啦!什麼叫獨吞啊?你的錢?」秀女戳戳士芬的額頭,「你連人連身體連性命都是父母給你的,什麼叫你的錢哪,我獨吞你什麼啦?你爸千交代萬交代啊,那些錢絕對不能還給你是為你好啊!說將來有一天你……」

「將來有一天你們都會死的,難道要抱著我的錢進棺材嗎?」士芬口氣很衝地說。

秀女睜大了眼,不敢相信女兒竟然講出這樣大逆不道的話,迎頭就

是一巴掌。

士芬撫著臉看母親，難以置信地哭著跑走。

心如刀割的秀女眼眶裡也充滿淚水，但強硬的態度絲毫不軟化，她知道這樣做是爲了士芬好，總有一天她會明白的。

士芬在街上遊蕩著，思前想後怎麼樣也想不出一個去處，現在的她都已經是子荃的妻子了，她還能去哪呢？

移動的腳步還是往俱樂部走去。

子荃開了門，斜眼看著在房裡不出聲的士芬一眼，她抖著身體，坐在沙發上啜泣著。

「回來啦？」子荃將西裝外套解開丟在士芬身旁。「孩子呢？睡了嗎？」

士芬並沒有回答。

「士芬？」子荃異常溫柔的聲音只讓士芬更加害怕。

子荃走到她面前，輕輕的撫摸著士芬的臉，士芬本能的向後縮了一下，她是著實怕子荃會再傷害她。

可是子荃卻滿臉愧疚的看著她，用疼惜的語氣問著。

「還痛嗎？士芬……」

看到子荃溫柔的眼神，士芬委屈地哭出聲來。「子荃……」

子荃親吻著士芬的眼睛，這樣親暱的舉動，即使什麼道歉話也沒說，在士芬的感覺裡卻足以代表所有。

「子荃……我沒有地方可以去，我沒有地方可以去。」

「那就回家啊，自己嫁人了，有家了不是嗎？」子荃摸著士芬的頭髮，「像這樣子回來不就對了？士芬，我們自己買間房子住好不好？這裡住久了，感情都會受到影響的。」

「眞的嗎？」士芬驚喜抬頭，「我們可以自己買房子啊？」早上他才說沒有錢哩。

子荃進一步解釋說。「以我的能力當然不行，可是我們可以先跟你媽借啊，千兒八百萬的對她來說絕不是難事吧。」

士芬聞言就喪了氣，她面有難色地說。

「不可能，我媽不會借的，今天我就是因為這件事跟她談不攏，才一氣之下跑回來的。」

「先用你自己的錢總可以吧？」子荃試探性地盯著士芬的臉。

「不行，我媽她不敢，」士芬還是搖頭，「因為我爸不准，他之前就交代過我媽說不可以的。」

聽到一連串的否定，子荃眼露狠光，他放開了士芬，轉身站在一大片落地窗前，思索著。

士芬知道子荃生氣了，她顫抖地從背後抱住子荃。

「子荃……我們是不是都要一直住在這裡啊？俱樂部的員工都會知道我要留在這個小房子裡，那我就永遠脫不了身了，會永遠成為他們的笑柄的。」

「要搬離這裡當然也不是什麼難事。」子荃揚起嘴角笑了笑。

「可是我們要搬去哪呢？」士芬不明白地問，要錢沒有，俱樂部又不能待……

絲毫不管士芬在身後喳唸些什麼，子荃心中暗想著，我一定要逼著蔡秀女將錢統統交出來不可，否則我汪子荃三個字就倒過來寫。

沒有人可以阻止，子荃心中有著把握。

這一天，子荃開了車帶著士芬和孩子來到一個破舊髒亂的社區，汪家一家人所住的社區。

「下車。」他威嚴地命令。

「我不要住在這裡，」士芬當然知道他們要搬回汪家住，抱著孩子大聲抗議，「這裡比俱樂部還不如。」

「下車。」子荃重申一次。

士芬就是不肯。「我說了我不要住在這裡嘛，我才不要每天……」

「下車下車！」子荃將士芬拖出車子，「我也不想住在這裡啊，要不是為了你跟孩子兩個，我可以長年住在俱樂部裡舒舒服服的，可是你不行，俱樂部裡你怕丟人，要買房子你媽又扣住了錢不肯拿出來，我又買不起。」

「我們可以租房子嘛，」士芬說，「我就不相信，憑你一個總經理會租不起房子？」

「可以啊，」子荃神閒氣定地靠在車門上反問士芬說，「你要租什麼樣的房子？租了房子之後是不是要請傭人幫你做事，請保母幫你帶孩子？付得起嗎？先回我家去住去，好歹你也是嫁給我，是不是也該跟你的婆婆相處？」

「我討厭她。」士芬忿忿地說，那個女人破壞了她的家庭，贏走了她父親的心，如今還要天天共處，她怎麼受得了。

子荃不理會轉身要走，士芬在後頭大喊著，「她是個神經病！」

這句話一說出口，子荃的臉色馬上一整，慢慢轉過身瞪著士芬。

「她……她本來就有病嘛，神經病啊！」士芬看見變臉的子荃，有些害怕地解釋道。

「這三個字我不要再聽見第二次，牢牢記住了。」子荃用手指指著士芬警告她，說完就自顧自往家裡走去。

「子荃？」

原本在客廳裡談話的妍秋和亮亮，看見子荃驟然出現，兩人都有些驚訝。

「你們怎麼啦？看見我回家那麼吃驚啊？」子荃笑了笑，對後頭說著，「進來啊，抱個孩子杵在門口幹什麼？」

士芬也進了門，卻正眼也不瞧亮亮和妍秋。

「士芬……」妍秋親切的叫著。「歡迎你啊，士芬。」妍秋走向士芬，士芬卻擺著一個臭臉閃開。

亮亮還沒發作，一旁的子荃就開口了。

「沒聽見我媽在跟你說話嗎？趙士芬！」

「沒關係啊……」妍秋打著圓場，卻看見士芬臉上的傷，忙問說士芬怎麼了，此時子荃連忙叫士芬趕緊抱孩子進房裡去。

亮亮都看在眼裡，覺得事有蹊蹺。

「媽，他們要搬回來住了嗎？」

「孩子都帶回來了，不是嗎？」妍秋看見床上的孩子，趁士芬走出

房裡，她上前看著可愛的娃兒，開心地逗弄著。「小可愛，你真是可愛啊，來……奶奶疼……」

亮亮看著床上的孩子也覺得可愛，恰巧剛剛也在幫小亮和媽媽拍照，手上還有相機，一時興起也跟著拍了幾張，後來甚至叫妍秋把小亮放在床上，兩兄弟一起拍照。

「汪子亮！」士芬提著行李，看見亮亮的舉動十分光火，「你幹什麼啊？你幹嘛拍我兒子？」

妍秋陪著笑臉說，「亮亮她沒有惡意的。」

「你閉嘴呀，」士芬瞪著妍秋，「我沒有問你話。」

「你兇什麼兇啊，她是你婆婆耶！」亮亮實在看不下去地說道，這趙士芬會不會太離譜了！

「她誰都不是，」士芬雙手插腰，抬起下巴睥睨妍秋與亮亮，「她是個神經病！你也一樣，你們一家都是神經病！」看到妍秋和亮亮，她怎麼可能平下心靜下氣說話。

「趙士芬！」子荃冷冷的聲音從士芬背後透了過來。「你過來！」

士芬站著不動，胸部因緊張而上下起伏。

「過來！」

士芬害怕地慢慢走到子荃身邊，子荃一把抓住她，用著警告的語氣說著，「我告訴過你了，是不是？我剛剛在門外就告訴過你了，我還要你牢牢記住，對不對？我已經說過我不要再聽到那三個字了，你一轉身就忘記了，那我是不是要再提醒你呢？」

士芬打著哆嗦，一直想把手舉起來遮擋。

「不要……子荃，你不要打我……」她哀求。

說時遲哪時快，子荃用力地一巴掌揮下，「蠢！你記不住是不是？」士芬被打得撞倒梳妝台，東西散落了一地。

妍秋和亮亮大驚失色，兩人一個箭步都衝上前去，亮亮拽住子荃的手臂，妍秋探視地上的士芬。

「不要拉我！」子荃甩開亮亮，上前去對著士芬又是一巴掌。

「子荃，不要……」妍秋尖聲叫著，擋在士芬的身前保護她。

「你住手！」亮亮大吼，這汪子荃是著了魔嗎？回家第一天就當著婆婆的面打太太，下手還如此之重。

「你欠揍！」子荃憤恨的咕噥了幾句，是沒再動手地走出房間。

「好了……沒事了，士芬。」妍秋疼惜地去扶被打得暈頭轉向的士芬，這可憐的孩子……士芬卻一手推開，痛斥著叫妍秋滾出去。她一個人坐在地上，心痛地哭喊著，今天子荃可以當著妍秋和亮亮的面痛打她，她心中原以為幸福的婚姻哪，就是這樣不堪……不堪一打，連作為女人最基本的尊嚴，都讓子荃不留情地糟蹋掉了。

出了房的妍秋質問子荃怎麼可以動粗打人，子荃一臉的不在乎。「她再橫，我就宰了她！趙家的人命不值錢，殺了就殺了。」說完就拿起公事包上班去了。

一旁的亮亮思索著子荃的話，越發覺得詭異。

亮亮回到家中，將今天在汪家拍趙亮跟士芬所生孩子的即可拍相片拿給中威看，中威一張張仔細看著，每一張都要望好久。

「汪子荃一定不是第一次打她，趙士芬臉上還有傷耶，好恐怖唷，就當著我們的面一直打一直打，真的很難想像，一個大男人對女人動粗，他怎麼下得了手？」

亮亮將飯菜端上桌，一邊端一邊說，「我第一次有點同情趙士芬耶，我覺得她好可憐唷。」

見中威始終沈默無語，亮亮走了過去。「中威……你是不是跟我一樣？我覺得……我覺得我有點自責，好像我的幸福是從她那裡偷過來的。」

「亮亮，你不需要自責，」中威抬眼看著善良的老婆，勉強笑著說，「每個人應該對自己的行為負責任，趙士芬的性格決定了她的命運。」

「那你是不開心嗎？」亮亮說，結婚以後的中威根本沒有過這種憂鬱的神情，她知道的，「因為你看到孩子的照片，是不是？都是我不好，我是想……你很難得有機會看到那個孩子。」

「亮亮，我很感謝你的細心，」中威輕攬住始終體貼他的亮亮，輕

聲嘆著，「我只是……我只是擔心那個孩子。」

「其實這倒還好，」亮亮只能說些光明面的話安慰中威，「汪子荃對他還滿照顧的。」

「不！」中威抱著頭，他真的看透了汪子荃，「汪子荃的個性很有問題，他的人生觀有偏差，如果一個孩子的成長環境充滿了暴力，而這個施暴者，竟是這個男孩下意識學習模仿的父親角色，那對這孩子而言，他怎麼會有健康的人格？」中威不敢想像將來他孩子的命運，母親偏執，父親暴力，他怎麼可能正常？

「中威……」亮亮輕按中威的肩，很想替他分擔一些重擔。

「我真的覺得我愧對這個孩子，我是他父親，我卻無能為力。」中威揉著眉心，承受良心對他的譴責。

亮亮看得出中威的苦惱，她知道中威是孩子的爸爸，他當然會心疼孩子。亮亮只能勸著中威，如果有空的話去家裡看看孩子和士芬，表達他的一份心意。

＊＊＊＊＊＊＊＊＊＊＊＊＊＊＊＊＊＊＊＊＊＊＊＊＊＊＊

悶熱的午後，中威取消了下午的門診，手上提了禮物來到汪家門前。

先前是為了亮亮來，他沒想到現在會為了他另一個孩子而來。

他猶豫著，還是按下了門鈴，只聽見士芬不耐的聲音從屋裡傳出來。

「瘋老太婆，你是白癡是不是？我告訴你多少次寶寶在睡覺你帶鑰匙，你聽不懂是不是？」門鈴聲仍響個不停，士芬氣極了。

「你死到外面去好了，死到外面去啦！不要再按了，你聽不懂啊你！」

士芬拉開門，中威站在門口，對士芬淺淺的笑了一笑。

「你來幹什麼？」士芬瞬間有幾秒的呆愣。

「我來看孩子。」中威把新買給孩子的玩具用品交到士芬手中。

士芬準備關上門，「從他出生到現在，你沒有關心過他一秒鐘，你理都不理他，你從來都沒有來看過他……」現在才來多麼地諷刺啊！可是怎麼自己的眼淚就在眼眶裡打轉，她的孩子就命苦，跟媽一樣，即使是子荃也不曾多看他兩眼啊。

　　「我有，我有看過他。」中威從即將掩上的門縫隙擠身進去，站在汪家院子。

　　「是，你有！」士芬激動的說，「偷偷的，偷偷摸摸到醫院去看他，偷偷摸摸來這裡看他，陳中威，你可不可悲？」

　　中威低下頭去，士芬繼續說著，「一面說你關心你兒子，一方面卻只能偷偷摸摸的關心他，告訴你，我們不希罕！」

　　「我也不想偷偷摸摸的，」中威辯白道，「是你們剝奪了我光明正大探視孩子的權利，要我切斷親情，又說我不關心孩子……」

　　士芬憤然轉身。「你不要忘了！離婚協議書上是你主動說要放棄的，你憑什麼說別人強迫你放棄權利呢？」

　　中威放軟了語氣，帶著感情說，「我放棄的……我放棄的只是監護權，我並沒有放棄對他的關心，給他的愛和給予溫暖的義務。」

　　士芬聽了只有更生氣。「放棄就是放棄了一切，他姓汪，跟你陳中威沒有絲毫半點的關係。」士芬知道自己在賭氣，可是看到中威她怎能不想起亮亮，想到亮亮她又怎麼會不賭這口氣。她這輩子的棋，全都輸在汪子亮身上了。

　　面對士芬意氣用事的態度，中威試圖和她平和地聊幾句話。

　　「士芬……」

　　「你走啊，你走啊！」士芬把中威推到門邊，「你走啊！」

　　士芬是這樣憤怒，中威只好離去，而中威前腳一走，士芬剛剛的氣勢就整個癱軟，自己的賭氣不就這樣把自己推上了絕望恐懼的高塔上去了。

　　而被士芬怒斥離去的中威才走到巷口，就停下了腳步，內心想著，自己如果就這樣一走了之，跟汪子荃又有什麼不同，一樣是傷人，一樣是讓人不安與害怕。他掉頭又走了回去。

拉開門，看見士芬正餵著寶寶喝奶。

「士芬……對不起……」中威歉然道，「真的，我不是個好父親，但請你給我機會，讓我……讓我抱抱他，讓他熟悉我的心跳，我的聲音，我的體溫好不好？」

士芬看著中威，心其實早就軟化了，她流下眼淚。

「不要讓他長大之後恨我，好嗎？」

士芬看著懷裡的寶寶，很輕很輕點了點頭。

就這樣，中威抱著寶寶和士芬來到住家附近的公園。中威看著懷裡的孩子，開心地笑起來。

「他已經睡了，你不用一直抱著他。」士芬說，示意他可以將寶寶放入嬰兒車。

「沒關係，我不累。」這種機會下一次不知要等多久呢！

「躺著睡，他也會舒服一點啊。」士芬溫柔的笑笑，母愛的光輝在臉上浮起，又怎麼會有母親不愛自己的孩子呢。

中威聽了將寶寶放進嬰兒車裡，士芬熟練的將寶寶固定好，蓋上小毯子，臉上盡是為人母的自然神情。「乖哦～」她輕拍寶寶的小肚肚。

中威看著士芬的側臉。「他打你？」

「是汪子亮告訴你的嘍？」士芬臉一沉。「她一定是假裝很同情告訴你這件事的吧？虛偽、陰險！」士芬情緒又上來了，看在中威眼裡是一點也沒變。

「他真的打你？」

「怎麼樣？我也沒讓他好過。」士芬倔強地不肯在中威面前示弱。

「士芬，你為什麼要跟他打呢？」中威勸士芬有時身段要軟一點，「你會吃虧的。」

士芬忍住眼中的淚水，「你現在同情我有什麼用？在我們的那一段婚姻中，你就沒叫我吃過虧嗎？雖然你是沒有動手打我，可是你帶給我的羞辱，遠勝過肉體上的傷痛。」回想起那一段，士芬的聲音不禁也喑啞了幾分，感覺喉頭因為感情而緊了緊。

中威只是滿臉歉意，他艱困的說，「士芬……不論過去我們的感情

如何，你恨我也好、怨我也好，可是……」中威握住了士芬的肩，「我們畢竟是孩子的生身父母，我們應該為孩子想一想，是不是應該讓他長在一個充滿暴戾的環境當中？」

「你以為我願意嗎？誰喜歡被打？」士芬別過臉。

「你應該設法保護自己，保護自己就是保護孩子啊。」中威看著士芬臉上的傷，「你應該去驗傷，並保留驗傷單，作為將來制裁他的證據。」

「不，我不敢，他是魔鬼！」士芬突然全身抖了起來，反應大得讓中威知道士芬打從心底懼怕著子荃。

「我是說……他……他是一個綜合體，有的時候像魔鬼，有的時候他又像個天使，他可以毆打我咒罵羞辱我，然後再擁抱我說一整夜道歉的話……」士芬說到此禁不住哭了起來，「我真的不知道，他是人、是魔鬼、還是天使？」

「士芬，」中威突然心念一動，他問士芬說，「士元死的那個晚上，你是不是跟汪子荃在一起，一整夜都在一起？」

士芬遲疑了一下。

中威又追問道，「士芬，你是不是真的跟汪子荃一整夜都在一起？」現在能解開謎底的人只有士芬了。

「沒有，他沒有殺人，他真的說他沒有，沒有的！」士芬有些慌亂的應答，快步往前走。

「士芬！士芬！」中威在她身後叫著她。

「他沒有，我……」當士芬回頭要跟中威說時，卻撞見子荃站在兩人的背後，不知站了多久。士芬一臉驚恐，子荃笑著，士芬眼淚馬上掉落。

子荃沒說一句話，只是走向嬰兒車將孩子推回家裡去。士芬不曉得回去又將面對怎樣的責罰，恐慌地痛哭了起來。

「士芬？」中威關切地向前。

「不要再來找我了，不要再來看我們了，不要……」士芬匆匆地丟下這句話，就急急忙忙離去了。

士芬回到家中，整間房子安靜無比。她躡手躡腳慢慢靠近房間，子荃從廁所裡出來，士芬抖了一下臉，不敢看子荃的低下。

子荃對著客廳的鏡子整理著儀容，對於剛才的事情沒說半句話，冷靜得讓士芬害怕，自己先說著，「子荃，我……我剛剛……」

突然孩子的哭聲從房間裡傳了出來，士芬緊張的衝進房裡去，看見寶寶全身赤裸的躺著。

「寶寶？寶寶！媽媽給你蓋被子，會冷哦？」士芬邊哭邊趕緊替寶寶蓋上小被子。

「他髒，我把他的衣服跟毛巾都丟掉了，」子荃冷冷地說，暗指著不許再跟陳中威見面。「以後不要再穿了。今天晚上我有個應酬，有些話等我回來我們慢慢說。」

士芬掩面低泣著，邊哭邊哄著寶寶，她的心早已經血流如注，不曉得自己和寶寶的將來會變成怎麼樣……

果然子荃晚上應酬回來，一進門就找著士芬談，不過卻是用肢體語言對士芬拳打腳踢。

「賤女人！」子荃的怒罵聲驚醒了妍秋。

士芬哭著閃躲，「不要……不要……」

子荃抓著士芬摔向牆壁。「趁我不在的時候私會你的前夫？你以為我會怕嗎？鬼我都不怕！人我都敢殺了！一個前夫算什麼！」他的話中藏有太多玄機。

士芬恍然大悟地說。

「你這個兇手，你是兇手！」

「蠢！」子荃罵道，不是別人沒有告誡過你，現在才發現，趙士芬你不嫌晚了嗎？

「我要告訴我爸，我要告訴我爸。」士芬顫抖著恨恨地看著子荃。

「告訴你爸？」好啊！來啊！子荃天不怕地不怕地說，「要不要我先告訴他，告訴他蔡秀女上吊是假的，是一個陰謀，主謀者是她的妻子和女兒，他的中風他的半身不遂，是他的妻子女兒送給他的禮物！」

「不……不……」士芬哭喊著，「主謀者是你，你是魔鬼！」

子荃齜牙冷笑，「我？是我拉著你媽的脖子上吊的嗎？是我接到電話的時候報憂不報喜嗎？我再怎麼會計畫再怎麼會主導，也要有你們的配合計畫才會成功，趙靖才會中風的！」

　　門外的妍秋聽到了這一切，簡直不敢相信，她怎麼會生了一個撒旦。

　　「就算真的是我主導的好了，那又怎麼樣？我不是他所愛的人，他不會因為我而傷心，可是你們會，你們絕對會傷了他的心的。」子荃將士芬抓得更緊，「你給我聽好！這已經不是第一次了，你不是第一次傷你爸的心！我如果把真相告訴他的話，他會怎麼樣？會萬念俱灰吧，他的妻子女兒不顧他的死活，他的兒子又意外死亡，這一次你想他活得下去嗎？他活得下去嗎？」

　　妍秋在門外聽到這些話，再也忍不住，她狂敲著門。

　　「子荃，開門啊，你開門啊，子荃！」

　　子荃不理會，對著滿臉是血的士芬吼著。

　　「叫蔡秀女把錢吐出來！叫她把該我的都還給我！」

　　「那不是你的錢，那是我的錢，是我的錢！」士芬索性閉上眼不屈地叫道。

　　「那是我的！」子荃已經瘋狂的打紅了眼，揪住士芬又是一陣亂打。

　　妍秋聽見士芬淒慘的叫聲，著急地拍門勸著。

　　「子荃，不要再打了，子荃～你開門啊！」

　　看著房門始終沒有回應，妍秋決定打電話，卻遍尋不著無線電話筒。

　　「你在找電話嗎？」子荃不知何時走出了房間，「三更半夜的你要打電話給誰啊？警察嗎？誰會理你啊？這附近哪一個人不知道我們家是杜鵑窩？還是你要打給趙靖？好啊，打給他啊！」子荃將話筒丟在妍秋身上，「最好是由你來告訴他，讓他再死一次。」

　　子荃邊說邊咒罵著走出家門。

　　妍秋趕忙進房間看士芬。

　　只見士芬滿臉鮮血的坐在地上痛哭。

「士芬，乖，來，我看看。」妍秋拉下士芬的手，看見怵目驚心的傷痕時，也心酸地落淚，冤孽啊……

「是報應嗎？這世界上還是有報應的……」士芬的眼淚混著汗混著血爬了滿臉，「我現在知道我錯了，我還來得及嗎？」妍秋疼惜地摸著士芬安撫著她，她吃的苦也夠多了。

士芬悔不當初地搥著胸，「我不該害亮亮，我不該陷害中威，我不該害我爸，我做了那麼多的錯事……可是我是真的愛子荃的，否則我不會嫁給他的，老天爺……你非要用這種方式作為對我的懲罰嗎？」那懲罰得也夠了吧！還是……還是非要她被打死，才算洗清一身罪孽呢？士芬無語問蒼天。

「好了，我們先不說了，」妍秋從床頭櫃裡拿出醫藥箱，不想看士芬沈浸在傷痛中無法自拔，她慈藹地說，「你看你都流血了，來，搽搽藥，來。」

「你為什麼不恨我？你恨我打我罵我好不好？我求求你，我求求你。」士芬突然緊緊抓住妍秋，「我寧願報應在你的手上，我也不要死在汪子荃的手下，我不要，求你打我，打我啊，打我！」她抓起妍秋的手就往自己身上猛力地打。

「士芬！」妍秋嚇了一跳，馬上按住士芬自殘的動作，平靜的說。

「我不恨你，我也捨不得打你，你是趙靖的女兒，跟我們家亮亮一樣大，如果不是命運捉弄人，也許……也許你會跟我們家亮亮是好朋友，一切……也都不會是今天這個局面了。」

「我曾經那樣的傷害你，就在這個屋子裡，我眼睜睜的看著我媽打你，我……」士芬雙手握住妍秋的手，「對不起……對不起……」她伴隨著連番道歉泣不成聲。

「乖，聽我說，」妍秋拍著她，就像在哄自己的女兒一樣，「都過去了，你還年輕，未來的路還長呢，千萬不要毀在汪子荃的手裡。」

「媽……媽……」士芬終於開口喚了妍秋。

妍秋感動地將士芬擁入懷裡，「傻孩子，乖～不哭了～」她會盡己所能地保護士芬的，至少，子荃絕對無法再像今天一樣地重傷她，不可能的……妍秋在心裡默默立誓，她不能再讓這些錯誤延續下去了。

第四十二章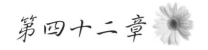

這天，趙家的電話鈴聲急促地響了起來。

「唉唷～我為什麼要過去啊？」接起電話講沒兩句的秀女，對著那端的人不耐地說。「我如果一過去，豈不是跟那個老狐狸精打上照面啦，我才不過去呢！爛女人我能少看一眼是一眼啦！」

「媽，」連日來飽受折騰的士芬在這一頭勸著母親，「你不要這樣子嘛，你過來一下好不好？我求求你嘛～」

身旁的妍秋見士芬說半天秀女還是不肯過來，於是把話筒接了過去。「你不願意過來，難道要我過去？你不願意看到我？莫非是要我過去看趙靖？」妍秋知道秀女的顧忌，故意這樣說著。

「你敢！」秀女扯開嗓子怒道，「你敢踏上我家的門你試試看！趙靖才不想看到你呢！你們汪家的人他一個都不想見啊！」

「那就麻煩你過來一下吧，我有重要事情要跟你商量。」說完妍秋就掛上了電話。

不一會兒，秀女就站在汪家大門口敲打著門。

「士芬！士芬啊！」

妍秋出來開了門。

秀女一見她頭馬上撇到一邊，沒好氣的衝進去，看到滿臉是傷的士芬，激動的大叫。

「他又打你？可憐啊！怎麼又打你？」秀女心疼的把女兒扳過來左看右看，士芬止不住地掉淚。

「宋妍秋，」秀女滿腔怒火無處發洩，率先拿在場唯一的汪家人開砲，「你就縱容你兒子打我女兒打成這樣？你變態呀你，你心理不平衡，衝著我來啊，找我女兒當替死鬼啊你！」

「你安靜！」妍秋很鎮定地制止住她，「你外孫在裡面睡覺呢，你這樣大呼小叫的會把他吵醒的！」

秀女這才不甘心地住了口，妍秋繼續解釋說，「我要是真的幫汪子荃的話，還會請你過來嗎？我不怕你們兩個報復嗎？你們倆也不是沒有聯手打過我，就在這兒呢。」

「媽……」士芬想到過去是怎麼對妍秋的，她十分抱歉地喚了聲媽。

「唉呀，你喊什麼呀？」秀女一聽可是吃驚得不得了，「你喊她媽？這老狐狸精她破壞了我們的家庭，你喊她媽？」

「過去了，都過去了。秀女，」妍秋很誠摯地說，「屬於你、我、趙靖之間的恩恩怨怨，都該過去了，趙靖不是已經回到你身邊了嗎？」

她轉頭對有些手足無措的媳婦說。

「士芬，去給你媽泡杯茶，櫃子上有好茶葉。」

士芬點點頭依言去泡茶，秀女看了不屑的哼了一聲。

「這會兒你好有本事喔，老的被你收服了，連小的也讓你給收服了。」

妍秋倒是很坦然地接受秀女這樣的說辭，「因為我真誠相待，不玩花樣，更不會用詐死來達到目的。」

「你……」秀女氣結，這不是分明挖苦我嗎？

「是子荃說的。」妍秋道。

「哦～所以你要我來啊？」秀女氣憤難當，「所以我女兒任你乖乖的使來喚去的？原來你們母子倆早就串通好了，想要用這件事情來威脅我啊！」

「媽，」士芬捧著茶壺坐到了母親身邊，試著化解針鋒相對的場面，「我婆婆她是站在我們這一邊，昨天子荃打我，還是她來阻止，她來救我的。要威脅我們的不是她，是子荃。」

「那有什麼兩樣啊？」秀女頭抬得高高的，想我感激？門都沒有！「人是她生的，一個要人，一個要錢嘛，他們倆一搭一唱把我們趙家吃乾抹淨！」

「蔡秀女，你到底要不要救你女兒啊？」妍秋一反平日溫順的形象，一字一句都很犀利，「就會吵，就會鬧，喳喳呼呼的，你自己一生

的幸福已經被你喳呼掉了，你知不知道？現在是要合計你女兒的事，你還要繼續喳呼下去嗎？」

秀女心裡不服氣，但看到女兒悲苦的樣子終究閉上了嘴。

「坐下好不好？」妍秋對她說。

「我幹嘛坐下啊？」秀女才不給好臉色，「說不定我兒子就毀在你兒子手上哪！幹嘛乖乖坐下跟你在那合計合計呀！」

妍秋卻把醜話先說在前頭，「你再不冷靜，也許趙靖、士芬都完了。」

「唉呀～你詛咒我呀！」秀女氣得跳腳。

「媽，她……」士芬知道再猶豫下去不是辦法了，她看著母親面色凝重，一切的真相就這樣全盤托出的告訴了秀女……

秀女從汪家離開後，馬上來到了子荃的辦公室，子荃也真夠意思地端了杯咖啡來給秀女。

「你要多少錢？」秀女不想多說廢話，直截了當地問了。

「趙士芬有多少錢？」子荃也是快人快語，在這件事情上，他跟秀女都達成了默契：省去客套話！

「你！」果然獅子大開口，秀女怒目向子荃。

「我換個說法好了，」子荃還是不慍不火地說，「趙靖一條命值多少錢？」

秀女冷哼一聲，並不回應。

「你不喜歡這個說法，好，」子荃一拍掌，「那我再換，你跟你女兒在趙靖心目中的分量值多少錢？趙家的形象地位又值多少錢？還有……」

「閉嘴！」秀女再也聽不下去了，汪子荃憑什麼在她面前這樣狂妄。

子荃笑笑地接口又說。

「要我住嘴要我安靜要我保持沈默，這又值多少錢？」

「汪子荃，你無恥啊你！」秀女一拍桌子，把桌上的茶杯都震動

了。

「好，」子荃好整以暇，彷彿在討論一件無關痛癢的事一般，「就算這些都不值錢好了，那麼你女兒的皮肉值多少錢？總不能她次次挨打我用零售來跟你換價錢。打人也是會累的。」

秀女真的抓狂了，她站起來捉住子荃就打，嘴裡不住地罵著。

「汪子荃，你魔鬼呀，你寡廉鮮恥！」

「蔡秀女！我還沒跟你算我的皮肉我的尊嚴值多少錢呢！」子荃抓住秀女的手，惡狠狠的說。

「你別欺人太甚了，」秀女的髮髻已然凌亂，可是論齜牙咧嘴她可不輸人，「別以為我們會永遠受你牽制，上吊詐死的主意也是你想出來的，這要是在趙靖面前掀開來，你也脫不了關係。」

「我不在乎，」子荃很輕描淡寫地表示，「可是我認為你不敢，你在乎趙靖在乎了一輩子，你的在乎讓他嘴歪眼斜，失去了健康，所以現在你只有更在乎，而且更愧疚。」

「蔡秀女，」他咬牙補上了最後一句，「你是不敢全部說出來的，還是乖乖跟我談價錢吧。」

「趙士芬的自由值多少錢？」秀女奮力甩開他的箝制，退開幾步去握著手腕。

「你們想一魚兩吃啊？哼！」子荃轉過身去替自己倒了一杯茶，慢條斯理的說著，「趙士芬的自由不在我們討論的範圍裡面，我們現在討論的是趙靖的健康。」

秀女沈聲道，「趙靖要活下去，他女兒更要活下去，你開個價錢，讓趙士芬自由。」

「不可能，」子荃將口中的一根茶梗吐掉，「自由是無價的，如果價錢好看的話，我可以答應你對她好一點，離婚，辦不到！」

秀女鍥而不捨地跟這魔鬼拔河。「如果價錢不只是好看，而是非常的好看呢？」

子荃轉過身看著秀女，搖搖頭。「恐怕還是不行，因為我已經非常非常的愛她了。」

「你答應簽字，答應跟趙士芬離婚，我就把趙士芬所有的股權全部轉讓給你。」秀女在這關頭許下了承諾。

「是你太天真還是你認為我太蠢？」子荃絲毫不為所動地喝他的茶，眼睛自杯子上緣射出了陰冷的光芒，「我怎麼可能這麼輕易的答應你，你等著替趙靖收屍吧。」

秀女心寒地站在原地，從失望到絕望地看著眼前這個失去人性的惡魔……

「說吧……坦誠以對吧……」

此時，秀女腦中不斷迴盪著她氣沖沖離開汪家時妍秋所說的話語。

＊＊＊＊＊＊＊＊＊＊＊＊＊＊＊＊＊＊＊＊＊＊＊＊＊＊

「爸……」

趙靖動也不動表情凝重，士芬看著身旁的母親，秀女也一臉哀愁。

「爸……」士芬跪下，臉上落淚紛紛。「請你原諒我……」

趙靖望著士芬，扶起哭泣的她。「你起來。」

「爸……請你原諒我，你不要恨我。」羞愧無以名狀的士芬蜷縮在地，甚至不敢迎向父親的眼光，她也不願就此起身，覺得自己不配得到饒恕。

「我從來就沒有恨過你，沒有一個做父母的會恨自己的孩子，也不知道怎麼恨，父母從來只怕愛給得不夠，怎麼會恨呢。」趙靖輕撫著士芬的臉，父愛在他臉上映照出慈祥的光輝，自從士元走了之後，他不想再有遺憾。

「趙靖，我……我對不起你，」秀女在一旁也一臉愧疚的道歉。

「我也不恨你，我知道你是因為愛我，」趙靖頓了頓，嘆息地說出，「其實……你們的計畫我早就知道了，當我在加護病房睜開眼睛，知道你沒事的時候，我就心裡有數了。」

「天地良心啊，趙靖……」秀女一手撫著心，一手高高舉起發誓，「我真的只是想要嚇嚇你，我只是想要你回家，我們真的要……」

「所以我回家了，不是嗎？」趙靖和煦地說。

秀女看著始終和自己怒目相對的丈夫，平平靜靜地沒有一句重話，反倒讓她自責不已，無言以對只能默默流著淚。她知道自己的自私和佔有，是那樣無理地去傷害她應該好好愛的人。

趙靖看向士芬。「你也回來吧，回家來，回到自己的家，不要再受那個魔鬼的控制。」

「她是想回來啊，可是那個汪子荃不放過她啊，他威脅我們……」秀女提到汪子荃是又恨又怕。

「他現在有什麼好威脅你們的？你自殺的真相我已經完全瞭解了，他現在還有什麼事情可以控制你們？」趙靖勸士芬說，「回來吧，要談條件，汪子荃現在不見得比我們有更多的籌碼，有很多事情我跟亮亮都已經調查清楚了。現在應該感到心虛的是汪子荃，你們不用再感到害怕了。」

聽到這樣消息的秀女上前抱住士芬，母女倆深感安慰地破涕為笑。

＊＊＊＊＊＊＊＊＊＊＊＊＊＊＊＊＊＊＊＊＊＊＊＊＊＊＊

子荃來到亮亮的辦公室前，連門也沒敲就走了進去，隨手闔上了門。

「走馬上任了？」看到亮亮坐在董事長的辦公桌上批改卷宗，他譏誚地說，「玩真的嗎？以後不要在我的TEA TIME找我，那是我的休息時間。」

「是該休息了，」亮亮文風不動地坐著，只是從一疊資料中略抬了抬眼，「期貨開盤一守就是一整夜，到了白天想不休息也難。」

「汪子亮，你在暗中調查我？」子荃臉色變了變。

「還需要暗中嗎？」亮亮將他一軍，「你根本已經囂張到不把任何人放在眼裡，明目張膽的炒作期貨！」

「炒作期貨犯法啦？」子荃像聽笑話一樣地發出笑聲，「而且期貨不是炒作是買賣，買賣你懂嗎？」

「買賣我懂，但是你拿什麼來當買賣的本錢？」亮亮放下手裡的檔案，盯上了子荃。

「那是我的事。」子荃說完心虛就想離去。

「不對吧，」亮亮糾正道，「恐怕不只是你的事了，我們公司的董事會要調查你汪子荃每個月償付銀行貸款的時間，你明白什麼意思了吧？」

「既然是趙氏每個月跟銀行的信貸往來，那跟我汪子荃有什麼關係呢？」子荃還想抵賴。

「我們公司在銀行裡，有一筆兩億的定存，每個月應該從定存利息裡，直接轉到信貸部還錢，可是從去年二月起，這筆定存利息卻從銀行直接轉帳到會計部的小職員戶頭裡，五天之後再提領出來轉到銀行還錢，每個月五天，每一次三千多萬的利息都跑到哪裡去了？」

「這當然會查得出來，錢轉到誰的戶頭就去問誰不就得了？」

「你以為我問不出個所以然？」亮亮把筆一扔，站起身道，「你以為你撇得乾淨，錢不經你手，不到你帳戶，就跟你毫無瓜葛？我已經把公文全都調出來看了，每個月提前轉帳，延後償還的公文以及滯納金，都是你批可的，汪子荃，你聯合手下利用公款賺取利息……」

「汪子亮！」子荃也不是省油的燈，只會乖乖挨打不還手，「我是總經理，所有的公文都要我批吧，你這算什麼證據？我不是經濟犯，更沒有違反商業交易法，你不能去調查我的存款帳戶，更沒有權力去調查我的收益來源。」

亮亮聽出子荃已經惱羞成怒避重就輕，更加肯定了他的罪行，「你身為總經理，明明知道不對還不加以阻止，還在公文上批可，你的心態可議，你有串通貪瀆之嫌。」

子荃冷笑了起來，「心態可議？串通之嫌？如果能用心態來定罪的話，全世界有一半的人都要死光了，剩下的那一半就是白癡。」

「汪子亮，」他大言不慚地論定，「你不要對我用這一套，我又不是被嚇大的，你、陳中威、趙靖都很喜歡套話，對聰明人用這一招是最愚蠢的。因為這充分暴露了你們毫無證據，且戰且走的試試看心理。」

「是嗎？」亮亮對子荃笑了笑，「要不要試試看？你現在只有兩條路可以走，第一，帶著趙氏給你百分之十八的股份離開，離開台灣，永遠不要再回來，離開之前跟趙士芬辦好離婚手續。」

「第二，繼續把你的錢投在期貨買賣裡，不要以為我們不知道，你把挪走的錢到哪裡去了，你很慘，非常非常的慘，連續兩個月的期貨做手都失敗了，今天夜裡期貨市場一開機，你可能連保證金都繳不出來，你怎麼辦？」

「汪子荃，不要再貪心了，」亮亮對他撂下了狠話，「等到我們找到那一夜那個離職的警衛，只要他證明你說謊，你就會背上涉嫌貪污、掏空、殺人……」

「夠了！」子荃方寸大亂，但還是努力給自己壯聲勢，「這一切都是你的推測跟假設，你們沒有證據，而我，我有趙士芬，趙士芬那一整夜都跟我在一起的，我不會慘的，我有趙士芬！」

「汪子荃，她不會再屬於你的了，你已經眾叛親離了。」亮亮無情地宣布。

子荃憤而甩上門離去，哼！汪子亮你跟我耍狠，大家走著瞧！

這一夜，子荃心情既慌亂又氣憤，只有幾杯黃湯入肚，稍稍可以舒緩他緊繃一天的神經。

子荃踏著喝醉搖晃的腳步，回到家裡，拿了鑰匙還沒入門就聽見妍秋的聲音。

「好啊，當然好啊，我當然贊成啊，你是要留在娘家是吧？可是……可是……可是子荃他會輕易罷手嗎？」

子荃聽著，搖晃的身子停了下來，定了定神，看著門裡的妍秋講著電話。

「你們名義上還是夫妻啊，趙靖說能處理？子荃已經沒有籌碼了？」

子荃帶著醉意點點頭，他知道是怎麼回事了。

渾然不知子荃已經回來的妍秋繼續說著。「士芬啊，乾脆趁現在子荃不在，你趕快回來拿東西，拿了東西就走，就再也別回來了。必要的時候，我可以跟警方說就說子荃常常動手打你啊。好，好，那我等你

呀。」

　　妍秋掛上電話，心裡感嘆著。

　　一轉身，子荃就在她身後，妍秋心一驚，看見子荃憤怒握緊的拳頭，以及詭異的笑容。

　　「子……子荃……我……」妍秋想強作鎮定，卻不停顫抖著。

　　子荃瞪著妍秋，臉上表情兇狠無比。

　　「我沒有……我只是……」子荃步步逼近妍秋，並不想聽。

　　子荃眼露兇光，妍秋大叫救命，卻被子荃一手摀住，客廳的燈一暗，子荃將電話線剪斷，門窗都關上。

　　不知過了多久，子荃一個人在沒有燈的客廳裡，一口口灌著酒，地上散布著啤酒罐。

　　「為什麼？為什麼你們都要這樣子背叛我？你呀、亮亮好像只有你們才是汪家的人，而我不是，我明明就是，我是汪子荃不是嗎？」子荃激動得將桌上的全家福一掃，激動得大喊，「我是汪子荃不是嗎！」

　　他瞪了瞪後面被他五花大綁嘴巴貼上膠布的妍秋說著，「難道是十六年前我離開，所以連帶的我也就不再是汪家的人了？你們這樣子真的很不好。」

　　他喝了一口酒，咬牙切齒著。

　　「你看，你又要背叛我了。你要她在警方面前作證，為什麼？我不懂，為什麼？」

　　妍秋動也不能動，只是不斷抖著身子。

　　子荃走到妍秋身邊，看著她。

　　「你就這麼不愛我嗎？」子荃喘了一口氣，酒精讓他無法冷靜地克制自己的情緒，臉上出現從未有過的悲傷，「其實你從來沒有愛過我吧……你以為十六年前是我自己要離開的嗎？」

　　妍秋眼眶裡充滿著淚水，她知道子荃心中有恨有怨，而眼前的他有權利對她發洩他的委屈。

　　子荃一臉悲痛的將妍秋扳向自己，「是你的神經病逼走我的！而且你知道嗎？你沒有留我，十六年前，我要走的那一天你沒有留我，你沒

有留我!」妍秋低著頭眼淚狂流,子荃猛地抓住妍秋的下巴,要他的母親好好的看著他,「亮亮留了我!她要把她的《國語日報》跟書桌都讓給我,小敏……小敏也算是留了我,可是你……你是我的母親,為什麼你不留我?為什麼?」

子荃擁有愛的日子已經太過久遠,他永遠記得那一天,而他曾擁有過的愛也不再美好,在他的回憶裡選擇性的遺忘讓那些愛變得扭曲。

看著妍秋流滿腮的淚水,子荃把手放開繼續說著,「我自己的母親,就像你對陳中威說的,沒有堅持要就是不要!」

喉頭一熱,子荃開始哽咽的哭了起來,像個孩子般,那個當年只有十五歲的孩子。「我的母親沒有留我,為什麼你不要我?這十多年來,我沒有一天忘記過那天的情景,你要我自己做選擇,你要我自己那天自己做選擇!」子荃激動地敲打著牆壁,「你是我的母親,你不把我留在你的身邊,你要我自己做選擇……一個十五歲的孩子能夠做出什麼樣的選擇?」

妍秋淚漣漣地望著子荃,她多麼希望子荃能再給她一次機會,讓她好好地愛他。

子荃環抱著自己的身體,搖晃著,嘴裡還不斷唸著。

「我既害怕又困惑,我的媽媽為什麼不要我?她為什麼要我自己做選擇?」

突然,子荃表情一收,「OK,FINE!我們現在就一起為十六年前的選擇負責。」

妍秋害怕了起來,猛搖著頭。

「你不留我,因為你不愛我不在乎我,所以現在我也不能留你啊。」子荃的話讓妍秋震驚抬頭。

「我在心裡把你的位置搬走,你是一個沒有位置的人,所以你不能阻止我,懂嗎?你懂嗎?」

子荃看著妍秋發抖,開始唱起了妍秋最初發瘋時在漢文墳前所唱的歌。

「浮雲散～明月照人來～」邊唱邊哭著,「團圓美滿～今朝最～清

淺池塘～鴛鴦戲水～紅裳翠蓋並蒂蓮開～」

　　妍秋聽著子荃的歌聲，往事全浮上心頭，也痛苦的悲鳴著。

　　而掛上電話就急忙出門的士芬，回到了汪家門口，拍著門。

　　「媽～我是士芬，你開門啊，我是士芬！」

　　子荃被敲打聲驚醒，妍秋則一臉焦急著，祈求上天千萬別讓士芬進來。

　　而子荃臉上透著奇異的光，將妍秋強拖著隱沒入黑暗裡。

　　士芬見始終無回應，從包包裡翻找出鑰匙，自己開了門就進來了。

　　進了客廳卻沒見半個人影。

　　「奇怪？這麼早睡？媽？」士芬沒見到站在角落的子荃，往妍秋房裡走去，敲了半天卻沒人回應。

　　妍秋雙手反綁在桌腳上，沈重的木頭壓著她的行動，她想警告士芬嘴裡卻發不出半點聲音。

　　「媽？是你在裡面嗎？媽？」

　　「奇怪了……」士芬正納悶著時，轉過身卻看見子荃惡狠狠的瞪著她，她嚇得花容失色，本能地倒退了幾步。

　　子荃慢慢走向她，冷笑了笑，手一按將燈打開。

　　「回來了？上哪兒去了？」

　　「我……我回媽媽家……」腿軟的士芬不斷向後退。

　　「孩子呢？」

　　「也……也在媽媽那兒……」

　　「還不錯嘛，」子荃稱許著，「她現在肯替你帶那個野種了，對不起我說錯話了，她是肯替我們帶孩子了。」

　　「我……我媽她很疼我的。」士芬怕得都要尖叫了。

　　「是嗎？」子荃皺眉，「可是我要她把你的錢吐出來還你，她都不願意！」

　　「她……」士芬無語，腦裡拚命思索著該何安全脫困。

　　「她捨不得？」子荃一掌打在士芬後面的門上，抓起士芬的下巴，「你們全都防著我！」

「子荃，」士芬的聲音抖得像風中的落葉，「你……你媽呢？你媽媽呢？」

「她睡了，上了年紀了，哪能熬那麼晚，」子荃打了個酒嗝說，「她先睡了，你找她有事啊？你們之間也有事可以談？有秘密？」

「沒有。沒有秘密！」士芬聞到子荃身上的酒味，趁著他靠在牆邊像睡著的樣子，她閃過他到客廳裡按著電話。

「這麼晚你打給誰啊？」子荃跟上來醉醺醺地說，眼光銳利著。

「我……我打給媽，看看…孩子好不好。」士芬拿電話的那隻手不聽使喚地狂抖。

子荃手中握著剪斷的電話線放在士芬面前，士芬一看，就知道子荃已經瘋狂了，嚇得直往門外衝。

子荃一把抓住她，箍住她手臂的手強勁有力。

「才剛回來，你上哪去啊？」

「求求你……求求你讓我出去，求求你……」士芬心臟狂跳地哀哀祈求。

「證件還沒有拿，你要去哪裡？不是要回來拿證件？來呀！」子荃將士芬甩回客廳，抓起她的頭髮。「要拿證件是嗎？」子荃冷笑著把燒得焦黑的灰燼湊到士芬面前。

「證件都在這裡，拿呀！」

士芬非常害怕，淚水再也止不住。

子荃用手輕輕地擦去士芬的眼淚，溫柔無比的說著，「不哭，不哭，最重要的證件還在。我們的結婚證書還在，它永遠永遠都會存在，就像我們的婚姻關係，會永遠永遠有保證。」

「汪子荃，結婚證書就是一張紙，它起不了任何作用！」士芬不知哪兒來的勇氣，她將證書抓過來扯得稀爛，「我們之間已經完了！你休想在我身上得到半點好處！我不會再受到你的威脅，所有的事情我都已經告訴我爸了！」

「包括你那天晚上幫我做偽證？包括你那天替我做不在場證明嗎？」子荃冷笑，士芬落在他手中的把柄可多著呢！

「你敢告訴他？你敢讓他知道？我是眞的先殺了他兒子再上了他女兒？然後你再替我做僞證？」

「你眞的殺了趙士元？」士芬駭異地搗住嘴，雖然她心中早就有數，但第一次由子荃口中說出，還是令她震撼無比。

「你眞的殺了他？」士芬傷心難過著自己一時的賭氣竟然賭上了哥哥的一條命。

「我眞的，我是眞的眞的眞的殺了趙士元！」子荃認眞無比地點頭承認，「對不起，你打電話來的時候，我的磚頭正朝著他腦門上砸呢！滿煩的，電話鈴聲很吵，對不起，沒有時間接電話，正在忙啊。」

「你怎麼可以？」士芬不可思議地看著眼前這個喪心病狂的男人，他不是別人，而是殺死自己哥哥的兇手啊……

「我當然可以，誰想要阻止我，我就可以除掉誰，」子荃晃著手中的電話線，「你不信？你要不要試試看啊？」

妍秋在房裡聽得一清二楚，她替士芬著急著，被綑綁的身體不斷扭動著，卻怎麼也掙脫不了。

「我要去告訴我爸，我要去報警！我要去揭發你！」士芬尖叫著拔腿衝出門。

子荃怎麼可能讓士芬離去，一個大跨步就擋在門邊，兇狠地瞪著士芬。

「我怎麼可能讓你去，怎麼可能？」子荃額上青筋暴露，沒命地開始痛揍士芬，在她的臉上、身體上。

「想出賣我，想背叛我！作證？死人是沒辦法作證的！」

看著子荃打紅眼的表情，士芬淒厲的呼救，用手抱住頭不停閃躲。

「不要～救命啊～」

「你們爲什麼都要背叛我？爲什麼？」子荃臉上帶著殺氣，拳頭如雨點般落下，在他自己建構的世界，除了仇恨，他什麼也聽不到看不到。

士芬被打得鼻青臉腫，就快要失去意識了。

而在房中的妍秋，瞥見身旁的一把剪刀，她咬著唇，沒有思考的時

間了。

正當子荃雙手勒住士芬的脖子，準備痛下殺手時，突然感到身後一陣刺痛。

他痛楚地轉身，看見妍秋，他的母親，顫抖的雙手上握著一支染紅的剪刀。

「為什麼？為什麼？」

子荃仰天長嘯，扶著牆壁慢慢走到門外，手伸向遠方像在乞求著一個答案。

很快地他就不支倒地，嘴裡喊著救命。

「士芬，士芬快走。」妍秋抱起暫時昏迷在地的士芬，拍拍她臉頰，「他是我兒子，記住，你沒有回來過。快走！」邊說邊把驚魂未定的士芬推離開現場。

「救我啊……」躺在地上的子荃意識逐漸模糊，只能斷斷續續地喊著救命。

妍秋走到子荃身邊，蹲下來抱緊他。

「子荃，不怕…子荃。」

「媽……救我……」

「子荃，我是愛你的，」妍秋表情恍惚著，不斷澄清著子荃先前的控訴，「不怕……我是愛你的，我是真的愛你的……子荃……」她將子荃緊緊擁抱在懷裡，搖晃著，像在哄著小娃兒睡覺般地輕柔。

子荃在母親的懷裡，像是回歸到最初的母體裡，那溫暖令人安心被寵愛呵護的子宮裡，慢慢閉上了眼，不再有掙扎……妍秋緊緊偎著子荃，「這一次，媽要你……媽留你……媽會陪你……我們永遠永遠在一起，永遠永遠都不分開……子荃…子荃不再是惡魔了，你是天使。」

趙靖在家裡等人等得發慌，士芬已經出去好一會兒了。

「怎麼這麼久還不回來？」

秀女緊張得在一旁問著，「怎麼樣，電話還是沒人接嗎？你看會不會出什麼事啊？」她嚇出一身冷汗。

此時門鈴響了，秀女連忙跑出去開門，一看見昏倒在地上的士芬滿

身是血，駭了一跳。她大叫著，夫妻倆趕忙將士芬送往醫院。

＊＊＊＊＊＊＊＊＊＊＊＊＊＊＊＊＊＊＊＊＊＊＊＊＊＊

　　醫院裡。

　　中威緊握著亮亮的手在病房外守候，不一會兒，秀女跟趙靖相偕來了。

　　「爸，士元媽媽。」身心俱疲的亮亮還是禮貌問候。

　　「妍秋怎麼樣了？」趙靖劈頭問道。

　　「已經清醒了。」亮亮交代著母親的情況。

　　「為什麼不進去呢？」趙靖這才發現中威跟亮亮兩個都站在外頭，很不合情理。

　　「她不想見任何人，只是發呆掉眼淚。」中威幫亮亮答腔。

　　「那是當然的啦，」難得秀女也帶著幾分悲憫地感慨道，「再怎麼說，也是自個兒懷胎十個月生下來的親骨肉，老頭子，我看你別進去了，這會兒一進去一定又是一把眼淚一把鼻涕……」她自個兒先拿出手帕來擤鼻子。

　　「我要進去，我要進去。她不說話，我跟她說話。」趙靖執意要進去病房裡。

　　眾人拗不過他，只得讓開一條路。

　　趙靖一進門，就見病床上的妍秋呆呆坐著。

　　「妍秋？妍秋？」趙靖走近她身邊喚著。「我不知道該說些什麼好，我會為你請最好的律師，你放心，你會很快的回到亮亮的身邊。」

　　妍秋不語，傻望著窗外。

　　「妍秋……」趙靖很感傷地說，「我沒想到我們會是在這樣的情況之下見面，我沒有一點要你為子荃贖罪的意思，原諒我，妍秋……所有的事情，原諒我……」

　　趙靖哭了起來，將妍秋的手拉近自己的臉頰，希望妍秋能有些反應，哪怕是一巴掌也好。

可妍秋的手卻只是無力的滑落下來。

趙靖嘆了一口氣，萬念俱灰想轉身離去時。

「趙靖。」妍秋幽幽開了口，「請告訴秀女，我對她已再無虧欠了，該她的，都還給她了。」

趙靖轉過身看著妍秋流著淚癡癡笑著，「我重新把他放回子宮了，我們母子重新再來一次，他的靈魂也可以重新再孕育一次，子荃不再是魔鬼了，所以……可不可以請你們大家不要再罵他了，停止詛咒他，否則……我眞的是心如刀割啊……」

趙靖點了點頭，轉身離去，他一拐一拐地想著，跟妍秋的這一段情，如果也可以重新放回記憶深處，重新再來一次，該有多好……多好……

接下來的審判，秀女和趙靖請來最好的律師幫妍秋辯護。

這天，法庭上到了最後宣判的日子。

眾人屏息聆聽著法官的判決，一聽到妍秋無罪釋放，大家驚呼一聲，雀躍地擁抱在一起。

妍秋不可置信的坐了下來。

而一旁的秀女看著她，她恨妍秋恨了三十年，如今，她知道爲了救士芬的性命，贖子荃殺害士元之罪，妍秋手刃了親生兒子。而秀女本就是個愛恨分明的人，士元過世的事情她已經可以釋懷，對於汪家她不再有恨。

「宋妍秋，我對你也沒有虧欠了。」秀女在心中也默默地說著。

趙汪兩代的戰爭，自此落幕。

＊＊＊＊＊＊＊＊＊＊＊＊＊＊＊＊＊＊＊＊＊＊＊＊＊＊＊

四年後，天空下著細細的雨絲，一個年輕的少婦挺著肚子，慢慢走到一個蒼老婦人的身旁。

看著老婦目不轉睛地望著墓碑上的照片，女子淺淺地笑著。

「今天怎麼樣？爸爸、小敏、子荃有沒有搶著要跟你說話？都說些什麼呢？有沒有告訴你，我肚子裡懷的是男生還是女生啊？」

妍秋站在一旁，只是看著手中的相片摸了又摸。

亮亮摸著渾圓的肚子，見了心裡難過，自從子荃的事情以後，母親就這樣閉了口。

「不說話，就是不說話，一直不說話，永遠不說話嗎？」

亮亮問著妍秋，妍秋還是沒開口，亮亮嘆了一口氣，站了起來。

「從子荃走到現在，媽不曾開口說過一句話，這算自我懲罰嗎？」

「媽，其實你不用這麼自責的，」好言相勸了四年，亮亮還是要對母親說，「你是因為救趙士芬，也等於救了蔡秀女，救了趙叔叔，子荃不值得你自我懲罰，終身不說話啊。」

妍秋抿了抿嘴，還是不說話，表情有些難過的收拾起東西。

亮亮連忙彎下身安慰著。

「媽……對不起……我說錯話了，我說錯話了，好不好？現在子荃不是魔鬼，他是天使。」

亮亮對母親一笑，「好了，我們回家了，好不好？」

說著就要幫妍秋將子荃的相片收起，妍秋卻一把護在胸口，不讓她碰。

亮亮也不勉強，順著妍秋的意。

每到這個時節，天空都飄著細細的小雨，亮亮撐起傘攙扶著母親。

「媽，我就要生了耶，就這幾天了，我不能這樣上山下山的陪著你了，等我生完了以後，我再上山陪著你好不好啊？」

妍秋輕輕地點了點頭。

「點頭嘍，那就表示可以嘍？」亮亮高興地勾起妍秋手，「還是不開口啊？你打算什麼時候開口說話呢？當個禮物送給我好不好？那我一定會很開心的，走，慢慢走。」

兩人身影消逝在路的盡頭。

產房裡，亮亮痛苦地哀嚎著。護士從產房匆忙跑出，大喊著。

「快！準備那個O型陽性血型，請血庫趕快準備，順便請主任過來

知不知道！」

護士緊張的神情讓產房外的中威感到事態緊急。

「我太太怎麼啦？請問發生什麼事啦？」

一堆醫護人員忙進忙出，沒人回答中威。

而一旁等待的妍秋也焦急的站起身來。

「怎麼啦？」中威方寸大亂地看向妍秋。

產房裡，亮亮滿頭大汗地在手術床上掙扎著，表情極端痛苦。

她嘗過生孩子的痛苦，但這一次，異常過久的收縮讓她簡直喘不過氣來。

緩慢的時間一分一秒過去，等待讓中威和妍秋覺得像過了一個世紀。

終於醫生走了出來，中威急忙上前問道。

「我太太到底怎麼了？醫生！還是……孩子生了？是不是我孩子有什麼問題？」

「你太太目前發生了產婦羊水栓塞，對不起。」全副武裝的醫生摘下口罩回答說。

「什麼意思？」中威急得抓住醫生要問個清楚，「什麼叫羊水栓塞？會怎麼樣？」

妍秋一聽，當然知道事情的嚴重性，整個人呆住了。

「我太太，她嚴重嗎？」中威並不放棄，一定要問出個所以然。

「很嚴重，」醫生據實以告，「產婦羊水栓塞是我們產科的天敵，事前是無法防範的，它是絕症中的絕症，百分之七十在產程之中發生，百分之三十是後五分鐘。」

中威聽了一臉惶恐，整個人腿軟，他不懂經歷了這麼多風風雨雨之後，老天爺為何還要折磨他們。

妍秋張著口，手不停的搓著，這是她剩下唯一親愛的女兒了。

「我不管，我不管產前產後，我只要知道，她會活下來嗎？會不會？」

中威狂吼。

「根據我們的臨床經驗，存活率只有百分之十五，而且在生死關頭之間，只有二十分鐘。」醫生的話字字刺進了中威和妍秋的耳裡，中威不敢相信，妍秋則表情悲痛地止不住顫抖著。

　　手術燈的燈光刺眼，亮亮此時整個人臉蒼白著，眼皮沈重的想閉，又使力的張開。

　　身旁的護士忙碌的身影晃成一條線，在她周遭穿梭著，亮亮正在用她最後的氣力和不捨的愛與死神頑強的搏鬥著。

　　牆上的鐘暗示著時間已經過了半小時。

　　「亮亮～亮亮～」妍秋站在亮亮的病床前，笑著叫她的名字。

　　亮亮緩緩的睜開眼睛，為了母親，為了孩子的強烈求生意志，讓她戰勝死神，重獲生機了。

　　看見母親像以前一樣慈祥的笑著，亮亮也笑了。

　　她把她的手伸向母親，妍秋握住了亮亮的手，她懂了……她懂了，唯有此刻身邊真正存在的，才是最真實無比的愛，她開了口，不願再閃躲，從今以後，只有一個疼愛亮亮、疼愛小孫子的妍秋活在這個世上，不會再有悲傷……

　　與母親心有靈犀的亮亮一滴淚落下，想起過去種種的回憶，種種的苦，她們都捱過去了。

　　如今另一個嶄新的生活即將開始，他們永遠不會再分離了。

　　窗外的陽光璀璨的照射進來，像是呼應著她們的決心，像太陽花般堅韌蓬勃地展開著臉上的笑靨。

臺灣作家系列 D7107

太陽花三部曲——驀然回首

作　　　　者：劉果珍
出　　版　　者：生智文化事業有限公司
發　　行　　人：宋宏智
企　劃　主　編：林淑雯
行　銷　企　劃：汪君瑜
文　字　編　輯：張愛華、林玫君
版　面　構　成：零‧工作室　視覺設計
封　面　設　計：上藝視覺設計工作室
印　　　　務：許鈞棋
專　案　行 銷 主 任：吳明潤
登　　記　　證：局版北市業字第677號
地　　　　址：台北市新生南路三段88號7樓之3
電　　　　話：(02)2363-5748　　(02)2366-0313
網　　　　址：http://www.ycrc.com.tw
讀 者 服 務 信 箱：service@ycrc.com.tw
郵　撥　帳　號：19735365　　　戶名：葉忠賢
印　　　　刷：上海印刷廠股份有限公司
法　律　顧　問：北辰著作權事務所　蕭雄淋律師
初　版　一　刷：2005年9月　　　定價：新台幣250元
I　S　B　N：957-818-688-6

國家圖書館出版品預行編目資料

太陽花三部曲　：驀然回首 / 劉果珍 著.
　-- 初版. -- 臺北市：生智，2004[民93]　面；公分
　-- (臺灣作家系列)
　ISBN 957-818-688-6 (平裝)

857.7　　　　　　　　　　93019790

總經銷：揚智文化事業股份有限公司
地址：台北市新生南路三段88號5樓之6
電話：(02)2366-0309　　傳真：(02)2366-0310

※本書如有缺頁、破損、裝訂錯誤，請寄回更換

106-□□
台北市新生南路3段88號5樓之6

揚智文化事業股份有限公司　　收

□□□-□□

地址：　　　市縣　　鄉鎮市區　　路街　段　巷　弄　號　樓
姓名：

生智

書號 D7 107　　　　書名 太陽花03——驀然回首

SC 生智文化事業有限公司

生智 **讀・者・回・函**

感謝您購買本公司出版的書籍。
為了更接近讀者的想法，出版您想閱讀的書籍，在此需要勞駕您
詳細為我們填寫回函，您的一份心力，將使我們更加努力！！

1. 姓名：＿＿＿＿＿＿＿＿＿

2. E-mail：＿＿＿＿＿＿＿＿

3. 性別：□ 男 □ 女

4. 生日：西元＿＿＿＿年＿＿＿＿月＿＿＿＿日

5. 教育程度：□ 高中及以下 □ 專科及大學 □ 研究所及以上

6. 職業別：□ 學生 □ 服務業 □ 軍警公教 □ 資訊及傳播業 □ 金融業
　　　　　　□ 製造業 □ 家庭主婦 □ 其他＿＿＿＿

7. 購書方式：□ 書店 □ 量販店 □ 網路 □ 郵購 □書展 □ 其他＿＿＿＿

8. 購買原因：□ 對書籍感興趣 □ 生活或工作需要 □ 其他＿＿＿＿

9. 如何得知此出版訊息：□ 媒體＿＿＿＿ □ 書訊 □ 逛書店 □ 其他＿＿＿＿

10. 書籍編排：□ 專業水準 □ 賞心悅目 □ 設計普通 □ 有待加強

11. 書籍封面：□ 非常出色 □ 平凡普通 □ 毫不起眼

12. 您的意見：＿＿＿＿＿＿＿＿＿＿＿＿＿＿＿＿＿＿＿＿＿＿＿＿＿＿＿
＿＿＿＿＿＿＿＿＿＿＿＿＿＿＿＿＿＿＿＿＿＿＿＿＿＿＿＿＿＿＿＿＿

13. 您希望本公司出版何種書籍：＿＿＿＿＿＿＿＿＿＿＿＿＿＿＿＿＿＿＿

☆填寫完畢後，可直接寄回（免貼郵票）。
　我們將不定期寄發新書資訊，並優先通知您
　其他優惠活動，再次感謝您！！